小書痴的下剋上

為了成為圖書管理員不擇手段！

第五部 女神的化身Ⅵ

香月美夜——著
椎名優 繪　許金玉 譯

本好きの下剋上
司書になるためには
手段を選んでいられません
第五部 女神の化身Ⅵ

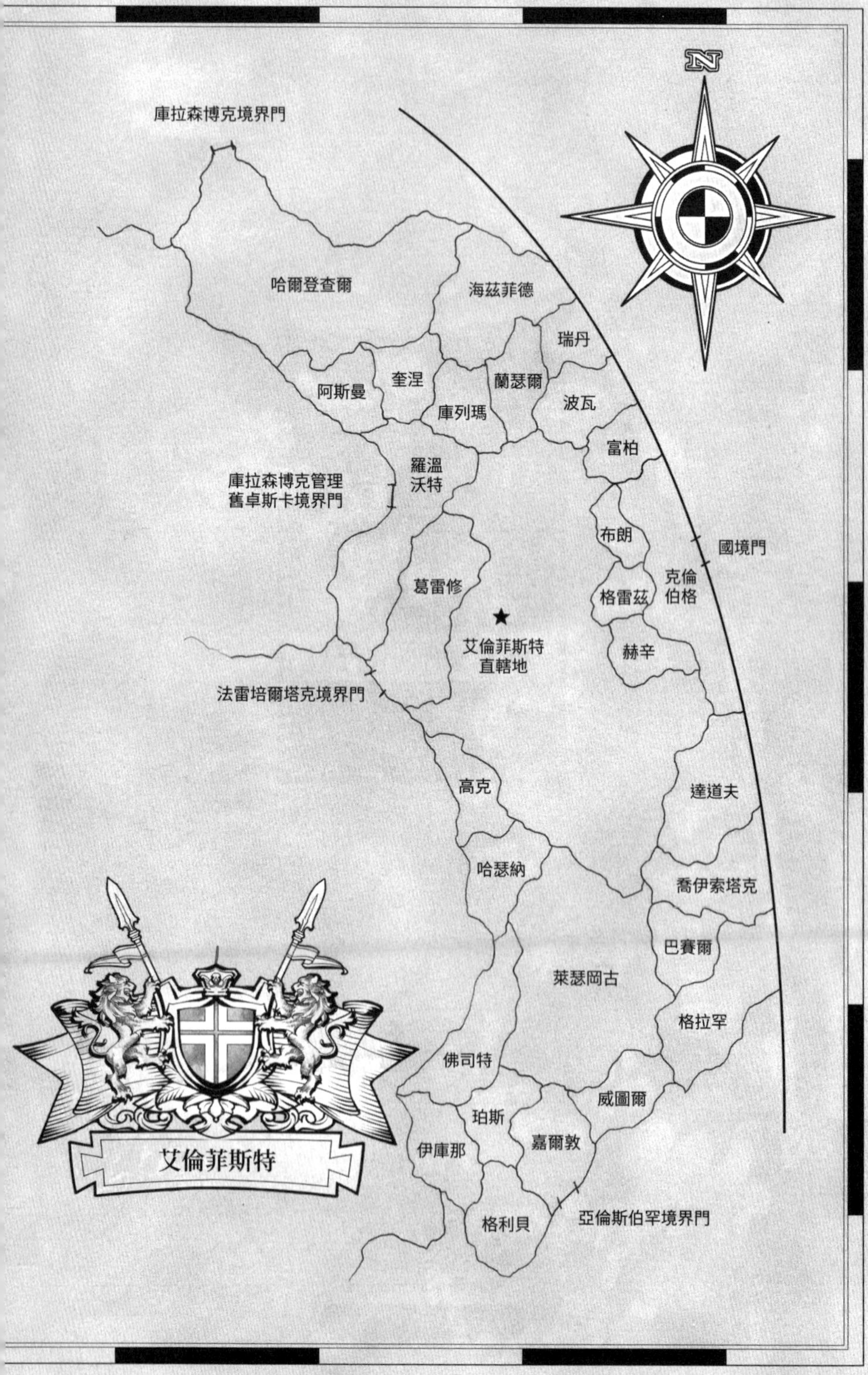
N
庫拉森博克境界門
哈爾登查爾
海茲菲德
瑞丹
阿斯曼
奎涅
蘭瑟爾
庫列瑪
波瓦
富柏
羅溫
沃特
庫拉森博克管理
舊卓斯卡境界門
布朗
國境門
克倫
伯格
格雷茲
葛雷修
艾倫菲斯特
直轄地
赫辛
法雷培爾塔克境界門
高克
達道夫
哈瑟納
喬伊索塔克
巴賽爾
萊瑟岡古
格拉罕
佛司特
威圖爾
珀斯
伊庫那
嘉爾敦
艾倫菲斯特
格利貝
亞倫斯伯罕境界門

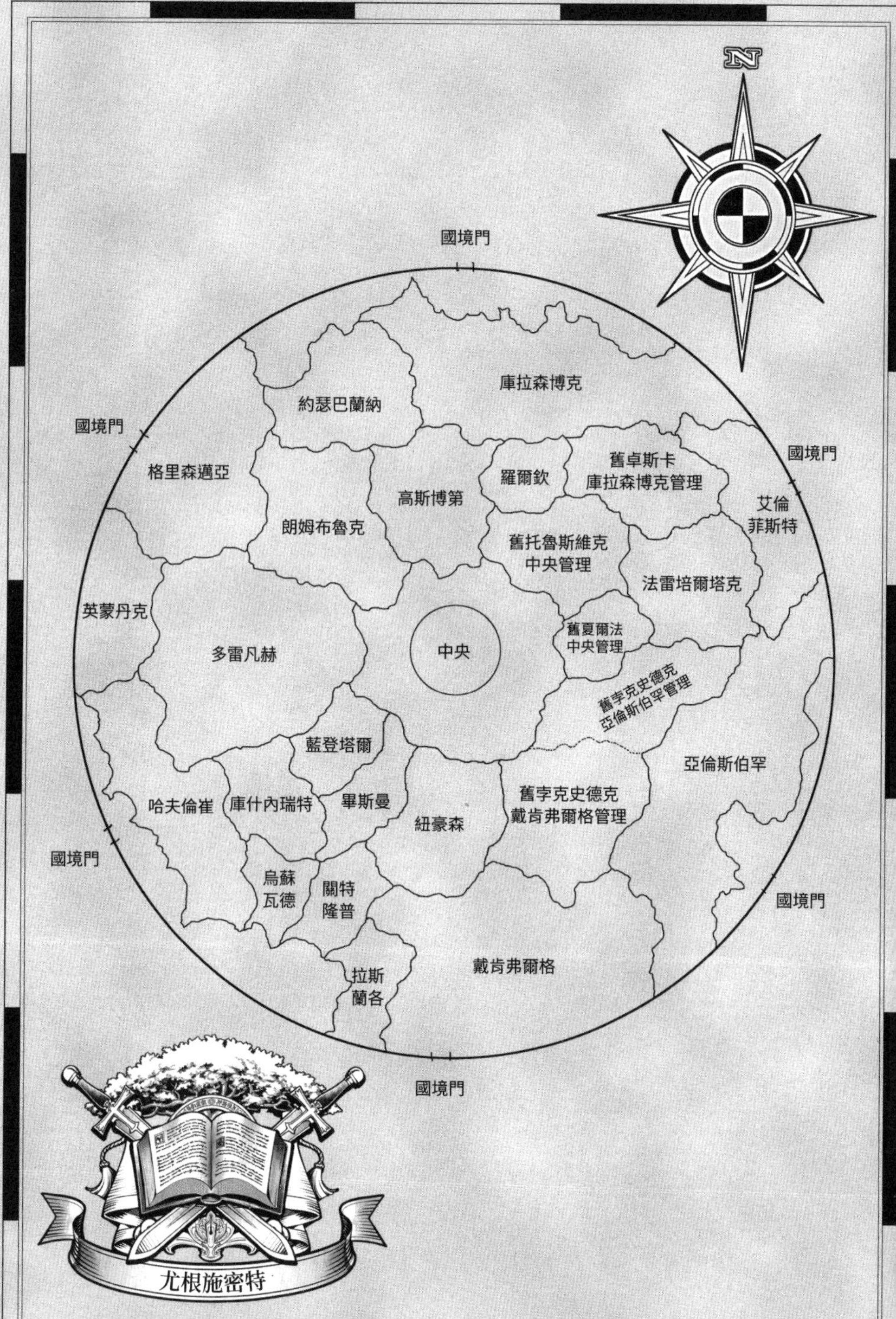

國境門
庫拉森博克
約瑟巴蘭納
國境門
格里森邁亞
羅爾欽
舊卓斯卡
庫拉森博克管理
國境門
高斯博第
艾倫
菲斯特
朗姆布魯克
舊托魯斯維克
中央管理
法雷培爾塔克
英蒙丹克
舊夏爾法
中央管理
多雷凡赫
中央
舊孛克史德克
亞倫斯伯罕管理
藍登塔爾
亞倫斯伯罕
舊孛克史德克
戴肯弗爾格管理
哈夫倫崔
庫什內瑞特
畢斯曼
紐豪森
國境門
烏蘇
瓦德
關特
隆普
國境門
拉斯
蘭各
戴肯弗爾格
國境門
尤根施密特

✦ CONTENTS ✦

第五部 女神的化身VI

登場人物

第四部 劇情摘要

進入貴族院就讀後，羅潔梅茵既是問題兒童，也是連續兩年的最優秀者。在學期間，她因為釋出祝福成了魔導具的主人，還與大領地比了迪塔、為王族提供戀愛方面的建議，更打倒了黑色魔物、治癒採集場所……與此同時，因知曉斐迪南出生秘密的中央騎士團長所提出的建言，國王下令要斐迪南入贅至亞倫斯伯罕。斐迪南於是奉命前往了亞倫斯伯罕……

艾倫菲斯特的領主一族

韋菲利特

齊爾維斯特的長男，羅潔梅茵的哥哥。貴族院三年級生。

羅潔梅茵

本書主角。稍微長高後，外表看來約九歲左右，但內在還是沒什麼變。到了貴族院，依然為了看書不擇手段。現為貴族院三年級生。

齊爾維斯特

收養羅潔梅茵的艾倫菲斯特領主，羅潔梅茵的養父。

芙蘿洛翠亞

齊爾維斯特的妻子，三個孩子的母親。羅潔梅茵的養母。

夏綠蒂

齊爾維斯特的長女，羅潔梅茵的妹妹。貴族院二年級生。

麥西歐爾

齊爾維斯特的次男，羅潔梅茵的弟弟。

波尼法狄斯

齊爾維斯特的伯父，卡斯泰德的父親，羅潔梅茵的祖父。

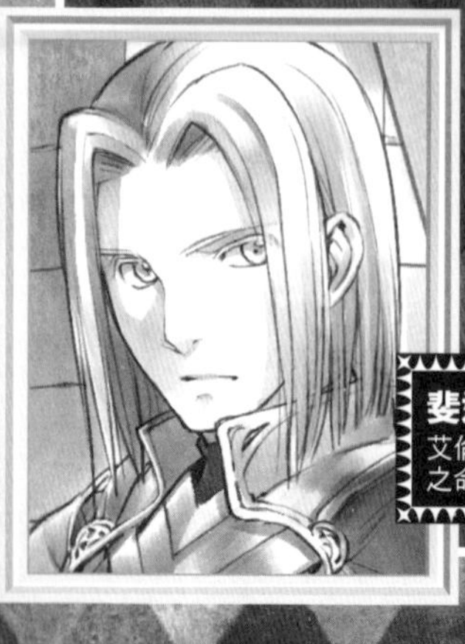

斐迪南

艾倫菲斯特的領主一族。奉國王之命前往亞倫斯伯罕。

羅潔梅茵的近侍

奧黛麗
羅潔梅茵的首席侍從。哈特姆特的母親。

莉瑟蕾塔
中級侍從。安潔莉卡的妹妹。

谷麗媞亞
貴族院四年級生，中級見習侍從。已獻名。

哈特姆特
上級文官兼神官長。奧黛麗的么子。

克拉麗莎
上級文官。哈特姆特的未婚妻。

羅德里希
貴族院三年級生，中級見習文官。已獻名。

菲里妮
貴族院三年級生，下級見習文官。

柯尼留斯
上級護衛騎士。卡斯泰德的三男。

萊歐諾蕾
上級護衛騎士。柯尼留斯的未婚妻。

安潔莉卡
中級護衛騎士。莉瑟蕾塔的姊姊。

馬提亞斯
貴族院五年級生，中級見習騎士。已獻名。

勞倫斯
貴族院四年級生，中級見習騎士。已獻名。

優蒂特
貴族院四年級生，中級見習護衛騎士。

達穆爾
下級護衛騎士。

貴族院限定的近侍

布倫希爾德　貴族院五年級生，上級見習侍從。齊爾維斯特的未婚妻。

繆芮拉　貴族院五年級生，中級見習文官。已向艾薇拉獻名。

泰奧多　貴族院一年級生，中級見習護衛騎士。

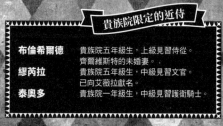

[redacted]艾倫菲斯特的貴族

黎希達	齊爾維斯特的上級侍從。
卡斯泰德	騎士團長，羅潔梅茵的貴族父親。
艾薇拉	卡斯泰德的第一夫人， 羅潔梅茵的貴族母親。
蘭普雷特	韋菲利特的上級護衛騎士。 卡斯泰德的次男。
奧蕾麗亞	蘭普雷特的第一夫人。
傑克雷特	蘭普雷特的兒子。
朵黛麗緹	卡斯泰德的第二夫人。
尼可拉斯	卡斯泰德與第二夫人的兒子。 見習青衣神官。
托勞戈特	上級見習騎士。波尼法狄斯的孫子。
雷柏赫特	芙蘿洛翠亞的上級文官。 哈特姆特的父親。
伊格納茲	韋菲利特的上級見習文官。
妥斯登	韋菲利特的上級文官。
巴托特	韋菲利特的中級見習文官。
奧斯華德	韋菲利特的首席侍從。
貝兒朵黛	布倫希爾德的妹妹。 羅潔梅茵的近侍候補。
布麗姬娣	曾是羅潔梅茵的護衛騎士。 基貝・伊庫那的妹妹。
拉塞法姆	斐迪南的下級侍從。
艾克哈特	斐迪南的上級護衛騎士。卡斯泰德的長男。
尤修塔斯	斐迪南的侍從兼文官。黎希達的兒子。
薇羅妮卡	齊爾維斯特的母親。現正受到幽禁。

[redacted]他領貴族

特羅克瓦爾	國王。亦稱君騰。
席格斯瓦德	中央的第一王子。下任國王。
阿道芬妮	席格斯瓦德的第一夫人。
亞納索塔瓊斯	中央的第二王子。
艾格蘭緹娜	亞納索塔瓊斯的第一夫人。
歐丹西雅	貴族院圖書館的上級館員。
漢娜蘿蕾	戴肯弗爾格的領主候補生。
喬琪娜	亞倫斯伯罕的第一夫人。 齊爾維斯特的大姊。
蒂緹琳朵	亞倫斯伯罕的領主一族。 喬琪娜的女兒。
萊蒂希雅	亞倫斯伯罕的領主候補生。
瑪蒂娜	蒂緹琳朵的上級侍從。

神殿相關人員

法藍	神殿長室的首席侍從。
薩姆	負責管理神殿長室。
莫妮卡	神殿長室與廚房的助手。
妮可拉	神殿長室與廚房的助手。
吉魯	負責管理工坊。
弗利茲	負責管理工坊。
葳瑪	負責管理孤兒院。
戴莉雅	見習灰衣巫女，戴爾克的姊姊。
戴爾克	孤兒。戴莉雅的弟弟。
康拉德	孤兒。菲里妮的弟弟。
貝特朗	孤兒。勞倫斯的弟弟。
坎菲爾	青衣神官。
法瑞塔克	青衣神官。

羅潔梅茵的專屬

雨果	專屬廚師。
艾拉	專屬廚師。
羅吉娜	專屬樂師。

古騰堡成員

班諾	普朗坦商會的老闆。
馬克	普朗坦商會的都帕里。
路茲	普朗坦商會的都帕里學徒。
達米安	普朗坦商會的都盧亞。
英格	木工工坊的師傅。
迪莫	木工工坊的都帕里，英格的徒弟。
薩克	鍛造工坊的都帕里，負責研究構思。
約翰	鍛造工坊的都帕里，負責提供技術。
丹尼諾	鍛造工坊的都帕里，約翰的徒弟。
約瑟夫	墨水工坊的都帕里，海蒂的丈夫。
海蒂	墨水工坊的都帕里，約瑟夫的妻子。
賀拉斯	墨水工坊的都帕里，約瑟夫的徒弟。

平民區相關人員

珂琳娜	奇爾博塔商會的裁縫師。
昆特	梅茵的父親。
伊娃	梅茵的母親。專屬染布工匠。
多莉	梅茵的姊姊。 專屬髮飾工藝師。
加米爾	梅茵的弟弟。
狄多	路茲的父親。
卡蘿拉	路茲的母親。
拉爾法	路茲的三哥。

第五部

女神的化身VI

序章

「領主會議總算是結束了。芙蘿洛翠亞，妳的身體還好嗎？」

芙蘿洛翠亞低頭看向再怎麼以服裝遮掩，依然有些顯眼的隆起腹部，思忖了片刻。倘若情況允許，她其實很想休息，但在返回領地之前，有許多事情必須先做好決定。

「目前還沒問題。很多事情得先討論好今後該如何應對吧？等我換下這身衣服，再過去你的房間。」

今年的領主會議相繼發生了教人感到吃驚的事情。先是星結儀式上神具化作夜空，然後是他領的貴族們想讓羅潔梅茵進入中央神殿，再來是羅潔梅茵竟成了下任君騰候補，之後更有王族的召見、奉獻儀式的舉行、採集場所的治癒……全是過往領主會議上從未有過的情況。回領前，有太多事情需要商議協調。

……但我怎麼也沒想到，韋菲利特與羅潔梅茵竟要解除婚約……

一旦婚約解除，韋菲利特將不再是下任領主。一直想要解除婚約的他會為此感到高興嗎？而夏綠蒂當初因為兩人訂下婚約，便失去了下任領主的候補資格。曾經哭訴「這不公平」的女兒若知道了兩人要解除婚約，會露出怎樣的表情呢？眼看自己又有機會競爭下任領主之位，她會高興嗎？還是看到同胞兄長的未來被迫改變，會感到難過？這些芙蘿洛翠亞都無從推斷。

麥西歐爾雖是男孩，但為了防止他與韋菲利特對立，一直以來都教導他長大後要成為輔佐領主的領主一族。若要重新接受下任領主教育，年紀上雖然來得及，但現在又已經確定要由他接下神殿長之位。說不定麥西歐爾會和羅潔梅茵一樣，與貴族的交流以及所受教育不夠充分。芙蘿洛翠亞十分擔心這一點。

……但最教人擔心的，還是韋菲利特呢。

領主一族當中，韋菲利特是領主最年長的兒子，這樣的身分格外危險。尤其他曾有段時間被視為是下任領主，在貴族院也取得了優秀的成績，個性卻容易受到他人想法左右。往後他仍有可能被人恣意擁戴為下任領主，因而最糟糕的結果便是遭到暗殺；又或者被關進白塔，和薇羅妮卡一樣變成了只是提供魔力的存在。即便下場沒有如此淒涼，也極可能失去領主一族的身分。

……好不容易才解除了奧斯華德的首席侍從一職……

自從韋菲利特訂下婚約、確定成為下任領主後，奧斯華德便日漸跋扈，開始沿用薇羅妮卡那時的做法。對此芙蘿洛翠亞深感不快，偏偏任免近侍的權利又在韋菲利特自己手中。儘管她曾督促他更換近侍，他卻只是反駁：「近侍和我一起度過了這麼多危機，我不能在他們沒有做錯事的情況下把他們換掉。」

後來藉著肅清，總算成功地將奧斯華德從韋菲利特身邊踢開。但是與此同時，領主夫妻身邊的近侍也少了大半。如今夫妻倆甚至不得不共用近侍，根本沒有多餘的人才能指派給韋菲利特。原本等到領主會議結束，公務不再那麼繁忙後，會將芙蘿洛翠亞的一名近侍指派給他。然而領主會議期間，卻決定了韋菲利特與羅潔梅茵將解除婚約。

……現在究竟該怎麼辦才好？

領主會議期間，她還收到了韋菲利特護衛騎士的報告，說是韋菲利特私下似乎仍與奧斯華德有聯繫。而幫兩人傳遞信件的，是已獻名的近侍巴托特。

……問題真是接踵而來……時機不巧到了這種地步，讓人不由得想埋怨諸神呢。

韋菲利特是領主一族，如果還與原是近侍的人過從甚密，這便會形成問題。等於在向眾人宣告，他並不理解奧斯華德為何請辭或被解任，很可能發展成無謂的糾紛。

……看來必須讓他記取教訓，懂得如何約束近侍以及如何保持距離。再找雷柏赫特討論看看吧。

「芙蘿洛翠亞大人，您是不是該休息一會兒呢？」

「感謝關心，但在返回艾倫菲斯特之前，有些事情得與奧伯一起做決定才行。妳們繼續為回領做準備吧。」

回房換上較寬鬆的衣服後，芙蘿洛翠亞便交代侍從繼續做準備，自己則前往丈夫的房間。等到近侍泡好茶水，齊爾維斯特便讓他們退到屏風外側，再與芙蘿洛翠亞使用防止竊聽魔導具。此次領主會議要做的決定，就是必須如此保密。

「話說回來，這一切還真是始料未及。」

齊爾維斯特並肩與她坐在長椅上，重重嘆氣的同時，也不再板著臉孔展現出領主威嚴，而是露出底下真實的厭煩表情。

「沒想到羅潔梅茵居然成了下任君騰候補，還將成為國王的養女。」

能否找到古得里斯海得，對尤根施密特的統治來說無疑是緊要的大事。沒有古得里斯海得，就無法重新劃定領地邊界，也無法為廢領地設置新的基礎、成立新領地，更無法開關國境門。正是出於這樣的緣故，中央神殿才一直不認可特羅克瓦爾是真正的君騰，也才有人抱持著同樣的主張造反作亂，甚至政變結束後都過去十年了，善後的工作也未曾真正結束。

「其實像艾倫菲斯特這樣的中位領地，王族會想將領主候補生收為養女，這本該是值得高興與驕傲的事情呢。尤其又發現了也許能夠找到古得里斯海得，無論如何都該協助王族才對。」

在艾倫菲斯特確定得到等同獲勝領地的待遇時，芙蘿洛翠亞才知道為了支撐現在的尤根施密特，獲勝領地的負擔有多麼沉重。

如今大領地們正互相分擔，管理廢領地。而在沒有古得里斯海得的情況下，既無法管理基礎，又只能不間斷地提供魔力，會對魔力造成很大的負擔。短期的話那倒也罷，但時間拖得久了，負擔便會重得讓人喘不過氣。實際上眾人也都接到報告，得知由亞倫斯伯罕負責管理的舊孛克史德克因獲取的魔力不足，領內一片貧瘠。

「現在就連上位的大領地也沒有非常充足的魔力，王宮裡還有一個魔導具崩解了吧？身為領主一族，從崩解這種說法便能推斷出那應該是近似於基礎的魔導具，可想而知王族有多麼焦急，情況又有多麼嚴重。」

在討論要將羅潔梅茵收為國王養女的時候，王族先聲明這是機密，告訴了他們這件事。王族原先以為，即便沒有古得里斯海得，只要持續供給魔力也能統治國家。然而，殘酷的現實卻以肉眼可見的方式降臨眼前，讓王族不得不認清自己的想法太過天真。眼看尤根施密特將要崩毀，必須立即找到古得里斯海得。

回想這樣的現況以後，不難理解王族找了十年以上都找不到的古得里斯海得，有多麼難以尋得。而今發現羅潔梅茵是最有希望取得古得里斯海得的下任君騰候補，國王自然會想要馬上將她收為養女，讓她成為王族的一員。芙蘿洛翠亞認為，即便羅潔梅茵是下任領主，國王大概也依然會這麼做。

「但是，對現在的艾倫菲斯特來說，這實在不是值得高興的好消息。無論是身為羅潔梅茵的養母，還是身為該輔佐王族的領主一族，居然無法面帶笑容，毫無條件地讓羅潔梅茵前往中央，我實在感到慚愧。」

芙蘿洛翠亞喝了口茶，輕嘆口氣。她出生長大的法雷培爾塔克也因為王族未持有古得里斯海得，吃了不少苦頭。因為廢領地沒有奧伯，就無人能使用登記證對罪犯下達應有的處分，使得時至今日仍有人在作亂生事。

「羅潔梅茵若在這時候離開艾倫菲斯特，確實很教人頭疼。」

「是呀。倘若不是現在，羅潔梅茵也不會如此抗拒，更不會提出條件了吧……當面與她交涉的席格斯瓦德王子想必嚇了一大跳。」

芙蘿洛翠亞輕笑出聲。因為換作是尋常的領主候補生，應該都了解國家的現況，再加上為了領地，定然認為應該要優先取得古得里斯海得。而且，也能理所當然地接受王族比起中領地的難處，更以國家大事為優先。畢竟只要取得了古得里斯海得，所有情況都能得到改善。

然而，羅潔梅茵不僅來自幾乎未受政變波及的中立領地，還是神殿出身。對於王族與他領蒙受的損失，她無法感同身受，才會優先考慮自領，不願提供協助，還開出了各種條件。也難怪王族大吃一驚。但與此同時，艾倫菲斯特也十分慶幸有她的這番交涉。如果不是羅潔梅茵提醒，芙蘿洛翠亞從沒想過要向王族提條件。

「雖然可以理解這也是無可奈何，但對領地造成的影響太過巨大，實在教人頭痛。這要是發生在一年前的話，就能用來要求國王取消婚約，而不是讓斐迪南免於連坐了……」

「是呀。若不是斐迪南大人入贅至亞倫斯伯罕，羅潔梅茵面對王族的態度也不會如此強硬吧。倘若斐迪南大人能照著當初的原定計畫，一直等到領主會議這段時間才移動就好了……」

若不是斐迪南提前到了秋季尾聲便前往亞倫斯伯罕，他也不會深入接觸他領事務，那星結儀式就算要延期也不會有任何問題。而且若是還沒有牽涉到蒂緹琳朵，羅潔梅茵也就不會如此緊張兮兮，拚了命要讓他免於連坐吧。領內事業的交接也可以更有餘裕，肅清的善後工作更是能輕鬆完成。

……不僅如此，韋菲利特也不會挑在這種時候做出引人非議的舉動吧。

對於羅潔梅茵太過擔心斐迪南，還為了他奮不顧身，韋菲利特是到了春天才突然對此產生質疑，然後表現出抗拒與排斥。當然，倘若斐迪南真等到了要結婚才前往亞倫斯伯罕，屆時羅潔梅茵也一直在擔心他的話，總有一天韋菲利特同樣會反對吧。但是，至少不會發生在現在。這樣一來，現在這種與未婚妻鬧僵的情況就能避免，最終也能在相對平穩的狀態下解除婚約。

「世事真是不如人意。」

芙蘿洛翠亞嘆氣說完，齊爾維斯特便抬手輕撫她的背部，撫慰她的辛勞。瞬間緊張舒緩開來，她的身體慢慢放鬆。轉頭一看，只見身旁丈夫的臉龐同樣有著濃厚倦色。芙蘿洛翠亞也伸出手，輕撫他的臉頰。透過些許的肌膚接觸，感受彼此的溫暖，這樣的時光十分寶貴。

「經過這次的事情，我重新體認到了羅潔梅茵若要成為國王的養女，視野還是有些狹隘呢。」

「是嗎？」

「畢竟尤根施密特的基礎若有萬一，那麼無論是艾倫菲斯特還是人在亞倫斯伯罕的斐迪南大人，都不可能平安無事。她既然是日後將統管領地的領主一族，應該要選擇犧牲更少的那方。但是，羅潔梅茵都是憑自己的感情與好惡在做判斷吧？韋菲利特也是，以兩人的年紀來說，有些行為都太過孩子氣了。」

儘管兩人在貴族院的成績相當優秀，但以領主一族來看，根本上的教育明顯都有不足。一邊是由薇羅妮卡撫養長大，一邊是在神殿長大。幼時教育環境所帶來的影響，遠比芙蘿洛翠亞預想的還要深刻。

「確實，羅潔梅茵不僅在尤列汾藥水裡睡了兩年，加上長時間待在神殿，至今依然不太了解貴族的常識。表面上雖能裝得有模有樣，但有時候能感覺到她在根本上並沒有理解。我也聽說她都優先做自己想做的事情，提不起勁的事就往後拖延。」

就連貴族女性該練習的刺繡，她也時常一拖再拖——這件事芙蘿洛翠亞聽近侍們報告過，所以她也相當清楚。

「但是，與其說是羅潔梅茵視野狹隘，不如說她是傾向於只關注自己身邊的人，這樣好像比較正確。譬如比起貴族，她更重視自小就有往來的平民；比起未婚夫韋菲利特，她更擔心曾為監護人的斐迪南；比起尤根施密特的危機，她更在乎艾倫菲斯特的現況等，這些事說到底都是一樣的吧。在自己能力所及的範圍內她會全力以赴，但除此之外的事她便漠不關心。」

丈夫比自己要了解羅潔梅茵，因此芙蘿洛翠亞聽完十分贊同。說來沒錯，有時羅潔梅茵非常機警，設想之周到就連身為大人的他們也嘆服不已；但有的時候，卻連受洗前後的孩童都知道的事情也不清楚。感覺非常矛盾。

「但反過來說，一旦她成為了國王的養女，就會非常重視中央與王族，而把尤根施密特擺在第一順位了吧。那麼為此，必須讓她在中央擁有重視的人事物。」

「如果羅潔梅茵看待事物的這種方式在中央也行得通，那樣當然最好，但事情會如此順利嗎？至今因為她在神殿長大，缺乏貴族常識，這樣反倒對王族有利；但在她前往中央以後，可能就會被視作缺點，認為她所受教育不足。」

不論是亞納索塔瓊斯與艾格蘭緹娜的聯姻，還是在貴族院舉行奉獻儀式、收集魔力，這些事情其他貴族根本想不到，更遑論是提議吧。芙蘿洛翠亞認為，羅潔梅茵正是因為無知才能提出這些建言。

「雖然我也想盡力補救她教育不足的問題，但羅潔梅茵本人並不想來城堡，所以我也無能為力呢。」

偶爾芙蘿洛翠亞會趁著晚餐或茶會，在閒話家常時以母親的身分給予孩子們指點和教誨。但是，不在城堡的羅潔梅茵根本學習不到。再加上她很少與貴族往來交流，便吸收不了本來可以自然而然習得的常識。

「即便我想趕在她前往中央前稍做補救……但接下來羅潔梅茵會忙於準備搬遷還有交接公務，來城堡的次數會比以前更少吧？」

先前她想讓羅潔梅茵接受第一夫人應有的教育時也曾遭到拒絕，理由就是得優先處理神殿事務。加上身邊的人也都說：「不必急著教導羅潔梅茵。」、「比起接受第一夫人應有的教育，她還有其他更重要的事。」她也就沒有強求。但事到如今不只羅潔梅茵，就連芙蘿洛翠亞自己也沒有多餘的心力了。寶寶出生以後，凡事要以孩子為先。

「但既然羅潔梅茵會在神殿與艾薇拉碰面，我們也沒有禁止她回老家，平常會從親生母親那裡獲得貴族女性該有的教育吧。只不過，上級貴族與領主一族的身分終究不同，唯獨這點令我有些擔心。」

聽完芙蘿洛翠亞的擔憂，齊爾維斯特只是苦笑著擺擺手。

「羅潔梅茵會自己看著辦吧。直至今天她都是這樣走過來的，膽子還大到敢與王族當面交涉，堅持自己的要求。之前我覺得辦不到的事情，她也都靠著機智或是我們無法理解的方法擺平。我並不怎麼擔心她。」

「……你還是老樣子這麼樂觀，還是該說你太過放任呢……」

明明她擔心的是羅潔梅茵的貴族常識不足，齊爾維斯特卻說她維持現狀就好，芙蘿洛翠亞不禁輕輕扶額。

「現在時間所剩不多，與其煩惱來不及教導羅潔梅茵，還是先思考與他領的關係，以及艾倫菲斯特的領內事務。畢竟對領地造成的影響太大了。羅潔梅茵可不是尋常的未成年領主候補生，她有很多工作都需要交接。」

「搬去中央前還有一年的時間，應該能做好萬全的準備吧。羅潔梅茵在與王族交涉的時候，不是也把這些事情都考慮在內了嗎？」

和齊爾維斯特一樣，羅潔梅茵也很清楚自己前往中央，會對領地造成多大的影響。關於自己負責的工作要交接給誰，她應該已經規劃好了。

「現在麥西歐爾已經開始交接神殿的公務，印刷業也由艾薇拉擔任負責人。羅潔梅茵也會以布倫希爾德為中心，將負責與平民區溝通的人員，交由近侍們去分擔吧。雖然從兩人目前的關係來看有難度，但我很希望她把部分工作也交接給韋菲利特呢。」

「在我看來恐怕沒辦法。交接工作不可能順利進行吧，況且近侍之間的關係也不好，很可能時常發生衝突。」

芙蘿洛翠亞也知道，這樣只會給羅潔梅茵與韋菲利特都造成額外的負擔。但為了讓兒子將來的處境能好些，她認為韋菲利特最好能接手一些羅潔梅茵的工作。

「不然，至少請夏綠蒂幫忙交接一些工作吧？那孩子和羅潔梅茵的感情很好，應該也不會發生什麼大問題。」

若能讓夏綠蒂接下羅潔梅茵的一些工作，往後或許能讓韋菲利特參與其中。

「不行，夏綠蒂得負責輔佐妳。在妳生產完後大約半年的時間，她都得專心投入妳原本負責的工作。而且羅潔梅茵得在一年之內完成交接，夏綠蒂也沒有餘力再承擔她的工作吧。」

「……如果能由布倫希爾德來輔佐我就好了，但她尚未成年，現在也還只是未婚妻的身分。」

布倫希爾德尚未正式成為領主一族，不好請她支援第一夫人的工作。輔佐工作只能交給芙蘿洛翠亞生產完後，依然能進出她房間來討教的夏綠蒂；而羅潔梅茵的工作則由布倫希爾德去交接，一切更能順利進行。儘管心裡清楚，但想起正值叛逆期的兒子，芙蘿洛翠亞仍為他的未來感到無比擔心。

「關於韋菲利特要負責的工作，你是如何打算的呢？」

原本計畫領主會議結束後，就要傾注全力教育韋菲利特。然而領主會議期間，卻決定了兩人的婚約將要取消。比起教育不足的問題，他往後的處境更教人擔心。

「韋菲利特還是和以前一樣，負責從旁協助我。畢竟我的工作也會增加。」

「可是，他能坦然接受嗎？我很擔心他又鬧起彆扭，說什麼『明明婚約已經解除了，我又不是下任領主』……」

就在領主會議即將到來前，波尼法狄斯宣布他要中斷對韋菲利特的下任領主教育，更直言：「再這樣下去，我可照顧不了他。」領主會議期間，芙蘿洛翠亞也會收到近侍送來的報告，然而並未發現韋菲利特的態度有所改善。反而下任領主的教育暫時中斷後，他似乎還為此感到開心。芙蘿洛翠亞眉頭深鎖，吐露自己的不安。齊爾維斯特按住她的眉心，試圖推開皺摺，苦笑道：

「我交給韋菲利特的不會是下任領主該做的工作。就算婚約解除了，不再是下任領主，領主一族該盡的義務也不會消失。更何況，韋菲利特自己一直想與羅潔梅茵解除婚約啊。不想要的婚事終於可以解除，他應該會欣然接受吧。」

丈夫打算當著貴族們的面，藉由交付領主一族該做的工作，來保障韋菲利特的地位。芙蘿洛翠亞雖能理解，但這麼做對貴族們來說真的有用嗎？一旦婚約解除，韋菲利特就會失去下任領主的資格，成為帶有瑕疵的領主候補生。不再是下任領主的領主一族在艾倫菲斯特會有怎樣的待遇，只要看看基貝．葛雷修一家的起源，也就不難想像。

……如果兩人之間存有男女之情的話，一切就簡單多了呢。

倘若兩人互相心存愛慕，便能在交涉時提出要求，等羅潔梅茵成為國王的養女，就讓韋菲利特以未婚夫的身分入贅至中央；或是等羅潔梅茵將古得里斯海得交給王族後，就讓她嫁回艾倫菲斯特。要是事情能夠這樣發展，芙蘿洛翠亞也不會為韋菲利特的未來感到擔心吧。

然而實際上，韋菲利特卻是吵著要求父母解除婚約；羅潔梅茵則認為婚約只是義務而漠不關心；王族更是放眼將來，想將羅潔梅茵招攬過去。這樁婚約沒有任何能夠維持下去的理由。

「……你真的認為不受貴族待見的那孩子，能保住領主一族的身分嗎？」

「做到這一點，不正是我身為父親及領主的職責所在嗎？再說了，現在妳該操心的事情是生產。」

齊爾維斯特輕笑一聲，把手放在芙蘿洛翠亞的肚子上。面對他那絕不動搖的自信，芙蘿洛翠亞感到可靠，同時也無比擔心。因為她深知丈夫好面子又愛逞強。

「知道羅潔梅茵要前往中央，萊瑟岡古的貴族們肯定會大力反對吧。但是，能成為國王的養女是件光榮的事情。一旦羅潔梅茵離開了，他們要吵也吵不了多久，而且我也已與布倫希爾德訂婚。雖然可能得花點時間，但最終還是會平靜下來吧。」

如今肅清過後，舊薇羅妮卡派已然瓦解，受到擁戴的韋菲利特也將在婚約解除後不再是下任領主；齊爾維斯特似乎以為，萊瑟岡古一族即便有反彈，也不會持續太久吧。但是，芙蘿洛翠亞卻無法如此樂觀。同為領主一族，她與齊爾維斯特的想法卻不一樣。畢竟齊爾維斯特在還是下任領主的時候，地位從來沒有動搖過；而她卻是第三夫人的女兒，端看成婚的對象，很可能失去領主一族的身分。

……在羅潔梅茵真正離開之前，是否該稍微削弱萊瑟岡古長老們的力量呢？為了讓韋菲利特在婚約解除以後，仍能保有領主一族的身分，也許該預先採取一些對策。

「妳的表情別這麼凝重，其實我也不確定情況能否如我所願。但是，只要不說出羅潔梅茵將前往中央一事，萊瑟岡古的貴族們也不可能有所行動吧。」

目前知道羅潔梅茵將成為國王養女的，只有參與了談話的王族、艾倫菲斯特的領主夫婦，以及羅潔梅茵本人而已。近侍與一同出席領主會議的貴族雖然知道他們屢次接到王族召見，但並不知曉談話的內容。

「那麼在羅潔梅茵前往中央之前，最好別讓貴族們知道這件事呢。畢竟我們現在沒有餘力去協調各方了。等到羅潔梅茵該移動的時候，我應該也過了最關鍵的哺乳初期，可以出來走動。」

「嗯。此事暫時得保密，再各別通知需要進行交接的近侍就好了吧。」

之後想必會私下告知那些需要進行交接的人，況且在羅潔梅茵準備前往中央的過程中，慢慢也會有人察覺到吧。想到這裡，芙蘿洛翠亞忽然驚覺。

「那羅潔梅茵前往中央的準備工作該怎麼辦呢？我一生產完可能就無法動彈啃。」

羅潔梅茵可是費盡心思，為艾倫菲斯特爭取了最大的利益。為了她，芙蘿洛翠亞身為養母、身為領主的第一夫人，也想盡力為她做好周全的準備。但是，現在她是心有餘而力不足。她已經生過三個孩子，所以即使不情願，也非常清楚自己產後的狀態，以及照顧起新生兒會有多麼疲累。

「用不著妳出馬，羅潔梅茵還有親生母親艾薇拉吧？準備工作交給她就好了。再者比起在城堡裡進行準備，這樣也不容易走漏風聲，羅潔梅茵也更輕鬆自在吧。我會請卡斯泰德拜託艾薇拉。」

艾薇拉還有印刷業的業務要交接，想必已經十分繁忙。但是，芙蘿洛翠亞很清楚她對女兒有多麼疼愛，而且比起和養母，羅潔梅茵也更珍惜與親生母親共度的時光吧。對於丈夫的提議，芙蘿洛翠亞點一點頭。

「說得也是呢。艾薇拉本來就常去神殿，開口請羅潔梅茵的近侍提供協助也會容易得多吧。還請幫我轉告，我也會盡力幫忙。」

羅潔梅茵的遷離準備與交接、婚約解除後對孩子們造成的影響、亞倫斯伯罕的葬禮、生產的準備工作、葛雷修的改造等——要考慮的事情真是太多了。芙蘿洛翠亞輕輕摸著肚子，細聲低喃：「我們一起加油吧。」

領主會議的報告會（三年級）

「姊姊大人，歡迎回來。」

「羅潔梅茵，妳回來了嗎！」

我一走出轉移廳，夏綠蒂、波尼法狄斯與負責留守的近侍們便上來迎接。在眾人後方，還看得到麥西歐爾與韋菲利特的身影。由於回來時是從身分最高的人依序返回，所以他們正在與早一步回來的領主夫婦說話。

「羅潔梅茵、夏綠蒂，領主一族的會議定在明天下午，小心別遲到了。」

看到我也回來了，齊爾維斯特神色如常地這麼提醒我們。他完全沒讓表情透出半點端倪，免得眾人察覺明天的會議上將報告我要成為國王養女一事。見到他如此有領主風範的一面，我心裡有些佩服，同時也效法他，面帶微笑回道：「我知道了。」

「今天就先好好休息，準備明天出席會議。」

隨後，齊爾維斯特便護送著芙蘿洛翠亞返回本館的居住區域。目送一行人離開後，我們也要往房間所在的北邊別館移動，否則其他貴族無法使用轉移陣。

「羅潔梅茵，我如果保持這個姿勢，就能護送妳了吧？」

波尼法狄斯把手扠在腰間上說。

「波尼法狄斯大人，恕我僭越。但護送應該是未婚夫韋菲利特大人的工作才對……」

萊歐諾蕾露出有些為難的表情勸阻。

「因為我平常很少有時間能與孫女相處，是她的未婚夫願意把這機會讓給我。」波尼法狄斯這麼反駁後，再轉向韋菲利特尋求同意。

「……畢竟宴會這類的場合上，波尼法狄斯大人根本沒機會能護送羅潔梅茵啊。只是從這裡到北邊別館的話，交給他護送也沒關係吧。」

儘管韋菲利特已經同意，這次卻換柯尼留斯皺起眉面露難色。

「但讓祖父大人護送羅潔梅茵太危險了。」

「柯尼留斯，你什麼意思?!只要我手放在腰間上不動哪會有問題?!」

但至今就是因為祖父想與孫女多相處，導致我多次面臨危險，護衛騎士們也才這麼警戒。偏偏波尼法狄斯手扠著腰，挺起胸膛說得信誓旦旦。

「那請容我們進行檢查，確認祖父大人的手是否真能牢牢支撐。」

柯尼留斯與安潔莉卡一臉正經八百，開始檢查波尼法狄斯扠在腰上的手是否牢固。他們一下子用力推，一下子試著勾住手臂用力拉扯。

……檢查也太仔細了！雖然兩個人很認真，但大家明顯都在憋笑！

只有麥西歐爾滿臉羨慕地看著三人，還說：「看起來好好玩喔。」但韋菲利特與夏綠蒂等人明顯都在忍笑。

「如您所見，波尼法狄斯大人的手確實能支撐住。只要抓住手腕這裡，應該不會給羅潔梅茵大人的手臂造成負擔。」

花了點時間檢查後，最終柯尼留斯一臉莫可奈何，同意我接受波尼法狄斯的護送。

我把手放在柯尼留斯指示的位置上，試著開始移動。波尼法狄斯顯然努力在配合我的走路速度，所以看起來還算是有護送的樣子吧。但如果想要看起來更像是一般的護送，那得等我再長高一點。因為看在旁人眼裡，現在的我與其說是「挽著手臂」，比較像是「舉手抓著吊環」。

……火神萊登薛夫特的加護，來吧！我可是引頸期盼著祢促使我成長喔！

「姊姊大人，這是您第一次參加領主會議，感覺怎麼樣呢？聽波尼法狄斯大人說，您不只第一天主持了星結儀式，還在最後一天舉行了奉獻儀式，真教我大吃一驚呢。」

「我自己也嚇了一跳喔。因為當時我正在地下書庫裡翻譯資料，王族竟然跑來拜託我這件事。」

其實正確地說，是「我讓王族這麼拜託自己」，但總不能對夏綠蒂說實話。我接著回想之前在地下書庫裡，與漢娜蘿蕾以及王族一起翻譯時有過的談話，從中挑了一些說出來也沒關係的事情與大家分享。夏綠蒂他們也告訴我這段時間發生了哪些事。

「我們幫波尼法狄斯大人的忙，一起去供給了魔力喔。還有，我還跟麥西歐爾以及韋菲利特哥哥大人一起背了禱詞。」

「嗯，因為麥西歐爾說他必須背好洗禮儀式的禱詞……所以我們就陪他一起背了。這樣比一個人背更有效率吧？」

據說哈特姆特在神殿裡留下了大量作業，麥西歐爾的近侍只能硬著頭皮含淚面對。也因為這樣，韋菲利特與夏綠蒂才會協助麥西歐爾背禱詞。

「那麼成果如何呢？」

「我已經背好洗禮儀式的禱詞了。還有，我現在供給完魔力後，已經不會再無法動彈了喔。」

由於麥西歐爾在神殿也會奉獻魔力，所以對於基礎魔法的魔力供給，似乎也很快就適應了。聽著大家在領內的日常生活點滴，不久便回到了北邊別館。

「祖父大人，謝謝您護送我回來。」

「嗯。那晚餐時再敘……」

波尼法狄斯似乎把全副精神都放在了腰間的手上，平安護送我回來後，他便如釋重負地呼出一大口氣。接著他顯得心滿意足，神情愉快地轉身離開。

回到房間以後，我讓陪同前往領主會議的成年近侍與未成年的近侍交接，然後要他們在明天下午的會議之前都先回去好好休息。護衛騎士與文官的人數還算足夠，所以這麼做並無問題，但侍從將只剩下谷麗媞亞一人。這下該怎麼辦才好呢？我正陷入苦惱時，莉瑟蕾塔往前站了一步。

「羅潔梅茵大人，只有谷麗媞亞一個人太辛苦了，我還是留下來吧。」

「莉瑟蕾塔，可是……」

「與需要陪您前往地下書庫的奧黛麗不同，我只是待在宿舍裡而已。」

但我知道，莉瑟蕾塔並不只是待在宿舍裡而已。她得準備茶水，還要把午餐從宿舍送到圖書館。話雖如此，要是無視侍從的體貼，結果對谷麗媞亞造成負擔，那我就會成為不合格的主人吧。

「那麼從後天開始，我會給莉瑟蕾塔兩天的休假，今天和明天就麻煩妳了。」

「遵命。」

護衛騎士們各自返家或返回宿舍，兩名文官則與奧黛麗一同踏上歸途。莉瑟蕾塔與谷麗媞亞開始整理帶回來的行李，我則聽著菲里妮與羅德里希報告神殿這陣子的情況，然後翻看兩人抄寫的書籍。

……如果要召集所有近侍談話，等領主一族的會議結束之後應該正好吧？啊，還要記得通知布倫希爾德。

晚餐席間，則是聆聽留在領內的大家報告近況，領主會議的相關報告還是等到會議上再說。

今天從下午開始，便是領主一族的報告會。出席的不光是領主一族與其近侍，還有許多騎士團高層與高階文官。而今年與往年相比有一點不同，那便是尚未就讀貴族院的麥西歐爾也被要求出席。

「不知道為什麼我也被要求出席了。」

「想必是不分年紀，有重要的消息要報告吧？羅潔梅茵，妳應該知道些什麼吧？」

在韋菲利特的注視下，我只是微笑回道：「等到會議上就知道了。」畢竟可不能在這時候就洩露機密，告訴他們我將成為國王的養女，而麥西歐爾必須在短短的一年時間內交接完神殿長的工作。

我們兄姊三人圍繞著一臉緊張的麥西歐爾，一同前往會議室，然後往安排好的位置坐下。與領主一族同行的近侍，每種職務只能各帶一人，所以侍從我帶了奧黛麗，文官則是哈特姆特，護衛騎士是柯尼留斯。文官與侍從馬上俐落地做起準備。等到所有人都做好準備，領主夫婦便走進來，這點也和往年一樣。

「所有人都到了吧。接下來開始報告領主會議的結果。」

齊爾維斯特這樣宣布後，報告會正式開始。

「今年一樣有不少重大變化，所以有許多消息要通知各位。此外也有不少重要決定，請各位留神細聽。」

和往年一樣，首先發表了今年領地的排名。幸虧先前領地對抗戰上向亞納索塔瓊斯提出過請求，今年的排名順利維持原樣不動，而且也因此得到等同獲勝領地的待遇。

「噢噢，這可真是好消息……」

聽到排名並未上升，好些人的反應都是既高興又鬆了口氣。由此可以看出，目前大人們真的跟不上排名的變化。

「但是，一旦我們被歸為獲勝領地，便要承擔起至今未曾有過的責任。想必各位也知道，目前庫拉森博克正負責管理舊卓斯卡，戴肯弗爾格與亞倫斯伯罕則是共同管理舊孛克史德克吧？而多雷凡赫因為離落敗領地太遠，無法幫忙管理土地，便往中央送去了許多上級貴族以提供協助。因此，據說他們領內雖有不少無法轉籍至中央的領主一族，上級貴族的人數卻不多。」

透過聯姻與王族成為親戚的格里森邁亞和哈夫倫崔，為了輔佐現在的王族，自然也幫忙承擔了不少責任。所以，至今一直是中立領地的艾倫菲斯特，既然已被歸為是獲勝領地的一員，理應也要為王族分憂。

「……那需要我們做的事情究竟是……？」

齊爾維斯特看向一臉提心吊膽的貴族們，最終目光停在我身上說道：

「此事會在明年宣布。但是，除了得為王族分憂解勞，國王也已經同意，今後五年若有他領想與艾倫菲斯特聯姻，只許出嫁和入贅，好讓艾倫菲斯特可以迅速增加領內貴族的人數。此外，王族也願意提供給我們四十個孩童用魔導具。儘管得幫忙分擔責任，但往後領內的貴族人數將能順利增加吧。」

……啊，是為了到時候可以宣稱，我成為國王的養女，就是艾倫菲斯特必須承擔的責任吧。

在場貴族的反應大致分成兩種。一種是聽到如此優渥的補償，覺得幫忙分擔點責任也是理所應當；一種是感到不安，不知道屆時得攬下多大的重擔。在這樣的氣氛下，接著報告的是與儀式有關的幾件事情。包括斐迪南的星結儀式延期了、今年的領主會議舉行了奉獻儀式，以及往後大人也能重新舉行加護儀式等。另外也告訴大家，王族在跳過奉獻舞、讓魔法陣發光以後，現在的下任君騰候補已不只有蒂緹琳朵一人。

接下來報告的，則是關於貴族院從明年開始的改動。比如思達普將從一年級改成三年級才取得，上課內容也將因此有些更動；還有今後在貴族院仍會舉行奉獻儀式，但表面上會當作是庫拉森博克與艾倫菲斯特的共同研究。

「思達普要改回三年級才取得嗎？應該不是因為貴族人數增加，魔力比較有餘裕了吧？」

「似乎是因為若取得的加護越多、成功壓縮越多魔力，能夠取得的思達普品質也就會越好。透過戴肯弗爾格與艾倫菲斯特發表的共同研究，今後能取得複數神祇加護的學生將越來越多吧。此外，藉由在領主會議上舉行奉獻儀式，大人也能重新舉行加護儀式。畢竟思達普一生只有一次取得的機會，當然要盡可能提升品質。」

聽完齊爾維斯特的說明，貴族們暫且都露出了可以理解的表情。

「既然貴族院的課程規劃會有改變，那兒童室的課程安排是否也要大幅更改？」

齊爾維斯特朝我看來，詢問意見。但兒童室教的主要都是學科，應該不太需要更改課程安排。

「會用到思達普的都是術科，那麼學科課應該不會有變動吧。至於以前三年級才取得思達普時是怎麼上課的，我想問問莫里茲老師就知道了。」

齊爾維斯特「嗯」地點一點頭。

「現在該考慮的，反倒是聖典繪本與智育玩具開始販售以後，再過幾年多數領地的平均分數都會變高吧？」

「是啊。不再禁止聖典繪本與智育玩具販售後，我們已經趁著呈獻樣本給王族時當場宣傳過了，應該引起了不少人的興趣。幫我轉告普朗坦商會，數量要多準備一些。」

「很多地方都是把印刷品當成冬天的手工活在製作，所以從現在開始直到夏天，數量大概增加不了多少喔。還是告訴他們，由於明年開始葛雷修就會做好準備，能與更多領地進行貿易，所以請趁著冬季期間大量印製。」

我已經通知過班諾，今後將開始販售聖典繪本，也收到他們印好一定數量的報告了。但是，想從現在開始直到商人們來訪的夏天之前印好大量成品，還是不可能的。

「嗯。我也已在領主會議上向他領宣告，明年應該能與多一點的領地進行貿易，所以這件事得優先做好準備。」

不知道葛雷修的準備工作進度怎麼樣了？只能等到通知領主會議結果的時候，順便問一聲才知道了。

「夏初有奧伯．亞倫斯伯罕的葬禮，必須出席不可。懷有身孕的芙蘿洛翠亞將留在領內，只有我一個人出席。這件事的相關準備也麻煩各位了。」

齊爾維斯特說了，撇開與喬琪娜的恩怨不說，鄰領的葬禮還是非得參加不可。況且我還要請他幫忙確認，亞倫斯伯罕有無遵照王族的要求為斐迪南提供秘密房間，所以他一定得出席。

……雖然我也很想親自確認……

但我現在不僅要忙著交接、為新生活做準備，原本也沒什麼體力，不適合長途在外旅行，再加上我有兩名護衛騎士絕對不能帶到喬琪娜面前。在這種情形下，不可能允許我一起前往亞倫斯伯罕吧。

後來的報告內容則是些比較瑣碎的事情。比如國王已拒絕蘭翠奈維公主的呈獻、使用了圖魯克的騎士們已經受到處分並從中央騎士團被除名、眾人在體驗過儀式後都對儀式產生了興趣等等。

「以上就是要向各位報告的消息。接下來還請所有人迴避，領主一族留下即可。包含近侍在內，請所有人都離開會議室。」

報告完領主會議的結果後，齊爾維斯特命令近侍們離開會議室。報告會結束後，居然還要摒除近侍進行談話，這種情況從未有過。

「奧伯?!」

「這究竟是……」

眾人紛紛發出訝叫，但齊爾維斯特不再作聲，靜靜等著眾人離開。

「羅潔梅茵大人……」

「這是奧伯的命令。哈特姆特、柯尼留斯，請你們都退下去吧。」

要求一臉擔憂的近侍們退下後，我緩緩吐了口氣。近侍們與領內的高層一邊走出房間，一邊互相觀察，不曉得到底發生了什麼事。留下來的領主一族，除了已經知道所有內情的我與領主夫婦外，所有人的表情都非常緊張。

解除婚約與未來的選擇

「各位，都到這裡集合吧。」

在場的領主一族依著指示集合後，齊爾維斯特便發動指定範圍的防止竊聽魔導具。不光屏退了近侍，甚至還使用防止竊聽魔導具。眼看父親這麼小心戒備，麥西歐爾微微發抖，仰頭看向綻放藍光的結界。

「有什麼事非得做到這種地步不可嗎？你到底想說什麼？」

在波尼法狄斯的催促下，齊爾維斯特終於開口。

「一年後羅潔梅茵將成為國王的養女，此事已成定局。而且等到羅潔梅茵成年，多半也會與席格斯瓦德王子訂下婚約。」

並未參加領主會議的其他人都微微瞠大雙眼，張合著嘴巴說不出話來，似乎一時之間不知該如何回應。看著彷彿沒有聽懂的眾人，齊爾維斯特語氣平靜地接著道：

「王族給了我們一年的時間，讓羅潔梅茵做好準備前往中央。這段時間為了羅潔梅茵的安全著想，她將成為國王養女一事不會告訴其他人。對外必須維持現狀，並且暗中做好前往中央的準備。」

齊爾維斯特對古得里斯海得隻字未提。因為還不確定我能否取得，也不知道取得之後要怎麼處置，所以這件事得向眾人保密。在艾倫菲斯特，對於有必要進行交接的人，只會告訴他們「一年後我將成為國王的養女並前往中央」。
聽到我將成為國王的養女，夏綠蒂大概是最快理解到會發生什麼事的人吧。只見她扭頭看向韋菲利特。韋菲利特則是瞪大了眼，僵直著身體動也不動，兩眼發直地盯著齊爾維斯特瞧。
「那神殿怎麼辦……？」麥西歐爾剛這麼小聲低喃，就被波尼法狄斯的怒吼蓋過。
「……齊、齊爾維斯特，你在胡說八道什麼?!羅潔梅茵要成為國王的養女?!領主候補生怎能轉籍至中央！」
波尼法狄斯提高音量，神色倉皇地厲聲質問，但齊爾維斯特只是緩緩搖頭。
「羅潔梅茵是我的養女。只要解除我們的養父女關係，她就會變回卡斯泰德的女兒，也就是上級貴族的身分。要轉籍至中央毫無問題。」
「你竟答應了王族如此無理的要求嗎?!」
「因為這是王命。雖然我們也提出了不少條件，但最終還是不可能說不吧。」
齊爾維斯特斷然回道。「什麼條件？」波尼法狄斯立即反問，目光兇惡地瞪著齊爾維斯特。齊爾維斯特話聲平靜地回答，似乎早就料到他會是這樣的反應。
「方才我說過了吧？為了增加貴族人數，往後五年他領想與我們聯姻時必須遵守限制，另外還有孩童用魔導具。」
「就這樣而已嗎?!你就為了這些把羅潔梅茵賣給中央嗎?!」
波尼法狄斯激動得霍然起身，齊爾維斯特接著再說出他沒在報告會上提及的事情。
「除了這些，還有王族會向中央裡的艾倫菲斯特貴族下令，要求他們必須返鄉；另外也願意承認將羅潔梅茵收為養女一事，會對艾倫菲斯特造成負擔；最後就是會讓斐迪南免於連坐，並改善他的待遇。去年斐迪南可是自己與王族達成共識，沒為艾倫菲斯特帶來像樣的好處。相比起來，今年我這個奧伯可說是做得相當稱職。」

聞言，波尼法狄斯猛地瞪大藍色雙眼。

「你說讓斐迪南免於連坐並改善他的待遇嗎?!這種要求到底能帶來什麼好處？讓已經入贅至他領的人免於連坐並改善待遇，和讓羅潔梅茵成為國王的養女，這兩件事根本無法相提並論，也不能為艾倫菲斯特帶來益處吧？你竟然為了弟弟昏了頭嗎？身為奧伯．艾倫菲斯特，應該要提出對我們更有利的條件才對！」

面對波尼法狄斯的咆哮，齊爾維斯特一臉厭煩地指向我。

「讓斐迪南免於連坐並改善他的待遇，是羅潔梅茵提出的條件，可不是我提的。」

瞬間，所有人都一致往我看來。波尼法狄斯更是震驚到下巴快掉下來，眼神在空中游移。

「羅潔梅茵，難不成妳愛慕斐迪南嗎？還是在神殿發生過什……」

「祖父大人，我並不是愛慕斐迪南大人喔。擔心一個等同家人的人，真的有這麼奇怪嗎？……等我去了中央，祖父大人馬上就會忘記我嗎？也不再稱呼我為孫女，會跟別人說您與我毫無關係嗎？」

這樣的話讓人有點難過呢——我一邊這麼想著一邊問道。波尼法狄斯當即反駁。

「當然不會。就算妳與齊爾維斯特解除了養父女關係，妳也一樣是我的孫女。」

「那麼，您會稱呼這種情感為愛慕嗎？」

「……什、什麼？」

波尼法狄斯霎時愣住，我對他微微一笑。

「我擔心斐迪南大人的這份心情，想必就和祖父大人聽到我要離開，為我感到擔心的心情一樣喔。雖然王族未能答應，但原本我的要求，是希望他們能把斐迪南大人還給艾倫菲斯特。」

這樣一來，不管是魔力、萊瑟岡古，還是神殿事務與印刷業務的交接等，領內大半的問題都能解決——我這麼補充說明。「……是我妄做揣測了。」波尼法狄斯有些垮下肩膀，重新坐下。

「羅潔梅茵，對於要去中央，妳不感到抗拒嗎？」

「當然會啊。因為我不只要丟下自己重要的印刷工坊與圖書館，生活環境也會有極大的改變。本來我在這裡可以馬上收到新書，但是到了中央，他們甚至不願意在我居住的建築物裡設置圖書室。我心裡的不滿可多了。」

面對生活品質的下降，我內心的不滿可無法輕易消除。因此，我想盡快也在中央成立印刷工坊，還要想辦法改良連結中央與艾倫菲斯特的轉移陣，才能順利收到新書。

「可是，就連斐迪南大人也無法違抗王命，前往了亞倫斯伯罕。所以既然這是王命，那我也無可奈何。雖然我成為國王的養女後，只能多多提攜艾倫菲斯特，但我也想盡量幫助大家。」

波尼法狄斯張開嘴巴，似乎還想說些什麼。齊爾維斯特對他聳了聳肩。

「你的孫女將嫁給王族，這是值得高興的喜事吧？畢竟你總說她與韋菲利特並不匹配，還說韋菲利特配不上羅潔梅茵。」
齊爾維斯特夾帶著嘆息說完，波尼法狄斯臉色一變，看向韋菲利特。韋菲利特則是皮笑肉不笑，回望波尼法狄斯。
「波尼法狄斯大人，事到如今您何須這麼驚訝呢。這種事我早就知道了。因為身邊的人一直在對我這麼說……不管我走到哪裡，都能聽到別人說羅潔梅茵比我更優秀，比我更適合擔任下任領主。」
韋菲利特緩緩吐氣說完，從波尼法狄斯身上別開目光，看向齊爾維斯特。他放在桌上的手緊握成拳，微微顫抖著。
看得出來他雖然坐在這裡，內心的情感卻在劇烈起伏。但是，他沒有像剛才的波尼法狄斯那樣驚慌失措，也沒有抬高音量，只是平靜開口：
「現在能把羅潔梅茵留在領內的領主候補生只有我、身為艾倫菲斯特的領主候補生，維持這樁婚約是我的義務——一直以來大家都跟我這麼說。而今，這樁婚約終於能夠解除……」
從那淡漠的語氣，可以知道對韋菲利特來說與我的婚約也只是義務。說不定本人一直想要解除，卻遭到身邊的人阻止。
……倘若真是這樣，那這次的王命對哥哥大人來說，算是天外飛來的好消息嗎？
畢竟我們的婚約是因為王命不得不取消，如果韋菲利特不會因此太傷心難過的話，那就太好了。我天真地這麼心想，暗暗鬆了口氣。
「那麼，父親大人。今後艾倫菲斯特的下任領主將由誰擔任？」

「人選以後再決定，不急於一時。」

面對韋菲利特的注視，齊爾維斯特也定睛回望，平靜說道。儘管他的語氣平淡，但總有一種什麼將要斷裂的緊張感。明明一直想要解除的婚約將因王命能夠解除，但從現場氣氛來看，韋菲利特並沒有因此單純地感到高興。我強烈感受到他正拚命壓抑著內心的情感，胃部有種被掐緊的感覺。

「可以由夏綠蒂招贅他領的領主候補生，也可以由麥西歐爾來爭取，將來也說不定是芙蘿洛翠亞肚子裡的孩子會當上。等你與羅潔梅茵解除婚約，你想爭取也沒問題。」

「那個，父親大人。您的意思是……」

夏綠蒂不敢置信地睜大藍色雙眼，來回看著韋菲利特與齊爾維斯特。至今一直沉默不語的芙蘿洛翠亞微笑道：

「夏綠蒂，一直以來妳都拚命忍讓。當初為了替韋菲利特解圍，也為了鞏固羅潔梅茵的地位，才讓兩人訂下婚約，卻也讓同是領主候補生的妳沒有了機會能夠爭取下任奧伯之位。儘管如此，妳卻從未公開地吐露過不滿，甚至積極協助兩人，一直在旁輔佐吧？為了讓艾倫菲斯特能團結起來，我們都知道妳有多麼努力……」

聞言，夏綠蒂紅了眼眶。發現自己的付出與努力得到了理解和慰勞，夏綠蒂顯得非常高興。這時我才驚覺，自己平常太少感謝夏綠蒂了。明明她聰明伶俐，時常在旁邊安慰、協助我，我卻沒能予以回報。

……我真是個不及格的姊姊。

因為一般都會優先選擇男性成為領主，再加上還有大一歲的韋菲利特在；也因為我自己對於成為領主完全不感興趣，所以從沒想過夏綠蒂可能也想成為下任領主。

……雖然決定訂下婚約的是養父大人，但是，那我在夏綠蒂眼中……

如果夏綠蒂之前一直努力著想成為下任領主，那麼為了解救韋菲利特而與他訂婚、促使他成為下任領主的我，想必是非常礙眼又麻煩的存在吧？

我偷偷觀察夏綠蒂的表情，但她只是定定望著芙蘿洛翠亞，沒有往我這邊看來。

「既然韋菲利特與羅潔梅茵的婚約將因王命而取消，那麼我也想給夏綠蒂選擇的機會。若妳想成為下任領主，可以趁著與他領聯姻有限制的這五年內彌補自身的不足，並且找到適合擔任奧伯．艾倫菲斯特配偶的男士。等到羅潔梅茵去了中央，艾倫菲斯特的處境又將會有劇烈的改變吧。妳要仔細觀察變化，做出有利於自己的選擇。」

妳可以爭取成為下任領主，也可以留在領內與上級貴族成婚，繼續為艾倫菲斯特效力；若想嫁往他領，只要等到五年後再結婚就沒問題了——芙蘿洛翠亞為夏綠蒂列舉出了她可以選擇的未來。夏綠蒂一邊聽著，一邊開心地笑著點頭。

「父親大人，那什麼時候會決定下任奧伯的人選呢？」

對於夏綠蒂的提問，齊爾維斯特一度閉上眼睛。

「我剛才說了，不急於一時。首先，其實現在也還不能完全肯定，一年後就會解除我與羅潔梅茵的養父女關係。雖然王族認為這件事幾乎勢在必行，但這一年暫時還得維持現狀。既不能告訴近侍們，表面上一切也得照舊。大家都要謹言慎行。」

夏綠蒂點了點頭，但腦子裡大概還在想著各種事情吧。她雖然看著齊爾維斯特，但很明顯沉浸在自己的思緒裡。

「就我個人而言，我認為下任奧伯的人選，等到我或者波尼法狄斯離世了再決定即可。當初是為了把羅潔梅茵留在艾倫菲斯特，也為了壓制住想要推舉羅潔梅茵為奧伯的萊瑟岡古一族，才急著訂下婚約、決定下任奧伯的人選，但這次慢慢來就好了。波尼法狄斯所受的教育讓他足以暫代奧伯之位，所以就算我先走一步，也不用急於一時，可以慢慢決定人選。」

「是。」夏綠蒂回道，一雙藍色眼睛晶燦生輝。芙蘿洛翠亞注視著女兒光彩奪目的樣子一會兒後，接著看向麥西歐爾。

「麥西歐爾，你也一樣唷。若你將來想爭取下任領主之位，就要努力讓自己擁有這樣的資格。」

對此，麥西歐爾思索了片刻，然後搖搖頭。

「這件事……等我成年以後再考慮吧。因為我得先當神殿長。現在要學習的事情已經太多了，我常常忙得不可開交。而且，羅潔梅茵姊姊大人一年之後就要離開了，我根本沒有時間去想下任奧伯的事。」

比起下任領主之位，現在我想先做好神殿長的工作——聽到麥西歐爾這麼說，芙蘿洛翠亞微微瞠目，隨即溫柔微笑。

「嗯，說得也是呢。能以神殿長的身分獻上祈禱、增加加護，也是日後奧伯需要具備的條件。那你便好好完成自己被交代的工作，在成年前慢慢思考自己的未來吧。」

「好的，母親大人……羅潔梅茵姊姊大人，接下來這一年請您不吝指教。」

麥西歐爾的臉上表露出堅定的決心要當好神殿長。聽到他這麼請託，我感覺自己臉上露出傻笑。

「麥西歐爾，你放心吧。我沒辦法把所有近侍都帶去中央，所以會把他們留在神殿。只要找他們商量，他們一定會提供協助。還有，至今接受過指導的坎菲爾與法瑞塔克等青衣神官，也都會在一旁輔佐你。因為我也是在大家的協助下，才勉強能夠勝任神殿長的工作喔。」

「……公務雖然可以交給他們，但神殿長還有一項最重要的任務吧。要我像羅潔梅茵姊姊大人那樣給予祝福，實在是太困難了。」

麥西歐爾鼓起臉頰說完，齊爾維斯特便苦笑著輕輕擺手。

「麥西歐爾，羅潔梅茵的魔力量可是豐富到了國王想收她為養女。你想以她為目標是沒關係，但要想做到和她一樣的事情，對你來說就太勉強了。你要小心別為了追上羅潔梅茵，而給自己太大的壓力。」

等你在貴族院學會了如何壓縮魔力，讓魔力增加以後，慢慢就能追上了──齊爾維斯特如此開導麥西歐爾。

「接下來這一年，羅潔梅茵得把自己原本負責的工作交接出去，比如神殿事務與印刷業務等等。與此同時，還要為新生活做好準備。她肯定會忙得焦頭爛額，你們要多幫忙。」

「是！」

夏綠蒂與麥西歐爾臉上都洋溢著希望，只有韋菲利特的表情十分灰暗。儘管臉上還帶著貴族該有的禮貌微笑，但他後來始終不發一語，動作僵硬地靜坐不動。

「夏綠蒂、麥西歐爾、波尼法狄斯，羅潔梅茵將成為國王養女一事，切記不得告訴任何人。萬一讓近侍們知道了，不曉得萊瑟岡古一族會採取什麼行動。而且若讓他領知曉，羅潔梅茵在貴族院也會面臨到更多危險。」

「是。」

「那你們先離開吧……我們還有話要說。」

語畢，齊爾維斯特看向韋菲利特。夏綠蒂三人擔憂地望了韋菲利特一眼，隨後靜靜離開。最終會議室裡，只剩下我、齊爾維斯特、芙蘿洛翠亞與韋菲利特。

「韋菲利特，辛苦你忍到現在了。」

齊爾維斯特說完，韋菲利特的臉龐立即不甘心地扭曲。

「那時候是父親大人說，我是唯一一名由祖母大人撫養長大的領主候補生，再加上曾違法擅闖白塔，所以冬季進行肅清的時候，原本就算和舊薇羅妮卡派貴族一樣受到連坐處分也不奇怪。而且因為我最沒有資格當下任領主，一旦我與羅潔梅茵解除婚約，便無法保住下任領主的位置，甚至有可能連領主候補生也當不成……那麼，在我與羅潔梅茵解除婚約以後，我究竟會遭到怎樣的對待？」

「……我不知道。那時候我也這麼回答過你。」

「父親大人！」

韋菲利特怒聲咆哮，忽然一拳敲向桌面。突如其來的怒吼與撞擊聲響，讓我嚇得一震。

「請問，不知道哥哥大人在解除婚約後會受到怎樣的對待，這是什麼意思呢？那時候又是指什麼時候？發生過什麼事情嗎？」

齊爾維斯特、芙蘿洛翠亞與韋菲利特三人似乎都心裡有數，但我完全聽不懂他們在說什麼。我甚至開始產生自己不應該在這裡的感覺。

「經過這次肅清，韋菲利特失去了本為他後盾的舊薇羅妮卡派。如今萊瑟岡古的氣焰越來越高漲，一旦他與妳解除婚約，為了徹底摧毀他變回下任奧伯的機會，韋菲利特有可能在輿論的壓力下被迫關進白塔。由於接下來這一年必須維持現狀，全看我們能否壓制住萊瑟岡古一族，否則實在難以料想事態會如何發展。」

聽說有萊瑟岡古的貴族極力主張，因為韋菲利特是唯一由薇羅妮卡養大的領主候補生，還進過白塔留下汙點，讓他成為下任奧伯簡直可笑至極，應該將其處分。

「什麼？以後我與斐迪南大人都不在艾倫菲斯特了，維持領地運作的魔力很可能會不夠，他們居然在這種時候要求處分掉被選為優秀者的領主候補生哥哥大人嗎？怎麼會這麼愚蠢……萊瑟岡古根本沒搞清楚艾倫菲斯特現在的情況吧。」

「……雖然妳說得也太過直接，但確實沒錯。」

齊爾維斯特說完嘆了一口氣。但是，韋菲利特卻是目露兇光瞪向我。

「妳身為萊瑟岡古出身的領主候補生，抑止萊瑟岡古一族本來就是妳該做的工作吧？明明是妳沒做好自己的分內工作，還好意思說得這麼事不關己。」

「咦？」

我還在眨著眼睛，齊爾維斯特就打斷了正瞪著我瞧的韋菲利特。

「韋菲利特，你住口。羅潔梅茵因為在神殿長大，平常根本不會意識到萊瑟岡古一族是自己的血親。真正該負責遏止的反倒是波尼法狄斯、卡斯泰德與艾薇拉，今後該負責的則是布倫希爾德。」

「可是父親大人！祈福儀式那段時間，萊瑟岡古那些人不停跟我說，明明羅潔梅茵與我同年，只因為我是男孩子又是父親大人的親生孩子，您才比較偏袒我；還說要是沒有我，羅潔梅茵肯定早就當上下任奧伯了；甚至說我坐在下任奧伯的位置上簡直不自量力，竟然不懂得主動讓賢——既然她這個未婚妻與萊瑟岡古有血緣關係，就應該幫忙壓制他們才對吧。」

除了這些，聽說其他還有不少冷嘲熱諷。比如每年的最優秀者都是我，所以從能力來看，我在領主候補生當中是最優秀的，血統與經歷也完全沒有瑕疵，他跟我根本無法相比等等。

「為什麼被人貶低到了這種地步，我還非得成為奧伯不可？既然萊瑟岡古一族這麼憎恨我，我還有必要去取得他們的協助嗎？我得忍受他們的嘲諷一輩子嗎？我得一直被人拿來跟妳做比較，還要忍受貴族們對我說，我都是多虧了妳才能成為奧伯，所以應該要感恩戴德，然後就連只是懷念小時候的生活，我也要感到羞愧才行嗎？」

儘管薇羅妮卡對艾倫菲斯特做出了許多讓人傷透腦筋的事情、欺負斐迪南，但在韋菲利特心裡，她依然是慈祥和藹的祖母，再加上從小就撫養自己長大。即便她被關進了白塔，韋菲利特偶爾還是會想念她吧。

他的這種心情，大概就和我也很想念去了亞倫斯伯罕的斐迪南一樣。即使旁人都告訴自己「不用擔心、不用去想」，這也不是阻止得了的事情。

「羅潔梅茵，我知道跟我比起來，妳更擔心叔父大人，也更優先想要幫助叔父大人，所以我一點也不想成為妳的丈夫。況且站在妳身邊，貴族們就會一直拿妳跟我做比較，妳也會拿我和叔父大人做比較，我一點也不想要過這樣的生活。就算大家都催促我說該做訂婚魔石了、該送點符合未婚夫身分的禮物，但想也知道只會被叔父大人比下去。所以，我根本做不到。」

我低頭看向斐迪南提供的無數護身符。這些東西似乎強烈刺激到了他身為男性的自尊心。

……但因為是護身符，我也沒辦法摘下來呢。

「看到妳一心只為叔父大人著想，所以在我發現自己並不想要維持這樁婚約的時候，就開始覺得由擁有萊瑟岡古支持的妳成為奧伯就好了……於是直接找了父親大人談判。」

聞言，我看向齊爾維斯特。

「這件事我好像完全沒聽說喔……」

「那當然。要是讓妳知道了，妳一定會想要解除與韋菲利特的婚約吧？但是，妳自己並無意成為下任奧伯，所以婚約一旦解除，可以預期王族或上位領地會把妳搶走。明知這件事只會為艾倫菲斯特帶來混亂，對誰也沒有好處，怎麼可能讓妳知道。為免你們兩人合力解除婚約，近侍們應該也極力在阻止你們見面。」

經他這麼一說，我才恍然大悟。我確實覺得近侍們一直在阻撓我與韋菲利特接觸。

……而我偏偏在這種時候，每天送去奧多南茲對韋菲利特噓寒問暖嗎？在旁人都告訴他這樁婚約是義務、必須要忍耐的時候，收到這種奧多南茲也難怪心生厭煩。

反倒是齊爾維斯特，為什麼要在那種時候指示我「多關心韋菲利特」呢？若想改善我們兩人的關係，這麼做根本只會造成反效果。

「明明父親大人只要指定妳為下任奧伯就好了，但不管我怎麼勸，父親大人就是不答應。甚至還一再強調不能讓妳成為下任奧伯，下任奧伯是我。更對我說為了讓妳能留在艾倫菲斯特，我們的婚約不能解除；而且既然當初是我自己做了最後決定，就該負起責任。」

韋菲利特並不知道，但齊爾維斯特、卡斯泰德與斐迪南都無意讓平民出身的我成為奧伯。對此他無法接受吧。

「站在我個人的立場，若你在我詢問訂婚意願的時候便拒絕，又或者這件事發生在一年前、斐迪南還沒接受王命的時候，我也能幫你解除婚約。但是，偏偏你提出想解除婚約的時機，實在是太過不巧了。」

說話時齊爾維斯特一臉疲倦。他接著說明，一旦我們解除婚約，王族或上位領地勢必會把我搶走，同時肅清過後萊瑟岡古的氣焰大漲，韋菲利特也會有生命危險；好不容易廢嫡危機解除了，韋菲利特又在努力之下，現在已是獲選為優秀者的領主候補生，他完全不想將韋菲利特關進白塔。至於我，也不希望韋菲利特受到這樣的對待。

「父親大人，那時候您說過，自己身為奧伯．艾倫菲斯特，不能放手讓羅潔梅茵離開，所以要我當成是義務接受這樁婚約吧？……明明對我說過這種話，要我委曲求全，結果現在羅潔梅茵卻要成為國王的養女，這又算是怎麼回事？還要我接下來這一年若無其事地維持現狀，繼續扮演她未婚夫的角色嗎？等到這一年過去了，羅潔梅茵就會成為王族、離開艾倫菲斯特，我卻再也不是下任領主，還得接著面對被她拋下的萊瑟岡古一族的羞辱嗎？」

韋菲利特發出悲痛的吶喊，我聽了無比難過。接著韋菲利特用力抿唇，咬一咬牙後，再次「咚」地敲桌。

「……開什麼玩笑！要是父親大人早做決斷，羅潔梅茵根本不會成為國王的養女！一旦她成為下任奧伯，就能駁回王族的要求！」

韋菲利特這麼大吼道。但是，這次事關古得里斯海得的取得，所以就算我已經是下任領主了，多半也無法駁回王族的要求吧。

「倘若羅潔梅茵可以成為下任奧伯、解除婚約，我早就自由了。得償所願的萊瑟岡古一族也會心滿意足，不管我是死是活、還是不是領主候補生，他們根本不會放在心上。可是，一旦羅潔梅茵去了中央成為國王的養女，那麼領內勢必會陷入一團混亂。那我到底該怎麼辦才好?!」

看不見未來，又有可能失去性命與現在的地位，這會讓人感到非常不安吧。我可以明白。齊爾維斯特那雙深綠色眼眸，定定回望注視著自己的韋菲利特。

「……你以後想怎麼做都可以，韋菲利特。」

「咦？」

「如若你不會成為下任奧伯，那麼統管萊瑟岡古便不會是你的工作。你也不用再面對萊瑟岡古一族的抨擊，這些都交給我、布倫希爾德，以及要爭取下任奧伯之位的人去承受就好。只要你別忘了自己身為領主一族的責任，其他不必要的責任你都不需要承擔。那些重責，丟給該承擔的人去背負就好。」

韋菲利特一臉驚慌，顯得措手不及。

「等到一年後與羅潔梅茵解除婚約，你就自由了。你可以像波尼法狄斯那樣以領主候補生的身分扶持艾倫菲斯特，也可以等到五年後入贅至其他領地。也可以考慮成為現在領內十分缺乏的基貝，和羅潔梅茵一樣開發新事業。或是在騎士課程當中挑選喜歡的科目去修習，像波尼法狄斯與斐迪南那樣日後成為騎士團長。當然，在不會被人拿來與羅潔梅茵比較的情況下，你若想成為下任奧伯，也可以一起競爭。」

就像芙蘿洛翠亞為夏綠蒂列舉出了未來的可能性，齊爾維斯特也將他想到的可能性一一說給韋菲利特聽。

「韋菲利特哥哥大人，您將來想做什麼呢？」

「……我……想做什麼嗎？」

「接下來這一年，表面上我們必須維持現狀。剛好您可以趁著這段時間，好好思考自己以後想過怎樣的生活吧？畢竟不管要做什麼事情，都得預先做好準備。不如您就妥善利用這一年的時間吧？」

聽完我的提議，韋菲利特朝我投來懷疑的眼光：「我可沒辦法當妳的未婚夫喔。」

「這點我們是彼此彼此。就如同哥哥大人無法把我視為是未婚妻，我也無法把哥哥大人當作未婚夫看待。而且我也不知道，究竟該怎麼與未婚夫相處才對。老實說，對於大家都要我表現出未婚妻該有的樣子，這件事讓我感到非常痛苦。」

明明這樁婚約不是我自己想要訂下的，卻被要求分享戀愛故事；明明根本不知道該怎麼做才好，卻被要求表現出未婚妻該有的樣子。這些都令我感到不自在。

「不過，如果接下來這一年要像兄妹一樣相處的話，這我倒是覺得沒問題。」

要我當未婚妻雖然強人所難，但如果是感情還不錯的兄妹，那之前我們就處得很好。我伸出手去，說：「韋菲利特哥哥大人，您也會抗拒與我當兄妹嗎？」

韋菲利特盯著我伸出的手，想了一會兒後，忽然放鬆臉部表情，握住我的手。

「……是啊，要我把妳當成未婚妻看待，我也很痛苦。但如果是當成妹妹的話，那倒沒什麼感覺。那表面上就維持現狀，再慢慢摸索以後該怎麼辦吧。」

近侍們的選擇

儘管韋菲利特的一些話讓我覺得不太講理，心裡想要反駁，但他在宣洩過情緒以後，已經可以接受接下來這一年就維持現狀，這讓我鬆了口氣。從今往後，不管韋菲利特要選擇怎樣的道路，齊爾維斯特與芙蘿洛翠亞都會在一旁守護著他吧。已經不關我的事了。

「那我也先回房間了。必須讓近侍們好好考慮，今後打算怎麼辦。」

「嗯，是啊。除了已獻名的近侍，尚未成年的近侍都需要父母的許可。但由於這一年表面上要維持現狀，所以為免走漏風聲，妳還是先假定會把他們留下來吧。若有人無論如何都想要服侍妳，等到成年後再讓他們進入中央就好。」

我對齊爾維斯特點點頭，往門口的方向踏出一步，但馬上又想起要問的事情。

「……那個，養父大人。我想寫信給斐迪南大人，請問可以嗎？還是我現在依然得忍耐呢？」

雖說得維持現狀，但如果不需要表現得像是韋菲利特未婚妻的話，希望可以允許我寫信。齊爾維斯特一臉無奈：「旁人都再三告誡過妳了，結果妳一開口又是斐迪南嗎？」但最終他還是答應了，只不過條件是他得先看過內容。

「……妳還真是喜歡叔父大人耶。」

和我一起走向門口的韋菲利特嘆氣說道。

「喜歡是喜歡沒錯，但就跟哥哥大人很重視薇羅妮卡大人，會為她感到擔心一樣喔。斐迪南大人早在我受洗前就很照顧我，是和家人一樣重要的師父。現在他奉王命去了無法輕易見到面的地方，所處環境還逼得他得一邊辦公一邊不停喝藥，甚至一靠近他就聞得到藥水味，眼見這種情況我當然擔心他啊。領地對抗戰那天，他在茶會室裡留宿時，身上也有回復藥水的味道吧？」

聽到我這麼問，韋菲利特的表情有些為難。

「叔父大人身上隨時都有藥水味，哪有辦法分辨他那是調合藥水時沾上的，還是因為經常喝藥所染上的啊。」

「咦？您分辨不出來嗎？韋菲利特哥哥大人，您平常是不是太少自己調合藥水了呢？如果不練習到可以辨別出是調合時沾上的，還是因為常喝藥水所染上的味道，就無法在必要時調配出需要的藥水喔。」

要是回復藥水與護身符都做不出來就糟了吧——我這麼說完後，韋菲利特露出了非常厭煩的表情。

「羅潔梅茵，這是我身為兄長給妳的忠告，妳的常識太異於常人了。普通的領主一族幾乎不會自己動手調合的。」

「咦？可是，斐迪南大人每次都是親手做藥水和護身符給我……」

「叔父大人的興趣是研究與調合吧？這才不是領主一族的常識。」

說話時韋菲利特的表情太過篤定，我感覺到自己心裡的常識資料庫開始瓦解，但還是接著確認：

「怎麼會……那麼，斐迪南大人還說過，他雖然也會教給近侍，但自己的藥水還是要自己會做，這種事是常識嗎？」

「自己能做當然最好，為了以防萬一，我也覺得應該先學起來，但這些東西平常都是由文官負責製作的吧？」

斐迪南雖會自己一個人長時間待在神殿的工坊裡，但從不曾讓尤修塔斯進去過，尤修塔斯也不曾把藥水做好送來。所以，我一直以為平常自己飲用的藥水應該自己製作，但現在看來顯然並非如此。

……果然是斐迪南大人的標準異於常人嘛！

由於吸收過異世界與平民時期的常識，本來我的常識就異於常人，但沒想到我視為貴族範本的斐迪南，他的常識其實也和一般貴族不一樣。

……呃，其實我從很久以前就覺得有點奇怪了，但沒想到現在被人直接斷言。

「要不然我們何必招攬文官為近侍？」

「在我底下，文官們主要負責的工作就是在神殿處理公務、抄寫書籍，還有在貴族院蒐集故事與創作新故事喔。因為藥水與護身符的製作難度太高，斐迪南大人的藥水配方不能隨便告訴其他人，而且又很耗魔力。」

不管是從技術還是從魔力層面來看，菲里妮與羅德里希都很難做出我需要的回復藥水；至於哈特姆特，我更希望他優先處理神殿的公務。

「妳應該也要給文官調合的機會吧。明明是領主一族的近侍，這樣不會導致他們的術科課分數太低嗎？」

「……因為他們分別是下級與中級貴族，我一直以為現在這樣很正常，但看來我也該重新檢視一下自己的做法呢。」

菲里妮與羅德里希的文書處理能力都優秀得無可挑剔，但因為調合需要魔力，我從沒想過要麻煩兩人。加上我同時也是文官，一直以來都是自己進行調合，但或許我也該改變一下自己的認知了。

「羅潔梅茵大人。」

我一步出會議室，柯尼留斯立刻衝了過來。想必是因為夏綠蒂他們都離開了，我卻遲遲還沒出來，讓他很擔心吧。他眼神有些警戒地看向我身旁的韋菲利特，一邊檢查我有無異狀。這樣的反應讓我有些難為情。

「接下來回房間吧。我有重要的事情要說，可以幫忙召集所有近侍嗎？……奧黛麗，麻煩妳也找來布倫希爾德。」

「遵命。」

回到房間以後，我面對聚集前來的近侍們。

「為了讓你們能思考往後的出路，我將宣布一件機密事項，但你們絕不能對外洩露半個字。」

「是。」

確認所有人都回應了，我再開口告訴大家。到了明年的領主會議，也就是正好一年之後，我將與領主解除養父女關係，並成為國王的養女前往中央。

「雖然視王族的情況而定，這件事也有可能作罷，但請大家先假定我有很高的機率會前往中央。」

聽到這麼突然的消息，所有人都微微瞠目。只有哈特姆特的表情像是早在他意料之中，問道：「那到時候韋菲利特大人呢？」

「在我與奧伯解除養父女關係的同時，我們的婚約也會解除。接下來這一年表面上要維持現狀。」

「他竟然接受了這件事嗎……」

哈特姆特看起來有些意外，顯然他原本並沒料到韋菲利特會接受這樣的結果吧。我沒再理會陷入沉思的哈特姆特，轉向布倫希爾德。已選擇成為奧伯第二夫人的她，怎麼想都不可能一起來中央。

「布倫希爾德，本來妳是為了輔佐我，才決定成為養父大人的第二夫人，所以我對妳感到很過意不去。但是，我希望妳連同平民區的工匠，繼續守護髮飾與餐點等各種流行，再加上妳所構思的新流行，讓艾倫菲斯特更加蓬勃發展。」

布倫希爾德曾經說過，所有事情只要交給平民去完成就好；但現在她已經明白，任何事情並不是只要下令就能完成。如今她會與平民商人一起開會，互相協調溝通。有她留在領內成為領主一族，我感到非常放心。

「這是我自己做的決定，所以請您別介懷。為了艾倫菲斯特，我依然會竭盡所能。但是，那貝兒朵黛怎麼辦呢？」

「今年冬天，我會先正式將她納為見習侍從。這樣一來，她就可以與留在領內的近侍們擁有一樣的待遇；之後也能聲稱她是趁著冬天在我與布倫希爾德身邊累積經驗，以備明年春天去服侍妳。考慮到貝兒朵黛的經歷，她就由身為姊姊的妳好好帶領吧……但由於她還不是近侍，無法把情報洩露給她，說明起來可能會有些困難。」

「遵命。」

為了接受指導，近來貝兒朵黛也會出入城堡，但尚未正式成為我的近侍。所以此刻她不在這裡，也不能把這項機密告訴她，只能交由布倫希爾德去與她談話了。

與確定會留在領內的布倫希爾德結束對話後，我接著看向一臉不安的近侍們。

「照目前的情勢看來，已獻名的未成年近侍我當然不能留在領內，也已經徵得王族的同意可以帶你們同行。至於其餘的未成年近侍，因為凡事都需要父母同意，所以必須留在艾倫菲斯特，想服侍我的人請等到成年後再前往中央。」

我一邊說著，一邊依序看向已獻名的近侍們。

「羅德里希、馬提亞斯、勞倫斯、谷麗媞亞，已獻名的你們四人必須隨我一同前往中央。除了一開始就說過想向艾薇拉獻名的繆芮拉以外，我在接受獻名的時候，就已經做好覺悟會照顧你們一輩子。既然要對你們的人生負責，我就不會棄之不顧。」

聞言，馬提亞斯稍稍放鬆了臉部表情。

「感謝羅潔梅茵大人。獻名時我也已下定決心要一輩子跟隨您，幸好您沒有脫口就說出要把名字還給我們。」

「光是可以離開父母的干涉，我便非常感激能前往中央。」

羅德里希與谷麗媞亞家裡的情況都十分複雜，所以皆露出了如釋重負的表情。但是，只有勞倫斯並未一臉放心。

「雖然我很擔心留在孤兒院裡的弟弟，但是既已獻名，便會遵從主人的決定。」

「……要把貝特朗一起帶過去實在是不可能呢。如果在受洗前就把他帶走，他將無法成為貴族；而且就算受洗過了，他也尚未進入貴族院就讀、無法正式成為見習生，所以我也不能把年紀這麼小的孩子納為近侍。」

就各方面而言，中央只會比艾倫菲斯特更危險。如果要把既沒有監護人，又才剛受洗的小孩子一起帶過去，我實在無法負起責任。

「現在已經確定會由麥西歐爾接下我的位置，成為神殿長。神殿裡的侍從我也會留下來，所以孤兒院裡孩子們的待遇不至於一下子就變糟吧。」

「感謝您的費心。」

勞倫斯交叉雙臂，跪下說道。大概是察覺到對話至此告一段落，羅德里希稍微舉起手來，問：「倘若我們搬去中央，那麼就讀貴族院時算是哪個領地？」未成年的近侍們可能都很好奇這件事吧。只見菲里妮略略往前傾身。

「大家應該知道，中央貴族的孩子們都是從父母的原屬領地前往貴族院就讀吧？所以和我一同前往中央的未成年近侍們，就讀貴族院時會住在艾倫菲斯特舍。到時候，希望大家能積極地與其他學生交換情報。」

羅德里希與谷麗媞亞一臉明白地點點頭。菲里妮看著他們，手托著臉頰若有所思的樣子。就在這時，哈特姆特忽然往前站了一步。

「羅潔梅茵大人，請您也接受我的獻名。」

「哈特姆特，你以前不是說過如果我並不希望的話，就不會獻名嗎？」

「我改變主意了。如今羅潔梅茵大人即將前往中央，既然您在這種緊要關頭決定要帶誰前往時，會最先指定已經獻名的人，那我也要加入。」

他居然因為自己不在我最一開始指定的同行成員當中而感到不滿，就決定要向我獻名。始料未及下，為了讓他打消主意，我慌忙開口勸道：

「那、那個，哈特姆特。我只是因為已經獻名的他們沒有選擇的餘地，而你還能有其他選擇，所以並沒有特別去區分優先順序喔……呃，而且我對哈特姆特有著無條件的信任，或者該說是我確信……那個……」

我從沒想過哈特姆特會不跟著一起來——但這種話我對本人實在說不出口，因此有些支吾其詞。只見哈特姆特露出爽朗的笑容說了：

「您那無條件的信任可說是陷阱。既然已能預見屆時奧伯．艾倫菲斯特與其他貴族會忙不過來，羅潔梅茵大人想必會避免從領內帶走太多的人吧？然後，您很可能以對我有著無條件的信任為由，要求我留下來，守護您重視的神殿、圖書館以及商人們。」

「如果你能留下來，我確實會很放心喔。可是……」

我不覺得哈特姆特會答應——但我話還沒說完，哈特姆特就在我身前跪下來，執起我的手。

「我希望無論何時何地，都能夠不顧忌旁人地陪伴在羅潔梅茵大人身邊，所以還請您接受我的獻名。我發誓定會為您提供一切助力。」

「這種話請對克拉麗莎說！你怎麼能在未婚妻面前對我說這種話呢。」

我把手抽回來，指向克拉麗莎。沒想到克拉麗莎忽然迅速移動，也在哈特姆特旁邊跪下來，藍色雙眼閃亮亮地看著我。

「我也想要獻名！羅潔梅茵大人，若您要接受哈特姆特的獻名，也請接受我的！」

……咦？怎麼會是這種反應?!

「克拉麗莎，獻名怎能這麼輕易決定。既然你們兩人將成為夫妻，比起向我獻名，更應該向彼此獻名，然後發誓會愛對方一輩子吧？」

居然在訂婚對象面前，說要把名字獻給另外一個人，怎麼想這也太奇怪了吧。我出言指責後，跪在地上的兩人對看一眼，雙雙歪過了頭。

「咦？把名字獻給哈特姆特嗎？……這種事我實在無法想像。」

「我也打從心底同意。向克拉麗莎獻名根本毫無意義，反倒是兩個人一起向羅潔梅茵大人獻名，更能有種我們連結在一起的感覺吧？」

「哎呀，這種想法真是太美妙了！」

……哪裡?!到底是哪一點美妙了?!我從之前就覺得你們兩個人實在異於常人。

但說不定如韋菲利特所說，其實是我的常識異於常人。由於兩人的看法太過一致，我反而對自己有點沒信心。

「那個，奧黛麗。從貴族的常識來看，他們兩人的反應算正常嗎？居然當著訂婚對象的面，說要把名字獻給另外一個人，還說若能兩人一起向同一位主人獻名，更有連結在一起的感覺喔？」

拜託阻止一下妳兒子跟他的未婚妻。我迫切地這麼心想道，向奧黛麗投去求救目光。然而，奧黛麗面帶微笑沉默了三秒鐘後，緩緩搖了搖頭。

「以貴族常識來看並不正常。羅潔梅茵大人，您的反應並無問題，還請放心。只不過……由於領主會議期間在您身邊服侍的時間太短，再加上有一丁點被留下來的可能性在，才讓兩人的情緒如此激動吧。羅潔梅茵大人，實在非常抱歉。無論您是否接受兩人的獻名，都請帶兩人前往中央吧。」

奧黛麗低頭看向跪在我身前的兩人，說話時一臉事不關己。但就算我不帶他們一起去，感覺他們也會自己跟過來。而且，這恐怕不是我想太多。

「我因為還有外子在，無法陪您前往中央，但這兩個人會願意跟隨您到任何地方去吧。為了防止兩人太過失控，先接受他們的獻名或許也是一種方法。」

畢竟要同時制止這兩個人，實在是太累人了——奧黛麗微笑說道。那麼我可以把她的反應視為貴族的標準嗎？我身邊到底有沒有正常人啊？我忽然感到非常不安。

「奧黛麗，妳身為母親這樣說好嗎？獻名等同獻出自己的生命喔？」

「因為無論獻名與否，我都能夠向您保證兩人的言行絕不會有任何改變。更重要的是，這樣也有助於羅潔梅茵大人管束他們吧？如今兩人都已成年，到了能為自己的發言負起責任的年紀。倘若您需要見證人，再請通知我一聲。」

……奧黛麗決定撒手不管了！她竟然已經進入了放棄思考模式嗎?!

眼看可以管住兩人的奧黛麗竟然死了心放棄，這真是天大的失算。我提心吊膽地低下頭，只見哈特姆特一雙橙眼燦爛生輝，看起來非常高興。

……其、其實很想說我不要，但被他用這種眼神看著，讓人好難說出口。

「既然母親大人也同意了，請您接受我的獻名。原料我也已經蒐集完畢，明天便能做好帶過來。」

……啊啊啊！總有種被迫接受獻名的感覺！我好像沒有拒絕的權利喔?!

我環顧四周試著討救兵，想看看有沒有近侍能阻止他。然而，誰也不敢與我四目相接，還不動聲色地從哈特姆特兩人身上別開目光。

「柯尼留斯、達穆爾。」

我指名請求援助後，兩人神色為難地嘆了口氣。

「眼下羅潔梅茵大人並沒有立即的生命危險，像獻名這種私人的事情，我們不便插嘴。若您無法接受他的獻名，只要果斷拒絕就好了。倘若是舉棋不定，那乾脆就接受他的獻名吧。因為這樣可以讓身邊的人少受一點波及。」

柯尼留斯聳肩說完，站在他旁邊的達穆爾也沒有對我伸出援手，反倒建議我接受哈特姆特的獻名。

「柯尼留斯說得沒錯，倘若羅潔梅茵大人願意接受哈特姆特的獻名，我們所有近侍都會非常感激。」

「身邊的人會受到什麼波及？」

我心懷警戒地發問後，達穆爾一臉難以啟齒，柯尼留斯便代替他開口。

「也沒什麼大不了。只是哈特姆特會因為嫉妒，特別針對已獻名的近侍而已。」

……哈特姆特，你竟然做了這種事情嗎?!

「柯尼留斯，這種無謂的瑣事好像沒必要讓羅潔梅茵大人知道吧？」

「我說的是事實吧。況且，我的用意可是在催促羅潔梅茵大人接受你的獻名。」

聞言哈特姆特揚起微笑，柯尼留斯也彎起嘴角。兩人同時露出了不懷好意的笑容，看起來感情很好。由於在場沒有任何人開口反駁，看來柯尼留斯說的是真的。

「好吧，我接受就是了。我接受獻名總可以了吧？」

「那麼我該何時把獻名石帶來呢？個人認為越快越好。」

「羅潔梅茵大人，那也請您接受我的獻名！」

「真是太好了……」

「這樣哈特姆特就能理智一點了吧？」

我答應後，不光是哈特姆特，旁邊的所有人都很高興。

……獻名是可以這樣隨便決定的事情嗎？應該不是吧？並不是我記錯了吧？

我已經無法相信自己了——正當我這麼心想時，菲里妮往前一站。

「羅潔梅茵大人，也請您接受我的獻名。我已經發誓要蒐集故事獻給您，還取得了梅斯緹歐若拉的加護。早在那個時候，我便決定好了自己要侍奉的主人。而且我若留在艾倫菲斯特，便得搬回老家居住。倘若必須獻名才能與您同行，那麼我要獻名。所以，還請您帶我一起前往中央！」

說話的時候，菲里妮那雙嫩草色的眼眸筆直注視我。她這副下定決心的表情，至今我已經見過好幾次了。她拚了命想要靠自己開創出未來的道路，決心非常堅定。但我雖然清楚，卻無法馬上答應。

「菲里妮，那康拉德妳打算怎麼辦呢？與已經獻名的勞倫斯不同，妳還能有其他選擇喔？」

只見菲里妮的小臉一僵。接著她先抿緊了唇，再一次注視我。

「我打算把康拉德買下來。趁著他現在還沒受洗，只要賣掉母親大人的遺物，我應該有足夠的錢買下他。」

「菲里妮，我明白妳的決心，也明白妳不想把康拉德留下來的心情。可是，把他帶去中央以後，妳又打算怎麼辦呢？」

康拉德是男孩子，無法讓他以跟著近侍前來的見習侍從身分，住進菲里妮的房間。而且他也太過年幼，無法讓他以下人的身分在中央裡工作。現在就連住在孤兒院，康拉德身上的衣服也是別人提供的舊衣，而光是準備好就讀貴族院所需的學習用品與魔石等，菲里妮就已經很吃力了，想必沒有餘力再為康拉德供應衣食和住所。

「我……」

菲里妮用求救的眼神看著我。但是，斐迪南訓斥過我，說我已經干涉過度，所以我不能再繼續偏袒菲里妮、照顧康拉德。最主要是如今康拉德已是平民孤兒，就算把他帶去中央，我也不覺得他能過得幸福。

「妳不用急著現在下決定。還是再花點時間，也聽聽康拉德的想法，然後再做決定也不遲。這一年的時間妳就慢慢考慮吧？」

「……是。」

菲里妮垮下肩膀，往後退開。

「羅潔梅茵大人，也請給我時間好好考慮。因為即便要隨您前往，過去時是婚前還是婚後，所受待遇也會不一樣，所以需要考慮是否該在今年夏天就先成婚。很多事情得從長計議。」柯尼留斯說道。

如今他擁有艾克哈特讓予的宅邸，也在為結婚做準備。萊歐諾蕾則是微笑道：「我會聽從柯尼留斯的所有決定。」這麼恩愛真是可喜可賀。

……啊，不過，也得向父親大人與母親大人報告才行呢。

最早在我宣布自己成了下任君騰候補的時候，卡斯泰德也在；再者如果要解除我與齊爾維斯特的養父女關係，也需要他的同意，所以這件事他已經知道了。但是，我不曉得艾薇拉是否也知道了這件事。

……由於還要交接印刷業的業務，所以很想把這件事告訴她。

但這件事還得先問過齊爾維斯特吧。我一邊這麼心想著，一邊看向不知何時，已與柯尼留斯還有萊歐諾蕾拉開了一段距離的達穆爾。

「那達穆爾呢？」

達穆爾深知與我有關的各種內情，所以我個人很希望他能一起來。但是，知道他身為下級貴族，就連在艾倫菲斯特也過得相當辛苦，所以我無法強迫他。況且平民區的士兵都認得他、信任他，因此若讓他留下來守護平民區，我覺得這樣也不錯。

「……我實在無法立即下決定。也請給我一點考慮的時間。」

「我知道了。那優蒂特呢……？」

我轉頭看去後，便見優蒂特露出有些難過的微笑。

「我大概會留在艾倫菲斯特吧。因為之前回到克倫伯格的時候，父親提到了我的婚事。他多半不會允許我在成年後前往中央，而且我也沒有不惜獻名也要跟隨您的勇氣。」

未成年的孩子不管要做什麼，都需要徵得父母同意，婚事也由父母作主。優蒂特是家庭情況並不複雜的普通貴族。只要觀察過她與泰奧多的互動，就能看出是感情很好的一家人。她不可能就這樣遠走他鄉吧。再說了，她也不像馬提亞斯他們這樣，必須獻名、將性命交給某個人才能活下去。

「優蒂特，妳好像對於留下來感到愧疚，但未成年的人得留下來、無法取得父母的同意、無法獻名，這些都是再正常不過的事情喔。是哈特姆特與克拉麗莎不正常。」

我如此斷然表示後，優蒂特看向兩人，露出忽然領悟的表情。

「而且布倫希爾德與奧黛麗也會留下來喔。選擇留下來，並不是一件不好的事情。請妳也留在艾倫菲斯特，為布倫希爾德提供協助吧。」

「是！」

優蒂特緊繃的肩膀放鬆下來，臉上綻開明亮笑容，我也跟著鬆一口氣。莉瑟蕾塔輕拍優蒂特的肩膀，微笑道：

「我們一起加油吧。我因為是繼承人，又已經與妥斯登大人訂婚，無法輕易離開艾倫菲斯特。等到羅潔梅茵大人前往中央，我便會成為布倫希爾德的侍從，屆時就由我負責將艾倫菲斯特的書送往中央吧。」

莉瑟蕾塔說完後，還沒有任何答覆的近侍就只剩下安潔莉卡一人。大家自然而然地轉頭看向她。

「安潔莉卡，那妳呢？」

「羅潔梅茵大人覺得我該怎麼做才好？」

安潔莉卡歪過頭向我尋求答案。

……呃，提問的人是我才對吧。而且該怎麼選擇，關係到妳往後的人生喔?!

眼看安潔莉卡還是老樣子，完全不想自己動腦思考，我真想抱頭吶喊。這時莉瑟蕾塔輕笑出聲。

「姊姊大人，我想您最好與羅潔梅茵大人一同前往中央唷。與其讓您真的與波尼法狄斯大人成婚，這樣父母親也會比較放心吧。而且，中央騎士團可比艾倫菲斯特的騎士團要強得多。」

「我去。」

聽完莉瑟蕾塔所說，安潔莉卡馬上回答。但是，真希望她再考慮一下。為了決定安潔莉卡的結婚對象，卡斯泰德與艾薇拉甚至召開過一族會議。那她要與托勞戈特或波尼法狄斯結婚的這個約定該怎麼辦？

「安潔莉卡，可是妳的婚事……」

「我結不了婚也沒關係，再者我也不覺得自己侍奉得了羅潔梅茵大人以外的主人。」

……這麼說好像也沒錯，但講這種話時請不要一臉正氣凜然！

就這樣接受安潔莉卡的決定真的好嗎？我正感到苦惱時，柯尼留斯想了一會兒，然後以兄長的身分對我伸出援手。

「安潔莉卡的婚事不只關係到祖父大人，也關係到我們的父母親。所以前往中央一事，最好別由她自己一人決定。羅潔梅茵，既然妳將解除養父女的關係，至少得回家一趟，討論這件事吧？到時候可以順便與父母親商量安潔莉卡的事。」

「柯尼留斯哥哥大人說得沒錯呢。我也想聽聽父親大人與母親大人的意見。那麼不管是透過父親大人，還是直接向養父大人提出會面請求，能請哥哥大人幫我問問成為國王養女一事，可不可以告訴母親大人嗎？」

要是寫成書面信函詢問，難保不會被其他文官看到。所以如果要問這件事，最好還是拜託知道內情，而且不只能與齊爾維斯特，也能與卡斯泰德暗中談話的柯尼留斯。

「然後等徵得了養父大人的同意，還請幫忙安排時間，讓我與父親大人和母親大人談話。安排會面時就說，我想與他們商量有關安潔莉卡前往中央一事。」

「知道了。這些事就交給我們，妳先去休息吧。既然每個人的想法妳都問過了，接下來只剩下平常的工作了吧？」

不明白為何突然要我去休息，我眨了眨眼睛。柯尼留斯指向達穆爾。

「後來會議室裡只留下領主一族，談話內容想必讓妳非常疲倦吧。妳從會議室裡出來時，達穆爾十分擔心，說妳氣色不好。」

「達穆爾嗎？」

領主會議剛結束，妳又剛回來不久，記得好好休息——留下這句話後，柯尼留斯便走出房間。但由於侍從們什麼也沒說，我想自己的身體狀況應該沒問題。我感到不可思議，走向站在房門前的達穆爾。

「達穆爾，我的氣色不好嗎？」

「……比起氣色，更該說是姿勢或動作……那個……」

達穆爾難以啟齒似地支吾了半天後，俯身悄聲低語：

「我感覺您的心緒不太穩定，就像之前在神殿裡，走在斐迪南大人身後時一樣。倘若是我多管閒事，實在非常抱歉。」

「……沒想到會被達穆爾發現呢。」

看到領主一家人友愛的互動後，我突然好想找人撒嬌。大概是因為這個緣故，我剛才的心情就像是第一次要在神殿裡過冬一樣。

「那我進入秘密房間，寫信給斐迪南大人了。」

「這件事還是明天再說，現在請您先上床歇息吧。您的臉色有些蒼白。小心斐迪南大人訓斥您唷。」

莉瑟蕾塔拿來固定放在暖爐上的說教蘇彌魯布偶，發動魔導具。「乖乖聽侍從的話。」一聽到這句訓斥，我的身體忽然就放鬆了許多。我還想再聽更多嘮叨時，莉瑟蕾塔卻將蘇彌魯一把抽走。

「來準備歇息吧，羅潔梅茵大人。稍後您再繼續聆聽。」

莉瑟蕾塔兩三下就完成準備，讓我與說教蘇彌魯布偶一起躺到床上。對於蘇彌魯布偶的擺放方式，莉瑟蕾塔似乎很有她自己的堅持。她一邊說著「我建議您可以這樣子睡」，一邊讓我把布偶抱在懷裡，還調整了下角度和位置。最後她一臉心滿意足，點了點頭轉身離開。

於是我照著莉瑟蕾塔說的，抱著蘇彌魯布偶進入夢鄉。但由於睡著前一直在聽說教與嘮叨，我突然很想衝去圖書館的秘密房間裡聽一句「非常好」。

在卡斯泰德的宅邸

這天莉瑟蕾塔休假。由於確定與我一同前往中央的侍從只有谷麗媞亞一人，奧黛麗便開始對她進行指導，並把工作交接給她。我側眼看著兩人，準備要進入秘密房間。

「羅潔梅茵大人，早安。請接受我的獻名。」

「你竟然真的一個晚上就做好準備……」

哈特姆特露出正好介於「爽朗」與「令人發毛」之間的笑容，朝我遞來獻名石。而且我發現，理應擔任見證人的奧黛麗，居然面露厭煩地悄悄別過頭去。

……奧黛麗！妳身為見證人怎麼可以別開目光！我可是要面對面看著他耶！

明明大家獻名時都一臉痛苦，但哈特姆特被我的魔力束縛住時，竟然露出沉醉不已的表情說：「這就是羅潔梅茵大人的魔力嗎？」那表情嚇得我眼眶泛淚，急忙一鼓作氣傾注魔力，盡可能以最快速度結束獻名。

……嗚嗚，明明應該很痛苦，但看起來卻很愉悅又陶醉的哈特姆特太恐怖了。

「克拉麗莎因為手邊沒有原料，還要再等一段時間。她可是非常不甘心。」

「是嗎……」

這麼累人的事情要是一天之內得經歷兩回，我大概得睡上好一陣子。幸好克拉麗莎還沒蒐集好原料。

「那我進入秘密房間寫信了。」

「是。我想離開去蒐集一些情報，能請您准許嗎？」

「那就麻煩你了。」

我立刻遠離心情極佳的哈特姆特，進入秘密房間，使用隱形墨水寫信給斐迪南。

首先，我寫下領主會議期間，由於我在地下書庫裡認真幫忙翻譯資料，成功讓王族答應，會讓他免於連坐並且提供秘密房間，當作是給我的獎勵。而且夏季的葬禮上，齊爾維斯特與王族還會去檢查亞倫斯伯罕是否提供了秘密房間。接著寫了有關前任基貝・格拉罕所持有的銀布，以及艾倫菲斯特的騎士現在都會隨身攜帶思達普以外的武器。最後，我把歐丹西雅對蒂緹琳朵說過的、那段不知所云的對話也寫下來。

……我完全沒有提到自己將成為國王的養女，而且還是下任君騰候補，就只寫了需要提供的資訊而已，寫得還真不錯嘛？

我檢查了好幾遍，確認信上的內容確實遵守了不得向他領洩露情報這項指令，然後才點點頭。這樣應該沒問題吧。

至於用一般墨水寫成的內容，則是對奧伯・亞倫斯伯罕亡故一事表達了我的哀悼，然後一如既往關心斐迪南的身體狀況；並且告知夏季舉行葬禮時，會由齊爾維斯特幫他把行李送過去，要給萊蒂希雅的點心也會一併打包等等，都是些旁人看了也不會感到奇怪的事情。

我把信放在桌上，等著墨水變乾，隨後走出秘密房間。一走出來，便見柯尼留斯正在外面等我。

「羅潔梅茵大人，母親大人要我傳話。她說：『考慮到工作的交接等事宜，最好還是及早討論。如果邀請妳明天晚上回宅邸用餐，不知是否方便？晚上就直接留下來住一晚吧。』」

於是乎，我拜託奧黛麗為回去用餐與過夜做好準備，明天將久違地回趟老家。

回去之前，我寫了好幾封信。

寫給伊庫那布麗姬娣的信裡，我請她盡可能備好大量魔紙，然後盡快送到城堡來。

寫給人在圖書館的拉塞法姆的信裡，我告訴他自己在領主會議期間收到了斐迪南的來信，以及今後斐迪南的行李將改由齊爾維斯特保管，所以關於夏季葬禮時要送去的行李，請與齊爾維斯特討論詳細內容；另外，我也告訴他王族已同意讓斐迪南免於連坐，而且會改善他的待遇。

寄回神殿的信裡，我告訴大家自己會在春天的成年禮前返回神殿；而寄給繁忙商人們的那些信，我則是直接在信裡告知今年領主會議的結果。因為今年與去年不同，並不會與更多領地進行貿易，所以幾乎沒有需要討論的事情。反而得請他們繼續加油，為葛雷修的改造計畫做好準備。

……不過，我將前往中央一事，真想至少先向班諾先生報告一聲呢。因為路茲現在還在克倫伯格……

由於此事是機密，到時我會私下召見班諾，在孤兒院長室的秘密房間裡向他報告。

如今已獻名的近侍人數變多了，只要下令不得透露，就可以讓他們陪同出席吧。

「羅潔梅茵大人，歡迎您的歸來。」

我帶著柯尼留斯、萊歐諾蕾、安潔莉卡以及莉瑟蕾塔一起回到老家後，宅邸裡的侍從們皆出來迎接。

這天本該休假的莉瑟蕾塔之所以也來了，是因為受到了艾薇拉的邀請。艾薇拉非常清楚，很多事情問安潔莉卡根本沒用。加上詳情又不能告訴其他人，也就無法向安潔莉卡的父母徵詢意見。莉瑟蕾塔身為我的侍從，而且了解內情，還能以繼承人的身分提供一族的看法，因此受邀前來。

……雖然也邀請了安潔莉卡，但母親大人心裡肯定在想，有莉瑟蕾塔在，其實根本不必叫安潔莉卡過來吧。

晚餐席間，波尼法狄斯也在。服侍我們用餐的侍從在一旁來來去去，因此談話內容都是些無關緊要的小事。主要是關於領主會議上提到過的印刷品報告，以及印刷業今後的業務內容。

用完晚餐，我們便移動到另一個房間，侍從們在備好酒與茶水後一一離開。確認所有侍從都出去了以後，卡斯泰德便發動指定範圍的防止竊聽魔導具，開口說了：

「之前一得到奧伯的許可，我便向艾薇拉告知一切，所以不用再重新說明……今天要討論的，就是有關安潔莉卡的婚事吧？」

「是的。安潔莉卡與艾克哈特哥哥大人解除婚約以後，為了不損及她的名聲，說好改由托勞戈特或是祖父大人迎娶她，做為補償吧？」

我說完後，便聽見波尼法狄斯嘀咕：「托勞戈特怎麼不快點有長進，好迎娶安潔莉卡。」果然他也不想迎娶年齡差距大到能當祖孫，還是自己孫女近侍的安潔莉卡吧。

……祖父大人，如果你真希望托勞戈特的實力能超過自己，之前是不是不應該重新取得加護呢？

「不過，安潔莉卡本人想前往中央。考慮到貴族間的關係，我不知道之前談好的婚事這下該怎麼辦，也不知道自己能否擅自帶走安潔莉卡，讓她擔任護衛騎士，所以才心想必須先問過父親大人與母親大人。」

艾薇拉先是稱讚我沒有自行做出判斷，接著看向莉瑟蕾塔。

「妳想自己的族人對此會有何看法呢？」

「其實無論是與艾克哈特大人訂婚，還是婚約解除後想要給予補償，這對身為中級貴族的我們家來說都只感到惶恐。因此，若能改為往後多提攜我們一族做為補償的方式，對於姊姊大人的婚事，我們本就沒有過多的奢求。況且能夠成為國王養女的近侍，可說是非常光榮的事情，姊姊大人也已經很期待與中央騎士團的團員一起訓練。所以如果可以，我希望能實現本人的心願。」

說話的同時，莉瑟蕾塔看著安潔莉卡。安潔莉卡則是面帶微笑，點一點頭。艾薇拉早就知道，期待安潔莉卡的反應會和一般的貴族千金一樣只是白費功夫，因此非常乾脆地同意她前往中央。

「既然安潔莉卡想前往中央，那便讓她以護衛騎士的身分同行吧。至於今後該給予的補償，就等到一年後再與妳的父母親一同商議……那麼，柯尼留斯與萊歐諾蕾做好決定了嗎？」

艾薇拉轉向柯尼留斯與萊歐諾蕾問道。忽然間「咚」的一聲，波尼法狄斯將裝有酒的酒杯放在桌上。

「你們兩個都得去中央！然後要保護好羅潔梅茵！」

「那個，祖父大人。母親大人是在問兩人想怎麼做喔……」

我向嗓門變大，似乎已經喝醉了的波尼法狄斯勸道，但他卻猛然張大雙眼。

「羅潔梅茵，其實我也想和妳一起去中央啊！但領主一族既不能當護衛騎士，也不能轉籍至中央。這到底是誰決定的?!」

「祖父大人，是從前的君騰蓋傑茲凱特喔。是他規定領主一族除了結婚，否則不能轉籍至中央。法律課的考試還考過這題呢。」

「可惡的蓋傑茲凱特國王！都怪他多管閒事！」

眼看波尼法狄斯衝著從前的君騰開始發火，卡斯泰德一臉為難地嘆了口氣。

「其實柯尼留斯若能一起前往中央，有他在妳身邊我也比較放心，但一想到騎士團少了他的話，我還是有些頭痛。」

先前討伐冬之主時，就已經少了斐迪南與艾克哈特兩個人，聽說當時多虧了柯尼留斯大展身手。要是再連柯尼留斯也不在了，似乎會讓騎士團非常頭痛。

「那麼，柯尼留斯哥哥大人與萊歐諾蕾還是留下來……」

「不，羅潔梅茵。這不是妳該操心的事情。」

我正想要退讓，波尼法狄斯卻搖搖頭。

「在妳重現了戴肯弗爾格的古老儀式後，如今大家在戰鬥前都會先取得複數神祇的加護。而且拜妳想出的魔力壓縮法之賜，騎士們的魔力正一點一點慢慢增加。妳在貴族院還證明了祈禱有其效用，貴族們甚至能在領主會議上重新舉行加護儀式。每個人都能憑藉自身的努力變強，往後已成年騎士們的實力也能更上一層樓吧。不僅如此，由於這次的領主會議還去了採集場所進行採集，有了那些原料，想要製作回復藥水與魔導具也容易得多。不能因為艾倫菲斯特的戰力不足，就減少妳身邊的護衛。」

既然有心就能變強，艾倫菲斯特的騎士們應該要自己更加努力——波尼法狄斯斷然說道。

「是呀，卡斯泰德大人。波尼法狄斯大人說得沒錯。再說了，你女兒將前往中央成為國王的養女，倘若身邊的護衛騎士裡沒有半名上級騎士，豈不是要笑掉人家的大牙嗎？況且先前在貴族院，人人都知道羅潔梅茵的親兄長是她的護衛騎士，因此我希望柯尼留斯能跟著她一同前往。」

「艾薇拉，但是……」

身為奧伯的護衛騎士，卡斯泰德恐怕最為清楚領內有關騎士的整體情況。但他正想反駁，卻被艾薇拉直接打斷。

「若在羅潔梅茵最需要護衛的時候卻不願跟隨，這樣還稱得上是護衛騎士嗎？她可是柯尼留斯自己選定的主人。不能保護主人算什麼騎士？就連蘭普雷特，即使韋菲利特大人亂發脾氣，指責他身為兄長竟無法說動羅潔梅茵、還無法壓制住萊瑟岡古一族，他也依然盡到護衛騎士的本分保護主人。我可不認為自己的教育會如此失敗，讓兒子長成一個半途而廢，在面臨岔路時選擇捨棄主人的騎士。」

在騎士家庭將兒子拉拔長大的艾薇拉這麼一說，格外有說服力。聞言，柯尼留斯也正色點頭。

「基本上我也有意前往中央。領主會議期間，我觀察過王族與中央騎士團，實在不認為在沒有人保護的情況下，能讓羅潔梅茵前往中央。」

「是呀。雖說使用圖魯克的人已經受到處罰，但似乎還沒找到持有者，所以仍然需要提高警覺。幸好能敏銳察覺圖魯克氣味的馬提亞斯也會同行，讓人放心多了。」

柯尼留斯與萊歐諾蕾似乎都傾向於與我同行。只不過這樣一來，問題出在要什麼時候成婚，而且柯尼留斯還有艾克哈特託付給他的宅邸。

「一旦成婚，萊歐諾蕾便得辭去工作，所以還是按照原定計畫，你們一樣先預留兩年的時間慢慢做準備吧。等你們去了中央，得在一年之內找到可以留在羅潔梅茵身邊的女騎士。至於艾克哈特的宅邸就由我來管理。以便你或者艾克哈特回來的時候，隨時都能使用……」

艾薇拉說完，柯尼留斯輕笑起來。「等傑克雷特成年，說不定也可以讓給他。」他提議也可以讓給蘭普雷特與奧蕾麗亞的孩子。

「那都不知道是多久以後的事了。那孩子最近才剛學會爬呢。」

「母親大人，我都還沒見過傑克雷特呢……」

其實我本來還期待著，今天也許能見到一面。但是晚餐席間，蘭普雷特與奧蕾麗亞並未在場，也就沒能見到小寶寶。

「因為肅清時，與她同時從亞倫斯伯罕嫁來的貝緹娜被捕，身邊所有人的情緒都十分緊繃。為了保護自己的孩子，奧蕾麗亞也變得有些神經質。加上妳會帶著許多她素未謀面的近侍前來，所以要與妳見面難免有些抗拒吧。不過，她收到妳的禮物很高興喔，這件事也等會兒再詳細告訴妳。現在要優先討論妳將前往中央一事，對吧？」

艾薇拉接著詢問，我準備帶往中央的近侍有哪些人。於是我分成已確定的人、還在考慮的人，以及已決定留下來的人，回答她的問題。艾薇拉點頭聽完，深深長嘆口氣，看向莉瑟蕾塔。

「但妳要帶去的侍從實在是太少了，竟只有剛成為近侍的谷麗媞亞一人。侍從是與妳關係最為密切、要照顧妳生活起居的人，相處時日若不夠長久，妳就連在自己的房間裡也無法放鬆歇息吧？莉瑟蕾塔不能跟妳一起去嗎？」

「母親大人，莉瑟蕾塔是家裡的繼承人，也已經與韋菲利特哥哥大人的文官妥斯登訂婚了。她無法離開艾倫菲斯特……」

我搶先開口說明，以免莉瑟蕾塔受到斥責。艾薇拉露出受不了的表情搖搖頭。

「現在莉瑟蕾塔可是奉命不得洩露消息，所以也無法找父母或是未婚夫商量此事，那她當然只能這麼回答妳吧。再者依妳的個性，妳一定只問了大家的意見，卻沒有說過自己的想法吧？」

「確實是這樣沒錯……因為，一旦我說了自己的想法，那就會變成命令吧？」

地位較高的人一旦說出自己的期望，地位較低的人便無法違抗。所以我只問了大家的意見，從沒說過自己希望他們怎麼做。

「尊重對方的意願固然重要，但傳達妳自己的想法也很重要喔。在不確定主人是否需要自己的情況下就前往中央，底下的人只會感到無所適從。倘若妳需要莉瑟蕾塔，莉瑟蕾塔也願意跟隨的話，那我會幫妳們打點好一切。」

聞言，我看向莉瑟蕾塔。其實我很希望她一起來。打從我進入貴族院就讀開始，莉瑟蕾塔便一直陪在我身邊，平常的工作表現雖然低調不起眼，卻周詳到了無微不至的地步。如果她能陪我一起去中央，我一定會感到非常安心。

可是，之前詢問莉瑟蕾塔意願的時候，她毫不猶豫地選擇了留下來。此刻臉上雖然掛著一如既往的恬靜微笑，但與安潔莉卡不同，我完全不曉得她是否想去中央。一旦我說出內心的期望，很可能害姊妹兩人的婚約都就此不算數。

「可是，現在領內本就人才不足，我不能帶走這麼多人吧？我的近侍全都非常優秀喔。還是讓她留下來，協助將成為第二夫人的布倫希爾德，為艾倫菲斯特盡一份……」

「夠了。她們再怎麼優秀，平常妳也總是只待在神殿裡，所以就算少了妳的近侍，對城堡的日常公務也不會有多大的影響。倘若妳為了要在中央成立派系，想一口氣帶走許多人那倒另當別論，但現在妳只是要帶走自己的近侍而已，豈會有任何問題。」

艾薇拉說了，是否要帶近侍同行只須考慮個人因素，無須顧及整個領地。尤其我又將前往中央成為國王的養女，如果連基本該有的近侍都沒帶，不光是艾倫菲斯特，我也會因此被人看輕。

「為了守護妳身心的健康，帶著妳認為有需要的人一起走吧。為此，妳得說出自己的想法，真誠地請求對方。倘若雙方的想法一致，我會幫妳們打點好身邊一切。我可是妳的母親喔。為女兒實現她的心願也是理所應當。好了，快讓莉瑟蕾塔答應妳，說她願意和妳一起前往中央吧。」

艾薇拉推著我的背，帶我來到莉瑟蕾塔面前。波尼法狄斯與卡斯泰德則都看著我，臉上彷彿寫著「加油」兩個字。柯尼留斯也咧著嘴角嘻嘻賊笑，萊歐諾蕾的表情則彷彿正看著非常溫馨的場面。至於莉瑟蕾塔，則是笑盈盈地等著我開口，坐在她身旁的安潔莉卡一樣面帶平常的微笑。

……這是怎麼回事？簡直像是要公開表白?!我得在眾目睽睽下拜託莉瑟蕾塔陪我一起去中央嗎?!

在眾人的注視之下，我感覺臉頰開始發燙。好想馬上逃離現場，甚至連淚水也無法控制地湧上眼眶。萬一在這種情形下對莉瑟蕾塔說了「請妳跟我一起走」，結果她說「不要」，我肯定會再也振作不起來。

「母親大人……」

「取得對方的同意，是妳該做的工作唷。打起精神來。」

艾薇拉明顯一副看好戲的樣子，退開後回到自己的位置上。總之如果不說點什麼，我根本無法從這裡移動半步。

「嗚啊、啊嗚……那個！莉瑟蕾塔！」

「是，您有何吩咐呢？」

總覺得莉瑟蕾塔看起來也很期待。她深綠色的雙眼充滿笑意地瞇起，表情隱隱透著捉弄人的氣息。不過，她等著我開口的表情中也帶著些許害羞，並沒有半點感到為難或困擾的樣子。由於雙方都在害羞，所以雖然非常難為情，但感覺到莉瑟蕾塔似乎不會拒絕自己後，我總算有了一些勇氣。

哈啊。我先是深吸一口氣，然後一鼓作氣全部說完。

「如、如果莉瑟蕾塔願意陪我一起去中央的話……我會感到非常安心。而且我也會努力保護妳，讓妳不會遇到不愉快的事情，工作起來也能順順利利。還有、還有，我會調高給妳的薪水，妳也可以在房間裡面飼養蘇彌魯……所以、那個，請和我一起前往中央！」

總之我把腦海裡想到的通通說了出來。感覺腦筋一片空白，但至少我做到了。

我吐出一口大氣時，只見莉瑟蕾塔露出欣喜的笑容，幫我輕輕拭去眼角的淚水。

「等家裡的問題都解決了，我自然樂意之至。」

聽到莉瑟蕾塔答應，我忍不住開心地綻開笑容。這時柯尼留斯邁步走近，執起我的手後露出愉快賊笑，往我還在發燙的臉龐看來。

「羅潔梅茵，希望同樣的話妳也能對我再說一遍。」

「我已經不行了！」

母親與女兒

結束了教人難為情的公開表白後，也到了安潔莉卡、莉瑟蕾塔與萊歐諾蕾該回去的時間。今天的談話就此結束。我站在玄關，目送柯尼留斯與波尼法狄斯分頭送三人返家。

「母親大人，那我也回房間了。」

「等一下。我們去妳房間說幾句話吧。」

說完，艾薇拉往我的房間移動。儘管住在這裡的時間非常短暫，但我的房間總是整理得乾淨整潔，以便我隨時回來都能使用，這點令我由衷感到開心。

「羅潔梅茵，妳沒在這裡登記過秘密房間吧？來這邊。以妳現在的年紀，其實本不該再與父母一起使用，但至少還是一起使用一次吧。否則等妳有了自己的孩子，屆時若不知該如何一起進行登記就糟了。」

……其實我在神殿已經與斐迪南大人一起登記過秘密房間了，所以這點不用擔心喔。不過，這件事還是別說比較好吧。感覺母親大人很可能會突然掏出筆記本。

輕易就能想見艾薇拉兩眼發光的樣子，所以我只是道謝：「謝謝母親大人。」然後便不再多言，與艾薇拉一起登記秘密房間。站在床鋪後方，我們一起伸手按住門扉上的魔石，灌注魔力。艾薇拉一臉懷念地瞇起眼睛。

「其實早在妳受洗之前……在妳剛被帶來這座宅邸，情緒還不太穩定的時候，我本想以母親的身分為妳準備秘密房間。但是，多虧斐迪南大人每隔兩、三天便來探望妳，所以儘管妳來到陌生的環境，要稱呼陌生人為家人，但看起來也並未特別感到不安。與其和剛成為妳母親的我一起使用秘密房間，妳與斐迪南大人待在一起時似乎更加放鬆，所以我便沒有過來進行登記了。」

艾薇拉疊在我手上的手十分溫暖。我沒來由地有些難為情，注視著魔力形成的光線竄起，化作秘密房間。這時的我再一次感受到，在我剛來到這個家的時候，艾薇拉就已經做好了心理準備，要將我視為真正的女兒看待。

剛設置好的秘密房間空蕩蕩的，便請侍從搬來一面桌子與兩張椅子，再麻煩她們泡茶。接下來要在秘密房間裡舉辦只有我們兩人的茶會。

「該從何聊起呢……對了，先來討論方才並未提到的達穆爾與菲里妮吧。」

「達穆爾與菲里妮嗎？」

我歪了歪頭，不明白為什麼剛才不在大家面前討論這件事。艾薇拉揚起微笑。

「因為我若在大家面前提起，多半會變成無可推翻的決定。畢竟，近侍還是該由主人來做決斷。我只會發表自己的看法，最後還是要由妳自己做判斷。」

艾薇拉先用比較輕快的語氣說完，接著說道：

「關於達穆爾與菲里妮，能不能把他們留下來呢？我這麼建議有幾個原因。其中一個兩人共通的原因，那便是中央內幾乎沒有下級貴族；他們過去了以後，感到無地自容的情況只會比在艾倫菲斯特更加嚴重。」

艾薇拉告訴我，儘管上級貴族與中級貴族帶去的侍從當中也會有下級貴族，但從未聽說有下級貴族是以騎士或文官的身分前往中央。更遑論擔任王族的近侍，這可說是前所未聞。

她說既然我預計在觀察過中央的情況後，再讓古騰堡成員前往中央，那麼最好也等到那時候再考慮接兩名下級貴族過去。

「再來，既然有人能與平民順利溝通，又非常了解妳的做事方式，我希望他們能在領內留久一點。因為我非常擔心一旦妳離開了，貴族們的想法又會回到從前。」

現在能與平民順利溝通、熟知我做事方式的貴族還不多。因此艾薇拉認為，即便接下來這一年會進行交接，但貴族們的思維短時間內還是難以改變；加上若只有將成為奧伯第二夫人的布倫希爾德一個人，恐怕也無法頻繁地與平民區人們聯繫。

「神殿的交接也一樣。達穆爾和菲里妮與妳的關係最為密切，這些年來又一直在幫斐迪南大人處理公務，所以他們兩人能否留下來，會對後續有很大的影響吧。以目前的情況來看，麥西歐爾大人與他的近侍多半無法負荷。」

但為免造成負擔，我已經打算把神殿長室與神官長室裡的侍從都留給麥西歐爾，坎菲爾與法瑞塔克等青衣神官也都能夠承攬大部分的工作。儘管麥西歐爾在舉行儀式上會比較辛苦，但神殿的公務應該沒有問題——聽完我的主張，艾薇拉露出苦笑搖搖頭。

「羅潔梅茵，妳因為在神殿長大，或許不怎麼在意吧。但是，貴族一向自視甚高，領主一族的近侍多半不太能拉下臉去向青衣神官討教。但如果同是貴族，又同是領主一族的近侍，即便是身分比自己要低的下級貴族，想要討教應該也不會太過排斥……」

由於我原是平民，從不覺得青衣神官與自己的身分差距過大，無法向他們討教。艾薇拉指出了我身為貴族卻沒有足夠的自覺，更提醒我若想順利地完成交接，也必須為麥西歐爾的近侍們著想。

「哈特姆特不是接受過斐迪南大人的指導嗎？後來他同樣擔任神官長一職，上級貴族的身分又能壓制其他貴族，所以我最一開始其實是想把他留下來。不過，畢竟妳身邊也需要有上級文官，況且在我找妳商量之前，他就已經動作迅速地完成獻名，所以我也只能死了這條心。」

……沒想到哈特姆特竟比母親大人技高一籌……

原來哈特姆特態度會那麼強硬，又急著要獻名，是因為他早就盤算過了。

「聽完我列出的這些原因以後，如果妳還是想把達穆爾與菲里妮留在自己身邊，那便等到妳成年之際，再連同古騰堡成員一起把兩人接到中央去如何？」

「咦？」

「既然現在不可能馬上讓古騰堡成員前往中央，那麼這段時間為了保護妳真正的家人，領內能有個知道妳真實想法的人在，妳也會比較放心吧？」

眼看艾薇拉神色自若地說出「真正的家人」這幾個字，我猛然倒吸口氣。見到我這樣的反應，艾薇拉瞬圓了眼發出笑聲。

「妳怎麼露出這種表情呢？從收養妳時開始，我便知道妳是平民的女兒唷。儘管沒有詳細地告訴我妳是哪戶人家的女兒，但只要去調查妳特別關心哪些平民，多少便能猜出來了。」

「咦？咦？」

誰也沒有告訴過我，他們曾向艾薇拉說明我是平民出身。虧我還拚了命地想表現出貴族該有的樣子，結果她早就知道我原先是平民了，這讓我大受衝擊。

「除了古騰堡成員，妳也打算讓自己的家人搬去中央吧？那麼在成年之前，妳可以讓達穆爾留下來保護他們。」

「……為什麼要等到成年呢？」

艾薇拉說得沒錯，首先得觀察過中央的情況。可是，我還是想盡快在中央發展印刷業，但距離我成年還有三年左右的時間。扣掉交接的這一年，要我再等兩年實在是太久了。

「還問我為什麼……唉。羅潔梅茵，至今的生活與奧伯・艾倫菲斯特的寬廣胸襟似乎讓妳忘了，但一般並不會把重要事業交給未成年的孩子去管理喔。最好不要以為到了中央，妳還能像在艾倫菲斯特一樣隨心所欲地發展新事業。」

由於印刷業是由我所開創，齊爾維斯特才放手交給我管理，但其實本該由領地主導。她說一般人會認為這樣的工作不該交給未成年的孩子，然後把管理權搶走。

「而且卡斯泰德大人告訴過我，妳現在是最有希望取得古得里斯海得的下任君騰候補。那麼到了中央以後，比起發展印刷業，應該還有很多其他該做的事情吧？難道不必接受王族該有的教育嗎？」

「啊！」

這就是盲點。我本來還想著只要拿到古得里斯海得，再交給席格斯瓦德、解救斐迪南，之後就能做自己想做的事情。但是仔細想想，我確實也得接受王族該有的教育吧。

「羅潔梅茵，妳成為國王的養女以後真的沒問題嗎？」

「嗚、嗚嗚……」

面對艾薇拉懷疑的眼光，我沮喪地垮下肩膀。我自己也覺得大概很有問題。但事情都已經談好了，我也無能為力。

「此外，我會建議妳等到成年以後，還有其他理由。因為菲里妮與妳會同時成年，若能等到成年後再前往中央，她就不用獻名了吧？獻名不該是一種用來隨妳前往中央的手段。而且老實說，我認為妳也不該再為更多人的人生負責了。」

她說她看過我是如何對待孤兒院裡的孤兒，以及接受其獻名的近侍們，所以很擔心我肩膀上的負擔太過沉重。

「可是，把菲里妮納為近侍、讓她離開老家的人都是我，我實在說不出口要她回老家去。」

讓菲里妮回到有父親、繼母和異母弟弟在的那個家，從不在我的考慮之內。

「菲里妮的父親本是入贅，所以其實菲里妮才是繼承人喔。儘管我個人認為可以讓她返回老家，但如果不行的話，也可以和繆芮拉一樣由我來當監護人。只不過，如果要讓菲里妮前往中央，身邊得有能保護她的未婚夫才行……羅潔梅茵，若讓達穆爾與菲里妮訂婚，對此妳有何看法呢？」

「咦咦?!」

過於出人意表的提議讓我大叫出聲。艾薇拉饒富興味地觀察我驚慌失措的反應後，告訴我因為等到他們去了中央，身邊也沒有其他下級貴族，最終只有彼此這個選項。

「由於有很多貴族都想與妳的近侍結緣，所以我想菲里妮還不用太擔心，但再這樣下去，達穆爾會完全找不到結婚對象吧。」

「咦？呃……可是，不能讓達穆爾入贅至中級貴族人家嗎？我聽說他的魔力已經從中級貴族的偏下成長到了居中，應該是有機會的吧……」

如果可以，希望達穆爾的身分能往上提升。我這麼心想著提出自己的看法後，艾薇拉眨了眨眼注視我。

「不論妳對他的評價再高，或是他自身的能力再好，只要他身為帶有瑕疵的下級騎士，旁人對他的評價也就不會高，也不知道妳何時會將他捨棄喔。因此，一般正常的中級貴族人家根本不會想讓他入贅。當初布麗姬娣是因為自己悔過婚，又因為出入神殿而帶有瑕疵，並且在與達穆爾成為同僚後，有機會了解他的為人。正好基貝．伊庫那也想與妳攀上關係，而布麗姬娣身邊又沒有其他適合婚配的男士，再加上他們迫切地渴望著增加一族的人數，所以家長才會破例同意這門婚事喔。」

艾薇拉提醒我，不可以參考之前與布麗姬娣的關係，來考慮達穆爾的結婚對象。聞言，我重新思考起達穆爾與菲里妮這樣的配對。菲里妮確實與達穆爾走得很近，也說不定到了心生憧憬的地步，我之前甚至懷疑過菲里妮是不是有點喜歡他。

……可是，達穆爾他……

「達穆爾曾經說過，菲里妮喜歡的人是羅德里希……所以要撮合兩人恐怕有點困難呢。他明顯把菲里妮當成小孩子，完全沒把她視為可能的結婚對象。」

「是嗎？但為了要保護與老家斷絕關係、還努力想跟隨主人的孤獨少女，便決定與她訂下婚約，在她成年之前給予支持，同時也守護著主人重視的人事物，妳不覺得這樣的騎士也很吸引人嗎……」

「母親大人，這是您下一本書的構思嗎？您會不會太常以我的近侍為靈感啦？」

我鼓起臉頰抗議後，艾薇拉只是亮起一雙黑眸，說：「趁我還記得的時候，得趕緊把想到的靈感寫下來才行呢。」然後她拿出寫字板，開始做筆記。一邊搖著筆桿，艾薇拉一邊說了。

「羅潔梅茵，請妳還是告訴達穆爾，我有過這樣的提議吧。畢竟我只是介紹了可以考慮的結婚對象，關於兩人的去留我也僅是發表個人的看法。最終要做決定的人並不是我，請他們自己負起責任吧。」

艾薇拉說完，我陷入沉思。菲里妮可以考慮託付給艾薇拉，但是關於達穆爾，艾薇拉卻半個字也沒說。

「母親大人，那我離開以後，達穆爾的處境會不會很艱辛呢？不能和菲里妮一樣，也將他納入您的庇護之下嗎？」

我詢問後，艾薇拉抬起頭來說道：

「倘若他是菲里妮的未婚夫，我倒是可以給予庇護……但達穆爾是男士，最好還是把他託付給男士比較好喔，羅潔梅茵。若想保住他領主一族近侍的身分，不如把他託付給波尼法狄斯大人吧？既然他日後要前往中央，自然得更精進自己，而且如果仍會往來於訓練場與神殿，這樣貴族們對他的冷嘲熱諷也會少得多吧。」

「知道了。等我問過達穆爾以後，再去拜託祖父大人。」

看來艾薇拉也為達穆爾考慮過了。我稍微安下心來後，艾薇拉注視著我的黑色眼眸倏地發亮，臉上的笑容就和剛才調侃我的柯尼留斯一模一樣。

「如果妳和方才拜託莉瑟蕾塔一樣，也用那麼可愛的方式向波尼法狄斯大人提出請求，他肯定會一口答應喔。」

「母親大人！」

艾薇拉愉快地笑了起來，我只能沒好氣地瞪著她。但艾薇拉只是咯咯笑著，沒有多作理會，重新低頭看向寫字板。

很快地在寫字板上寫完筆記後，艾薇拉露出滿意的笑容喝了口茶，緩緩吐氣。

「……真沒想到現在的生活可以如此平靜安穩，還能沉浸在自己的興趣裡呢。羅潔梅茵，我由衷感謝妳。」

「咦？」

「在妳出現之前，那是一段我最焦心難熬的日子。羅潔梅茵，能陪陪我稍微回憶從前嗎？」

艾薇拉慢慢說起自己的故事。之前雖然略有耳聞，但一直沒有人詳細地述說過。

「我之所以與卡斯泰德大人結婚，是為了保護萊瑟岡古的貴族，想減少一些來自薇羅妮卡大人的迫害。婚後，我與卡斯泰德大人的感情不好也不壞，彼此都像是在盡一份義務。未料，後來卡斯泰德大人又迎娶了原是薇羅妮卡大人侍從的朵黛麗緹為第二夫人，之後更是單憑自己決定，就迎娶了羅潔瑪麗為第三夫人。當時家裡的氣氛可說是一片烏煙瘴氣。」

每當第二夫人與第三夫人針鋒相對，卡斯泰德總是袒護羅潔瑪麗。表現上為了做給薇羅妮卡看，也為了保持平衡，艾薇拉只好站到朵黛麗緹那一邊。

「而羅潔瑪麗離世後，得知朵黛麗緹懷有身孕，薇羅妮卡大人高興得不得了，甚至揚言她肚子裡的孩子更適合成為卡斯泰德大人的繼承人。那段時間，我只覺得自己越來越被逼入絕境。」

她說這些事情都發生在前任領主臥病在床、薇羅妮卡的權勢越來越大的那時候。而隨著羅潔瑪麗去世，接著換成艾薇拉與仰仗薇羅妮卡權勢的朵黛麗緹形成對立，卡斯泰德便開始以工作為藉口，很少回到宅邸來。

……父親大人，我也知道這種情況很麻煩，但你怎麼可以這樣子呢！

「最終前任領主撒手人寰，斐迪南大人也抵擋不住薇羅妮卡大人的施壓，進入了神殿。已向斐迪南大人獻名的艾克哈特為此非常消沉，當時一直在身邊支持他的，便是海德瑪莉。」

與海德瑪莉結婚以後，由於很快就有了孩子，艾克哈特看起來便不再那麼頹喪萎靡。然而，海德瑪莉竟在懷孕期間中毒身亡。一下子痛失妻子與孩兒，她說艾克哈特當時整個人的狀態簡直讓人不忍目睹。

「我第一次聽說艾克哈特哥哥大人有過這樣的遭遇。」

「……因為妳剛來到我們家的時候，艾克哈特好不容易才重新振作起來，但也還沒有辦法開口告訴妳這種事吧。」

不僅主人進入神殿，還同時失去了妻子與孩兒，聽說艾克哈特當時就像行屍走肉一樣。然而就在這時候，薇羅妮卡竟然在茶會上示意艾薇拉，要艾克哈特去當韋菲利特的護衛騎士。艾薇拉以「他現在的情況實在無法勝任」為由拒絕後，薇羅妮卡接著改向齊爾維斯特與卡斯泰德施壓，要他們來勸勸她。

「但是，我斟酌再三之後還是拒絕了。結果薇羅妮卡大人開始指責我管教不周，還說艾克哈特竟向斐迪南大人宣誓效忠，一定是因為對領主有反叛之心，導致情況變得非常棘手。蘭普雷特知道了以後，便跳出來說韋菲利特大人舉行洗禮儀式時，剛好自己也已經成年，可以由他擔任護衛騎士。」

眼看母親與兄長陷入困境，為了替兩人解圍，蘭普雷特便自願成為韋菲利特的護衛騎士。

「但成為護衛騎士以後，薇羅妮卡大人似乎也開始對蘭普雷特提出一些無理要求。比如要他與亞倫斯伯罕的貴族多往來、從中尋找結婚對象，還說他既是韋菲利特大人的下屬，身為護衛騎士絕不能違抗主人的命令。但是，即便我向卡斯泰德大人告知了兒子們的情況，他也幾乎充耳不聞。」

艾薇拉曾為蘭普雷特的處境咳聲嘆氣，希望卡斯泰德能找齊爾維斯特商量，改善現狀。然而，由於艾薇拉與薇羅妮卡本就是對立的關係，所以她說的話卡斯泰德似乎只信了一半。聽到她說韋菲利特經常遇到不喜歡的事情就想逃避，他也只是淺笑著說跟齊爾維斯特小時候很像，便不再多加理會。

……嗚哇，可以想像那幅畫面。

「從小便看著兩位兄長因為主人的關係心力交瘁，柯尼留斯總說他不想要固定侍奉一個主人，然後不管是學習還是其他事情，全都只是得過且過。明明只要有心就能做得更好，他卻不願認真以對，那副模樣讓身為母親的我看了真是生氣。」

……這麼說來，柯尼留斯哥哥大人一開始從未獲選為優秀者呢。

我記得在組成「安潔莉卡成績提升小隊」之前，柯尼留斯的原則，就是只要成績能符合自己上級貴族的身分就好了。

「前任領主離世後，薇羅妮卡大人的權勢更是滔天。與此同時我老家哈爾登查爾的生活卻是越來越困苦，萊瑟岡古也越來越沒有影響力。當時的我只能預見，今後自己與孩子們將會被薇羅妮卡大人徹底擊垮，每天都過得鬱鬱寡歡。」

如今我已對貴族社會有相當程度的了解，所以能夠想見當時的艾薇拉雖是騎士團長的第一夫人，卻與自己的丈夫、前任領主夫人以及現任領主處不好，處境肯定非常尷尬。

「誰知就在這種時候，薇羅妮卡大人突然失勢垮臺。本來我對齊爾維斯特大人已經不抱期望，以為他就此選擇了成為母親的傀儡，未料他竟無預警地展開行動。」

就在他宣布了有關他領貴族的決策以後，便經常多日不見蹤影，導致貴族區人心惶惶，擔心奧伯是否出了什麼事。緊接著，他又在領主會議期間突然跑回領地，換掉了一直以來受到薇羅妮卡庇護的神殿長，更揭發薇羅妮卡的不法行為，將她關進白塔。

「本該在貴族院參加領主會議的卡斯泰德大人突然返回，開始在領內四處奔走、處置罪犯。即便親耳聽到這些消息，我一時之間也難以理解……」

……重新聽人轉述後，從貴族的角度來看，真的會覺得這真是莫名其妙呢。心裡大概會納悶：明明領主會議還在召開，奧伯到底在做什麼？

「正當情況還一片混亂時，卡斯泰德大人忽然告訴我，他要將致使薇羅妮卡大人失勢的平民青衣見習巫女認為女兒，為她舉行洗禮儀式。還說奧伯馬上會將她收為養女，所以不會對我造成太大的負擔吧。」

「咦咦?!就算馬上會成為養女，但既然要當成親女兒帶回家來，怎麼可能不給母親大人造成負擔呢？」

「就是說呀。大而化之的男士還真教人傷腦筋。」

但是，艾薇拉說她最終還是決定答應。理由有好幾個：首先我是成功致使薇羅妮卡失勢的關鍵人物，而且我擁有豐富的魔力，也曾為哈爾登查爾提供過盈滿魔力的小聖杯；再來是我受到斐迪南的庇護，甚至斐迪南本人還親自拜託過她。

「但就算有這些理由，母親大人能下定決心還是很厲害。居然願意把平民認作自己的女兒……」

「其實我也煩惱過唷。可是，卡斯泰德大人還說了，等羅潔梅茵成為領主一族，身為妳監護人的斐迪南大人找到機會，應該也能還俗吧。艾克哈特聽到以後非常高興。我好久沒見到兒子的笑臉了，所以就算是只為了斐迪南大人與艾克哈特，這也足以讓我答應收妳為女兒了。但是，妳為我所帶來的，遠遠超出我的預期。」

她說主人還俗以後，艾克哈特便重新恢復活力，每天都神采奕奕地去神殿侍奉斐迪南。而解救韋菲利特免於廢嫡一事，同時也拯救了護衛騎士蘭普雷特。之後隨著我推出各種新流行，女性派系更是在轉眼間就趕走舊薇羅妮卡派。柯尼留斯也因為監督安潔莉卡學習，成績突飛猛進。

「現在我也因為參與印刷業，可以投入自己的興趣，還為老家哈爾登查爾帶來莫大的收益。從妳成為養女以後，一切便突然發展得非常順利……夫妻間的關係也因為會討論有關妳的事情，不再只是盡盡義務，而是能有真正心靈層面上的交流。」

在今天聽了艾薇拉說的這些往事之前，我一直以為她與卡斯泰德雖是政治聯姻，但感情還算和睦，原來並非如此。

由於斐迪南每隔幾天就會來拜訪，卡斯泰德待在家裡的時間因此變長了。畢竟如果是自己的親生孩子，他還可以敷衍地說：「你去問艾薇拉吧。」但是，我是他帶回來的孩子，也與他更有交流，所以斐迪南要是問起，他總不能隨口虛應幾句。因為是斐迪南將我託付給卡斯泰德，之後也確定要以他親生孩子的身分，成為領主的養女。再加上距離洗禮儀式沒剩多少時間，為了把他們早已習以為常的貴族常識教給我，卡斯泰德與艾薇拉湊在一起談話的時間就變多了。

「羅潔梅茵，我很感謝妳，也想以母親的身分從旁給予支持。但是，妳待在神殿與待在斐迪南大人身邊時顯然更加放鬆，我也就覺得自己沒有必要硬是多管閒事。再者城堡裡頭，還有妳的養母芙蘿洛翠亞大人在呢。」

艾薇拉似乎將自己視為我的最終堡壘，只是一直在旁默默守護。她本來以為有斐迪南在，就不必替我擔心。然而，斐迪南卻奉王命前往了亞倫斯伯罕。

「斐迪南大人可謂是妳的精神支柱，所以他離開以後，我一直很擔心妳，但顧及妳的年紀，又很難判定自己可以干涉到怎樣的地步。倘若在斐迪南大人準備離開的那段時間，你們能好好道別那倒無妨，但斐迪南大人卻被迫提前動身吧？」

而且斐迪南離開以後，我馬上就要前往貴族院。究竟在身邊只有孩子們的情況下，我能否自己振作起來？未婚夫韋菲利特能否代替斐迪南成為我新的精神支柱？她身為母親是否該出手干涉？她說這些都是她必須思考的問題。

「斐迪南大人曾拜託過我，肅清時要負責在萊瑟岡古這邊打點好一切。隨後冬季的社交界就開始了，我才剛與萊瑟岡古一族接觸，領主便收到貴族院傳回的消息，結果就連肅清也突然提前了吧？在我根本沒有做好打點的情況下，肅清就開始了，萊瑟岡古一族的興奮程度完全超出預期。」

後來布倫希爾德又決定成為奧伯的第二夫人，她們便說好要同心協力壓制萊瑟岡古一族，其實直到這時為止也沒有什麼大問題。當下只是因為肅清才剛結束，年長的萊瑟岡古貴族們還興奮得難以自抑，但是時間一久，想必也會逐漸冷靜下來。

然而就在這種時候，韋菲利特竟然說他想要趁著祈福儀式去拜訪萊瑟岡古，拉攏大家協助自己。

「得知此事後，由於萊瑟岡古那邊全然沒有打點疏通，我便提醒蘭普雷特要阻止韋菲利特大人。但最終沒能阻止韋菲利特大人，他仍是一意孤行吧？」

結果他這一趟拜訪，似乎只是火上加油。接到基貝．萊瑟岡古的通知說：「現在老一輩的貴族們都激動不已，教人頭痛。」艾薇拉說她嚇得臉都白了。

隨後她急忙找了布倫希爾德，一起討論要如何抑止萊瑟岡古一族。同一時間，領主會議也開始了，怎料結束後竟又得知我將成為國王的養女。

「唉，感覺我還暈頭轉向的時候，情況便不停地一變再變。以前斐迪南大人竟然都應付得來呢。」

她說如果是尋常無事的時期也就罷了，偏偏近來才發生過肅清這種大事，而且還得收拾善後。在如此混亂的情形下，曾一手負責溝通協調的斐迪南卻離開了，根本沒有人能填補他的空缺。

「我有好幾次都在想，倘若與妳訂婚的不是韋菲利特大人，而是斐迪南大人的話，他就不用去亞倫斯伯罕了吧。」

雖然事到如今，說這些也於事無補了——艾薇拉露出哀傷的笑容。我喝了口茶後，輕笑出聲。

「我倒是很難想像自己與斐迪南大人訂婚呢。之前我滿腦子想的，都是萬一斐迪南大人在亞倫斯伯罕那裡出了什麼事，應該怎麼解救他。」

「而妳努力的結果，就是讓他免於連坐了吧？妳做得很好喔。」

艾薇拉說著伸出手來，觸碰我的臉頰。輕輕撫來的指尖有些猶疑不決，我便主動把臉湊過去。

「這還是第一次……有人為這件事稱讚我。」

感受到指尖傳來的暖意後，我靜靜垂下眼眸，淚水不受控制地滑出眼眶。

「因為妳這麼做，表面上只對他領的人有好處而已，所以誰也不會為此公開地給予表揚，而認為有必要這麼做的人更是少之又少吧。我大概也只有在這裡才能稱讚妳做得很好……但是，其實我心裡真的很高興。因為若能讓斐迪南大人免於連坐，妳所能救下的，可是三條人命。」

除了斐迪南，艾薇拉再舉出了尤修塔斯與艾克哈特兩人的名字。還有拉塞法姆喔。我在心裡悄悄補上這一句，同時連連點頭。

「他們可以得救，都是多虧有妳採取了行動。妳要為此感到驕傲。」

「母親大人……」

「聽到身在遠方的他們有生命危險，會擔心也是理所當然的事情。是否要表現出來雖是另當別論，但我也十分擔心艾克哈特與斐迪南大人喔。黎希達想必也很擔心尤修塔斯。」

我一直以為在艾倫菲斯特，誰也不擔心已經去了亞倫斯伯罕的斐迪南三人，但原來還是有人會擔心他們。知道這一點後，我整個人放鬆下來。

「因為大家都要我別擔心斐迪南大人他們，而且也沒有人和我一起擔心。感覺就好像斐迪南大人他們不值得擔心一樣，讓我感到非常難過。所以我好像還有些意氣用事起來，覺得既然沒有任何人擔心他們，至少我一定要。」

艾薇拉靜靜注視著我，忽然眼眶一紅低下頭去。

「聽著，羅潔梅茵，等我一走出這個房間，我便要當個以自己子女為傲的母親。不僅女兒將成為王族，兒子也將被拔擢為王族的近侍。所以，至少現在，趁我還在秘密房間裡的這個時候，容我為了兒子與女兒即將遠行一事表現出哀傷吧。」

「母親大人……」

之前就聽說貴族只能在秘密房間裡表露自己的真實情感，這還是我第一次親眼目睹。就連回憶往事的時候，艾薇拉臉上依然帶著貴族特有的優雅微笑，但這時臉龐卻突然悲痛地扭曲起來。

「我雖然擔心人在亞倫斯伯罕的他們三人，但一想到尤根施密特的將來要壓在妳這般瘦小的肩膀上，我也一樣非常擔心妳喔。」

看著從艾薇拉臉頰滑落的淚水，我再真切不過地感受到了她發自內心的擔憂。

王族與我談話時，都是在討論我能否取得古得里斯海得，取得之後要怎麼處置；領主一族則是討論著我離開以後，今後要如何帶領艾倫菲斯特。明明我將去取得古得里斯海得，但真正為我個人感到擔憂的人究竟有多少呢？

「母親大人……」

我向艾薇拉伸出了手。大家總說貴族不可以像這樣子撒嬌，所以，我一直以為就算伸出了手也得不到回應。但是現在，我像和母親撒嬌時一樣，也向艾薇拉伸出手去。

她緊緊回握住了我的手。

彷彿要讓我知道，她永遠會在那裡回應我一般，艾薇拉用力握緊我的手。

「羅潔梅茵，從今往後落在妳肩膀上的重任，我將無法與妳一起承擔。但是，我一定會傾盡所能，讓妳可以無後顧之憂地離開艾倫菲斯特。別忘了保持妳原本的樣子，要抬頭挺胸勇敢向前。待妳得到古得里斯海得的時候，千萬別被巨大的權力沖昏了頭，而是要用來實現自己的心願。我相信妳一定做得到，因為妳是我的女兒呀。」

兒童用魔導具

後來在秘密房間裡，我與艾薇拉又聊了許多。我告訴艾薇拉，在她看不見的時候自己與柯尼留斯是如何在貴族院度過每一天，還有艾克哈特到了神殿以後都在做什麼。艾薇拉也告訴了我奧蕾麗亞與傑克雷特的近況，以及布倫希爾德現在有多麼努力。

直到我想睡為止，我們真的聊了很久，所以上床睡覺時我還莫名有種神清氣爽的感覺。而且我睡得很沉，沉到連自己也嚇了一跳，結果醒來時發現自己完全睡過頭了。聽到宅邸裡的侍從說：「第三鐘就快要響了唷。」我還忍不住大叫：「為什麼不早點叫我起床?!」

好像是因為聊得太過忘我，我比平常還要晚上床睡覺，艾薇拉之後便指示侍從不要叫醒我，讓我睡久一點。但是，我老早就下了指示要護衛騎士們過來接我，結果自己竟然睡過頭，這也太丟臉了。

「……早、早安。」

「羅潔梅茵，妳今天早上過得很悠哉嘛。大家都到了喔。」

柯尼留斯調侃我睡過了頭。向前來迎接的護衛騎士們道歉後，我慢吞吞地吃起時間已經不早的早餐。

「看來妳睡了一頓飽覺，那我就放心了。在妳回城堡前我還想討論一些事情，不知是否方便？」

於是我吃著早餐的時候，艾薇拉便在旁邊喝茶，一邊說起印刷業的工作交接事宜。繆芮拉站在艾薇拉身後，很有文官氣勢地做著自己的工作。氣氛感覺相當融洽，看得出來她們主從二人處得很好，我也鬆了口氣。

「倘若妳離開後，我們仍能與平民順利溝通，那其他應該就沒什麼問題呢……對了，羅潔梅茵。妳說過要把神殿裡的侍從都留給麥西歐爾大人，但妳的那名畫師呢？」

「等我開始在中央發展印刷業的時候，我想把葳瑪接過去，所以不會讓給母親大人喔。葳瑪是我的畫師。」

我這麼主張後，艾薇拉便輕笑道：「哎呀，這真是太可惜了。」但看她臉上的笑容，倒是不怎麼遺憾。

「不過，一旦妳離開神殿，她就有可能會被人買走吧？即便把她帶去中央，她大概也只會比下級貴族更感到無所適從。不如妳先把她買下來，讓她成為自己的畫師，然後讓她住在我們家如何？不然妳成年之前我很擔心呢。」

「但是那段時間，母親大人想必會讓葳瑪畫畫吧？」

我往艾薇拉瞥了一眼，只見她開心地呵呵笑。看得出來她十分欣賞葳瑪的畫工。

……比起託付給其他人照顧，這樣子我確實更放心，但本人的想法也很重要呢。

「如今孤兒院我都交給葳瑪管理，所以如果有人能接手她的工作，她自己也願意離開的話，那就這麼安排吧。」

「羅潔梅茵，妳這樣可不行唷。妳離開以後，我想要哪名灰衣巫女，自然可以買下來。因為沒有了主人、不再是侍從的灰衣巫女，根本沒有選擇的餘地。妳在為自己的侍從做打算的時候，一定要了解到這一點。」

艾薇拉提醒了我，灰衣巫女們在失去主人後會是怎樣的處境。我本來還以為只要預先下好指示，那麼即使去了中央，神殿也能如我所想地運作，但看來是我太天真了。

「關於神殿的侍從們，我會再好好考慮。」

「嗯。還有，我已經把昨夜我們談過的那件事告訴達穆爾了。」

艾薇拉說完，我仰頭看向一臉鎮定自若，如常執行護衛工作的達穆爾。

「達穆爾，我會尊重你個人的想法，所以等你有了結論再告訴我吧。」

「感謝羅潔梅茵大人。」

正當我們在談話的時候，齊爾維斯特忽然捎來奧多南茲。他說王族已送來了十二個兒童用魔導具。

「這還真是突然，而且十二這個數字也很不上不下呢。明明我要成為養女一事也有可能作罷，居然先送來了魔導具……」

「想來是他們完全無意讓此事作罷吧。會先送來一部分的報酬，也代表王族無論如何都想收妳為養女。」

艾薇拉接著表示，為了盡快增加貴族人數，再加上若想讓孩子在受洗後成為貴族，晚一年只會造成很大的損失，所以艾倫菲斯特多半無法推辭。

「妳先回城堡去吧。有時間的話隨時歡迎妳來，屆時我們再一起閒話家常。」

「是，母親大人。」

回到城堡以後，領主一族馬上聚在一起，討論要收下魔導具還是送回去。結論是，我們決定還是收下魔導具，好盡快增加領內貴族的人數。既然王族想收養我的決心強烈到了先把報酬送來，那麼就算把魔導具送回去，他們八成也不會改變心意。既然如此，就不要浪費這一年的時間，得趕在有孩子無法受洗前盡快提供魔導具。

「……養父大人，既然王族送了這麼多魔導具，可以分一些給孤兒院嗎？」

「倘若魔力並未達到中級貴族受洗時的平均值，不僅只會浪費回復藥水，也會對小孩子的身體造成太大的負擔。況且雖然我們拿到了魔導具，但與其增加大量的下級貴族，我更想留下來提供給日後即將出生、魔力更高的孩子。」

果然不行嗎——我正這麼心想時，齊爾維斯特又挑起單眉說了：

「因此，如果魔力能達到一定標準，思想與觀念也沒有問題的話，我可以允許也提供魔導具給孤兒院裡的孩子。只不過，負責面談的得是神官長哈特姆特。畢竟妳對孤兒院裡的孩子太過容易心軟，所以我不相信妳的檢查結果。」

聽到齊爾維斯特說他不相信我，我有些不高興。但是，由於很多人都說過我對自己人太容易心軟，所以我也無法反駁。最終就決定由神官長哈特姆特代替我這個孤兒院長負責面談，確認孩子們的思想與觀念有無偏差。

「羅潔梅茵姊姊大人，太好了呢。不光是同派系的孩子，現在就連孤兒院裡的孩子們也有機會得到魔導具。感覺就好像神殿裡的同伴增加了一樣，真教人高興。」

我點頭回應笑容滿面的麥西歐爾，向齊爾維斯特借了用以檢測孩童魔力量的魔導具後，與麥西歐爾及他的近侍們一起往神殿移動。

「羅潔梅茵大人，恭迎您的歸來。」

「我回來了。」

受到神殿侍從們的迎接後，我進入神殿長室，接著換上神殿長服，聽取大家的報告。聽起來神殿裡的青衣見習生們與孤兒院裡的孩子們全都一如往常，並沒有什麼情況發生。而且在坎菲爾與法瑞塔克的帶領下，春天的成年禮也已經做好了準備。

「聽到一切如常，那我就放心了……我有重要的消息要告訴大家。」

侍從們都挺直站好。然後我告訴大家，自己將在一年之後離開艾倫菲斯特，屆時麥西歐爾會就任為神殿長。至於我要前往中央、成為國王的養女這些事情，就沒有特別告知。因為大家都是灰衣神官及巫女，萬一貴族問起，沒有辦法不回答，所以最好從一開始就不知道。

「請大家要盡心服侍未來的神殿長麥西歐爾，並且努力讓神殿能保有現在這種良好的氛圍。」

「我們早就知道羅潔梅茵大人成年時，便會辭去神殿長的工作。現在只是提前了而已……」

法藍神色有些落寞地微笑道。聽到他說「我已經很習慣被主人拋下了」，我的胸口一陣刺痛。

「其實我也想過把大家買下來，讓你們搬去我的圖書館喔。可是你們以前說過，在貴族區裡面待得很不自在吧？而且我離開艾倫菲斯特以後，還不知道圖書館會由誰管理；我要去的地方也不是神殿，所以沒有地方能安頓你們。」

倘若得到古得里斯海得以後，可以廢除掉亞倫斯伯罕這個領地，就能讓斐迪南回到艾倫菲斯特，也能把法藍他們交給他。但是，現在我對未來的想像還不明確，所以還是把他們交給麥西歐爾最讓人放心。

「羅潔梅茵大人說得沒錯，那種未來難以預料的生活，比起在神殿是有過之而無不及。除了神殿，我完全不知道在其他地方要如何生活，再者從至今的言行舉止來看，麥西歐爾大人也不會是蠻橫無理的主人，所以要服侍他並無問題。」

「如果我要去的地方是其他神殿，肯定會把大家一起帶過去呢。」

我這麼表示後，法藍便笑道：「若是如此，曾去過哈塞小神殿的我也會隨您一同前往吧。」

「不過，只有葳瑪得請妳做出其他的選擇。」

「其他的選擇嗎？」

葳瑪似乎打算和還沒被我納為侍從時一樣，先回到孤兒院去，因此聞言一臉困惑。儘管她已經克服到了一定程度，但對男性的恐懼並未完全消失。只見她神色不安地朝我望來。

「接下來這一年內，請妳選擇要成為我的專屬畫師，還是母親大人的專屬畫師。」

我轉述了自己與艾薇拉的對話後，葳瑪問道：「那麼孤兒院呢？」比起自己，她更擔心孤兒院。

「為了延續現在的做法，我會與麥西歐爾商量，請他把莫妮卡或莉莉納為侍從，再由她們負責管理孤兒院。」

我告訴葳瑪，自己會找熟知她行事作風的人接下這份工作，葳瑪便微笑道：「感謝您的費心。」然而，那並非是安心的笑臉。我再看向在場眾人，發現面露不安的不只葳瑪，莫妮卡與弗利茲也一樣。但是，目光一與我對上後，弗利茲便露出沉穩微笑。

「……羅潔梅茵大人，請您不必擔心我們。從您此刻臉上的表情，便能看出一年之後要離開這件事對您來說也是突如其來，並非是好消息。況且我們也都知道，您為我們費心的程度早已超出必要。」

弗利茲開口勸慰後，薩姆也點點頭，補充說道：

「我們相信麥西歐爾大人一定會善待孤兒院裡的人。只不過，眼看近幾年神殿的負責人頻頻更換，也不知道麥西歐爾大人成為神殿長後，會當幾年的時間。願意為孤兒與灰衣神官們著想的上位者會不會在哪一天突然離開？我們只是對此感到不安。」

說不定哪天來上任的新神殿長，就是和前任神殿長一樣的貴族。如同我當初兩三下就改掉了前任神殿長遺留下來的作風，新任神殿長要改掉我所營造的風氣，大概也不用花太久時間吧。

「麥西歐爾是男孩子，我想不會那麼輕易就要離開艾倫菲斯特。但為了讓大家可以不用擔心以後的生活，交接時我會考慮得更周全。」

「還請羅潔梅茵大人多費心了。」

告訴大家我將會離開以後，接著是關於要提供給孤兒院孩子們的魔導具。我請葳瑪告訴孩子們，他們將會接受魔力量的檢測與面談，然後或許有機會得到提供給貴族孩童的魔導具。

「如果想要成為貴族，就必須往魔導具的魔石累積一定程度的魔力。若不及早給予，也許有的孩子就沒有機會成為貴族了。大家什麼時候可以接受面談呢？」

「今天孩子們都去森林了，明天之後應該沒問題。只要告知確切時間，我可以先讓有魔力的孩子們留在孤兒院裡待命。」

我表示會與哈特姆特討論並敲定日期後，便讓侍從們解散。侍從們回到各自原本的工作崗位上。

「法藍，關於我將離開一事，我想與普朗坦商會的班諾討論一些事情。地點我想選在孤兒院長室……」

「遵命。我會聯絡普朗坦商會，安排適當的日子。」

「薩姆，麻煩你去趟神官長室，和哈特姆特討論要在哪一天前往孤兒院面談。」

「遵命。」

「弗利茲，今年我需要印製大量的紙張。請盡量多撿些塔烏果實。」

「遵命。」

我邊看著莫妮卡拿來的書信與文件，邊接連下達指示。工作忙完一個段落時，菲里妮輕聲與我攀談。

「羅潔梅茵大人，若孤兒院裡的孩子們能得到魔導具，那回復藥水呢？」

「我打算自己來準備……對了，之前有人提醒過我，說我的見習文官只有文書工作特別優秀，卻很少有機會進行調合，不然回復藥水就交給菲里妮和羅德里希製作吧？」
我不認為齊爾維斯特會願意再為孤兒院的孩子們提供回復藥水。所以，只能由身為孤兒院長的我自掏腰包了。
「之前光靠我自己，實在無法為康拉德準備回復藥水，所以就算拿回了魔導具，也已經放棄了要讓康拉德成為貴族。但是，如果羅潔梅茵大人願意為孤兒院的孩子們提供回復藥水的話，希望也能提供給康拉德。拜託您了。」
我希望康拉德往後能以貴族的身分生活……面對菲里妮殷切的懇求，我將身體轉向她。
「聽說以下級貴族的魔力量，可能會給身體造成很大的負擔喔。但如果康拉德也有意願的話，我可以提供回復藥水給他。」
「真的嗎？謝謝羅潔梅茵大人。」
因為光靠我自己，實在蒐集不了那麼多原料、準備那麼大量的回復藥水，讓康拉德成為貴族——菲里妮笑逐顏開。菲里妮的笑容固然可愛，但她似乎一心只想著要讓弟弟變回貴族，卻沒考慮過現實層面。
「可是菲里妮，妳不是說過想向我獻名，然後買下康拉德，和我一起前往中央嗎？那讓康拉德成為貴族以後，妳打算怎麼辦？我不能把並未獻名也還未成年的康拉德帶到中央去喔。」
「咦？……啊。」
「而且想以貴族身分將他撫養長大，開銷會非常龐大。妳有辦法自己一邊就讀貴族院，一邊還籌出生活費讓康拉德也就讀貴族院嗎？」
菲里妮緊抿雙唇，注視自己的雙手。當初她什麼東西也沒拿就離開了老家，因此以她下級見習文官的薪水，頂多只籌得出自己的生活費與學費吧。雖然靠著翻譯與蒐集來的情報等，我三不五時會支付一些報酬給她，但在手頭完全沒有祖傳資產的情況下，要以貴族身分維持生活是非常困難的。就連成年禮的正裝，若不從現在開始存錢，到時候恐怕也沒錢定製。
「如果妳想讓康拉德以自己弟弟的身分成為貴族，我建議妳搬回老家。」
「羅潔梅茵大人?!」
「母親大人告訴過我，說妳的父親其實是入贅的，本來的繼承人應該是妳。」
如果菲里妮回到老家後，能從父親與繼母手中搶回掌家的權力，那她就能擁有祖先流傳下來的魔導具與教材，應該也有衣物可以重新修改。儘管過不上富裕的生活，但總比在城堡裡借個房間居住，所有東西也都是她一個人得準備兩人份要好。
「如今身為男性的康拉德已經進了孤兒院，確實我才是本該掌家的繼承人。但因為我尚未成年，成年之前都無法接掌家主之位。即便現在回去了，也只能任憑父親大人與約娜莎拉大人處置，也不知道母親大人遺留下來的東西還剩多少。」
為了維持生計，有很多東西都被賣掉了——菲里妮搖搖頭說。
「那麼也可以讓康拉德在孤兒院受洗，然後成為青衣見習神官在神殿生活。可是這樣一來，今後他會是名義上無父無母的貴族，並由奧伯擔任監護人。倘若妳想讓他以自己弟弟的身分成為貴族，就必須在受洗前讓他還俗，離開孤兒院。」

若繼續留在孤兒院，到了貴族社會，沒有人會視他是菲里妮的弟弟。

「妳只能想想辦法……看是要兩人一起回老家生活，並由母親大人當你們的後盾；還是與已經成年的男士訂婚，由他的父母提供庇護。」

菲里妮一臉走投無路地看著我。但就算這樣看我，我也無能為力。因為幫自己舉行洗禮儀式的人就是貴族社會認定的父母，還有在孤兒院受洗的孩子會由奧伯擔任監護人等等，這些事情都不是我決定的，我也不可能推翻。

「總之，妳先與康拉德好好商量吧。問他是否就算得喝很多回復藥水、度過一段痛苦的時光，還是想以貴族的身分受洗。還有如果想成為貴族，是要在孤兒院受洗，還是回老家後再受洗。」

菲里妮手邊還有母親留下的魔導具遺物，如果之後要提供回復藥水給孤兒院的孩子們，我不介意也分給康拉德。但是，我並不是兩人的父母，一年之後也會卸下孤兒院長的職責，無法對康拉德的未來負責。

達穆爾在旁聽著我們的對話，面色十分凝重。

「今天要在孤兒院進行面談，明天則要與普朗坦商會會面吧？」

「此外春天的成年禮也快到了，再過不久還有夏季的洗禮儀式。等這些儀式結束，又輪到奧伯要去亞倫斯伯罕。感覺所有人都片刻不得閒哪，羅潔梅茵大人。」

我一邊往孤兒院移動，一邊與拿著魔力測量魔導具的哈特姆特確認行程。菲里妮也跟在我們身後，懷裡抱著母親留下的魔導具遺物。她說如果康拉德也想和大家一樣成為貴族，到時就能當場把這個魔導具交給他。

法藍與薩姆走在前頭，將孤兒院的門扉完全打開，只見屋內有五個小孩子成排跪在地上。有小到看來才三歲左右的幼童，也有看起來將要受洗的孩子，而戴爾克與康拉德都在其中。

葳瑪與哈特姆特似乎已經向他們說明過了今天要做的事情，一看到哈特姆特手裡的魔導具，五個孩子的表情都非常緊張。

「那我們馬上開始檢測魔力量吧。報上自己的名字與年紀。」

從年紀較大的孩子開始，哈特姆特動作俐落地依序測量魔力。由於隨著年紀增長，魔力量也會增加，因此每個人做為檢驗標準的魔力量都不一樣。哈特姆特根據每個人的年紀，判斷他們的魔力量是否達到齊爾維斯特的要求後，將五個孩子分成左右兩邊。左邊有戴爾克與另一名男孩，右邊是康拉德與另外兩名男孩。

「左邊這兩人的魔力量已超過奧伯要求的標準。因此若有意願，奧伯便會提供魔導具給你們吧。」

哈特姆特這麼宣布。但是，戴爾克身邊的那個男孩看來才三歲左右，就連站著還得有葳瑪在旁邊攙扶，臉上也露出了根本聽不懂哈特姆特在說什麼的表情。

「葳瑪，他的魔力量具有中級貴族程度，加上距離受洗還有好幾年的時間，最好提供魔導具給他。再者以他現在的年紀，思想也都還沒成形……」

哈特姆特火速就放棄要與三歲左右的孩子面談、檢查他的思想，直接決定栽培他為貴族。接著，哈特姆特轉向緊張得臉龐僵硬的戴爾克。

「戴爾克，你的魔力量已超過奧伯要求的標準。只要你有意願便能獲得魔導具，那你打算怎麼做？」

「請等一下！戴爾克只是孤兒，並不是貴族孩童。他怎麼可以得到魔導具！」

剛才被分到右邊的其中一個男孩大聲抗議。聞言，戴爾克臉色一沉低下頭。哈特姆特則是詫異地側過臉龐。

「在這裡的所有人都是孤兒，不管是戴爾克還是你都一樣。你在說什麼？」

「才不是，我的父母是貴族……」

「未以貴族身分受洗的孩童不是貴族。既然你現在人在孤兒院，那你也只是一名孤兒。若真要論身為貴族的價值，那魔力量更多的戴爾克比你更有價值。」

哈特姆特冷冷反駁了男孩的抗議後，接著轉向戴爾克。

「戴爾克，你想要魔導具嗎？」

這時哈特姆特那雙橙色眼眸，不再帶有先前對孤兒們所展現的溫柔親切。他徹底化身成了面試官，靜靜等著戴爾克說出他有無成為貴族的決心。

戴爾克先是往後回頭。

我循著他的視線往後看，看到戴莉雅正站在食堂後方，屏息等待戴爾克的回答。戴莉雅用力交握十指，咬著嘴唇，整個人還微微發抖。臉色之慘白，看起來就和戴爾克被前任神殿長搶走時一模一樣。我彷彿可以聽到她正在心裡拚命吶喊：拜託了，不要說你想要魔導具；不要離開我身邊、不要帶走我的家人——

接著戴爾克收回目光，重新看向哈特姆特。然後，他慢慢地吸一口氣，抬起頭來。

「……我想要魔導具。」

下個瞬間，戴莉雅瞪大了雙眼發出尖叫：「不要！」她的淒厲吶喊讓大家都轉頭看向她，但就只有戴爾克沒有回頭。他筆直注視哈特姆特，再一次表明決心。

「哈特姆特大人，我想要魔導具。」

「戴爾克，那你想要魔導具的理由是什麼？若從現在才開始為魔導具的魔石染色，你必須耗費非常多的心力，還會給身體造成極大的負擔，而且你重要的姊姊似乎也不樂見你成為貴族。明知如此，為何你仍想成為貴族？成為貴族以後，你又有何打算？」

哈特姆特話聲平靜地詢問後，戴爾克緊握起拳頭。

「成為貴族以後，我想當上神殿長、神官長，或是孤兒院長。」

「哦？」哈特姆特臉上帶了點興味地注視戴爾克，但眼神依舊犀利。

「在羅潔梅茵大人來到神殿以前，孤兒院的情況可說是慘不忍睹。但是，多虧羅潔梅茵大人對我們很好，我們的三餐才有著落，冬天也不用挨冷受凍。」

「你能明白這一點，我很欣慰。」

哈特姆特彷彿看著學有所成的學生，點頭催促他往下說。

「而且灰衣神官遇到危險的時候，願意伸出援手的貴族就只有羅潔梅茵大人。而未成年的羅潔梅茵大人之所以能擔任神殿長，都是多虧了神官長從旁給予有力的協助。」

戴爾克說完，哈特姆特顯得非常滿意。我也知道自己很仰賴哈特姆特的幫助，所以倒不會開口反駁，但心裡還是有一點點、一點點的無法釋懷。總覺得戴爾克好像被哈特姆特洗腦了。

「去年春天，聽到神官長要換人的時候，灰衣神官及灰衣巫女們都非常忐忑不安。大家都在說一旦神官長換人，不知道神殿和孤兒院會不會跟著改變。」

因為身為孤兒院長的我之所以能推行各種改革，都是有前任神官長斐迪南的許可。看到我這個孤兒院長不管要做什麼事情，都得先徵求神官長的同意，旁人自然可以看出誰的地位更高。萬一新任神官長不願沿用我推行的做法，孤兒院很可能回到以前的狀態。所以聽說經歷過從前慘況的已成年灰衣神官們，都曾感到非常擔心。

「但是，幸好羅潔梅茵大人讓哈特姆特大人擔任了神官長。哈特姆特大人為人親切，也不會為難羅潔梅茵大人，所以大家都很高興。只不過，孤兒院從我懂事起就是現在這個樣子了，所以其實我當時不太明白大人們為什麼那麼高興。」

還未受洗的戴爾克不曾離開孤兒院，會造訪孤兒院的貴族又都是我的近侍，所以從未遇見過舉止令人不快的貴族，也就無法理解大人的不安與如釋重負。

他說就連之前康拉德進入孤兒院的時候，情況也像這樣。由於康拉德是貴族之子，大人們都很緊張，就只有戴爾克非常高興來了同齡的孩子。

「而且康拉德就和我們沒有兩樣。以前法藍帶著黑色石頭來孤兒院的時候，需要使用石頭的就只有我而已，後來只是變成了康拉德也和我一起用。」

戴爾克是身蝕，康拉德是貴族出身，所以為免兩人體內的魔力滿溢而出，不時得使用黑色魔石釋放魔力。原本只有自己在做這件事情，多了康拉德後，他便與康拉德建立起了深厚的友誼。不過，戴爾克說他那時候還是感受不到貴族之子與孤兒的差異。

「但是，之前冬天有很多貴族的孩子進來，我卻發現每個孩子都趾高氣揚，也根本不聽大人的話。他們都只會說：『為什麼我要做這種事？』、『在我變回貴族之前，也只能忍耐了。』」

他說自己終於清楚地感受到，儘管大家都在孤兒院裡生活，但貴族之子們從不認為自己屬於這裡，甚至包含大人在內瞧不起孤兒院裡的所有人。而孤兒院一向講求人人平等，所以這還是戴爾克第一次在感到不快的情形下體會到身分的差距。

「後來康拉德問我『如果是這樣的貴族成為孤兒院長或神官長，你想我們會怎麼樣』時，我總算可以明白大家的不安。」

親眼看到沒被父母接回去，仍留在孤兒院裡的貴族之子們在過了一個季節後，想法也全然沒有改變，戴爾克徹底領悟到了一般的貴族之子從不視自己為孤兒。

「然後不久之前，葳瑪回到孤兒院來告訴大家，說羅潔梅茵大人與哈特姆特大人一年後就會離開神殿，並由麥西歐爾大人擔任神殿長，而她自己也會被買走。」

這代表神殿長、神官長、孤兒院長、孤兒院的管理者，到時候全部都會換人——據說孤兒院裡的眾人一致陷入恐慌。看到平常總是處變不驚的大人們陷入混亂，戴爾克說他感到非常害怕。

「雖然我也想過，到底該怎麼做才能讓孤兒院裡的人過得安穩無憂，但怎麼也想不出答案。若有好心的貴族願意為我們著想那倒還好，但好心的貴族並不多吧？我不希望孤兒院變回以前的樣子……因為戴莉雅無法離開孤兒院。」

戴爾克回頭看向戴莉雅。當年她因為太過在乎戴爾克，鑄下了大錯。原本該與前任神殿長一起遭到處刑，但由於我替她求情，提議可以罰她一輩子都不准離開孤兒院，奧伯也答應了。對領地來說，戴莉雅是差點被處刑的重大罪犯，因此孤兒院的環境是好是壞，都會大幅影響她的生活。

「如果想讓戴莉雅過上安穩的生活，神殿長或神官長必須是好心的貴族才行。」

「但其實神殿長與神官長，即便不是貴族也能當。原本這兩個職位，都是從青衣神官當中挑出人選。你不一定非得成為貴族不可。」

哈特姆特平靜說道，但戴爾克搖了搖頭。

「以前是這樣沒錯，但我聽說現在因為神殿長由領主一族擔任，貴族也開始大量出入神殿，所以情況和以前不一樣了。能夠壓制貴族的只有貴族，這是事實吧？」

「是事實沒錯。並非貴族的青衣神官，確實壓制不了貴族。」

戴爾克說明，肅清過後回到孤兒院來的那些侍從曾告訴他，青衣神官與同時也是貴族的我們之間，有著難以跨越的身分鴻溝。甚至也有貴族孩童因為父母犯了罪，便以青衣見習生的身分住進神殿生活。僅憑區區青衣神官的身分，不管發生任何事情，都無力與貴族抗衡。

「我想守護羅潔梅茵大人教給我們的做法，也想讓孤兒院裡的所有人和戴莉雅都過得安心自在。因此我想成為貴族，再當上神殿長或神官長。」

貴族的身分再怎麼想得到，本來也只是痴人說夢，所以戴爾克只能死心。然而，現在卻有機會來到了他面前。有魔力的孤兒們在檢測過魔力量後，或許就能得到魔導具；而且只要以貴族的身分受洗，就能被認可為貴族。

「……錯過這次，我就再也沒有機會了。」

「戴爾克，你這想法非常正確。現在是因為有為數不少的貴族孩童進入孤兒院，才會提供魔導具做為救濟措施，機會多半只有這麼一次。」

而這個機會是種種因素交錯而成的結果。因為進行了肅清，孩子們則是免於連坐；也因為貴族人數驟減，必須盡快增加貴族的人數；然後是有王族提供的魔導具，再加上戴爾克尚未受洗。綜合各方面來看，機會可說只有這麼一次。

「不過，你重要的家人似乎不贊成你這麼做喔？」

哈特姆特指向淚如雨下、搖頭連連的戴莉雅。戴爾克神色非常為難地看向她。

「戴爾克，求求你，你再考慮一下吧。你要是以貴族的身分受洗，我就再也見不到你了。也不能和你以姊弟相稱，見到你時更要畢恭畢敬。以後不管處境變得多糟，我都可以忍受，所以拜託你不要離開我。」

戴莉雅的一字一句都刺進我的胸口。我彷彿看見了過去的自己。當時的我也曾吶喊著，不想與家人分開。我非常清楚不得不與家人分開、今後不能再以家人相稱，是件多麼痛苦的事情。

……戴爾克，你就留在戴莉雅身邊吧，不要離開她。你對她真的非常重要。為了活下去，你是她重要的心靈支柱啊！

我在心裡這樣吶喊，但表面上還是不發一語。因為身為孤兒院長的我一旦開口干涉，就會變成命令。況且，現在是哈特姆特與戴爾克在面談。既然我說過會尊重每個人的選擇，就不能隨便插嘴。

戴爾克先向哈特姆特說聲抱歉，接著走向戴莉雅。戴莉雅立刻抱緊他，試圖挽留；

戴爾克則是安慰地輕撫她那頭深紅色的長髮。

「戴莉雅，是妳告訴我，羅潔梅茵大人為我們做了多少事情，孤兒院又有怎樣的改變吧？還描述了面對外地以及高階的貴族時，她是如何保護我們。」

從前戴莉雅擔任我侍從的時候，由於她是神殿長派來的間諜，所以我一直對她有所防備，沒有與她走得太近。儘管如此，她好像還是對戴爾克說了很多我的好話。彷彿講到自己心目中的英雄，戴爾克接近漆黑的深棕色眼睛裡有著崇拜的狂熱。

「哈特姆特大人也和戴莉雅一樣，每次到孤兒院來，都會告訴我羅潔梅茵大人有多麼努力，又有多麼了不起。」

……等一下，哈特姆特?!你到底是來孤兒院做什麼的啊?!

我錯愕地看向哈特姆特，只見他一臉彷彿寫著「甚好」的表情點了點頭。

「哈特姆特大人說過，羅潔梅茵大人是為了保護自己重視的人事物，才會成為領主的養女。所以我也想像她一樣，成為貴族以後，守護孤兒院以及一起長大的同伴們。姊姊大人，請您諒解。」

戴莉雅泣不成聲。儘管不想與家人分開，但她也無法再強留住戴爾克。大概是心裡陷入這樣的天人交戰，戴莉雅緊抱著戴爾克的手鬆開了些。

戴爾克於是掙脫戴莉雅的懷抱，沒有回頭去看又朝自己伸出手來的戴莉雅，回到哈特姆特面前。

「好不容易羅潔梅茵大人讓孤兒院變得這麼好，我希望可以繼續保持。哈特姆特大人，拜託了，請讓我成為貴族。」

哈特姆特平靜注視戴爾克直率的目光。

「飲用大量回復藥水、儲存魔力固然辛苦，而現在只要是在孤兒院受洗，旁人更都會認為你是罪犯之子。世人的眼光將十分苛刻，你也容易飽受批評。」

戴爾克舉行洗禮儀式時，會由齊爾維斯特擔任監護人，與舊薇羅妮卡派的孩子們一起受洗。其他貴族將同樣視他為罪犯之子，而一起受洗的孩子們卻有可能嘲諷他說「你明明本來只是平民」。

「不僅如此，至今一直保護著你們的羅潔梅茵大人也將離開。倘若決心不夠堅定，可當不了貴族。」

「……如果決心不夠堅定，孤兒哪敢說出他想成為貴族。」

深棕色的眼眸與橙色眼眸靜靜對視。

數秒之後，哈特姆特倏地放柔臉部表情。

「好吧。我會向奧伯提出請求，讓你獲得魔導具。」

戴爾克整個人立即放鬆下來，一派如釋重負的樣子。接著他交叉手臂，跪下行禮，再站起來走向戴莉雅。

「那個，戴莉雅……」

聽見戴爾克的呼喚，戴莉雅只是用盈滿淚水的水藍色雙眼瞪著他，一句話也不回。一直被戴莉雅瞪著，剛才還很有氣勢的戴爾克也開始有些惶惶無措。

「戴莉雅，妳在生氣嗎？」

「……別叫我戴莉雅。你如果不叫我姊姊大人，我就不跟你說話。」

「咦咦?!」

始料未及的回答讓戴爾克訝聲大叫。戴莉雅高傲地抬起下巴，撇過頭去。

「我決定了，直到戴爾克成為貴族離開這裡之前，如果你不叫我姊姊大人，我就不跟你說話。誰教你瞞著我這個姊姊，自己做了這麼重要的決定，所以這是懲罰。討厭啦！戴爾克淨學羅潔梅茵大人做些讓人傷透腦筋的事情！」

「我哪裡讓人傷透腦筋了，明明就很勇敢！」

「你們老是想到什麼就不顧後果地去執行，這還不算讓人傷透腦筋嗎！討厭啦！羅潔梅茵大人從以前開始就是這樣！」

……咦咦?!怪我嗎?!

雖然知道戴莉雅的反應是在掩飾害羞，但慘遭牽連的我也太無辜了。戴莉雅開始舉出我以前惹過的麻煩，戴爾克則是一一反駁：「可是這麼做是有好處的啊。」看著令人發噱的姊弟吵架，站在我身後的護衛騎士們發出輕笑。

「羅潔梅茵大人老是想到什麼就去實行，原來這習慣從以前就有了啊？」

「看來她從受洗前開始，一直到了現在都沒有變呢。」

「不，羅潔梅茵大人變了。」

哈特姆特得意地挺起胸膛。

「她的影響力變得比以前更大，影響範圍也更廣，這部分可是有所成長。」

……你這根本不是在幫我說話！

就在大家藉著姊弟吵架調侃我的時候，菲里妮挨過來小聲問道：

「羅潔梅茵大人，我可以去與康拉德商量幾句嗎？」

我同意後，菲里妮便拿著魔導具走向康拉德。

「康拉德，可以跟你說幾句話嗎？」

「好的，姊姊大人。」

菲里妮點點頭後，遞出懷中的魔導具。

「你還有母親大人留給你的魔導具喔。而且，雖然我準備不了回復藥水，但羅潔梅茵大人說了，現在的話她也可以提供藥水給你，所以你有機會變回貴族喔。要不要以我弟弟的身分受洗呢？」

聞言，康拉德一臉愣愣地歪過頭。

「但就算有回復藥水，我們也沒有錢，我要怎麼成為貴族呢？葳瑪說了，由領主大人給予魔導具的人，會由領主大人負責監護，那這樣他就不會當我的監護人了吧？」

在孤兒院受洗的孩子們，會由領主擔任監護人，並使用從肅清貴族那裡沒收來的財產做為教育基金。但是，康拉德的魔力量並未達到領主的要求，若以菲里妮弟弟的身分受洗，便不會由領主負責監護。

「姊姊大人每次來孤兒院的時候，不是一直在說要準備就讀貴族院所需的用品有多麼不容易嗎？我不認為您有辦法連我的份一起準備。因為這開銷大到等同我們抄好的幾十張甚至幾百張紙。」

菲里妮還未成年，搬離家裡以後，必須靠自己維持生計，所以若要再照顧康拉德恐怕會非常吃力。這點康拉德似乎看得比她更明白。

「……如果你有意變回貴族，我打算搬回老家居住。若家裡還有母親大人遺留下來的東西，應該足以支付你去就讀貴族院的開銷吧。」

菲里妮分析，她手邊還有自己目前為止購買的教材，若再加上家裡遺留的財物，應該足以讓他們兩人都去就讀貴族院。或者也能強調她是我的近侍，要求父親出錢。

「姊姊大人，我是因為魔導具被約娜莎拉大人搶走，才無法再以貴族的身分生活；再加上父親大人也不願對我伸出援手，最終我才來到了孤兒院。就只有那個家我絕對不想再回去。」

聽到為了成為貴族要搬回老家的提議，康拉德表現出強烈的抗拒。

「可是，康拉德，你能恢復貴族身分就只有現在這個機會了。孤兒們只有現在有機會得到魔導具，羅潔梅茵大人也願意提供回復藥水……灰衣神官與貴族的生活可說是天差地別喔？」

菲里妮再三勸道，但康拉德仍是搖頭拒絕：「那個魔導具請留給姊姊大人以後的孩子吧。」對此，菲里妮難過地皺起眉頭，一度閉上眼睛。接著她輕吐口氣，像要讓自己冷靜下來。

「康拉德，如果你選擇了不成為貴族，那我也想不出其他的辦法，可以讓我們變回姊弟的身分一起生活。為了把你留在身邊，我就只能把你買下來了。」

「……把我買下來嗎？但我一點用處也沒有喔。」

「為了把弟弟留在自己身邊，這是我的私心。」

菲里妮微笑說道，並豎起四根手指。

「……現在我有四個選擇。第一是把康拉德留在孤兒院，然後自己向羅潔梅茵大人獻名，跟著她一起離開；第二是在艾倫菲斯特待到成年，然後再把康拉德留在孤兒院，自己則是前去跟隨羅潔梅茵大人；第三是回到老家，讓你成為貴族；第四是留在艾倫菲斯特，與決定不成為貴族的你一起生活。」

菲里妮緩慢地一字一句說出自己現有的選擇，康拉德則是靜靜注視她。

「康拉德，為了讓我能對未來做出選擇，請告訴我，你對自己的未來有什麼想法吧。」

「……我……」

康拉德吞吞吐吐，一邊觀察菲里妮的表情，一邊張合著嘴巴，似乎很煩惱該不該據實以告。見狀，菲里妮滿臉無奈地笑了笑。

「康拉德，如果你不老實告訴我，我就會依自己的私心去行動喔？」

「……我希望自己以後能對孤兒院有貢獻。在我最痛苦的時候，是孤兒院裡的大家對我伸出援手，所以比起姊姊大人，我更想和他們一起生活。」

「是嗎……」

菲里妮失落地垮下肩膀，輕聲呢喃：

「謝謝你跟我說實話。那你打算如何在孤兒院生活呢？」

「我想成為像法瑞塔克大人那樣的青衣神官。」

儘管肅清時曾被帶走，但法瑞塔克卻因為深受神殿長與神官長的信賴，由我們出面將他討了回來；神殿長與神官長外出時，也都能放心地把神殿交給他；他還能自己賺錢，支付自己的生活開銷。康拉德說法瑞塔克是他的理想。

……法瑞塔克居然是康拉德心目中的英雄，我還是第一次聽說呢。

「普朗坦商會的路茲也說過，他們希望能有十分了解工坊運作的青衣神官。所以，我想成為可以出入工坊的青衣神官。而且我和戴爾克說好了，如果他能成為貴族，我就會以生活可以自立的青衣神官為目標，從旁輔佐他。」

我們兩個人要一起守護孤兒院——康拉德那雙與菲里妮極為相似的黃綠色眼眸燦然生輝。

「如果我也能像姊姊大人一樣說出自己的私心，其實我希望姊姊大人成年之前都能留在艾倫菲斯特。希望您能給我一點助力，讓我可以在受洗後成為青衣神官。」

儘管沒有成為貴族時那麼誇張，但成為青衣見習神官也很花錢。康拉德因為是下級貴族，魔力不多，受洗後除了供給魔力，其他幾乎幫不上忙。但根據個人的魔力供給量，領地提供的補助金也會有所不同，所以康拉德說了，他希望等他稍微長大、魔力有所增長、可以自力更生之前，菲里妮能給予支援。

「我的魔力少到連父親也捨棄了我，所以與其成為貴族，若能當上青衣神官輔佐戴爾克或麥西歐爾大人，應該可以發揮更大的用處。」

康拉德似乎在孤兒院找到了貴族以外的生存方式。比起隨便就能被人買走的灰衣神官，他更想成為可以自食其力的青衣神官。

「好。那麼成年之前，我會留在艾倫菲斯特照顧康拉德，和你一起守護孤兒院。」

菲里妮微笑說道。看到兩人都做出了自己可以接受的選擇，我也鬆了口氣。既然做出了選擇，那麼身為主人的我只要給予支持就好。

為了讓菲里妮可以生活無虞，之後得請艾薇拉幫忙多關照。另外，就算出入的貴族變多了，但為了讓神殿能保有現在的氣氛，也得向領內的最高權力者，也就是領主一族請求協助。

……該從哪裡著手才好呢？

我看著菲里妮與康拉德，心情變得輕鬆許多，開始思考接下來的事情。說出自己的心願後，菲里妮也接受了，康拉德顯得非常開心，與姊姊說話時感覺比以前更加親近。

「姊姊大人，您以前說過，自己也會出席商人與貴族的會談吧？請告訴我貴族與商人都是如何交涉，羅潔梅茵大人又是如何大展身手的吧。」

「告訴你是沒關係……但你也想出席與商人的會談嗎？」

與商人交涉好像不是青衣神官的工作……儘管我在心裡這麼暗想，但看到一臉雀躍的康拉德實在說不出口。況且，要是康拉德以後真成為了會出入工坊的青衣神官，普朗坦商會說不定會提出請求，希望讓康拉德也出席會議，好聽取他的意見。

「最近普朗坦商會的人來工坊時，我也會請他們慢慢教我有關做生意的事情。我想向羅潔梅茵大人看齊，成為具有商人氣魄、善於交涉的青衣神官。」

……慢著慢著，康拉德。你的目標是不是有點偏離常軌啦?!

「像羅潔梅茵大人一樣善於交涉的青衣神官嗎……這條路可是漫長又艱險呢。」

菲里妮低頭看著懷有雄心壯志的康拉德，再往我瞥來一眼，咯咯笑了起來。

「菲里妮，妳與康拉德談話的時候，看起來很冷靜呢。」

之前找我商量的時候，她還顯得十分慌亂，情緒也有些激動，但今天在孤兒院裡與康拉德談話時，看起來倒是很鎮定。當然，她心裡頭應該還是五味雜陳，但並沒有表現出來。我為此給予表揚後，菲里妮難為情地紅了臉頰。

「因為達穆爾罵了我一頓。」

「咦？」

「之前因為羅潔梅茵大人一年後就會離開，我們也不得不做出選擇。就在我煩惱著康拉德該怎麼辦的時候，突然聽到康拉德也許有機會變回貴族，一時高興之下，我便不假思索地向羅潔梅茵大人請求援助。」

菲里妮一臉慚愧地講述自己的失態。

「先前我還可以找黎希達她們商量我的煩惱，但現在黎希達與布倫希爾德都不在了，有關康拉德的事情，我也無法找城堡裡的大家商量。」

她說因為貴族普遍認為，既然已經進入孤兒院，那康拉德就不算是菲里妮的弟弟，所以無須為他感到煩惱。這種情況下，確實很難找人商量吧。

「所以我才感覺除了羅潔梅茵大人以外，沒有人能設身處地為我著想了。」

當時在菲里妮看來，似乎就只剩下拜託我一途。

「可是，事後達穆爾斥責了我。他說在把康拉德送到孤兒院以後，羅潔梅茵大人就已經仁至義盡，我不應該再讓您費心。」

據說達穆爾告訴她，光是衝去她家、救出康拉德一事，我身邊的人就已經頗有微詞，覺得我干涉過度，所以她不應該再對我提出更多的要求。

「他說無論是讓康拉德成為貴族，還是帶他前往中央，這些都是我該煩惱的事情，不應該去麻煩正忙著準備搬遷與交接的羅潔梅茵大人。羅潔梅茵大人雖是我的主人，也會替我的選擇與未來著想，而且只要找您商量，就連康拉德的事情也會設法為我解決，但我不能一味依賴您。因為您雖是我的主人兼監護人，之於康拉德卻不是，所以我不該請您施予多於一般孤兒的援助。」

然後，達穆爾為菲里妮列出了她可以有哪些選擇，以及他在能力範圍內可以提供哪些協助，並提醒菲里妮應該先問過康拉德的想法。

……什麼，達穆爾聽起來也太有男子氣概了吧！

「達穆爾甚至說了，如果康拉德真想成為貴族，我也想盡全力給予支持的話，他可以成為我的未婚夫提供援助。」

「咦?!達穆爾向妳求婚了嗎？」

「也不算是求婚，只是給了我更多選擇而已。就是如果我有需要的話，他可以幫忙。可是，我覺得比起依賴主人羅潔梅茵大人，依賴達穆爾更糟糕。」

說完，菲里妮露出靦腆的笑容。

「每次都是達穆爾伸手拉我一把。但我不想再像個小妹妹一樣，軟弱無力、總是要人保護，我想抬頭挺胸走在達穆爾身邊。所以，我選擇了不依賴達穆爾。」

的確，剛才菲里妮在向康拉德列出選擇的時候，一個字也沒有提過達穆爾。

……可是，站在達穆爾的立場，應該只會覺得自己被甩了吧？

聽到菲里妮說：「等我成為獨立自主的女性，我想像克拉麗莎描述過的那樣，自己向達穆爾求婚。」我一邊送上我的支持，一邊看向達穆爾。只見達穆爾從頭到尾都沒有把臉轉過來。

……是不是該告訴他，菲里妮總有一天會向他求婚呢？

魔紙的籌備

用完早餐，正在練習飛蘇平琴時，近侍們從城堡來到神殿。護衛騎士交接以後，接著是確認今天的行程。

「今天下午我將與班諾會面一事，我不想被太多人知道，所以希望能使用秘密房間。達穆爾，麻煩你擔任護衛了。」

「羅潔梅茵大人，那同行的文官呢？」

哈特姆特笑咪咪地問來，我一時語塞說不出話。為了守住自己的秘密，我只能從絕無法違抗命令的已獻名近侍中進行挑選。看了看一臉充滿期待的哈特姆特，再看向都別過了頭、彷彿在說「請選哈特姆特吧」的其他人，我只有一個選擇。

「嗚嗚，那就麻煩哈特姆特了。」

「謹遵吩咐。」

上午，我便讓莫妮卡與法藍去秘密房間做準備，自己則在神官長室裡處理公務與進行交接。麥西歐爾與他的近侍們也在，於是討論到了有關孤兒院今後的安排。由於我還兼任孤兒院長，便告訴麥西歐爾，希望他能指派自己的一名近侍擔任孤兒院長。聞言，麥西歐爾露出非常為難的表情。

「孤兒院長嗎……神官長的職務因為跟文官很像，所以要指派我的近侍擔任倒還算簡單。可是，孤兒院長要照顧平民孩童吧？工作內容比起文官，好像與侍從更為相近，但跟侍從原本的工作又相差太多，我不認為有辦法在一年之內完成交接。再加上我的近侍人數還不算多……另外我也覺得，這項工作可能女性更能勝任。」

麥西歐爾的近侍多為男性，加上孤兒院裡又有年幼的孩子在，所以他們似乎都認為管理孤兒院並不是自己的分內工作。而且顧及其他貴族的眼光，近侍們好像都反對將神殿裡的灰衣巫女納為侍從。雖然可以了解名聲很重要，但這下可真教人傷腦筋。我本來還打算把自己的侍從留給麥西歐爾，但這樣一來他將無法招納莫妮卡與妮可拉。

……人的觀感要馬上改變也不容易。這下該怎麼辦呢？

「雖然孤兒院裡的人多數都沒有魔力，但現在多了舊薇羅妮卡派的孩子們呢。再加上還有印刷工坊，所以情況和以前不一樣，必須由領主一族來管理才行呢……」

好比舊薇羅妮卡派孩子們的近況、若有人想買下十分了解印刷業務的人時該如何應對……考慮到這些事情，孤兒院長最好還是交由領主一族或其近侍來擔任，也就是身分便於向奧伯稟報的人。

「若是拜託姊姊大人或布倫希爾德的近侍……啊，但在母親大人生產之前，姊姊大人都會非常忙碌，而布倫希爾德又還只是未婚妻，不方便進行交接吧。羅潔梅茵姊姊大人，您留在這裡的近侍除了布倫希爾德，沒有其他人了嗎？」

聽到麥西歐爾這麼提議，我一拳拍向掌心，看向同樣在神官長室裡處理公務的菲里妮。正好菲里妮不但是我的近侍，還是能輕鬆完成交接的人才。

「……菲里妮，妳要不要擔任孤兒院長呢？」

「我嗎?!」

「在妳成年之前，這三年妳會留在領內照顧康拉德吧？既然如此，我想孤兒院長這份工作非常適合妳。妳在我身邊已經見識過孤兒院長要做哪些工作，而且擔任孤兒院長也有補助可領。既然我以後會離開，妳想必需要穩定的收入吧？」

除了見習生的薪水外，由於菲里妮還會來神殿幫忙、抄寫書籍等，我也會補貼給她一些酬勞。所以一旦我離開了，她的收入將急遽減少。儘管有艾薇拉負責監護，三餐與住所都不用擔心，但除此之外的必要開銷若拿不出錢來就糟糕了。

「今後三年，妳就以暫代的方式擔任孤兒院長，然後再交接給妳認為可以託付的人吧。這件事我再向養父大人他們說明。」

菲里妮不知去過孤兒院多少次，院內又有康拉德在。我相信她一定會妥善照顧孤兒院裡的人，也會審慎挑選下任孤兒院長吧。

「可是，我根本無法為自己準備房間。」

「我會連同家具把孤兒院長室讓給妳做使用，侍從一樣有莫妮卡與妮可拉，還會讓法藍或是薩姆其中一人去服侍妳。除此之外，畢竟是我單方面增加了妳的工作量，所以今後三年孤兒院長室的修繕保養費，就由身為主人的我來支付吧。」

倘若沒有任何理由，很難單獨只給予菲里妮金錢上的援助。有了請她擔任孤兒院長這個理由後，要伸出援手就容易多了。

「是。那麼我便恭敬不如從命。」

「能由羅潔梅茵姊姊大人的近侍擔任孤兒院長，那我就放心了。菲里妮，妳到神殿來的時候，如果也能來幫幫我就好了……畢竟要在一年內交接完所有工作，實在是不太可能。」

對此，菲里妮露出高興的笑容點點頭。我也微微一笑。

「麥西歐爾，請菲里妮幫忙得支付報酬才行喔。我會幫你列張表格，根據工作內容與工作時間，就可以知道要支付多少酬勞。既然要吩咐別人做些額外的工作，即便是自己的近侍，最好也要支付報酬喔。像我也會付給自己的近侍。」

我挺胸這麼表示後，麥西歐爾的近侍都顯得有些期待，看向自己的主人。

用完午餐，我往孤兒院長室移動。由於哈特姆特是第一次獲准進入這裡的秘密房間，整個人顯得相當興奮。對此我有些厭煩，達穆爾則是擔心地頻頻瞥向我們兩人。至於安潔莉卡，一如既往負責在門前待命。同行的貴族近侍就是這三人。

吃著妮可拉準備的點心、喝著法藍泡的茶，不久班諾與馬克到了。互相道完寒暄，我們便進入秘密房間。直到這部分為止，都和以前一樣。

不同以往的是，至今都只有法藍、吉魯與達穆爾能進入秘密房間，但今天哈特姆特也進來了。坐在對面的班諾面露些許驚訝，先是看向站在我身後的哈特姆特，然後問道：「這樣沒問題嗎？」大概是不曉得可以打開天窗說亮話到什麼地步吧。我看著班諾輕嘆口氣。

「……我已經接受他的獻名，所以不用擔心。獻名者不能違抗主人的命令，只要命令他不能把在這裡聽到的事情洩露出去，就不會有其他人知道。」

「真高興羅潔梅茵大人願意接受我的獻名。打從我聽說羅潔梅茵大人都是在秘密房間裡商量要事，我便一直期盼著可以一同出席。」

哈特姆特滿臉感動地說道，班諾則是笑容有些僵硬地看著他。班諾心裡肯定在想，真想現在掉頭就走，或是我居然願意接受這種傢伙的獻名吧。

……要不是哈特姆特強勢地要獻名，我本來也不想接受啊。

「羅潔梅茵大人，請您不必有所顧忌，想說什麼儘管說吧。我早已知道您是平民出身，父親是昆特，也知道您從平民時期就與班諾有著深交。」

這番完全始料未及的發言，讓我停下了所有動作，只是睜著眼睛注視哈特姆特，一動也不敢動。班諾的臉龐也整個僵住了。

「在孤兒院與工坊打聽過您的消息後，只要再一一查明不合理之處，便可得出八九不離十的答案。最終則是斐迪南大人給了我正確解答。所以請您不必顧忌我，想說什麼儘管說吧。」

「怎麼可能不顧忌嘛！這到底是怎麼回事?!這件事從來沒有人告訴過我喔?!達穆爾，你早就知道了嗎?!」

你是不是早就知道哈特姆特在調查我了──我扭頭看向站在哈特姆特身旁的達穆爾。達穆爾一臉吃驚，目光與我對上後忙不迭搖頭。

「我不知道，我也是第一次聽說。」

「因為我擔心在還未獻名的情況下，若向羅潔梅茵大人坦承此事，會害得您胡思亂想。」

說話時哈特姆特面帶爽朗笑容。他說為免造成我無謂的煩惱，比如想方設法要封住他的嘴巴，或是擔心這會給平民區帶來影響、會不會被其他貴族知道，所以獻名之前，他對此始終絕口不提。

「哈特姆特，這件事你告訴過其他人嗎……？」

「我為何要便宜其他人？這個正確答案我可是得來不易。不僅得頻繁出入孤兒院與工坊，讓大家放鬆心神、對我不再警戒，還得絞盡腦汁從講話總是避重就輕的灰衣神官們那裡挖出情報，然後謹慎查明細微的不合理之處，進行推敲。與此同時，還時時能感受到斐迪南大人他們彷彿要將我當場處決的目光。明明旁人沒有付出過半點努力，我為何要平白告訴他們？」

哈特姆特一臉莫名其妙，我才覺得莫名其妙。居然只因為「我想知道達穆爾為什麼受到重用」這種理由，就能追查到這種地步，我實在無法理解哈特姆特的做事標準。更無法理解他辛辛苦苦得到了解答後，竟然只要自己知道就心滿意足的大腦構造。

「……嗚嗚，我突然覺得好累。」

都怪哈特姆特，明明正事還沒開始，我就已經感到精疲力竭。我無力地垮下肩膀時，卻發現對面的班諾正重新坐好，像是已經打起精神。

「那麼您此次叫我前來，請問所為何事？現在這時期，他領商人隨時有可能來訪，您卻還特意召見，想必發生了超出預期的大事吧。是領主會議上發生了什麼事嗎？」

班諾赤褐色的眼睛瞪過來，彷彿在說：「我很忙，快點進入正題。」我也重新端正坐好。被班諾猜對了，確實是超乎預期的大事。

「要告訴公會長的事情，我已經寫在這封信裡了。今天和你會面，是想談談不得對外洩露的機密。」

「這我當然明白。」

收下信後班諾交給馬克，再轉回來面向我。

「雖然細節還不便告知，但是一年之後，我將離開艾倫菲斯特。」

「……一年之後？秋天還要在葛雷修進行改造，我們也要在那裡成立普朗坦商會的分會，難不成您要我們明年春天就跟著您前往其他領地嗎？」

想必已經極力克制，但班諾臉上仍明明白白寫著：「妳想殺了我嗎?!」我急忙搖頭。

「不是的。在艾倫菲斯特是因為有養父大人的許可，我才能隨心所欲地參與領地事業，但聽說在他領，並不會把事業交給未成年的孩子管理。所以在我成年前的這三年，印刷業的相關人員都還不需要移動。畢竟我也得先確認過那邊的情況，為店家與工坊的成立做好準備……」

班諾稍微抬起手來，制止我繼續說明後，交抱手臂露出無奈苦笑。

「總而言之，我們最好先做好一年後就能搬走的準備吧？」

「咦？不是的。是三年後……」

「羅潔梅茵大人提出的計畫經常會提早進行，所以我們若以三年後為前提進行準備，一旦情況有變，絕對會來不及。」

「啊嗚?!班諾先生，你這麼說太過分了！」

明明我都說了，在自己成年之前不會讓他們離開——我瞪向班諾，他卻只是哼笑一聲。

「我只是根據經驗與事實做出判斷，並不過分。那麼，是所有古騰堡成員都要離開嗎？通常領主一族搬至他領，都會帶著專屬同行吧？」

「如果可以，我希望所有古騰堡成員都能一起來，但我不會強迫。畢竟太遠了，又可能與當地居民產生摩擦。而且，我也不一定能像現在這樣就近給予通融。再加上若把所有人都帶走，艾倫菲斯特的印刷業可能會有倒退的危險。」

現在好不容易慢慢栽培好了接班人，不能把所有古騰堡成員都帶走。

「……只不過，我希望自己以後搬去的地方也有印刷工坊，所以等做好了準備，打算請古騰堡成員像往年一樣，至少外派來一段時間。除此之外，也有一些人我等不了三年，一年後會直接帶走。像是奇爾博塔商會的多莉與其他幾個人，還有專屬染布工匠文藝復興，他們我一定會一起帶走。至於其他專屬，只要他們願意，我就會以家屬的名義接過去，所以請這樣向他們轉達。」

「遵命。」

「還有，做為我的專屬廚師，雨果與艾拉我也會一起帶走。到時候同樣會以家屬的名義與我隨行，所以能麻煩你暗中幫忙安排嗎？因為艾拉為了待產正在休息。」

至於從平民區進入神殿實習的廚師學徒們，我告訴班諾，今後將由菲里妮使用孤兒院長室，所以會讓他們改去那裡習藝。

「孤兒院長室的廚房有妮可拉在，我想應該沒問題。而且菲里妮成年前，今後三年我都會提供經費給孤兒院長室，所以一切應該都能照舊。」

「原來如此……那羅潔梅茵工坊的負責人呢？如今已與以往不同，印刷業改由領主主導，我們沒辦法買下來吧？」
如今印刷業改由領主主導，孤兒院又隸屬於神殿，普朗坦商會不可能買下來自己經營吧。
「本來我就不太能插手管羅潔梅茵工坊的事情，但今後三年只要交給菲里妮，並由吉魯從旁輔佐，我想應該可以維持和往常一樣的運作。」
「……那三年後呢？」
「大概會由就任為孤兒院長的領主一族近侍，或是負責管理印刷業的母親大人成為負責人吧。現在只能期待今後三年，文官可以栽培到一定的程度。至於更往後，戴爾克與康拉德似乎打算成為可以守護孤兒院及工坊的貴族與青衣神官，所以建議班諾先生可以從現在開始多多指導他們。」
聽到我說康拉德想要成為懂得經商的青衣神官，班諾頗具興味地彎起嘴角。
「若您有意讓吉魯與其他幾名灰衣神官以古騰堡的身分前往他領，又打算如何處置？」
「我預計三年後把大家買下來，成為新印刷工坊裡的員工，然後讓大家與菲里妮一起搬走。妮可拉也會在那時候一同買下。」
之後我會找齊爾維斯特談話，告訴他哪些人會留下來、哪些人會與我同時離開、哪些人是三年後才要接過去，確保我想要的人不會被買走。只要在交涉時聲明，為免印刷業突然運作不過來，我會留下哪些人、而且他們能帶來怎樣的好處，我想應該沒問題。
「嗯，關於專屬的安排與交接我明白了。等其他古騰堡成員從克倫伯格回來，我再告訴他們此事，做好打點……羅潔梅茵大人，與您同時離開的專屬中，不需要有普朗坦商會的人嗎？」

班諾看著我問道。想起艾薇拉說過，「也要適時表達自己的想法」，我便挑了個不會被身後哈特姆特與達穆爾看見的角度，和從前一樣對班諾露出帶有挑釁意味的笑容。

「如果班諾先生你們願意與我一起離開，我當然會很高興。不僅三年後迎接其他古騰堡成員的準備工作會輕鬆許多，而且光是有你們在我身邊，我也會感到非常安心。只不過，忙碌程度恐怕會要人命……我想就看班諾先生的本事了吧？」

「哦……看我的本事嗎？」

班諾咧開嘴角，彷彿在說「我就接下這個挑戰」。我隨即表示要購買陀龍布紙。畢竟不管要做什麼準備，都需要用到錢。

「感覺給商會造成了不少困擾，那我自然也該提供賺錢的機會，因此我這裡有一筆大訂單。請把商會有的不可燃紙通通賣給我吧。」

「不可燃紙？……您說通通又是指……？」

「這是斐迪南大人的要求，我最少需要三百張魔紙。」

如果想要做出最高品質的魔紙，單靠陀龍布紙的品質還不夠，必須進行調合、研究如何提升品質。再不快點蒐購魔紙，恐怕趕不上指定的期限。

「之後我也會吩咐工坊製作魔紙，但如果班諾先生手邊還有現成紙張的話，請通通賣給我。而且我希望越快越好。」

「所有現成紙張……那麼，是否也能當場付清款項？」

「有斐迪南大人留給我的錢，所以完全沒問題喔。」

雖說是讓給我的錢，但其中也有我賺來的錢，再者這些錢是為了斐迪南而花，自然沒有任何問題。

「等回到店裡，確認過庫存後，我再讓馬克送來。」

大概是因為這筆訂單的交易金額龐大，紙張將由馬克送來。我仰頭看向站在班諾身後的馬克，說：「那就麻煩你了。」只見馬克回以熟悉的沉穩微笑。

與班諾的談話結束後，哈特姆特竟在旁邊開始咳聲嘆氣：「真是羨慕他們，能得到羅潔梅茵大人如此毫無防備的信賴。」我便把他推回神官長室，說：「我也很信賴你喔。所以麻煩你指導麥西歐爾與他的近侍們，完成交接吧。」

接著我回到神殿長室，向大家清楚宣告菲里妮將接任孤兒院長，而莫妮卡他們也會直接成為菲里妮的侍從。聽到新任孤兒院長是自己熟悉的貴族，神殿的侍從們都一臉如釋重負。

「由於莫妮卡會留在菲里妮身邊當侍從，那麼葳瑪離開以後，孤兒院就交給莉莉管理吧。好了，菲里妮，現在只剩下一年的時間。考慮到中間還會去就讀貴族院，說是只剩半年也不為過。我們馬上開始交接吧。」

我請莫妮卡拿來孤兒院的資料，一一疊在菲里妮面前。

「菲里妮，這些資料是孤兒院一整年的收支紀錄。請妳看過以後，了解孤兒院每個季節的開銷大約都是多少吧。現在因為多了舊薇羅妮卡派的孩子們，養父大人提供的補助也變多了，所以收支情況會和往年不太一樣。莫妮卡，麻煩妳多留意這一點，然後為菲里妮說明。」

「遵命，羅潔梅茵大人。」

看著眼前成堆的木板，菲里妮的小臉瞬間一僵。但她立即重振精神，拿起木板，與莫妮卡對著木板討論起來。

「法藍，稍後馬克會過來。請你不只泡茶，也準備好現金。」

「遵命。」

接著我打開秘密房間，以便大家可以把馬克帶來的陀龍布紙放進去。就在這時，一隻白鳥飛進屋內，輕飄飄地落在我手臂上，開口說了：

「羅潔梅茵大人，別來無恙，我是伊庫那的布麗姬娣。您吩咐的魔紙已經準備妥當，我會用轉移陣送去城堡，還請告知您方便的時間。」

布麗姬娣接著表示，希望我能把款項與魔力量正好足以發動轉移陣的魔石放在木盒裡，送回去給她。聽完我雙眼發亮。時機真是太剛好了。

「羅潔梅茵大人，倘若您要研究魔紙，是否使用城堡的工坊比較好？」

「……為什麼？」

聽了羅德里希的提議，我不解地歪過頭。

「因為克拉麗莎無法進入神殿的工坊，我擔心她會大發脾氣。況且您若想要調合出最高品質的魔紙，讓他們上級文官二人在旁協助，進度應該會快得多。再者城堡裡頭，還有去年曾與多雷凡赫一起研究魔紙的瑪麗安妮大人與伊格納茲大人。」

他說文官的工作就是代替主人進行調合，或是從旁提供協助，因此我若在神殿進行調合，將克拉麗莎摒除在外，只怕她會大吵大鬧。羅德里希的建議雖然有理，但我還是無法輕易點頭。

「可是，城堡裡的大家非常忙碌吧？而且我調合魔紙又是為了斐迪南大人，肯定會有很多人對此嘮叨碎唸，所以我不太想去城堡進行調合。」

「……羅潔梅茵大人，您不是還有一處工坊嗎？不如在圖書館的工坊進行調合，這樣克拉麗莎也進得去。」

達穆爾的提議讓我輕輕拍了一下手。如果是去圖書館的工坊，確實不僅克拉麗莎進得去，也沒有人會在旁邊發牢騷，正好還可以尋找魔紙以外的原料。

於是我分別送出了好幾個奧多南茲。我告訴布麗姬娣：「那麼請在明天的第三鐘送過來。」對城堡裡的莉瑟蕾塔則是說：「明天伊庫那會送紙過來，請妳準備好款項、魔石與負責把紙搬到騎獸上的人手。」最後送給人在圖書館的拉塞法姆的，則是向他告知我明天之後的行程。

就在宣告工作時間結束的第六鐘即將響起前，馬克抱著木箱及時趕到。看來他們真的是急忙蒐集了店裡還有的現成紙張。我與法藍趕緊一起清點、核對數量，然後付清款項。看到我真的拿出五枚大金幣，近侍們都顯得十分吃驚，但我不以為意。

隨後，我請法藍與薩姆把紙搬進秘密房間，再讓人去工坊確認現在還有沒有魔紙，有的話就買回來。現在的我非常需要魔紙，而且是越多越好。

「羅德里希，麻煩你回到城堡以後，問問夏綠蒂與韋菲利特哥哥大人的近侍，之前與多雷凡赫進行共同研究時的魔紙還有沒有剩餘。明天我會去買下來。」

隔天，我蒐羅了神殿裡的所有魔紙，搬到騎獸裡頭後，便按安排好的行程往城堡移動。莉瑟蕾塔已幫我收下從伊庫那送來的紙張，也接著讓人搬進騎獸。隨後，我帶著護騎士們以及要幫忙調合的克拉麗莎與哈特姆特，前往我的圖書館。

「拉塞法姆，早安。」

「羅潔梅茵大人，恭迎您的歸來。在此已為您備好茶水。」

拉塞法姆笑容滿面，把握機會叫住我。趁著下人們把魔紙從騎獸搬到工坊裡時，我便先坐下來喝茶。因為拉塞法姆向我遞來了防止竊聽魔導具，希望我詳細說明斐迪南現在的情況，以及讓他免於連坐一事。

「斐迪南大人將他留在這裡的物品，通通都讓給了羅潔梅茵大人，為何卻突然改由奧伯保管？您應該願意為我說明吧？」

於是我把調合的準備工作交給克拉麗莎與哈特姆特，自己則一邊喝茶，一邊與拉塞法姆談話。我先是說明，這是因為貴族之間傳出了奇怪的流言，大家都說我與斐迪南又沒有血緣關係，我也不再是他的被監護人了，不應該負責保管他留下來的物品；還有雖然斐迪南的物品改由城堡保管，但宅邸的鑰匙與相關權利仍是歸我所有。接著我再告訴拉塞法姆，奧伯．亞倫斯伯罕已經亡故，因此斐迪南的星結儀式要延後一年舉行；而我與王族交涉過後，成功讓斐迪南免於連坐，還爭取到了秘密房間；現在正按照斐迪南的委託，用蒐集來的原料製作最高品質的魔紙……

「所以就是這樣，斐迪南大人在亞倫斯伯罕也能有秘密房間了。」

「斐迪南大人想必會非常高興吧。因為他回到宅邸來時，在工坊裡待的時間總是最久。」

得知我爭取到了秘密房間，拉塞法姆露出笑容誇獎我。

「所以拉塞法姆，麻煩你整理斐迪南大人放在秘密房間裡的調合工具與原料，送去城堡吧。養父大人會在夏季參加葬禮時帶去。」

「要不要也送幾本圖書室的藏書？」

「不行，圖書室裡的藏書都已經是我的了……那個，但如果是拉塞法姆自己抄寫的書籍就沒關係。還有研究資料等等，斐迪南大人應該也需要吧。」

我反射性地立即否決後，看到拉塞法姆瞪大雙眼，連忙再補充幾句。拉塞法姆隨即淡淡微笑，看著我說：

「因為斐迪南大人的部分藏書是海德瑪莉所贈，我只是在想，或許艾克哈特也會想睹物思人，並非想搶走羅潔梅茵大人的書籍。」

「原來是這樣啊。很遺憾，我對海德瑪莉所知不多。」

我知道海德瑪莉是艾克哈特已故的妻子，但也僅此而已。從來沒有人跟我說過她是怎樣的人。據拉塞法姆所說，從前海德瑪莉的處境也和菲里妮差不多，都被薇羅妮卡派的繼室鳩佔鵲巢。

「當時她家裡的許多物品都被拿去販賣、抵押，海德瑪莉便把圖書室裡的所有藏書都帶走，毅然決然表示：『絕不把在這座宅邸裡傳承的貴重知識交給任何人。』然後獻給了自己的主人斐迪南大人。」

我不自覺轉頭看向圖書室。裡頭的書籍，有多少原本是海德瑪莉的藏書呢？貴重書籍沒有就此佚失，我真是打從心底感到慶幸。

「由於會想起海德瑪莉，從前艾克哈特總是不太願意靠近宅邸裡的圖書室。但是，也許是心底的傷口慢慢癒合了吧。去年他竟進入了圖書室，一臉懷念地看著藏書。」

「這樣啊……」

正好我們的談話告一段落時，克拉麗莎前來通報，說調合的準備已經就緒。

「終於有工作讓我覺得自己是羅潔梅茵大人的文官了，我好高興。昨晚我還重新看了一遍與多雷凡赫的共同研究成果，不斷思考有哪裡可以改善。」

在興致高昂的克拉麗莎催促下，我於是站起身。拉塞法姆神情透出些許懷念地看著我。

「羅潔梅茵大人，您預計在工坊裡待多久呢？」

「我想想喔……因為得在葬禮前做出最高品質魔紙的試作品，讓斐迪南大人檢查有無問題，所以這幾天我都會待在工坊裡頭。」

聽到要好幾天，拉塞法姆立刻面露擔憂，我趕緊補充：

「但我和斐迪南大人不一樣，用餐時間我會離開工坊，所以請不用擔心。」

拉塞法姆揚起苦笑，點點頭道：「遵命。」

最高品質魔紙的試作品

「那我們開始吧。」

我看向擺在工坊桌上的魔紙與工具。我們先用斐迪南持有的、可檢測原料屬性與品質的工具，調查每種魔紙具備的特性。緊接著，我想先測試數量較多的亞麩紙與南娑扶紙可以提升品質到何種程度，之後再換比較稀少的陀龍布紙。

「要把這些紙張調合至最高品質嗎？」

克拉麗莎捏起已裁成小片好檢測品質的亞麩紙，面露難色。這種由平民製作、過程中並不使用魔力的魔紙，以魔導具來說品質十分低下。因為不僅屬性值低，屬性數也少，魔力容量更是不高。儘管陀龍布紙在魔樹紙中屬於高品質，但換作是魔獸皮紙，想要品質更高的魔紙卻是要多少有多少。而魔獸皮紙從以前便做為魔紙使用，是以魔獸皮進行調合的類似羊皮紙的紙張。

「既然斐迪南大人並未指定魔紙的原料，不如就按老方法先採集魔獸皮，再來提升魔紙的品質，這樣不是輕鬆得多嗎？」

在貴族院，會學到如何使用魔獸皮調合出魔紙。魔紙則會用來繪製魔法陣，在調合與施展魔法時做為輔助工具。若想用來施展高階魔法，就得有相當高品質的原料；而想要有高品質的原料，就得狩獵強大的魔獸，取得毛皮。因此結論就是，最高品質的魔紙並不是輕輕鬆鬆就能做出來。

「如果只是要提升品質，使用魔獸皮當然簡單得多吧。可是，斐迪南大人的要求是至少三百張魔紙，這樣根本無法估算我們需要多少張魔獸皮。而且既然要最高品質，原料的品質就更不能妥協吧？妳想我們得抓到多少隻強大的魔獸呢？」

斐迪南留在工坊裡的原料雖多，但各自的量都不足以做出三百張的魔獸皮紙。我反駁後，哈特姆特也點頭贊同。

「況且若不慎擊殺魔獸，就無法取得毛皮，想要取得大量的毛皮簡直難如登天。即便動員羅潔梅茵大人所有的護衛騎士，恐怕也無法在期限內蒐集到所需原料。」

「只要有心，就一定辦得到。」

克拉麗莎的藍色雙眼燃燒起熊熊鬥志。在戴肯弗爾格，文官也會參與魔獸的討伐嗎？倘若斐迪南要求的期限是三年後，那當然可以派大家出去討伐魔獸，慢慢蒐集原料，但現在所有人都正忙著交接，哪來的時間出去狩獵。大概就是因為只能靠調合來提升魔樹紙的品質，斐迪南才會委託我做這件事。

「話說回來，居然要求三百張以上的最高品質魔紙……斐迪南大人究竟要用來做什麼呢？」

「克拉麗莎，為了讓調合輕鬆一點，斐迪南大人甚至會揮霍地使用高品質魔紙喔。他不是平常人。」

我也想不出到底是怎樣的情況，非得用到最高品質的魔紙不可。不過，斐迪南從以前就經常在調合時使用高品質的魔紙了。在調合這方面上，不能相信斐迪南的常識。這點我已深有體會。

「總之，我們先參考與多雷凡赫的共同研究，盡量提升現有的魔樹紙品質吧。」

首先我們試著去除不純的魔力，或是投入同屬性的高品質原料，然後攪拌調合鍋，試圖提升兩種魔紙的品質。亞樊紙與南娑扶紙都從低品質變成了普通品質。

「……品質太低了。」

品質提升的速度簡直跟龜速沒兩樣。而且一再重複相同的調合步驟，也開始讓我感到厭煩。至今，我都是直接使用斐迪南自己再三測試後完成的配方，或是委託雷蒙特進行改良，從來沒有自己動手，將魔導具的配方改良到滿意為止過。這種得不到想要結果的殘酷現實，讓我不由得灰心喪志。

「斐迪南大人怎麼有辦法輕易地開發出新魔導具，或是進行改良呢？我覺得自己已經快被擊垮了。」

「羅潔梅茵大人，請您別這麼灰心。這才第一天而已，況且也不是毫無進展。像能發出聲音的魔紙已經比原先更能順暢發聲，能自行聚集的魔紙移動速度也變快了。」

哈特姆特對我這麼鼓勵道，我看向改良後的亞樊紙與南娑扶紙。本來亞樊紙還只能發出斷斷續續的聲音，但是品質提升以後，發出的聲音變得很流暢，幾乎都能用來做音樂盒了。南娑扶紙朝著大紙片移動的速度本來十分緩慢，但現在也變快了。

「可是，距離斐迪南大人想要的最高品質還非常遙遠吧……」

「可能還得花上不少時間，但如果能繼續提升品質，觀察魔紙有怎樣的變化，這也不失為一種樂趣。我們一起努力吧。」

哈特姆特與克拉麗莎喝了可大幅恢復魔力的回復藥水後，提議先暫停：「要不要出去用午餐，順便轉換一下心情？」正好我也對調合感到厭煩了，便聽從兩人的建議離開工坊。

一邊用午餐，我們一邊討論接下來該如何提升品質。

「羅潔梅茵大人，我們試著增加屬性吧。要找到與魔樹紙容易融合的原料雖然不容易，但順利的話就能藉由增加屬性來提升品質。要不要以全屬性為目標，試著加些其他原料呢？」

「感覺失敗次數只會更多，讓人提不起勁，但也只能試試看了吧。」

下午開始，我們在工坊裡隨意挑選高品質的原料，試著加進一些。如果反應不錯，就再多加一點，觀察變化。之後一再重複這樣的步驟，慢慢增加魔紙的屬性。然而，魔紙的品質也只到中級而已，不到高級程度。

……感覺越來越麻煩了。

如果只是照著既定步驟，做出已有配方的物品那倒還好，但我其實並不怎麼喜歡調合，無法長時間進行這種乏味的實驗。不像閱讀，我可以沒日沒夜地沉浸其中。

到了下午的休息時間，我喝了回復藥水代替下午茶，同時為緩慢的進展不滿嘛嘴。然而哈特姆特與克拉麗莎一致表示，才一天的時間而已，改良的進度已經很快了。

「通常大家與羅潔梅茵大人不同，魔力無法持續消耗這麼久，也就無法像您這樣反覆進行調合。像我身為上級貴族要花三天進行的實驗，您一天就做完了。」

他們說因為我魔力豐富，可以再三反覆進行實驗，所以比起其他文官相當具有優勢，又能得出確切的結果。

「唔……既然能為實驗提供大量魔力是我的強項，那接下來要不要試著添加純粹的魔力結晶，也就是金粉呢？說不定可以一鼓作氣提升品質。」

「羅潔梅茵大人的金粉嗎……確實是有機會可以一鼓作氣提升品質。而且是您自己的魔力，調合起來也會更順手吧。」

於是我喝下回復藥水、恢復魔力，然後先是去除魔石當中的雜質魔力，提升魔石自身的品質；緊接著再灌注魔力，讓魔石一一變作金粉。眼看實驗要用的金粉接二連三完成，哈特姆特與克拉麗莎目瞪口呆。

……這麼說起來，領主候補生課程的課堂上我成功做出金粉時，漢娜蘿蕾大人也十分驚訝呢。

與甚至有些受到驚嚇的漢娜蘿蕾不同，哈特姆特與克拉麗莎倒是雙眼發亮，看得目不轉睛，但臉上一樣是吃驚的表情。

「簡直易如反掌呢。」

「不愧是羅潔梅茵大人。一般文官都捨不得浪費魔石與魔力，實在模仿不來。」

隨後，便用休息時做好的金粉提升品質。我把金粉倒進調合鍋裡，灌注魔力繼續攪拌。改良好了亞爕紙後，再切一小片下來，放在檢測品質與屬性用的魔導具上。

「啊，現在變成全屬性的高品質魔紙了呢。」

雖然幾近浪費地消耗了大量魔力，但也幸好順利提高了不少品質。不過，這仍然不是最高品質。

「再接下來，我就實在不知道該怎麼做才能提升品質了，真想請斐迪南大人教教我。」

然而，只有我因為看不見盡頭而消沉沮喪，哈特姆特與克拉麗莎看到魔樹紙變成了高品質後，全都難掩激動，從剛才開始就拿著魔樹紙進行各種測試。

「羅潔梅茵大人，這個魔紙只要善加利用它會變回原樣的特性，一張魔紙說不定就能重複使用好幾次喔！這可是重大發現！」

克拉麗莎的藍色雙眼迸出燦亮光輝。南娑扶紙在變成高品質後，似乎不只會聚集回到原位，現在還能自行結合，回到紙張最初的狀態。這樣的變化固然有趣，但我想要的是最高品質的魔紙。

「羅潔梅茵大人，現在亞樊紙發出的聲音已經流暢到了彷彿唱歌一般。除了樂譜以外，它說不定還能詠唱我們畫下的魔法陣。」

哈特姆特興奮得橙色雙眼直發亮，說他想畫魔法陣實驗看看。

「我們來實驗看看若在這些魔紙上畫魔法陣，能產生多大的輔助效果吧。」

「你想實驗的話就拿去用吧。因為我不想要再動手做實驗，就為了查明用途。」

我的任務是提升品質，並不是發掘新用途或查明特性。而且就算加了金粉，也只讓魔紙提升到了高品質。看來今天的調合最好先告一段落，然後好好思考該怎麼做才能提升品質吧。

「司提洛。」

哈特姆特與克拉麗莎將思達普變作筆狀，朝著魔紙開始揮筆。尋常墨水只有在低品質的魔紙上才能書寫，因此如果魔紙是高品質，就必須使用以魔力為墨水的魔導具筆，或是將思達普變成筆進行書寫。

「……羅潔梅茵大人，糟了。這個魔紙就算用思達普變成的筆也無法寫字。」

聽見哈特姆特的呼喊，我急忙看向高品質的亞麥紙。哈特姆特拿著思達普變成的筆，再怎麼在紙上揮動也寫不出半個字。克拉麗莎也一樣。

「感覺是羅潔梅茵大人的魔力太強，在抗拒我們的魔力。羅潔梅茵大人，那麼您有辦法寫嗎？」

克拉麗莎詢問後，我便也把思達普變成筆，試著在魔紙上書寫，結果很順利地畫出一條線。「果然製作者羅潔梅茵大人就沒問題呢。」哈特姆特一臉了然地說道，但我聽了卻嚇得冷汗直流。

「如果做好的魔紙只有我能使用，這根本是失敗品吧？要是斐迪南大人沒辦法用，就算做成了最高品質也沒意義啊。」

「有不少魔導具本就是只有製作者，或是魔力比製作者更高的人才能使用。不如我與克拉麗莎也做做看高品質的魔紙吧。倘若羅潔梅茵大人能使用我們做的魔紙，相信斐迪南大人要使用您所做的應該也沒問題……斐迪南大人的魔力比您要多吧？」

哈特姆特語帶擔憂地問道，我也有些擔心起來。之前在貴族院，我都會降低壓縮濃度以免魔力溢出，所以雖然身體長高了些，但魔力量並沒有增加多少。可是，我現在不僅思達普成長了，在領內又有很多需要用到魔力的事情，比如調合、舉行儀式、因特維庫命的準備，因此現在壓縮魔力的強度已經恢復到和以前差不多。而且隨著身體有所成長，能儲存的魔力量應該也變多了。

……但就算是這樣，我想自己的魔力應該不至於超過斐迪南大人吧。

使用隱形墨水時也沒出現什麼變化，所以應該還沒超過。

「我不認為自己可以贏過斐迪南大人呢。」

「是嗎？我倒認為羅潔梅茵大人有朝一日定能超過他。」

「我沒打算像斐迪南大人那樣，成長到並非常人的地步。」

我可不想和那個瘋狂科學家一樣，居然連壓縮魔力也不懂得節制，導致自己出現類似宿醉的症狀。但明明我都這麼宣告了，哈特姆特與克拉麗莎卻還是自顧自開心地說：

「好期待羅潔梅茵大人成年時的魔力量喔。」

「我與克拉麗莎不像羅潔梅茵大人，製作金粉得耗上大量的魔力與時間，所以明天再繼續吧。我們會在今晚準備好金粉。」

「好，我知道了。」

我做的魔紙是否斐迪南也能使用，就看明天兩人的實驗了。於是我提供了可大幅恢復魔力的回復藥水，以及已去除雜質魔力的魔石，希望他們好好加油。

隔天，似乎費了不少心力才做出金粉的兩人將成品帶來，開始調合魔紙。我則是往昨天做好的高品質魔紙畫下魔法陣，代替兩人進行他們想做的實驗，一邊等著兩人調合結束。

不出哈特姆特所料，亞樊紙畫好魔法陣後，只要灌注魔力，它便會自行詠唱、發動魔法陣。儘管魔力的消耗量有點多，但有了這種魔紙，也許就能在無法詠唱的時候發動魔法陣，或在詠唱所需時間太長時使用也很方便。

……只不過，他人無法用自己的魔力寫字這一點，還是很讓人頭疼呢。

雖然克拉麗莎想讓南娑扶紙可以重複使用，但即便是高品質的魔紙，終究還是沒有辦法。因為一被金色火焰吞沒就沒救了。不過，燃燒後剩下的殘渣仍會集中聚在一起，這點倒是有些好玩。

「羅潔梅茵大人，我們做好魔紙了。」

於是我把思達普變成筆狀，試著在兩人做好的高品質魔紙上畫線。結果發現，哈特姆特所做的魔紙我雖有辦法書寫，但克拉麗莎做的卻不行。

「難道是克拉麗莎的魔力量比我還多？」

「這不可能。」

兩人齊聲否決。從製作金粉的速度來看，我與克拉麗莎的魔力量明顯有著差距，所以我這麼說其實也不是認真的，只是開開玩笑。

「那為什麼會有這樣的差異呢？」

我不解偏頭，但克拉麗莎似乎馬上就想到了原因。

「一定是因為獻名！我與哈特姆特的不同就只有這點而已。」

儘管我很不想相信哈特姆特與克拉麗莎的不同就只有這一點，但克拉麗莎的猜想很可能是正確的。

「獻名者會被主人的魔力束縛住，所以確實有可能造成影響呢。」

羅德里希獻名以後，雖然並不明顯，但也在我魔力的影響下變成了全屬性。而哈特姆特同樣被我的魔力束縛住，所以很可能只有我能在哈特姆特所做的魔紙上寫字。

「但如果只有製作者本人與他獻名的對象能夠書寫，這種魔紙算是失敗了呢。」

「……魔紙似乎會排斥魔力，不如試著添加能吸收魔力的原料吧？」

哈特姆特的提議令我歪了歪頭。

「吸收魔力？是指黑色魔石嗎？」

「就是利用從黑色魔物取得的原料。若能不改變魔紙的特性，但又只為其添加可吸收魔力的特性，我想應該就能用魔力在魔紙上書寫。」

……黑色魔物是指軛拿斯巴法隆或陀龍布那類的嗎？

我回想了自己對抗過的黑色魔物，接著看向陀龍布紙。

「有道理，那我們試試看吧。」

我往哈特姆特製作的高品質亞櫟紙添加了陀龍布紙，試著合成。然後把做好的紙張遞給克拉麗莎，讓她切一小角下來，嘗試書寫。

「羅潔梅茵大人，我有辦法劃線了！」

正如哈特姆特所料，融合兩種紙張做成的魔紙不僅克拉麗莎也能書寫，品質還提升到了離最高品質只差一步。大概是因為調合陀龍布紙時，紙張吸走了很多我的魔力吧。

接著再往合成魔紙畫下縮短時間用的魔法陣，在提升亞櫟紙的品質時進行測試，結果發現魔紙除了有自行詠唱並發動魔法陣的特性外，又多了陀龍布紙不易燃的特性。

「……羅潔梅茵大人，這些不可燃紙並沒有提升到高品質的程度吧？」

看見合成魔紙上只有用魔力劃了線的地方在燃燒後變作細灰，克拉麗莎眨著眼睛向我問道。

「是啊，剛才我是直接使用最原本的不可燃紙。如果也提升不可燃紙的品質，說不定可以整張魔紙完整保留下來呢。魔紙之間似乎不太會互相排斥，乾脆把所有魔紙都提升到高品質，再通通放進調合鍋裡一起合成吧。」

把所有魔紙都提升到高品質後再進行合成——這句話說來簡單，但調合起來不知道得耗多少魔力。首先得製作金粉，才能把每種魔紙都提升至高品質，而高品質的原料在合成時更是要消耗大量魔力。

不過，幸好付出終有回報，我成功做出了最高品質的魔紙。我把魔紙切成小片，分別遞給哈特姆特與克拉麗莎，請他們試寫。現在兩個人都能順利劃線了。而且小紙片還在寫完後飛向大紙片，兩者自行合併，變回原先的大小。

接著我們又畫下魔法陣進行實驗。發現灌注魔力以後，魔法便會自行發動，魔紙還不會燃燒、能完整地保留下來，最終自行合併，可以回收再利用。

「雖然不知道斐迪南大人要用來做什麼，但這樣的成品應該能讓他滿意吧？」

我向哈特姆特展示恢復原狀的魔紙，這麼問道。他露出笑容，掛保證說：「我相信沒有文官能挑出半點毛病。」

「……不過，這種魔紙大概只有羅潔梅茵大人才做得出來吧？」

「嗯，一般貴族得多花點時間吧。」

因為首先要使用金粉，將魔紙從低品質提升到高品質，最終再融合三種高品質的魔紙製作而成。這種超高級魔紙，需要付出的魔力與時間可謂相當驚人。

順便補充一下，由於融合了三種魔紙，超高級魔紙的大小是原先的兩倍。即使裁切也會恢復原狀，所以無法更改紙張大小這一點讓人十分頭大。

「為了調合高品質的魔紙，我可是喝了回復藥水、花了一整晚的時間才做出金粉喔。連調合的時候也得再喝一瓶藥水，怎麼可能只是多花點時間呢。」

怎麼會這樣——克拉麗莎咳聲嘆氣。由於文官的工作就是要代替領主候補生進行調合，她卻無法盡到自己的職責，這似乎讓她非常懊惱。

「看來只能努力增加魔力，或是向神獻上祈禱，取得更多加護了呢。」

我一定要幫上羅潔梅茵大人的忙——克拉麗莎鬥志高昂地訂下嶄新的目標。在她身旁，哈特姆特則是伸手拿起陀龍布紙，顯得若有所思。

「羅潔梅茵大人，這種不可燃紙究竟是用何種原料製成？既然您不是向伊庫那，而是向普朗坦商會購買，代表負責生產的是羅潔梅茵工坊或周邊的製紙工坊吧？」

我微微一笑回道：「是用快速生長樹做成的紙張喔。」但即使我馬上給了答案，哈特姆特似乎仍想不到是什麼魔樹，陷入沉思。

「快速生長樹？我曾聽孤兒院的孩子們提起過，原來是不可燃紙的原料嗎？……可是，我不記得有這種魔樹。」

假使只有已獻名的哈特姆特在，那告訴他也沒關係，但由於在場還有克拉麗莎，我並不打算透露。

「向伊庫那買來的魔紙數量十分充足，但不可燃紙完全不夠呢。看來，今年夏天得讓人抄製大量的不可燃紙才行。」

我在腦海中計算著大概需要多少塔烏果實，同時再做了一張最高品質的魔紙。就這樣，要請齊爾維斯特帶去亞倫斯伯罕的最高品質魔紙試作品完成了。我打算等收到了斐迪南「非常好」的回應後，再進行量產。

「除了試作品外，我還想請養父大人把一些調合工具與原料送過去，這部分也得做好準備才行呢。」

由於齊爾維斯特將前往亞倫斯伯罕參加葬禮，我開始在工坊裡翻找，搜刮要請他帶去的東西。我想送些可以製作回復藥水和解毒藥水的原料過去。哈特姆特與克拉麗莎也興高采烈地加入，幫忙挑選工坊裡的原料。

就這樣，春季尾聲的成年禮即將到來，同時夏天的腳步也近了。

春季的成年禮與養父大人啟程

魔紙的試作品完成後，我回到神殿繼續生活。明天就是春季的成年禮，而此刻神殿長室裡，我正與侍從們爭執不下。因為在我提議，我想讓麥西歐爾與其他青衣見習生參觀春季的成年禮後，卻遭到了侍從們的反對。

「為什麼不行？其他青衣見習生不行也就算了，但麥西歐爾即將接任神殿長，應該讓他參觀成年禮才對吧。」

我不服氣地向法藍表達自己的主張。法藍與薩姆先是對看一眼，隨後薩姆神色肅穆地搖搖頭。

「羅潔梅茵大人，不只麥西歐爾大人，其他青衣見習生也都尚未成年，他們不能參加儀式。」

由於麥西歐爾將接任神殿長一職，再加上倘若秋天的收穫祭也會派青衣見習生們前往外地，我個人認為應該要讓他們在旁邊參觀儀式。然而，侍從們遵循往常的慣例，皆主張未成年者不能參加儀式，還說事到如今也沒有改變慣例的必要。

「但我也還未成年，卻以神殿長的身分在舉行儀式吧？」

「這是因為羅潔梅茵大人是神殿長。在您還是青……不，在您還未成為神殿長之前，不也一樣無法參加嗎？麥西歐爾大人必須等到就任為神殿長後，方能參加儀式。」

法藍差點脫口說出青衣見習巫女，但意識到在場的貴族近侍們後，便改口為「成為神殿長之前」。畢竟我不僅洗了戶籍，還改了年紀，不能隨隨便便提起從前。

「那時候我確實沒能參加洗禮儀式與成年禮。可是我曾奉斐迪南大人之命，在陀龍布的討伐結束後舉行治癒儀式，還參加過祈福儀式。慣例不至於完全不能打破吧。」

我舉了青衣見習巫女時期斐迪南的命令為例子，曾是他侍從的法藍與薩姆都有些語塞。

「當時是因為神殿裡的青衣神官人數不足，是迫於無奈之舉吧？」

「但現在青衣神官的人數比那時候更少，情況也更讓人感到無奈喔。倘若神殿裡有很多已經成年的青衣神官，我也不會讓未成年的孩子們出席儀式。」

無論大家如何反對，這件事我都不想妥協。因為現在神殿裡，僅僅只有七名已成年的青衣神官。而且還因為光靠青衣神官，魔力根本不夠，得由未成年的領主候補生們前往領內各地，才能勉強消化所有儀式。

再加上，韋菲利特先前才在祈福儀式時備受萊瑟岡古貴族的冷嘲熱諷，夏綠蒂也因為芙蘿洛翠亞即將生產，比往年還要忙碌。萬一兩人都不想去收穫祭，到時候會沒有足夠的人手能舉行儀式。雖然為了取得更多加護，我想兩人應該都願意幫忙，但我不想要求他們去太多地方，以免造成太大的負擔。最糟糕的情況，就是只能神殿的人自己去舉行儀式。

「事實上，現在人手已經不足到得指派青衣見習生們前往收穫祭。而且，參加收穫祭對他們來說也是必要的。因為今年春天才進來的青衣見習生們與一般的青衣神官不同，並沒有父母提供的經濟支援。他們必須靠著領地給的補助金，還有收穫祭時得到的收入來準備過冬。」

儘管有從舊薇羅妮卡派家長們那裡沒收來的財產，但我不曉得齊爾維斯特提供給孤兒院與神殿的援助，究竟會持續到什麼時候，又能提供多少金額。再者他也認為這筆預算，基本上是撥給孤兒院與孤兒就讀貴族院時的教育基金。既是如此，孩子們只能趁著收穫祭時，前往各地的農村或是基貝土地，自己賺取過冬所需的花費。

「等到了秋天的收穫祭，他們抵達農村以後，要一口氣接連舉行洗禮儀式、星結儀式與成年禮吧？但他們都還沒有見識過，就要他們舉行儀式也太強人所難了。我因為自己有過同樣的經歷，才希望他們可以提前參觀，到時候舉行儀式才能不慌不忙。」

我在當上神殿長後，突然就得上臺舉行儀式，所以非常清楚沒做好準備就要上場會有多麼不安。而且我第一次參加洗禮儀式時還是梅茵，所以知道平民的儀式是怎樣的光景，但孩子們卻是平生未見。

「一年後等我離開神殿，得由好幾名青衣神官來填補我一個人的空缺吧？而他們都還沒有騎獸，又因為還未進入貴族院就讀，魔力也不多，到時候必須所有人都去舉行儀式。在這種情況真的發生前，我想趁自己還照看得到的時候，盡量讓大家累積經驗。」

倘若之後麥西歐爾就任為神殿長，才剛成為負責人，馬上就要派遣未成年的見習生們前往各地的話，他的壓力一定非同小可。當初這些孩子或者還未受洗，或者還未進入貴族院就讀，是我提議由孤兒院與神殿收容他們；那麼鋪好道路，讓他們生活不至於困苦、能以青衣見習生的身分生活下去，就是我該做的事情。

「羅潔梅茵大人，您的用意我們明白了。但是，至少請等到夏季的成年禮，再讓青衣見習生們在旁參觀吧。在開始一件從未做過的事之前，都需要時間進行準備，青衣神官他們多半也有自己的看法。再者，要參觀也得準備儀式服。」

侍從們表示，有了一個季節的準備時間，不光能備好儀式服，他們也能與青衣見習生們的侍從攜手合作、進行指導。屆時再參觀夏季的成年禮與秋季的洗禮儀式，應該就能掌握儀式的流程與氛圍了。聞言，我點一點頭。

「那麼，準備工作與對青衣神官們的說明，就交給法藍你們了。記得提醒見習生們，有錢的話可以自己定做儀式服；沒有的話，可以修改從前青衣神官與青衣巫女留下來的舊儀式服。」

以前我那時候，神殿裡的舊衣並沒有適合我的尺寸，加上前任神殿長還說沒東西能給平民，所以基於種種理由，我只能自己定做新的儀式服。但現在因為肅清等原因，保管在神殿內的青衣變多了。一直閒置放著，布料也會損壞，所以能用的東西最好還是拿來用。

「遵命。我會通知青衣見習生們的侍從，之後將要參加收穫祭，並吩咐他們開始進行指導與準備。而為了秋天的收穫祭，預計會讓麥西歐爾大人與青衣見習生們，參觀夏季的成年禮與秋季的洗禮儀式，對此也會去統整其他青衣神官的意見。」

於是我與侍從們達成共識：雖說已經要開始打點，但這件事等到春季的成年禮結束後再正式宣布。爭論也就此結束。

到了成年禮當天，我的心裡難得相當緊張。因為多莉是夏季的成年禮成年，那麼今天春季的成年禮上，應該會出現路茲的三哥拉爾法。他是我梅茵時期認識的人，而可能還記得我的熟人就只有路茲的哥哥們了，但幸好札薩與奇庫的成年禮我都碰巧沒參加。

……應該不會被拉爾法認出來吧？

我看著鏡子，稍稍捏起身上的儀式服。跟以前總是穿得破破爛爛的梅茵相比，簡直沒有半點相似之處。而且，一般根本不會記得早在好幾年前就過世的鄰居小孩吧。此外平民區都在討論我這個年幼神殿長的時候，多莉與路茲也沒有說過什麼。

……我也不見得還認得拉爾法的長相……嗯，應該不用擔心吧。

我這樣說服自己，與法藍還有護衛騎士一起往禮拜堂移動。

「神殿長進場。」

大門嘰嘰打開後，可以感覺到無數目光朝自己投來。我緊張地抱著聖典，走進禮拜堂。接著，我邊豎耳傾聽在場人們的竊竊私語，邊走到臺上。

……拉爾法在哪裡呢？

我稍微凝神注視，低頭看向剛成年的年輕人們。拉爾法應該也在其中，但由於臺下的人都是已經成年的年紀，又都穿著代表春季貴色的綠色正裝，實在很難找得到。

……拉爾法是紅髮，所以有可能是那個、那個和這個……唔～那個人看來有點眼熟，會是拉爾法嗎？唔～太難認了啦。

我面帶貴族特有的優雅微笑，暗暗努力分辨。這時，疑似是拉爾法的人忽然皺眉瞇起眼睛，微微往旁邊歪過頭。對方好像也在打量我。

……咦？是不是被認出來了？他開始有點懷疑了嗎？

我急忙別開視線，俯首看向聖典，掛上貴族生活所養成的禮貌性笑容後，一如既往開始舉行儀式。

「水之女神芙琉朵蕾妮啊，請聆聽吾的祈求，為今年成年的子民們賜予祢的祝福。彼等的赤誠真心奉獻予祢，謹獻上祈禱與感謝，懇請賜予祢神聖的守護。」

給予祝福以後，儀式就結束了。我目送著剛成年的年輕人們走出禮拜堂，只見拉爾法一度回頭轉身。

……啊、啊嗚，好想去調查是不是被拉爾法認出來了。可是沒事就去打聽消息，好像只會自找麻煩？怎麼辦？

如果有什麼情況，多莉或班諾應該會通知我吧？暫時只能靜觀其變了。

春季的成年禮結束後，我們也邀請青衣見習生，在神殿裡召開了會議。據負責說明的薩姆所說，成年的青衣神官們也都能夠深刻感受到人手極為不足，因此並沒有什麼不滿。反倒多數人都認為，既然青衣見習生們是在領主的監護之下，就應該要工作。

會議上也向青衣見習生們告知，由於現在人手不足，他們各自又得參加秋天的收穫祭才有收入能準備過冬，所以必須開始做準備。畢竟該做的事情很多，比如背誦禱詞、準備儀式服、安排馬車、僱用廚師，還有採購食材等。

只不過，要把所有儀式都交給頭一次參加的見習生，還是教人感到擔心，因此只有今年我們一致決定，收穫祭時見習生們得與已成年的青衣神官兩兩一組同行。

「那個，姊姊大人，方便占用您一點時間嗎？」

卡斯泰德第二夫人的兒子尼可拉斯，神色有些不安地開口向我攀談。今天我的護衛是馬提亞斯與優蒂特，想必是因為柯尼留斯不在的關係吧。柯尼留斯總會冷冷地趕走尼可拉斯，所以尼可拉斯似乎很怕他。

「可以啊。你有什麼問題嗎？」

「是的。關於我的過冬準備，父親大人會願意伸出援手嗎？」

有的孩子父母都遭到肅清，也有的孩子和尼可拉斯一樣，父母只有其中一人受到處分。尼可拉斯似乎以為就連父親也會捨棄自己，但其實他的生活費都是卡斯泰德在支付。只要提出請求，我想卡斯泰德也會幫他做好過冬準備。

「不如你自己寫信問問父親大人吧？」

「……我擔心父親大人會不答應，所以有些害怕。畢竟艾薇拉大人並不喜歡我。」

想想他母親朵黛麗緹至今的所作所為，艾薇拉會不想親近尼可拉斯也是無可厚非吧。但是，就連家裡徹底亂成一團的時候，艾薇拉也依然能夠考慮公平與平衡。我的母親大人可是非常了不起。

「只要你的要求沒有太過分，我想應該都能得到許可喔。不過，就算過冬準備不用擔心，你還是得參加收穫祭。為了取得諸神的加護，請勤奮地獻上祈禱吧。」

「好的。雖然進度十分緩慢，但我正與侍從們一起在背禱詞。前幾天祖父大人來神殿訓練我們的時候，也叮囑過我們要認真祈禱、取得更多加護。」

原來波尼法狄斯來過神殿一趟，指導見習生們進行訓練，只不過當時我正在圖書館內進行調合，所以沒有碰到面。聽說他還稱讚尼可拉斯的資質很好。

「姊姊大人，請您捎去奧多南茲向祖父大人道謝吧。發現姊姊大人不在神殿，祖父大人非常失望呢。」

……怎麼印象中，馬提亞斯他們好像也拜託過我同樣的事情……？

我想起了騎士團去格拉罕調查那一次。馬提亞斯似乎也想起了同一件事，看著尼可拉斯的眼神中隱隱帶有同情。優蒂特也忽然有些看向遠方，嘀咕著說：「怪不得昨天會那樣……」

……優蒂特與祖父大人有什麼交集嗎？

我歪著頭回到房間後，馬提亞斯立即建議我：「趁著還沒忘記，請您送出奧多南茲給波尼法狄斯大人吧。」優蒂特也遞來黃色魔石說：「而且最好現在馬上送去。」

儘管我滿頭問號，但還是照著護衛騎士們的建議，向波尼法狄斯送去奧多南茲致謝。馬提亞斯與優蒂特還在旁邊幫忙出意見，最終內容大致如下：「祖父大人，明明您對神殿還十分忌諱，卻沒有忘記與我的約定，前來指導見習生們進行訓練，真是太了不起了。謝謝您，我最喜歡您了。」

波尼法狄斯很快捎來回覆：「身為祖父，遵守與妳的約定本就是天經地義。」雖然回覆十分簡短，馬提亞斯仍心滿意足地點點頭：「這樣就沒問題了。」然後與優蒂特握手。

後來菲里妮才偷偷告訴我，原來每當波尼法狄斯的心情極度惡劣，在騎士團訓練騎士時就會毫不手下留情。聽說這麼做，是為了正在接受訓練的達穆爾與柯尼留斯。

自從確定要參加秋天的收穫祭以後，神殿內不時可以看到青衣見習生們嘴裡唸唸有詞，努力背著儀式要用的禱詞。看到出身高貴的貴族之子這麼認真地在準備儀式，青衣神官們也都打起精神賣力工作。

由於這是第一次長時間在外遠行，青衣見習生們都很煩惱不知道該帶哪些物品、該做哪些事情。於是我舉辦茶會，告訴他們有關儀式的事情。另外，也與他們分享自己在定做儀式服時，特別設計成了長大後也能穿的款式，順便也告知他們一些注意事項。

「能夠定做全新儀式服的就只有父親還會提供援助的尼可拉斯了吧。我只能修改從前見習巫女留下的舊衣。」

一名青衣見習巫女似乎是第一次要修改家人以外的人穿過的舊衣，她小聲喃喃地說，現況的改變讓她有些難以適應。她以前想必沒有經歷過這種只能撙節度日的生活，看起來明顯無所適從。

「……不過，總比丟了性命要好，也比住在城堡裡的兒童室要自在。我由衷感謝羅潔梅茵大人與奧伯．艾倫菲斯特。只是，有時候還是會感到非常難過。」

她說在神殿的生活，與跟家人住在一起、什麼也不用煩惱時相比，既孤獨又難熬。我可以理解，現在的生活一定很辛苦又寂寞吧。

「從前我總在想，長高了的話衣服再重新定做就好，從沒想過要同一件衣服一穿再穿。可是，在這裡就必須這麼做吧。」

「因為你們很快就會長高，沒辦法每次都自己出錢定做新衣呀。」

以往未成年的見習生不會參加儀式，所以都是等到成年後才定做儀式服，自然可以穿很久，但現在正值發育期的見習生們無法效法。

「羅潔梅茵大人，還請您告訴我，儀式服該如何定做才能在長大後繼續穿。」

其實我分享的設計方式，是參考了我以前學過的和服做法。這項知識我並沒有賣給珂琳娜，所以就算要告訴別人也無所謂，但為了讓她能爽快地讓出多莉，使多莉可以前往中央，最好還是提供賺錢的機會給奇爾博塔商會。於是我寫了信給珂琳娜，指示她將我儀式服的縫製方法，賣給青衣見習生們的專屬。

夏季的洗禮儀式結束後，再過不久齊爾維斯特就要前往亞倫斯伯罕參加葬禮。我在圖書館的工坊裡搜刮出了一整套調合工具後，再連同餐點把魔導具塞得滿滿的，然後麻煩拉塞法姆帶去城堡，由齊爾維斯特送去給斐迪南。

不只最高品質魔紙的試作品準備好了，信也寫好了。用一般墨水寫成的內容，除了有季節問候語與我對奧伯逝世一事的哀悼，還列出了請齊爾維斯特帶去的原料清單，然後寫下：「如若沒有問題，我便進行量產。」用隱形墨水寫成的內容，則是最高品質魔紙的配方。我還詳細描述了新魔紙的開發過程，以及中途曾做出怎樣的紙張。

斐迪南身為瘋狂科學家，肯定會想自己做做看，所以每種魔樹紙我都提供了幾張完全沒有加工過的，做為原料放在行李當中。倘若亞倫斯伯罕確實遵照了王族的命令，讓斐迪南擁有工坊，相信他會自己找時間進行研究吧。如果有需要改良的地方，之後也會跟我說。

「讓斐迪南大人能擁有工坊，是王族與奧伯之間的約定，所以請您一定要親眼確認喔。要是亞倫斯伯罕沒有提供，就等於是違抗王命，請要求王族必須懲罰蒂緹琳朵大人與喬琪娜大人。」

……可不能毫無志氣地就這麼算了！

出發前一天的晚餐席間，我再三耳提面命。齊爾維斯特露出了厭煩至極的表情，說：「難怪韋菲利特會受不了。」但他再怎麼厭煩，該說的我還是要說。因為這是我成為國王養女的條件，一定要讓王族確實遵守才行。

「養父大人，就算斐迪南大人再不情願，請您也要確認亞倫斯伯罕是否以正確的涵義提供給他秘密房間。」

「嗯，這倒有點意思。」

本來齊爾維斯特還一臉厭煩，聞言稍微提起興致。我這才鬆一口氣。芙蘿洛翠亞微笑聽著我與齊爾維斯特的對話，摸了摸自己逐漸變大的肚子。

「羅潔梅茵，妳不用太擔心，齊爾維斯特大人會確實做好自己的工作喔。畢竟可以親眼看到斐迪南大人過得如何，這可是為數不多的好機會。」

……若真是這樣就好了。

「妳與麥西歐爾都會在城堡暫住幾天吧？」

「是的。我預計會待三天，為基礎提供魔力。由於還要為星結儀式做準備，沒辦法在城堡待太久。」

而且星結儀式前後，我還得與孤兒院的孩子們一起「砍伐快速生長樹」，沒有時間在城堡裡悠哉休息。

「母親大人，我們還說好了要與姊姊大人舉辦茶會呢。」

「哎呀，只有你們小孩子嗎？不邀請我？」

「是的。是由我主辦的，只有小孩子參加的茶會。」

夏綠蒂說完，我與韋菲利特皆點點頭。趁著待在城堡的這段時間，我們打算兄弟姊妹四人舉辦茶會、交換情報，就連近侍也會摒除在外。

「好久沒與哥哥大人、姊姊大人一起舉辦茶會了，我也非常期待。對了，前幾天我還與神殿裡的青衣見習生們舉辦了茶會喔。還有，我也去參觀了孤兒院人員在工作的工坊，親眼看到書是怎麼完成的，好厲害喔。」

麥西歐爾開心地分享起自己在神殿的生活，大家也聽得興致勃勃。從服侍用餐的侍從們的反應來看，看得出眾人對神殿的反感正日復一日逐漸淡薄。

「養父大人，路上小心。父親大人，您自己也多保重。」

隔天，我前來目送奧伯，以及既是其護衛騎士也是騎士團長的卡斯泰德。由於要去參加他領奧伯的葬禮，移動人數相當眾多。芙蘿洛翠亞因為肚子大了，在外長途跋涉太過危險，所以留在領內。而且似乎只要身體狀況允許，有空她便會處理公務。

送走一行人後，我回到自己的房間。一同去送行的近侍們跟著走進來，看著成排站開的所有近侍，我忽然感到懷念。

「好久沒有近侍全員到齊了呢。上次聚在一起，還是為了向大家宣布我將成為國王的養女，然後詢問大家有沒有意願一起前往中央。」
我輕笑說完，只見優蒂特眼神幽怨地看著我。
「聽到莉瑟蕾塔也要跟隨您的時候，我差點就要哭出來了呢。」
「哎呀，優蒂特。妳哪裡是差點哭出來，根本是哭喊著『莉瑟蕾塔是叛徒，太過分了』。明明我與布倫希爾德也會留下來，妳卻一直嘆氣說只有自己遭到排擠。我們可是花了很多力氣安慰妳呢。」
奧黛麗咯咯笑道，優蒂特羞得整張臉都紅了。不過，在得知菲里妮成年前也會留在領內，因而明白到「今後就算想要獻名，未成年近侍也不一定能跟著一起去中央」後，優蒂特似乎就冷靜下來了。
「真抱歉讓妳傷心難過了。不過，如果優蒂特成年後願意來中央，我可是非常歡迎喔……就算是在奉父母之命成婚前，只能來服侍我一段時間，我也會很高興，有妳在也很放心。」
我照著艾薇拉提醒過的，盡可能坦率說出自己的想法後，優蒂特露出羞赧的微笑點點頭。
「還有，菲里妮成年前都會在神殿擔任孤兒院長，所以請妳偶爾去看看她，順便指導青衣見習生們進行訓練吧。」
「是。」
現在還沒確定的，就只剩下達穆爾了吧——我這麼心想著轉過頭。然而不知為何，卻是笑容滿面的克拉麗莎猛然進入視野。她臉上的笑容燦爛到了彷彿就要哼起歌來，往前站了一步。

「……克拉麗莎，怎麼了嗎？」

「羅潔梅茵大人，我終於做好獻名的準備了。來吧，請您接受我的一切！」

……我不要。……雖然很想這麼說，但是……唉……

逼著我接受獻名的人這是第二個了。但克拉麗莎與哈特姆特不同，在被我的魔力束縛住時反應十分正常，並沒有露出陶醉的表情。對此我有些鬆了口氣。

……不對，慢著。克拉麗莎絕不是正常人，我可不能被她騙了！

孩子們的茶會

「羅潔梅茵大人，雖然我還在學習當中，但您看這樣如何？」

克拉麗莎一邊說著，一邊向我展示近來的工作成果。先前領主會議期間，克拉麗莎負責與戴肯弗爾格交涉，都是與領主夫婦的文官們一起工作。現在領主會議結束了，她便回到我的房間來為我做事。

我已經決定去了中央以後也要發展印刷業，只不過得等到成年之後才能正式開始。而且在了解過中央神殿孤兒院與灰衣神官們的現況後，說不定也得推動慈善事業。因此，為了能在中央順利地發展事業，克拉麗莎正幫忙整理資料，了解我至今發展新事業時與貴族打過怎樣的交道。

具體而言，就是當時斐迪南與貴族有過哪些交涉、訂過哪些契約、共有多少人與店家接到過他的指示等。除此之外，她還參考了戴肯弗爾格與中央的交涉方式，開始擬定計畫，思考要如何在中央發展印刷業，以及這件事該找哪個部門的文官協商。

「克拉麗莎，妳竟然能在這麼短的時間內查到這麼多資料。而且我完全不曉得自己在孤兒院成立工坊的時候，斐迪南大人暗中做了這麼多事情。」

看著手上的資料，我才知道自己與班諾他們在忙碌奔波時，斐迪南也同樣一直在暗地裡幫忙斡旋，因此重新體認到了自己的目光有多麼狹隘。當時斐迪南老是要我向他報告，還得預約幾天之後的會面時間，我總是嫌麻煩，但原來這些事都是重要且必要的。

「因為我可不能輸給成為孤兒院長後，會為羅潔梅茵大人幫上大忙的菲里妮呀。」

今天菲里妮也去了神殿，與莫妮卡一起交接孤兒院長的相關事務。不久前她還與哈特姆特就任為神官長時一樣，舉行了宣誓儀式、獲得青衣。現在是堂堂正正的青衣見習巫女了。

順帶一提，羅德里希也在我的指示之下，根據普朗坦商會與奇爾博塔商會提出的在中央開店的需求，列出他們在中央需要多大的店面、需要重新採購哪些工作用具，以及要為同行員工準備多少房間跟房間大小等。等一下我們舉辦茶會的時候，他也會留在這裡繼續計算。

確認莉瑟蕾塔與谷麗媞亞已經做好茶會的準備後，我便拜託奧黛麗在房內留守。一等韋菲利特與麥西歐爾離開房間，守在門外的達穆爾就會前來知會，所以在那之前便先待命。

「羅潔梅茵大人，達穆爾前來通報，說韋菲利特大人與麥西歐爾大人已經離開房間了。」

安潔莉卡先是走出房間，回來後向我稟報。於是我帶著侍從與護衛騎士們出發前去參加夏綠蒂主辦的茶會。

「你們都退下吧。」

互相道完寒暄，在招呼下落座後，夏綠蒂先喝了口茶、吃口點心以示安全，隨即吩咐近侍們退出房間。我們也跟著指示自己的近侍退下。於是乎，此刻房裡就只有我們四名領主候補生。

「今天就使用這個吧。」

夏綠蒂說著，準備發動指定範圍的防止竊聽魔導具。我急忙阻止。

「夏綠蒂，使用指定範圍的魔導具只會消耗妳一個人的魔力吧？還是使用人手一個的那種魔導具吧。」

「不，姊姊大人。今天還是使用指定範圍的比較好。因為若長時間使用單人的魔導具，麥西歐爾可能會太過疲累。我聽說他平常在神殿就已經很常奉獻魔力了。」

……什麼?!

斐迪南從很早就開始讓我使用防止竊聽魔導具，所以我從沒想過這麼做會給人造成負擔。但原來那種單人手持的防止竊聽魔導具若使用太長時間，有時候會讓還未就讀貴族院的孩子不堪負荷。

……斐迪南大人從沒這麼貼心地為我著想過喔?!

我記得第一次使用，是為路茲召開家庭會議那時候，但在那種肯定要談上很久時間的場合下，斐迪南應該只是為了要讓我保持安靜。當時斐迪南已經大致掌握我的魔力量了吧。不過，倘若我真的因為使用太久而身體不舒服，他大概也無所謂，覺得這樣正好能讓我中途離場吧。

……可惡的斐迪南大人！

哼，回想起當時的情況，我不由得氣從中來，轉頭對夏綠蒂說：

「由我來發動指定範圍的魔導具吧，總不能只消耗妳一個人的魔力嘛。」

「……姊姊大人總是像這樣，自己一個人把事情攬下來呢。」

夏綠蒂用那雙藍色眼眸沒好氣地睨我一眼，看起來真是太可愛了。因為我偶爾也想當個可靠的大姊姊，於是趕在夏綠蒂行動前從椅子上滑下來，「嘿！」的吆喝一聲準備好魔導具後，使其發動。是動作快的我贏了。

「夏綠蒂，只是幫忙出點魔力而已，並不會對我造成什麼負擔，所以妳偶爾可以依賴我這個姊姊大人喔。畢竟現在城堡裡的社交活動，還有輔佐養母大人的工作都落在了妳的身上。而且看妳準備得這麼周到，想必是為了討論我將前往中央一事吧？」

我挺起胸膛說完，回到位置上坐好。夏綠蒂淡淡笑著，喃喃說道：「姊姊大人每次都對我太好了。」

「才沒有這回事……」

「有的。聽說姊姊大人決定與哥哥大人訂婚的時候，拜託了父親大人，讓我可以自己挑選結婚對象。還有像這一次，明明姊姊大人不是自願成為國王的養女，我卻能有各式各樣的選擇……我到底該怎麼報答姊姊大人才好呢？」

……怎麼話題從一開始就這麼沉重?!「只要夏綠蒂可愛地對我說『姊姊大人太棒了！我好尊敬您』，這樣我就心滿意足了喔。」——我可以這麼說嗎？應該不行吧？

夏綠蒂突然用認真無比的眼神這麼問道。究竟可以語氣輕快地隨便回答？還是該認真地和她一起煩惱？我一時間不知該如何回覆。

「託姊姊大人的福，我們從來不用真正地理解到，下位領地都是受到怎樣的待遇。

與三十歲以上的人談過話後，更是能深刻體會到這一點。」

夏綠蒂說她開始輔佐芙蘿洛翠亞，幫忙處理領主第一夫人的公務以後，會去察看貴族們在城堡裡的工作情形。結果她切身地感受到，只知以前下位領地做法的大人，與很少被視為下位領地貴族看待的年輕人們，認知完全不一樣。

「……感覺是從與叔父大人同時就讀貴族院的那個世代開始，貴族的認知便慢慢有所轉變。」

斐迪南備受薇羅妮卡迫害，基本上只提升自己優秀的個人成績，對領地排名的變化並沒有太大貢獻。但是，修習騎士課程的學生們卻在他狠辣無情的指揮下，連連在比奪寶迪塔時戰勝戴肯弗爾格；修習文官課程的學生也因為自領內出現了最優秀者，自然而然便產生了要努力追上他的競爭意識。

而斐迪南畢業後，到了達穆爾這一代，適逢政變的結束與肅清，艾倫菲斯特的領地排名便毫不費力地自動上升。他們這個世代，是見證過艾倫菲斯特還是下位領地的最後一群人，同時也經歷了最多的變動。比如讓各地青衣神官還俗成為貴族的特別措施、肅清後教師陣容與課程內容的大幅更改，都發生在這時候。

之後有一段時間，儘管領地排名上升了，但所受待遇仍與下位領地時沒有兩樣。然而，隨著聖典繪本與智育玩具開始販售，兒童室對孩子們的教育也有完整規劃，他領對艾倫菲斯特的看法便逐漸有了改變——柯尼留斯他們正是這個世代。這個世代的人同時經歷過下位領地待遇的艾倫菲斯特，以及快速成長的艾倫菲斯特。

接著我與韋菲利特進入貴族院就讀，開始推廣新流行。我們還成立了成績向上委員會，使得學生的學科成績大幅提升，艾倫菲斯特的飛躍性成長也引來他領矚目。對於宿舍裡的美味三餐，大家更是習以為常，茶會的邀請函甚至多到必須進行篩選。社交週期間邀約同樣不曾間斷，就連上位領地也會提出邀請。由於領地排名每年都在上升，我們這個世代從未被視為下位領地看待過，夏綠蒂自然也是沒有下位領地認知的世代。

「在貴族院，他領總說我們沒有身為上位領地的自覺、應該表現出上位領地該有的樣子。可是，只要觀察過領內的貴族，就能發現認知確實一點一點在改變。如果姊姊大人今後也還在領內的話，我就可以什麼都不用想，只要批判那些想法古板的貴族真教人傷腦筋就好了。」

但夏綠蒂似乎認為，一旦總是站在前方、破壞既有常識的我不在了，領地排名肯定也會在轉眼間下降。領內因循守舊的大人仍占絕大多數，就連領主一族與其近侍也還沒有徹底改變自己的認知。留在艾倫菲斯特領內的人，必須想辦法別讓現況倒退回從前——說完，夏綠蒂嘆了口氣。

「我們必須完美避開大人的干涉，做做表面工夫，努力守護姊姊大人為我們帶來的一切。既然姊姊大人將成為國王的養女，那麼艾倫菲斯特做為您的老家，便得維持好現狀不讓您蒙羞。我認為這就是我能給予姊姊大人的回報。」

她說她要藉由領主一族也會出入神殿，逐漸降低貴族們心中對神殿的反感，然後舉行儀式、增加加護；證明這樣做確實有效後，日後就能自豪地告訴他人自己是神殿出身。還會發展印刷業，把書送來給我。另外也會精心栽培義大利餐廳的廚師，讓艾倫菲斯特成為美食聞名的領地。不管是兒童室的教學規劃還是成績向上委員會也都會繼續保持，不讓學生的學科成績下降。一邊保有我至今所做的一切，一邊改變大家的認知——

「這些就是我能做到的事情。」夏綠蒂微笑說道。聽到她想珍惜守護我至今所做的一切，我心頭有股暖意緩緩泛開，臉上也不由得綻開笑容。

「姊姊大人，我的能力偏向輔佐。十分遺憾的是，我並不適合為了領地的發展就做出大膽決斷，或是引進新事物。我更擅長協調，或是遵守著他人訂下的框架使其慢慢滲透。」

夏綠蒂非常客觀地發表對自己的評語。感覺夏綠蒂會在暗中給予支持，在協調眾人上發揮極大的用處。

「所以，如果目的在於維持住姊姊大人改變後的體制，那麼現在艾倫菲斯特裡，我是最適合成為奧伯的人。而麥西歐爾與接下來即將出生的弟弟或妹妹，或許會成為擅長推動領地發展的奧伯吧。在他們長大之前，我想盡到類似於暫代奧伯的職責，往後也繼續在旁輔佐。姊姊大人願意支持我嗎？」

認清自己的長處與短處後，夏綠蒂想要讓艾倫菲斯特維持在我所改變後的模樣。聞言，我點一點頭。

「之前因為領內的大人多數都討厭改變，所以我一直對自己至今做的這些事情沒有信心。現在聽到夏綠蒂想要維持這些做法，我真的很高興。我會支持妳的選擇……不過，感覺妳就算成為上位領地的第一夫人也會做得很好，真的要選擇留在艾倫菲斯特嗎？」

在適合推動領地發展的下任領主長大前，我想要擔任暫代領主——這種事可沒有說出來這麼簡單。屆時夫婿的挑選、討厭變化的貴族們的抨擊等，會面臨許多讓人想要半途而廢的麻煩。等到韋菲利特不再是下任領主，接下來在布倫希爾德的孩子出生之前，萊瑟岡古的貴族們有可能都會頑抗到底。

「接下來這五年若要與他領聯姻，只能是他領貴族嫁過來或入贅進來，所以他領的貴族將會變多。我打算吸收各個領地不同的做法與觀念，屆時這些都能成為可以反駁萊瑟岡古貴族的依據，說他們的主張並不合理。」

現在是因為舊薇羅妮卡派剛剛瓦解，萊瑟岡古一族的聲勢較大，但夏綠蒂說了，她想要慢慢消滅他們的氣焰，並讓領內貴族的想法也慢慢改變。所以為了下個世代，她身為領主候補生會從他領招贅夫婿。

「而且，我因為在學習魔力壓縮法時簽了契約，不能與姊姊大人為敵。所以我認為自己最好招贅夫婿，留在艾倫菲斯特。一旦姊姊大人成為國王的養女，艾倫菲斯特自會成為您的後盾，不可能與您為敵吧。但倘若我嫁往他領，根本不曉得那個領地會是怎樣的立場。畢竟就連我們幾乎沒有真實感的政變，也才發生在不到二十年前。」

我完全沒想到當初教導魔力壓縮法時，所簽訂的契約竟會在這種時候形成阻礙，不由得頭皮發麻。我並不想把夏綠蒂綁在艾倫菲斯特。我正為自己的目光短淺抱頭苦惱時，夏綠蒂露出苦笑，眼神溫柔地注視我。

「姊姊大人，我是自己深思熟慮後決定簽訂契約，好學習魔力壓縮法增加魔力喔。您不必為我的選擇感到過意不去。即便您與父親大人不再是養父女了，也不管發生怎樣的情況，只要您願意相信我會站在姊姊大人這一邊，這樣就足夠了。」

夏綠蒂這番話讓我高興得想哭，而一直安靜聽她說話的韋菲利特也點點頭。

「畢竟妳為艾倫菲斯特帶來的可說是難以計數，但對於即將前往中央的妳，艾倫菲斯特卻沒有多少東西可以回報。就連做為王族的後盾，我們的力量也薄弱到了極點……所以在妳去中央的時候，至少要讓妳知道，一定會有人站在妳那一邊。」

「不只夏綠蒂，韋菲利特哥哥大人也願意站在我這一邊嗎？」

我側過頭，帶有確認意味地詢問後，韋菲利特揚起嘴角。

「叔父大人去了他領以後，從妳對他的態度來看，就能知道妳即使去了中央，也不會棄艾倫菲斯特於不顧……雖然很可能把麻煩推給我們就是了。」

「哎呀，韋菲利特哥哥大人，您說話怎能這麼失禮呢。我自認為非常關照去了亞倫斯伯罕的斐迪南大人，但從來沒把麻煩推給他喔。」

明明我這麼努力想幫上忙，這麼說也太過分了。我要嚴正抗議。聞言，韋菲利特「唉」地聳聳肩後，倏地以手指指我。

「我敢打包票，一定只有妳這麼認為。」

「才不是韋菲利特哥哥大人說的那樣，我一直都很努力不給斐迪南大人增添麻煩喔。」

「但妳的努力完全造成了反效果吧？」

夏綠蒂與麥西歐爾紛紛笑出了聲，卻完全沒有幫我反駁韋菲利特。

……唔唔。我、我才沒有呢。

「說到妳的努力造成了反效果，現在還有必要隱瞞妳離開一事嗎？」

「這是什麼意思呢？」

「現在到處都在謠傳妳將前往中央。」

「咦?!」

由於領主會議期間，他領曾強力要求我前往中央神殿當神殿長，領主夫婦也接到王族的召見被問及此事；儘管拒絕過了，但雙方卻再一次在摒除近侍的情況下進行談話。接著回領以後，領主一族竟又摒除他人，私底下進行談話，隨後神殿的交接工作便突然加速進行。基於以上種種，據說眾人都在揣測國王是否下了命令，要我去中央神殿擔任神殿長。

「之前領主會議的報告會上我從沒聽說這件事，所以頭一次聽到時我還嚇了一跳。同時我也擔心一件事情，所以想要問問妳……妳成為國王的養女以後，該不會被迫成為中央神殿的神殿長吧？我在茶會等場合上耳聞過他領神殿的情況，聽起來都和艾倫菲斯特的神殿相差甚遠喔。」

韋菲利特一臉擔心地問道，我搖了搖頭。

「可能至少會要我過去察看情況，但不至於要我進入神殿當神殿長吧。因為我事先對席格斯瓦德王子要求過了，如果要讓我當神殿長，其他王族也請比照辦理。」

韋菲利特與夏綠蒂先是互相對望，然後膽顫心驚地朝我看來。

「妳、妳……都還沒正式成為國王的養女，就對席格斯瓦德王子提出了這種要求嗎？」

我點頭予以肯定，韋菲利特隨即發出呻吟：「所以我才不喜歡跟妳綁在一起嘛。」

夏綠蒂則是顯得欲言又止，目光在半空中游移了半天後，微笑道：「幸好姊姊大人很快就會成為國王的養女，這樣也不算不敬，真教人鬆了口氣呢。」

「這種要求很不敬嗎？既然在艾倫菲斯特不只奧伯，領主一族也會出入神殿舉行儀式，要求王族比照辦理也是理所應當的吧？另外我還建議，由於我身體虛弱，最好還是由健康的王族擔任神殿長、舉行儀式更為妥當，這句話也不該說嗎？」

「一般的貴族誰敢說這種話！」

「當下席格斯瓦德王子確實是很驚訝呢。可是如果不說出來，感覺他根本不懂我們在想什麼，所以我對於自己說了這些話並不後悔喔。」

韋菲利特垮下肩膀，說道：「我真是打從心底同情將成為妳未婚夫的席格斯瓦德王子。」這麼說是什麼意思嘛？我往他睨了一眼，韋菲利特接著卻開始開導麥西歐爾。

「在社交這方面，你可千萬不能以羅潔梅茵為範本。儀式與學習你可以拿她當榜樣，但就只有社交與常識絕對不能以她為標準。畢竟就連叔父大人也一個頭兩個大，我們更不可能應付得來。每個人都有他擅長的事情，所以你要向他人的長處看齊，知道了嗎？」

麥西歐爾一臉認真，點頭聆聽韋菲利特的教誨。

「羅潔梅茵姊姊大人不管做什麼都好厲害，原來她也有不擅長的事情啊。我還因為就算向她看齊，也沒辦法做到和她一樣，一直很沮喪呢。現在我心情輕鬆一點了。」

「麥西歐爾，你把羅潔梅茵視為目標就好，但要是心想著非得做到和她一樣不可，那只會讓自己感到痛苦，而且還會喪失自信。」

「我也曾因為無法和姊姊大人一樣，覺得自己沒有資格當領主候補生呢。這是我們兄姊兩人都走過的道路唷。」

聽完韋菲利特的建言與夏綠蒂的親身經歷，麥西歐爾顯得如釋重負：「原來我不是一個人。」看到就只有他們三人彼此互相理解，我有些不甘心。

「請你們三個人不要排擠我。」

「我們哪有排擠妳，有個常識與能力都異於常人的手足，妳能明白我們的艱辛與挫折嗎？」

「我也有個常識與能力都異於常人的師父啊！我也是歷盡艱辛。」

所以快讓我加入你們──聽見我的訴求，韋菲利特與夏綠蒂面面相覷。

「妳與叔父大人同樣都是常識和能力異於常人，你們算是同類吧。」

「面對叔父大人嚴厲的指導，姊姊大人總能若無其事跟上，您曾有過挫折嗎？」

「既然叔父大人與羅潔梅茵姊姊大人都異於常人，那您也不是一個人呢。」

……請不要把我跟他歸在同一類！我是想加入你們啊！

我「噢噢」地發出哀嚎時，有奧多南茲飛了進來。為免白鳥降落在茶水或點心上，所有人都往桌外伸長手臂。最終奧多南茲停在我的手上。

「我是哈特姆特。此刻萊瑟岡古的長老們都來到了城堡，質問要把羅潔梅茵大人送往中央是怎麼回事。他們很可能是刻意挑了奧伯不在的時候。接下來芙蘿洛翠亞大人似乎要一個人應付他們。您曾說過『胎教』是嗎？我想對此可能有不好的影響。」

奧多南茲在重複了三次哈特姆特的傳話以後，變回黃色魔石。韋菲利特瞪著魔石，發出低吟：「他們居然趁父親大人不在的時候，來找母親大人抗議……」齊爾維斯特等人會先在萊瑟岡古短暫休息，再往亞倫斯伯罕移動。所以長老們行動時，是明知領主已經不在城堡。

我變出思達普，輕敲黃色魔石詠唱「奧多南茲」，然後說了：

「哈特姆特，請你去調查是誰把有關領主會議的事情告訴萊瑟岡古的貴族。背後一定有人在煽風點火。」

我揮下思達普後，白鳥便「咻」地穿過牆壁消失，往哈特姆特飛去。自始至終一直瞪著白鳥看的韋菲利特憤然起身。

「我們去找母親大人吧。」

「好的，韋菲利特哥哥大人，由我們代替養母大人來應付他們。不管怎麼看，萊瑟岡古的貴族們都只會對肚子裡的小寶寶帶來不良影響。」

我也從椅子滑下來。韋菲利特領首，再看向不知所措的夏綠蒂與麥西歐爾。

「夏綠蒂、麥西歐爾，你們負責把母親大人帶到其他房間，讓她遠離萊瑟岡古那群人。我與羅潔梅茵負責把他們趕走。」

「……哥哥大人，您沒問題嗎？之前他們讓您留下過許多不好的回憶吧？而且考慮到今後與萊瑟岡古一族的應對……」

夏綠蒂一臉不安地接連問道，韋菲利特輕拍了拍她的肩膀。

「夏綠蒂，我已經不是下任奧伯了。既沒有必要取得他們的協助，也不用再忍受他們的謾罵。我會負責擋在前面，妳就趁這機會好好思考要如何向基貝・萊瑟岡古抗議、取得他的協助。這方面妳更擅長吧？」

「哥哥大人……」

在韋菲利特與夏綠蒂及麥西歐爾討論著各自要做什麼的時候，我讓防止竊聽魔導具停止運作，接著喚來近侍們。不知發生何事的近侍們進來後，我告訴大家萊瑟岡古的長老們來到了城堡。

「萊歐諾蕾，麻煩妳通知母親大人、基貝・萊瑟岡古與祖父大人。安潔莉卡，也麻煩妳召集領主候補生的所有護衛騎士。」

「是！」

在其他房間待命的近侍們慌慌張張開始集合。感受到護衛騎士們充滿緊張感的肅穆氛圍，麥西歐爾與夏綠蒂倒吸口氣。韋菲利特一邊叮囑兩人跟上，一邊朝我伸出手來。

「羅潔梅茵，走吧。不能讓他們趁父親大人不在時為所欲為。」

「您說得是，韋菲利特哥哥大人。就算肅清過後沒有了政敵，他們還是有些太得意忘形、太囂張了呢。為了以後著想，趁這機會好好挫挫他們的銳氣吧。」

我微微一笑，握住韋菲利特的手。

「正好讓他們見識一下，自己所擁戴的領主候補生才是最恐怖的。」

「您是什麼意思?!」

萊瑟岡古的長老

儘管氣勢十足地衝出夏綠蒂的房間，但我的走路速度根本跟不上韋菲利特，只好坐進騎獸往本館移動。

「羅潔梅茵，妳太慢了。」

韋菲利特走在前方大步流星。我看著他，忍不住「咦？」地偏過頭。因為我發現韋菲利特身邊的近侍們，站位和以前不太一樣。以前向來是蘭普雷特離韋菲利特最近，現在卻離得很遠；已獻名的巴托特則是變得很近。是因為他獻了名，所以變得比較信任他嗎？

思考的同時，我們根據哈特姆特所提供的消息往會客室前進。芙蘿洛翠亞的護衛騎士守在門前，我們先是詢問屋裡是否有萊瑟岡古的貴族，接著要求讓我們進去。眼看領主候補生全員到齊，還要求進入會客室，護衛騎士面色非常為難地入內請示。

「各位怎麼都來了呢？」

隨後，哈特姆特的父親雷柏赫特迅速地從屋內跨步而出。他是芙蘿洛翠亞的文官，所以也一起出席了吧。韋菲利特上前一步。

「萊瑟岡古的貴族們來了吧？請讓我們進去。不能讓母親大人獨自與他們交涉。」

「雷柏赫特，拜託你了。這件事與我也有關吧？」

雷柏赫特露出不太情願的表情，先是回到屋內，詢問過芙蘿洛翠亞以後，才讓我們進去。會客室裡有芙蘿洛翠亞與她的近侍，對面則坐著宴會上雖然見過幾次面，但並沒有多少交流的萊瑟岡古長老們。

「噢噢，羅潔梅茵大人！」

「請問各位在這裡做什麼呢？」

「我們正在商討攸關艾倫菲斯特未來的大事。羅潔梅茵大人是萊瑟岡古的希望，怎能前往中央神殿當神殿長。也不知奧伯‧艾倫菲斯特究竟在想什麼。」

長老們說話時臉不紅氣不喘，真難以相信他們是不請自來。芙蘿洛翠亞發出輕嘆。

「方才我也說了，既是攸關艾倫菲斯特未來的大事，請等到奧伯‧艾倫菲斯特回來後再與他商議。」

聽到要他們下次再來，萊瑟岡古的長老們連連搖頭。

「我們必須讓芙蘿洛翠亞大人全盤理解，然後由您去說服奧伯……如今奧伯被費亞勃肯遮蔽了雙眼，能夠解救他的便只有第一夫人。總不會連芙蘿洛翠亞大人也因為愛子心切，同樣成了費亞勃肯的俘虜吧？」

長老們批評齊爾維斯特因為愛子心切，無法理智下判斷，更是嘆氣說：「奧伯就連這一點也像極了薇羅妮卡大人。」他們主張領主太過偏袒家人了，若不改正這一點，領地的將來不堪設想。說到最後，其實還是在強調應該讓我當下任領主，我才不用前往中央神殿擔任神殿長。

「我想自己身邊並沒有費亞勃肯的存在喔。」芙蘿洛翠亞微笑說完，長老們也面帶笑容點頭。

「既是如此，芙蘿洛翠亞大人想必也能明白，絕不能讓羅潔梅茵大人離開艾倫菲斯特。倘若國王下了命令，需要能在中央神殿舉行儀式的領主候補生……恰巧領內另有一位非常適合進入神殿的人選吧？端看交涉的手腕，此舉或許也行得通。」

長老們瞟向韋菲利特，說完不約而同笑了起來。他們接著用貴族特有的拐彎抹角，主張韋菲利特不僅由罪犯薇羅妮卡撫養長大，自己也曾犯下過錯，所以正好適合進入神殿；再者祈福儀式時他也能穿著青衣神官服來到萊瑟岡古，那麼要去中央神殿應該也不成問題。韋菲利特在旁聽著，雙唇不甘地抿成直線。

……哥哥大人去萊瑟岡古的時候，他們也是這樣對他冷嘲熱諷的吧。

親眼見識過後，我再次體認到在這個世界，幼時犯下的過錯真的會影響人一輩子，心中升起煩悶；看到年長者們對神殿的觀感還是不變，更是想要嘆氣。

「養母大人，請您先離開吧。聽到這種話讓自己難受，對肚子裡的小寶寶不好。」

「母親大人，走吧。」

夏綠蒂正想牽起芙蘿洛翠亞的手，她卻面帶沉穩的笑容堅決拒絕。

「不了。羅潔梅茵、夏綠蒂，妳們的孝心我心領了。但我不能把孩子們留在這裡，自己一個人離開。」

於是為了保護掛著微笑的芙蘿洛翠亞，我與韋菲利特一起站到她前方，面向萊瑟岡古的長老們。

「各位到底在說什麼呢？我實在一頭霧水。我並沒有預計要去中央神殿，究竟是誰這麼告訴各位的呢？」

「出席過領主會議的人都這麼說。羅潔梅茵大人，況且我們自己也有蒐集情報的管道。」

能夠出席領主會議的貴族十分有限。再加上我將成為國王養女一事並未對外洩露，有嫌疑的人就更少了。但是，他們的語氣卻好像我要進入中央神殿一事已是確切無疑，這點讓我十分在意。

「即便是君騰的命令，但如今艾倫菲斯特領內，奧伯總是分不清事情的輕重緩急，韋菲利特大人亦只會許些口頭承諾，要由這兩位大人帶領領地令我們深感不安。應該率領艾倫菲斯特的，是羅潔梅茵大人才對。」

您沒有必要去中央神殿、倘若真有必要就讓韋菲利特大人去就好了——長老們你一言我一語。我看著他們大放厥辭時，波尼法狄斯忽然衝了進來。

「羅潔梅茵，妳沒事吧?!」

「噢噢，波尼法狄斯大人！您來得正好……」

一看到波尼法狄斯，萊瑟岡古的長老們立即雙眼發亮，懇請他想辦法讓我留在艾倫菲斯特。波尼法狄斯露出了非常為難的表情低頭看向他們。因為私情上，波尼法狄斯也很想留住我，但知道我將成為國王養女的他沒辦法這麼做吧。

……看來煽動他們的人也不是祖父大人呢。

聽到長老們口口聲聲說，我比韋菲利特更適合擔任下任領主，所以不該讓我去中央神殿，波尼法狄斯詫異地歪過頭。

「我從未聽聞羅潔梅茵要去中央神殿，你們到底是聽誰說的？」

「出席過領主會議的所有貴族都這麼說，您不知道嗎？」

「不知道。」

波尼法狄斯斬釘截鐵地斷然回答後，長老們有些無措地開始對望。站在我旁邊的韋菲利特受不了地看向長老們，說：

「羅潔梅茵根本沒有預計要去中央神殿。你們是不是被人騙了啊？」

對萊瑟岡古的長老們來說，韋菲利特的指責最是讓人難以忍受。因此大概是惱羞成怒了，他們的臉色都有些沉下來，然後開始用貴族特有的迂迴說法奚落韋菲利特。

……嗯，祈福儀式那時候，韋菲利特哥哥大人也是像這樣無謂地刺激到對方，惹得他們生氣或情緒激動吧。

其實韋菲利特並無惡意，但他完全不懂察言觀色。倘若出聲指責的人是我抑或波尼法狄斯，萊瑟岡古的長老們應該不至於這麼激動。看著對韋菲利特不停數落，甚至翻起舊帳細數薇羅妮卡過往惡行的長老們，再看到對此拚命隱忍的韋菲利特，我好想要抱住頭。

……韋菲利特哥哥大人，你好像比我還不適合參加社交活動喔。

「大家的主張我都明白了。萊瑟岡古確實多年來飽嘗辛酸，而韋菲利特哥哥大人做事不經大腦也是事實。」

「羅潔梅茵大人，您能明白我們嗎？」長老們投來期待的目光，韋菲利特則是一臉受傷地看著我。

「……但是，為了讓艾倫菲斯特與萊瑟岡古能夠物產豐饒，祈福儀式期間韋菲利特哥哥大人造訪萊瑟岡古時，你們也對他說了剛才這些話吧？」

「羅潔梅茵大人……？」

「你們剛才還說韋菲利特哥哥大人目光短淺，但我看各位也同樣沒遠見喔。」

我笑吟吟地說完，長老們與韋菲利特一同吃驚地眨眨眼睛。

「各位似乎都已經認定我要去中央神殿了。那麼在我離開以後，往後艾倫菲斯特會由誰來舉行儀式，各位應該不難想像吧？」

說話時我瞄了韋菲利特一眼。他隨即咧嘴一笑，看向長老們。

「現在基本上已經確定，羅潔梅茵成年後，會由麥西歐爾接任為神殿長。但是，倘若真如你們所說，羅潔梅茵將前往中央，那麼我會與她解除婚約、失去後盾。然後也正如你們所說，領主候補生中我是最適合進入神殿的人選吧。」

「是呀。明明哥哥大人是為了祈福儀式前往造訪，各位卻對他惡言相向。到時候他說不定會認為，從今往後萊瑟岡古不再需要舉行儀式了。但是，萊瑟岡古若想盡到領地糧倉的職責，祈福儀式可說是一年當中最為重要的儀式……」

我面帶笑容語出威脅，暗示今後也許不會再去萊瑟岡古舉行儀式。

「但若沒有萊瑟岡古的收成，艾倫菲斯特的民生何以維持？萊瑟岡古的收成一旦減少，會有麻煩的可是領地自身。」

萊瑟岡古之所以能這般目中無人，就是因為其糧倉的功能在領內有著難以撼動的地位。但只要不舉行儀式，地位就會一鼓作氣下降。我更是加深臉上的笑意。

「確實在以前，若沒有萊瑟岡古的收成，艾倫菲斯特的民生便難以維持。但我必須告訴各位，如今哈爾登查爾的收成也在舉行儀式後急速增加，而艾倫菲斯特也開始與他領頻繁貿易。現在與過往不同，想要向他領購買糧食可說是輕而易舉。」

原先艾倫菲斯特與他領毫無交流，但今後卻可以用紙張與髮飾換取食物。藉由向他領購買糧食，就能輕易地削弱萊瑟岡古的影響力——我十分好心地提醒他們這一點。而且只要奧伯一聲令下，此事就能拍板定案。始終活在過去，以為艾倫菲斯特還是窮鄉僻壤、沒有任何領地會看一眼的長老們，瞬間全都面無血色。

「羅潔梅茵大人，您身為流有萊瑟岡古血脈的領主候補生，怎麼能說這種話?!您想背叛身為後盾的我們嗎?!」

「哎呀，這哪是背叛呢……我可是艾倫菲斯特的神殿長，也是領主的養女喔？你們這些貴族卻一再藐視儀式、侮蔑我的兄長、對奧伯不帶敬意，竟還敢自稱是我的後盾，真教人傷腦筋。明明我已再三聲明自己無意成為奧伯，你們卻還是一再讓我為難。」

我以手托腮，非常刻意地大嘆口氣，似乎終於讓他們明白，我的意思是「你們這些後盾讓我很不滿」。長老們一臉不可置信地看著我。

波尼法狄斯看看我，再看向萊瑟岡古的長老們，開口打圓場：「羅潔梅茵，妳這樣說是否太……」

「祖父大人，之前就是他們要求養父大人降低領地排名，還說這是萊瑟岡古的共識吧？枉費我在貴族院裡，與大家那麼努力地在提升艾倫菲斯特的排名，結果我們的努力卻遭到否定，我心裡非常難過喔。」

我擺出安潔莉卡特有的悲傷表情，嘆氣道：「那時候我只覺得被自己的後盾背叛了呢。」當時會議上，曾贊成萊瑟岡古共識的波尼法狄斯「唔」地語塞。

「但即便如此，也不至於不在萊瑟岡古舉行儀式……」

「波尼法狄斯大人，請您不必擔心。」

韋菲利特全然不顧現場的凝重氣氛，露出燦笑開口，看向萊瑟岡古的長老們。

「到時候你們也進入神殿就好了啊。只要你們自己舉行儀式，收成還是能和往年一樣。為了艾倫菲斯特，你們萊瑟岡古視若珍寶的羅潔梅茵也在舉行儀式喔，那你們也該幫幫她的忙。就算已經引退不再插手事務，但你們還有魔力，應該沒問題吧。」

韋菲利特帶著笑容斷然說道。

……雖然還是一樣不懂察言觀色，但這麼說確實也沒錯啦。

「當初韋菲利特哥哥大人與夏綠蒂會開始舉行儀式，就是因為要填補我的空缺，而且直到現在也還會幫忙。既然你們這些貴族自稱是我的後盾，那請你們幫忙舉行儀式或許是個好主意呢。」

如果真的同情我為了奉獻儀式，得自己一個人從貴族院回到領地，那麼這些引退後很少參加社交活動的長老們只要願意幫忙，便能減去我不小的負擔。聞言，對神殿與儀式皆感到忌諱的長老們都面色僵硬。麥西歐爾倒是高興地揚聲說：「如果他們願意幫忙，那我以後就讀貴族院時也不用擔心了呢。」

「萊瑟岡古的人竟盲目相信不實謠言，給各位造成莫大的困擾了。」

基貝・萊瑟岡古一趕到，便這樣向我們賠罪。在我說明過自己有多麼不想成為下任領主、他們的擅作主張讓我有多麼不愉快後，萊瑟岡古的長老們在基貝・萊瑟岡古抵達時，全都垮著肩膀變得格外安分。
「但儘管他們做出了極其失禮之舉，說的每一句話也都是出自對羅潔梅茵大人的關心。還請各位大人有大量，寬恕他們。」
基貝・萊瑟岡古語氣平淡地陳述薇羅妮卡至今的所作所為，以及我在成為養女後，萊瑟岡古一族的地位有怎樣的提升。包括收成的增長、喚春儀式的重現、製紙工坊與印刷工坊、魔力壓縮法與加護的增加，還有連我自己都不太曉得的事情，也被他歸成全是我的功勞。
「明明為萊瑟岡古帶來了如此龐多的利益，一族出身的羅潔梅茵大人卻只能成為養女，無法成為下任奧伯，還被當成絆腳石般送去中央神殿。聽到這樣的消息，這一生都過得有苦難言的老人們自然無法忍受。」
他說倘若我不得不奉王命前往中央神殿，看在長老們眼裡，只覺得萊瑟岡古出身的女性貴族又遭受到了不合理的對待。
「羅潔梅茵大人，您一向能體諒韋菲利特大人的心情。但想想斐迪南大人當初因為受到薇羅妮卡大人迫害，不得不進入神殿以證自己不問政事。希望您也能稍微體諒，長老們是擔心同樣的事再次發生在您身上。」
雖然手段偏激，也只讓人覺得造成了困擾，但萊瑟岡古的長老們確實是在擔心我吧。對於用心說明這一點的基貝・萊瑟岡古，我頷首表示贊同：「是啊。」
「羅潔梅茵是個好孩子，若非長老們沒有提前知會，趁著奧伯不在時突然造訪，她原本也更能體察萊瑟岡古一族的心情喔。其實她也是擔心我才跑過來，不然原先正在舉辦茶會呢。」

芙蘿洛翠亞出言袒護說道，對基貝．萊瑟岡古微微一笑。

「羅潔梅茵也不是真的打算以後都不去萊瑟岡古舉行儀式了，對吧？」

我只是因為他們要求我們降低領地排名，還說這是萊瑟岡古的共識；在肅清舊薇羅妮卡派以後，又看不起齊爾維斯特，所以對他們的印象很糟糕。

「是的。畢竟養父大人不惜捨棄自己的派系，也要為艾倫菲斯特清除弊端，如果萊瑟岡古能夠多體諒養父大人，我對他們的觀感也會不一樣。」

總之，與基貝談過話後，我答應以後也會繼續舉行儀式；同時也拜託他們，希望萊瑟岡古一族能多為齊爾維斯特提供協助。

「倘若基貝．萊瑟岡古願意聽從羅潔梅茵的勸告，多多體諒奧伯，那麼這次的事情便不予追究吧。幸好奧伯不在，知道長老們不請自來的，也只有在場眾人而已。」

「芙蘿洛翠亞大人，真是萬分感謝。」

芙蘿洛翠亞決定不予追究後，長老們不請自來一事似乎也就圓滿落幕。畢竟基貝才剛言辭懇切地說明過他們是如何為我擔心，所以聽到長老們不必受到重罰，我也鬆了口氣。這件事結束了嗎？我正這麼心想時，發現基貝．萊瑟岡古定睛望著韋菲利特。

「韋菲利特大人，長久以來薇羅妮卡大人對他們做過哪些事情、萊瑟岡古一族又為何連您在內如此恨之入骨，您是否想過這些問題？」

基貝．萊瑟岡古沒有一開口就冷嘲熱諷，而是平靜問道。韋菲利特於是稍稍瞇起了眼看向他。

「儘管奧伯與近侍們都曾向您說明過，但您似乎未曾真正理解。從小到大，您比任何人都更要領受薇羅妮卡大人所創派系的恩惠。還請您重新檢視薇羅妮卡大人的所作所為，仔細思考他人是以何種眼光看待您。」

基貝．萊瑟岡古明白指出，就是因為韋菲利特的理解不足，才會無謂地刺激到萊瑟岡古一族，然後他便帶著長老們回去了。韋菲利特若有所思地注視自己的腳邊。

幾天過後，我返回神殿。哈特姆特表示有話想私底下跟我說，我便使用防止竊聽魔導具與他進行談話。

「我已查清是誰煽動萊瑟岡古的長老們。但是煽動者不只一個，我費了好番工夫才查到水落石出。」

哈特姆特的臉色顯得有些憔悴。

「首先，是已向韋菲利特大人獻名的巴托特。」

「咦？」

「獻名以後，他便利用自己無法違令這一點，似乎不僅對韋菲利特大人曲意逢迎，還不著痕跡地挑撥近侍之間的關係，甚至聲稱是萊瑟岡古的要求，向韋菲利特大人提出難題，並出手干涉不讓領主候補生們交換情報。」

聽完哈特姆特的報告，我的臉頰一陣抽搐。所以是遭到了獻名者的背叛嗎？

「儘管不能違抗命令，但有時為主人所做的行動，就結果而言卻能構成背叛。這部分實在難以判別。」

哈特姆特說完聳了聳肩。他說要如何對待獻名者，全依每個主人而定。

「由於奧伯與韋菲利特大人皆由薇羅妮卡大人撫養長大，看到兩位竟背叛了自己的派系，巴托特似乎懷有強烈的反感。」

「然後呢……？」

「而注意到韋菲利特大人與他身邊的人突然出現異樣，也注意到巴托特舉止可疑的人，正是芙蘿洛翠亞大人。聽說芙蘿洛翠亞大人本打算趁著奧伯不在，在牽制巴托特的同時，也削弱萊瑟岡古的勢力。」

「養母大人嗎?!」

芙蘿洛翠亞的參與令我始料未及，不由得瞪大眼睛。

「她似乎挑唆了巴托特，暗示他王族有意讓您進入中央神殿，並利用複數的管道煽動萊瑟岡古的長老們。原先的計畫是讓長老們趁奧伯不在時闖進城堡，再以他們口出狂言為由，讓騎士團逮捕他們，就可趁此機會先削弱萊瑟岡古的影響力。」

據說他們還算準了我們舉辦茶會、不會離開北邊別館的日子展開行動。沒料到的是，竟被哈特姆特發現了這起騷動。

「而這一切似乎是由我的父親大人所謀劃。難怪我總覺得這令人不快的手法十分眼熟……」

後來簡直就是我們父子倆在鬥智——哈特姆特的語氣萬分疲憊。他說自己在蒐集到證據與證言後，跑去找雷柏赫特對質，耗了很大的心力才讓他老實招認。

「聽說他們本打算更大力壓制萊瑟岡古的貴族們。所以父親大人說了，多虧羅潔梅茵大人，一切才能息事寧人。」
「那真是太好了，但原來養母大人也會制訂這樣的計畫啊。這點更教我吃驚。」
我從來只見過芙蘿洛翠亞面帶溫和微笑的模樣，所以這對我造成了極大的衝擊。
「因為肅清過後，萊瑟岡古成了領內最大的派系，長老們的情緒分外激動，現在正是最容易策動他們的時候。芙蘿洛翠亞大人多半是想在布倫希爾德成為第二夫人前，先將萊瑟岡古的勢力削弱到一定程度吧。畢竟這件事也無法借助艾薇拉大人的力量。」
貴族間的爾虞我詐，讓我不由得恍神看向遠方。之前想到齊爾維斯特不在，芙蘿洛翠亞得一個人捧著大肚子對付萊瑟岡古的長老們，我還擔心地衝出茶會會場，現在想想自己好像笨蛋一樣。
「……那巴托特怎麼樣了呢？」
明明已經獻名，卻想陷害主人，好奇他下場的我開口問道。哈特姆特回答：
「要由接受他獻名的韋菲利特大人去做判斷。芙蘿洛翠亞大人似乎打算一邊監視巴托特，一邊慢慢釋出線索，讓韋菲利特大人能自行察覺。」
哈特姆特說雷柏赫特還嚴厲地再三叮囑他，說這是貴族教育的一環，要我們千萬別插手。
「這次父親大人也斥責我，說我不該大意地讓主人捲進危險。」
雷柏赫特似乎訓斥他說，通常有不尋常的狀況發生時，一定是有人在背後操控；他若不冷靜下來看清情勢，只會讓主人面臨危險。
「是我還需要再精進自己。」

哈特姆特顯得十分自責，覺得是自己送出的奧多南茲打斷了茶會，還使得我必須面對萊瑟岡古的長老們，而且最終因此得利的只有領主夫婦而已，我卻什麼也沒得到。面對消沉說著「自己身為近侍真是不中用」的哈特姆特，我開口請他喝茶。

「但若沒有哈特姆特，直到最後我都不會曉得背後有這些事情喔。你做得很好。現在先喝杯茶，吃些美味的點心吧。」

養父大人的歸來

之後，我每天忙著交接神殿與印刷業的工作、預習貴族院的課程，還會去孤兒院察看孩子們的學習進度。擁有魔導具、今年冬天要舉行洗禮儀式的孩子們，秋天將與齊爾維斯特當面對談。屆時他要確認這些孩子是否值得由奧伯擔任監護人，讓他們成為貴族。為此，聽說孩子們學習非常認真，日常生活的言行舉止也非常小心，不讓人留下話柄。看到孤兒院裡的孩子這麼認真，麥西歐爾與必須參加收穫祭的青衣見習生們也不服輸，同樣卯足了勁勤奮學習。

而戴爾克擁有了自己的魔導具後，正一邊飲用我讓羅德里希與菲里妮製作的回復藥水，一邊竭盡所能累積魔力。雖說距離就讀貴族院還有三年以上的時間，但魔力還是盡早累積為好。

日子一天天過去後，某天我收到了奧黛麗從城堡捎來的奧多南茲。她說前去亞倫斯伯罕參加葬禮的齊爾維斯特一行人即將返回。

「聽說帶了很多斐迪南大人給的物品回來喔。還有，奧伯命您回城堡一趟，要與您共進晚餐。」

於是我興沖沖地與麥西歐爾還有近侍們返回城堡。真是太期待齊爾維斯特帶回來的東西了。暫停時間魔導具裡是不是裝滿了美味的魚呢？

「歡迎您的歸來。」

齊爾維斯特走下馬車，隨同在旁的還有護衛騎士卡斯泰德。齊爾維斯特他們下車後，下人們便開始卸下馬車上的行李。馬車後方還有近侍們乘坐的馬車，再往後則是一長串載滿行李的馬車。出發時行李已經很多了，回來時行李也很多。

……而且行李還比出發的時候要多喔。馬車的數量好多喔。

「行李好多喔，簡直就和斐迪南大人入贅過去時的行李一樣多嘛。」

向歸來的齊爾維斯特道完寒暄，我看著魚貫相連的馬車這麼說道。聞言，齊爾維斯特一臉厭煩地低頭看我。

「妳以為是誰害的？你們兩個是不是都把我當成搬運行李的下人啊？」

我從沒把齊爾維斯特當成下人過，也只是請他把斐迪南拜託的東西帶回來而已。也就是說，罪魁禍首只有一個。

「噢，原來如此。所以是斐迪南大人害的吧？有個愛使喚人的弟弟在，養父大人也真辛苦呢。」

然而明明我好心安慰齊爾維斯特，不知為何他卻不動聲色地揚起長袖，擋住其他人的視線後給我一記手刀。為什麼啊！

「我看妳似乎送了不得了的東西給斐迪南。那傢伙可是扶著額頭說，靠他準備好的原料根本不夠用喔。」

「您是指什麼呢？」

「那我哪知道。總之，從後面數來那三輛馬車都是給妳的東西。有關這次去亞倫斯伯罕的情況晚餐時再談，在那之前妳先清點馬車裡的東西，然後收拾整理好。」

齊爾維斯特說完朝我擺了擺手，意思是「快去吧」。聽到「三輛馬車」，我震驚地來回看了看馬車與齊爾維斯特。除了齊爾維斯特等人與近侍們乘坐的馬車以外，裝載了行李的馬車共有五輛，而其中三輛都是給我的東西。

「羅潔梅茵大人，我們快些過去清點吧，否則趕不上晚餐時間。」

奧黛麗喚來莉瑟蕾塔與谷麗媞亞，接著走向馬車。突然間得忙著清點與將行李分類，但光是看到第一輛馬車裡的東西，我就提不起勁來。因為東西實在太多了。

「這邊是餐具還有空鍋子。已經用洗淨魔法清洗過了，那就送去神殿的廚房……等等，領地對抗戰時我請母親大人幫忙準備過餐點，那麼這裡面也有母親大人的餐具。到底哪些餐具是我們的呢？」

畢竟我不是自己在料理三餐，若不問問專屬廚師，根本不曉得哪些鍋子是我們的。眼看空空如也的鍋子有好幾個，至少可以肯定斐迪南有在吃飯，這讓我鬆了口氣，但後續的整理工作比我預想的還要棘手。

「不如都先送往神殿的廚房，請雨果與妮可拉挑出廚房所用的餐具後，其餘餐具在歸還給艾薇拉大人之前，先重新裝滿餐點與點心。您想這麼做如何呢？」

「那就照菲里妮說的做。請把這些餐具與鍋子都送去神殿的廚房。」

於是我下達指示，讓人把東西搬到要載去神殿的馬車上。

「這邊又是什麼呢？……亞倫斯伯罕的布？」

有個箱子裡放有大量布料。而且可能因為亞倫斯伯罕天氣炎熱，布料十分輕薄。谷麗媞亞拿出一塊布來，稍微攤開後歪過頭。

「布料真薄呢。在艾倫菲斯特，只有盛夏時能用到吧？」

「但如果蓋在其他布料上，我想可以設計出更多服裝款式喔。而且這是來自故鄉的布料，若送一塊給奧蕾麗亞，她應該會很高興。」

布倫希爾德說過，她從奧蕾麗亞挑選染色布料時的品味發覺，我們兩人的喜好十分相近。說不定她還能用來為兒子傑克雷特縫製夏衣。

「這種他人贈送的布料，都要分配給身邊的女性，所以全部送去羅潔梅茵大人的房間吧。他領的布料非常罕見，大家一定會很高興。」

奧黛麗開心地說著「得好好思考要怎麼分配才行」，吩咐下人們把布料搬去房間。於是我把裝有布料的木箱全交給奧黛麗處理，自己則打開其他箱子。我發現裡面居然還有其他的暫停時間魔導具。

「斐迪南大人到底有多少暫停時間魔導具呢？」

「哎呀，羅潔梅茵大人。斐迪南大人前往亞倫斯伯罕以及寄送衣物給他的時候，您不是有好幾次都順便送了餐點給他嗎？斐迪南大人只是把積在他那邊的魔導具送回來而已唷。」

莉瑟蕾塔咯咯輕笑說道。

……這樣啊。原來我送了這麼多過去嗎？

「由於之前都是您送過去，斐迪南大人從沒送回來過，所以這次的箱子才特別多吧。

不過，為了裝滿箱子，我看斐迪南大人多半也是絞盡腦汁。」

莉瑟蕾塔說完，我腦海中便浮出了斐迪南十分煩惱該送哪些東西當回禮的模樣，不由得有些想笑。但下一秒我立刻改變想法，覺得他一定會放棄思考，直接交給尤修塔斯去想辦法。

……尤修塔斯，加油！

這麼心想的我打開魔導具後，發現箱子裡的東西幾乎要滿出來，裝著一小袋一小袋我從未見過的新奇物品。一同探頭觀看的哈特姆特與克拉麗莎發出讚嘆。

「哇啊！這些是亞倫斯伯罕的原料吧，而且多半都非常珍貴。是不是因為羅潔梅茵大人送去了原料與調合用具，這些是回禮呢？」

「這裡還附有清單，所以我想最好直接送往圖書館的工坊。」

兩人下指示後，原料箱便被送往圖書館的工坊。

我接著打開下一個木箱。帶有些許腥臭的大海氣味撲鼻而來，我立刻大力打開魔導具的蓋子。只見體積嬌小的索普勒什占據了滿滿一個角落，另外還有雷根辛。其他更有許多我從未見過的魚，也有已經切好的魚肉，都附著寫有名稱與處理方式的便箋。

「呀啊！是魚！好多魚喔。」

「羅潔梅茵大人，魚要動起來了，請您馬上關上！」

達穆爾伸手「磅」地蓋上蓋子，瞬間魚兒們便從我眼前消失。但是，看到箱子裡滿滿的魚，我的內心盈滿喜悅。

……斐迪南大人，謝謝你！我現在真的好幸福！

要做成怎樣的餐點呢？與魚有關的各種菜色開始在我腦海裡盤旋。雖然不能煮成醬油口味是很可惜，但我一定要吩咐廚師用索普勒什做魚丸子。

「羅潔梅茵大人，請問這些魚要送去哪裡？」

「一半分給城堡的廚房，另一半送回神殿吧。要把幸福也分給大家。」

由於我先前送過點心，其他行李當中還有萊蒂希雅送的回禮：包括亞倫斯伯罕的各種精巧飾物，以及能用在料理上的珍貴調味料與香辛料，另外也有好幾封信。

「這邊的東西等到了圖書館要將原料分類時，再一起做詳細的分類吧。」

「遵命。」

大致做好了分類後，便讓馬車分頭前往圖書館與神殿。然後我朝拉塞法姆送去奧多南茲，朝法藍則是送去魔導具信，分別告訴他們將有大量行李送達。

「羅潔梅茵大人，您看來似乎已經累了，但回房後還有瑣碎的分類工作要做唷。」

莉瑟蕾塔說完後，我點一點頭。布料與飾物要按怎樣的順序送給誰，這也是非常重要的工作。我最不擅長這種需要考慮人際關係的細膩作業了，因此腳步無力地走向北邊別館。

一同走回北邊別館的還有韋菲利特、夏綠蒂與麥西歐爾，三個人都抱著齊爾維斯特送的禮物。

「叔父大人送回來的東西，真的只有妳的份耶。」

韋菲利特一臉傻眼地說道，對此我嘛起嘴唇。

「哥哥大人也有養父大人送的禮物吧？我可沒有喔。」

「妳都有那麼多東西了還不滿足嗎?!」

「斐迪南大人給的東西跟養父大人送的禮物又不一樣。」

雖然齊爾維斯特剛還抱怨，都怪斐迪南只準備了給我的東西，害他不得不急忙準備要給孩子們的禮物，但這又不是我的錯。

「畢竟曾送餐點與原料給叔父大人的，只有姊姊大人嘛。叔父大人會只送回禮給姊姊大人也是理所當然的呀。」

夏綠蒂說得沒錯，斐迪南給的這些東西其實算是回禮，會只有我的份也不奇怪。不過，真的就只有我的份而已，完全沒有要給侄子侄女的禮物。可以果斷點說，是一丁點也沒有。斐迪南在人際社交上只會盡到最基本的禮貌，不失禮就好。

記得他要入贅去亞倫斯伯罕的時候，我不光蒂緹琳朵的份，也準備了萊蒂希雅的禮物，斐迪南還問：「有必要準備她的份嗎？」他說只要把禮物送給蒂緹琳朵，蒂緹琳朵自然會往下分送給萊蒂希雅。

「明知妳還有其他兄弟姊妹，一般都會貼心地另外準備一些吧？」

「真讓人有些失落呢。」

看到韋菲利特與麥西歐爾一前一後這麼說道，瞬間我遲疑著是否該告訴他們，還是該藏在心底就好，最終還是開了口。

「韋菲利特哥哥大人，斐迪南大人是因為薇羅妮卡大人從不曾對他有過這種常人該有的貼心舉動，所以在送他人禮物時，不會想到也該另外準備一些送給其他兄弟喔。對斐迪南大人來說，所謂的紀念品和禮物，大概都是養父大人分送給他的東西吧。」

不過，我也只是根據斐迪南大人說過的話這樣推測而已——我最後再補上這一句。

韋菲利特驚訝地眨眨眼睛。但是，夏綠蒂卻是一臉明白地點頭。

「我懂。因為祖母大人也從來沒有送過我東西。祖母大人給的東西，都是從哥哥大人那裡分送來的。」

「是這樣子嗎？」

「是的，祖母大人一次也沒有送過東西給我。而且哥哥大人受洗之前，都住在東邊的別館備受祖母大人疼愛，來本館遊玩時，父親大人與母親大人也對您關愛有加，我以前十分羨慕哥哥大人呢。」

聽完夏綠蒂所說，韋菲利特一臉大受衝擊。不過，夏綠蒂接著沒有再提及薇羅妮卡，而是同情起斐迪南的身世。

「但我至少收到過母親大人的禮物，叔父大人卻也沒有母親，所以會不懂得這方面的人情事故，或許也是無可厚非呢。」

「是啊。斐迪南大人應該是認為，由我分送給大家就好了吧。沒辦法，我會把布料和魚分給大家，所以對於斐迪南大人沒準備禮物這件事，就請大家多多包涵了。」

我說完後，麥西歐爾露出坦率的開心笑容：「好期待喔。」

回房以後，我們忙著將禮物分類，沒過多久就到了晚餐時間。前往餐廳的一路上，我都期待著有關亞倫斯伯罕的消息。

「養父大人，您去亞倫斯伯罕這一趟覺得如何呢？他們提供給斐迪南大人秘密房間

如果有一天，你的生活發生劇變，你需要多長時間，才能夠「適應」現實？

在變幻莫測的世界裡，我們的每一個決斷，都不是容易的事。有時候我們需要堅持不懈，有時候我們需要通權達變。而「心適力」正是幫助我們隨時作出應變、掌握先機的人生競爭力。面對沉重的生活，我們需要維持韌性；面對難纏的工作，我們需要積極轉念；面對內心的恐懼，我們需要突破自己。掌握「心適力」，不但能打破僵化的思維模式，重拾停滯已久的心理靈活性，更能隨時準確覺察自己的情緒，在人生的賽局中永遠保持顛峰狀態。本書是世界頂尖心理學家伊蓮．福克斯教授，融合尖端研究成果和實務經驗的最新代表作，透過12項核心法則，你將學會如何接受不確定性、擁抱改變，解開那些阻礙你前進的枷鎖，擺脫各種助長恐懼、焦慮的行為模式，盡情地去追尋那個更幸福圓滿的未來！

在這個不允許模糊地帶存在的世界，
我們要如何活得更像自己？
東野圭吾：
「這是一個社會尚未找到答案的問題——」

單戀

東野圭吾——著

直木賞入圍作品！東野圭吾對這個世界最尖銳的提問！
改編拍成日劇，由中谷美紀、桐谷健太演出！

前帝都大美式足球隊的四分衛哲朗，沒想過與當年的球隊經理美月重逢，會是這般景象——熟悉的面孔，散發出來的感覺卻與從前大不相同；不只如此，美月卸下妝容後看起來竟像個男人。生理上是女人，心理卻一直認為自己是個男人的美月，以男人的身分在酒店擔任酒保，卻惹上了大麻煩——為了保護店裡受跟蹤狂騷擾的小姐，美月失手殺了對方。眼看美月的人生即將毀滅，哲朗無法視若無睹，他四處奔波、打探情報，在他賣力往前之際，美月卻一聲不響地人間蒸發——

荒廢若是永恆的終結，
此刻就是我的餘生……

大廢墟記

末世三部曲②

張草——著

神話×科學×歷史×文明！只有張草能超越張草！
華人科幻新經典「末世三部曲」磅礡續篇！

隨著天縫崩裂，天頂樹轟然倒塌，世界瞬間化成一片廢墟。鐵臂來到光明之地，被一名野人帶往聖城「蓬萊」，並遭「三聖」囚禁成為奴隸，還被迫潛入一座地下墓穴。鐵臂在墓中石棺的屍體內，挖出了一個被水銀包覆、封藏了三千多年的球體，沒想到這個球體內部存在心靈活動——它是生物！它是活的！是仙還是魔？是善抑或惡？眼前的一切彷彿曾在夢中出現，夢中的他隱約知道，那可能是未來。但站在這個生死之界，此刻的鐵臂正陷入前所未有的恐懼之中……

無論到了哪裡，
妳就是妳。

小書痴的下剋上

第五部 女神的化身VI

香月美夜——著　椎名優——繪

隨書附贈：「最高品質魔紙製作小組」雙面拉頁海報！
首刷特典：番外篇再加碼〈過度深入的代價〉！

得知羅潔梅茵即將解除婚約，成為國王的養女，領主一族各懷心事。前往中央之前只有一年的準備時間，數不清的待辦事項接踵而至。身為羅潔梅茵貴族母親的艾薇拉，始終在羅潔梅茵的身旁溫暖守護，更要她在勇敢向前的同時，也別忘記自己原有的樣子。羅潔梅茵除了要交接神殿公務與印刷業務，還要製作最高品質的魔紙，準備工作有條不紊地進行著，離別的日子也漸漸接近。近侍們以及平民區的眾人，誰將與她同行？誰又將駐留此地？不同的選擇，通往不同的未來——

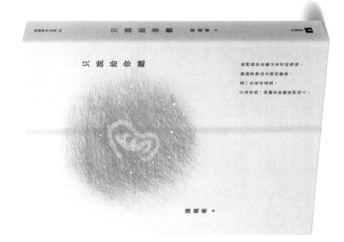

了嗎？他有沒有按時用餐？」

「雖然是在西邊的別館，但他確實得到了秘密房間。我與席格斯瓦德王子一起去確認過了，這點我們可以保證。」

「這樣我就稍微放心了呢。」

該擔心的事情少了一樣，我呼出一大口氣。然而，齊爾維斯特卻是朝我瞪來。

「但斐迪南的近侍可是拐著彎向我抱怨，說他們不僅要接待蘭翠奈維的使者，還得準備葬禮，偏偏在忙得要死時被要求搬去西邊別館的房間，簡直是故意找麻煩。」

近侍們還得檢查與清理房間，忙得焦頭爛額，但聽說斐迪南倒是很高興。

「再加上拿到妳要我送去的原料後，斐迪南都在秘密房間裡待到早上才出來。葬禮期間，大概是連續熬夜了好幾天，他的臉色難看到了極點。那傢伙多半都是白天才睡覺吧，傍晚的時候遠比早上要有精神。」

「斐迪南大人也太不知節制了吧?!」

「還不是妳除了秘密房間之外，還提供原料和回復藥水給他，早該料到會有這種結果了吧？」

……我又不是為了讓他熬夜才幫忙爭取秘密房間的！斐迪南大人這個大笨蛋！

「總之由此來看，斐迪南的精神看起來還不錯，所以應該不用擔心。葬禮上我更在意的，是蘭翠奈維與中央騎士團。」

齊爾維斯特就此結束與斐迪南有關的話題。剛才一直默默傾聽的芙蘿洛翠亞面露擔憂，詢問道：「……發生什麼事了嗎？」

「當時的情況我也不知該如何形容，襲擊？反叛？還是鬧事？……總之，葬禮會場上，幾名中央騎士團員忽然不聽指揮。」

齊爾維斯特說事情發生得非常突然。葬禮正在舉行的時候，忽然有幾名中央騎士團員失控鬧事，只不過亞倫斯伯罕的護衛騎士們與中央騎士團長很快反應過來，制伏住了鬧事的騎士們。

「鬧事的騎士共有五人，其中兩人已經死亡，其餘三人被捕後，立即被送回中央。這場混亂並沒有任何人受傷，很快就控制住了。」

他說騎士們開始鬧事後，才剛引來眾人好奇的眼光，周遭的騎士就已經反應過來，上前將其制伏。因此，大概也有人根本不清楚到底發生了什麼事吧。這起騷動可說是轉眼間就平息了。實際上，葬禮也像是什麼事也沒發生過般繼續進行。

然而到了第二天，卻演變成了中央騎士團奉王族之命，持劍攻擊亞倫斯伯罕下任領主的重大事件。據說是因為晚餐席間，蒂緹琳朵不停大聲嚷嚷：「中央騎士團與王族都拿出武器對著我。」導致並不在現場的人們都以為真有這種大事發生。

「我不知道是誰基於何種目的，刻意要製造這種誤會。但是，此事過後，我認為前去出席葬禮的人都對中央騎士團產生了不信任感。」

「那斐迪南大人的反應是……？」

「他勸告了蒂緹琳朵大人不該引起混亂，然而蒂緹琳朵大人卻反過來責怪他，為什麼只顧擔心自己、不向王族抗議。與王族還有中央騎士團談話時，斐迪南看來也是心力交瘁，她卻沒有半句感謝和慰勞。」

齊爾維斯特火大地嘆口氣後，交抱雙臂。

「蒂緹琳朵大人身邊有位蘭翠奈維國王的孫子，他倒是頻頻關心蒂緹琳朵大人，看起來比斐迪南更像未婚夫。搞不好星結儀式前，蒂緹琳朵大人會先有個愛人……」

「齊爾維斯特大人。」

芙蘿洛翠亞笑吟吟地出聲打斷。她臉上露出了帶有壓迫感的笑容，無聲地提醒齊爾維斯特，這些話不該在孩子們面前說，他便閉上了嘴巴。

……這麼說來，之前貴族院的茶會上，蒂緹琳朵大人好像說過她曾有個身分差距極大的戀人？但記得她說已經分手了，原來還在持續啊。

如果已有個非常珍惜她的戀人，那與斐迪南相處時應該會很痛苦吧。因為斐迪南雖然表面上笑臉迎人、和藹可親，但其實與他越親近，他的態度就越隨便。

「蘭翠奈維是有別於尤根施密特的另一個國家吧？那邊的人也來參加奧伯．亞倫斯伯罕的葬禮嗎？」

察覺到氣氛不對，夏綠蒂機靈地改變話題。被芙蘿洛翠亞瞪著的齊爾維斯特立刻接話。

「亞倫斯伯罕因為領內有國境門，與蘭翠奈維素有往來。聽說春季尾聲，從領主會議結束後直到秋末為止，蘭翠奈維派來的代表都會在亞倫斯伯罕住上一段時間，貿易商船也會出入國境門。我還是第一次看到有船隻從國境門內駛出，實在蔚為奇觀。國境門坐落在廣闊無邊的蔚藍大海上，也是非常罕見且奇妙的光景。」

由於素有貿易往來，蘭翠奈維的代表也出席了葬禮。據說當時蘭翠奈維人身上的衣服，使用的就是銀色布料。

「但我當時離得很遠，在艾倫菲斯特找到的也只是一小塊碎布，所以無法肯定那是否是相同的原料。只不過單憑都是銀色這一點，就讓人十分在意。畢竟在蘭翠奈維那裡，有完全不帶有魔力的原料也是稀鬆平常吧？」

當初在格拉罕的夏之館裡發現銀布的波尼法狄斯，面色凝重地聽著齊爾維斯特這一席話。

「雖然還是得提防戒備，但那種銀布就算抵擋得了魔力攻擊，也擋不住其他攻擊所造成的衝擊。倘若只想預防暗殺，或是擋下首次見面的人使出的第一記攻擊，銀布確實十分有效。但以防具來說，布料其實沒什麼作用。」

波尼法狄斯說了，用思達普變成的劍雖然砍不斷銀布，但變出的鈍器依然能夠重擊身體，魔力對沒被布料覆蓋的地方也還是有效；因此以防具來看，銀布毫無用處可言。

「養父大人，這件事您向斐迪南大人詳細說明過了吧？」

「去察看秘密房間的時候告訴他了。他還說有機會得到手的話，想要研究看看。」

齊爾維斯特接著告訴我們，蘭翠奈維人分成當地居民，以及身上帶有尤根施密特血統的王族，兩者的外表截然不同。根據他的補充說明，當地居民好像都有著小麥色肌膚，五官輪廓也不太一樣。

「由於我是頭一次見到，還有些嚇一跳。蘭翠奈維來的人大半都是當地居民，他們說來到尤根施密特的時候，會有種十分奇異的感覺。」

聽到有關外國的事情，麥西歐爾雙眼發亮。

「不知道蘭翠奈維是個怎樣的地方，有機會我也好想去看看喔。啊，不過，在那之前我想先去看看其他領地。貴族院我也聽哥哥大人與姊姊大人描述過了，好期待去就讀呢。」

聞言，我重重點頭。

「我也跟你一樣喔。不知道蘭翠奈維那裡有怎樣的書籍？有機會真想去拜訪蘭翠奈維的圖書館呢。當然，我也對他領的圖書館很感興趣。戴肯弗爾格與庫拉森博克歷史悠久，圖書館裡面一定有許多驚人的藏書。」

……光想像就讓人心馳神往呢。

我在腦海裡想像起了一字排開連綿不絕的藏書。夏綠蒂露出苦笑。

「……姊姊大人，我強烈感受到您對圖書館的嚮往了喔。不過，這好像不能說是跟麥西歐爾一樣吧。」

面對夏綠蒂有些愕然的吐槽，我笑了笑含糊帶過。

聽完齊爾維斯特分享的有關亞倫斯伯罕的見聞，晚餐也結束了。即便我想多問一些有關斐迪南的事情，他也總是打斷，要我想知道詳情就回去看信。

「羅潔梅茵，行李當中有斐迪南給妳的信吧？裡頭似乎也有萊蒂希雅大人寫給妳的信。記得盡早回覆。」

「是。」

斐迪南的來信

「由於養父大人也吩咐過了，所以我必須盡快把信看完並寫好回覆。不過，放有信的行李我已經送去圖書館了，因此明天要去圖書館一趟。」

用完晚餐回到房間，我向近侍們告知明天的行程。「那這邊的分類工作該怎麼辦呢？」奧黛麗一臉擔憂地看向滿是布料的箱子。

「那麼就由侍從們按每個季節的貴色，挑選出適合我的布料以後，再來挑選要送給養母大人、夏綠蒂、母親大人和奧蕾麗亞的布料吧？」

「若要贈送布料，就得舉辦茶會，那您打算如何安排呢？」

「咦？茶會嗎？」

原來分送物品的時候，為免收禮者與其他人做比較，或是覺得別人的比較好，因此最好個別邀請、分開贈送。

……嗚哇，好麻煩。只是送個禮物而已，我哪來的時間舉辦那麼多場茶會！

「奧黛麗，我現在沒有時間自行挑選，再個別邀請對方舉辦茶會贈送。請幫忙想想其他辦法吧。」

近侍們最是清楚，我現在正忙於交接，根本沒有時間能舉辦這麼多場茶會。侍從們一致苦惱地陷入沉思。

「雖然我很不想麻煩大著肚子的養母大人，但如果先挑走我要的布料以後，剩下的再全部送給養母大人，然後由她分送給大家，這樣做可以嗎？」

「這樣恐怕不妥。因為那樣會變成是芙蘿洛翠亞大人贈送的禮物。考慮到派系與各方勢力關係，最好還是讓人認知到，這是羅潔梅茵大人贈送的禮物。」

儘管奧黛麗這麼說，但其實我覺得被當成是芙蘿洛翠亞送的也沒關係。

「……畢竟我一年之後就要離開，為了今後的派系構成，我認為把布料交給養母大人去分送比較好。因為現在地位最不穩定的就是養母大人了吧。」

在聽完哈特姆特的報告之前，我完全沒有察覺到原來我與韋菲利特解除婚約後，處境最為危險的是芙蘿洛翠亞。

之前韋菲利特一直想與我解除婚約，甚至曾向齊爾維斯特表明，自己根本不想當下任領主。即使婚約解除後地位會變得不穩定，但自己的願望終能實現，他也能夠接受這樣的結果吧。夏綠蒂與麥西歐爾也很高興自己的未來有了更多選擇，所以不用擔心。

但是，芙蘿洛翠亞是因為擁有萊瑟岡古一族為後盾的我本將成為韋菲利特的第一夫人，她才能夠安穩地保有自己的地位。因為知道自己的親生兒子將成為下任領主，又能透過養女拉攏萊瑟岡古的貴族，她才能全然放心地接受布倫希爾德成為第二夫人。

而且我與布倫希爾德的年紀相近，即便日後布倫希爾德有了孩子，但只要我與韋菲利特也有小孩，可想而知萊瑟岡古一族會優先擁戴誰的後代。所以對於齊爾維斯特要迎娶布倫希爾德為第二夫人，她才能夠樂見其成。

然而，一旦我與韋菲利特解除婚約，上述所有前提都將不復存在。萊瑟岡古的貴族們勢必一窩蜂往布倫希爾德靠攏，要是她再有了孩子，芙蘿洛翠亞的孩子能成為下任領主的可能性便會大大降低。

「……羅潔梅茵大人，您是萊瑟岡古出身的貴族，不優先為自己的近侍布倫希爾德著想嗎？若您將與韋菲利特大人解除婚約，也與奧伯不再是養父女關係，那麼今後您在艾倫菲斯特的牽絆便只剩下老家……也就是萊瑟岡古。」

奧黛麗平靜地注視我問道。從在場眾人的目光，便能知道近侍們都凝神等著我的答案。對於決定留下來的人，我的回答將深刻影響到他們今後的行動吧。

「我想趁現在先穩固養母大人與夏綠蒂的地位。」

我看著自己多為萊瑟岡古出身的近侍們，清楚斷然宣告。我既不希望芙蘿洛翠亞的地位變得不穩，也不希望選擇了留在領地負責協調的夏綠蒂日後有志難伸。

「布倫希爾德會自願成為第二夫人，是因為她想整合萊瑟岡古一族，讓艾倫菲斯特的局勢恢復穩定，並不是想威脅養母大人的地位。所以，我決定支持身為第一夫人的養母大人，而不是布倫希爾德。」

當初第二夫人朵黛麗緹因為背後有偌大的勢力撐腰，艾薇拉的地位也曾岌岌可危，還曾為世代交替的事情傷透腦筋。所以，她不會怨怪我的選擇吧。

「……遵命。那麼這些布料便為羅潔梅茵大人留下一半，另一半就交給芙蘿洛翠亞大人吧。」

「要留到一半嗎？」

我只要按各個季節的貴色，挑走自己需要的布料就好了，所以聽到要保留一半，不禁眨眨眼睛。奧黛麗露出促狹輕笑。

「哎呀，您不保留要送給我們這些近侍的份嗎？」

對此我完全沒想到。的確，比起芙蘿洛翠亞，我更該優先慰勞平常總是盡心服侍自己的近侍們吧。我請她們幫忙挑出我需要的布料後，再指示近侍們挑選自己喜歡的布料。最後，連同一張寫著「請把布料再分送給這些人」的清單，把其餘布料悉數轉贈給了芙蘿洛翠亞。

隔天，侍從我只帶了谷麗媞亞一人，文官與護衛騎士則是全員帶著，出發前往圖書館。同行的還有雨果等專屬廚師，因為要將調味料與香辛料分類，順便請他們準備午餐和晚餐。出發前我已經送出奧多南茲聯繫過了，便見拉塞法姆出來迎接。

「羅潔梅茵大人，歡迎您的歸來。」

「拉塞法姆，我回來了。接下來我們要整理送來這邊的行李，原料都已經搬去工坊了嗎？還有，如同我剛才在奧多南茲裡拜託過的，我想在秘密房間裡擺放桌子與文具，方便讀信和寫信……」

「皆已準備就緒。只等羅潔梅茵大人打開秘密房間，我們馬上就能布置妥當。」

親眼看著廚師們在下人的帶領下前往廚房後，我這才跟在拉塞法姆身後前往工坊。按照我的吩咐，行李都搬進來了。

「這箱原料請所有文官一起整理分類吧，然後要聽從哈特姆特的指示。麻煩男性護衛騎士也過來幫忙，因為有些東西克拉麗莎與菲里妮可能搬不動。」

每次動員所有文官的時候，我老是不由自主也把達穆爾算在內。但這件事要是坦白說出來，達穆爾可能會很受傷，所以我改讓所有男性護衛騎士一起幫忙。畢竟有些原料確實很重，或是放在很高的地方，多一點男性來幫忙還是比較方便。

「那麼我要去秘密房間看信與回信，這段時間就麻煩大家整理原料了。大家都知道怎麼分類與存放吧？」

「當然，請包在我們身上。」

不管在神殿還是在圖書館，之前我的工坊都是斐迪南在打理，所以兩邊的陳設方式一模一樣。哈特姆特與克拉麗莎都幹勁十足，說他們已經完美掌握工坊的配置，看樣了可以放心交給他們。

接著我拜託谷麗媞亞，從放有萊蒂希雅回禮的箱子裡取來信件，再喚來拉塞法姆，前往三樓的房間。

「由於太過臨時，我們打算直接將房裡的桌子與文具搬進去，不知您是否介意？」

「好的，不需要準備新的家具。」

我對拉塞法姆點點頭，打開了秘密房間。裡頭有張椅子，以及錄有斐迪南那句「非常好」稱讚的魔導具。我沒來由地不想讓人觸碰，便拿起裝有魔導具的皮袋，先走到秘密房間外，等著侍從們擺好桌子與文具。

桌子搬進去後，我便讓谷麗媞亞把從城堡帶來的墨水與紙張放進去，然後把信放在桌上。就連隱形墨水也準備妥當了。

……我的準備工作真是太完美了。

「那我進去裡面看信了。護衛騎士留下安潔莉卡就夠了，有需要我會再呼叫，其他人請去幫忙整理行李吧。」

獨自一人進入秘密房間後，我立刻先看起萊蒂希雅的來信。因為齊爾維斯特吩咐過我，要我盡早回信給人家。絕不是因為感覺斐迪南的信裡會全是說教，所以我決定晚點再看。

萊蒂希雅在信裡表示，收到錄有父母留言的可愛蘇彌魯魔導具時，她真的非常開心。而且一開始她還不懂怎麼操作，也不知道該選在什麼時候對斐迪南使用，是尤修塔斯為她做了示範。

「『多虧尤修塔斯，我現在可以順利操控蘇彌魯魔導具了』……那幅畫面還真是難以想像呢。」

想想斐迪南正眉頭深鎖進行指導的時候，尤修塔斯忽然一把拿出白色蘇彌魯布偶，嘴裡還說：「就是現在！」、「現在正是使用的時機！」那幅畫面讓我忍俊不禁。

再加上蘇彌魯還會發出我的聲音說：「偶爾請稱讚萊蒂希雅大人。」斐迪南肯定會老大不高興地垮下臉來，然後不情不願地說出稱讚。真想躲在遠處偷看這一幕，因為要是直接在場觀看，他八成會把氣出在我身上。

「話說回來，萊蒂希雅大人沒有點心就支撐不下去嗎？斐迪南大人，請您手下留情一點吧。」

信上寫到，春季的領主會議結束後，斐迪南的指導忽然變得非常嚴厲。她沒有詳加說明，所以我也不清楚原因，但為了亞倫斯伯罕的未來，那似乎是她非接受不可的教育。

萊蒂希雅傾訴道，雖然她也明白重要性，但還是學得很辛苦。而這種時候，斐迪南當作獎勵送給她的艾倫菲斯特點心與蘇彌魯魔導具，就是她的心靈支柱，靠著這些她才成功熬過了嚴厲的指導。

「……嗯～看來得提供新的點心才行呢。」

之前我都把餅乾與切片磅蛋糕分裝在小袋子裡，方便斐迪南提供；但現在看來，或許也該準備冰淇淋與提拉米蘇這類需要用到暫停時間魔導具的點心。

總之，萊蒂希雅在信裡說她非常感謝我，所以斐迪南這次要送回禮給我的時候，她就打算一起送些禮物。

當她正煩惱著該送什麼才好時，據說是尤修塔斯向她提議，可以送些調味料或香辛料等有助於增加餐點種類的物品。看樣子她與尤修塔斯的交情好像還不錯。

……不對，一定是因為比起斐迪南大人與艾克哈特哥哥大人，她比較敢向尤修塔斯問問題吧。

「『有些東西艾倫菲斯特沒有的話，可能會不知如何使用，所以我照著尤修塔斯的建議，請主廚告訴了我亞倫斯伯罕料理的食譜，一併附在信裡面』……萊蒂希雅大人真是個好孩子！」

我很快看了一遍隨信附上的食譜。由於食譜上寫的全是我沒聽過的材料，只能先試做出來，才知道是怎樣的菜色。這部分就期待雨果他們的表現吧。

……萊蒂希雅這麼有心，或許該用她贈送的調味料與香辛料，做些餐點送回去？

於是回信裡，我告訴萊蒂希雅自己會送些新的點心給她，希望她學習時可以開心點；知道她收到蘇彌魯魔導具很高興，我也很開心；還有我用她送來的調味料試做了新餐點，想請她品嘗看看等。

至於斐迪南的教導忽然變嚴格似乎有他的理由，萊蒂希雅也能接受，所以我不能不負責任地要求斐迪南對萊蒂希雅好一點。我充其量能做的，就是告訴萊蒂希雅我會拜託斐迪南放寬給予表揚的標準，她就可以要求他多稱讚自己。

……說不定萊蒂希雅大人也需要錄有「非常好」這句稱讚的錄音魔導具呢。

看完萊蒂希雅的來信後，接下來該看斐迪南的信了。由於有好幾封，肯定有些會有說教，有些則會稱讚我幾句吧。

「……要從哪一封開始看起呢？」

我內心七上八下地切開封口。一攤開信，就看見信上連綿不斷的嘮叨碎唸。

首先是長長一大串的斥責。他說我居然跑去與王族交涉，要求亞倫斯伯罕提供秘密房間給尚未正式成婚的他，簡直荒謬至極；還說我與王族交涉後，為他爭取到免於連坐一事，根本是不必要的擔心。

接著他開始說明，為什麼一般不會提供房間給訂婚對象，以及提供的話旁人會如何看待。原來我這麼做，等於是請國王下令，強迫蒂緹琳朵在成婚前就讓男性住進自己的閨房；而斐迪南則是還未成婚，就必須與蒂緹琳朵住在同一個房間裡。

斐迪南說他當時還正想與蒂緹琳朵保持距離，結果卻聽到因為國王下令，必須提供秘密房間給他，簡直是青天霹靂，不由得當場扶額。

……不────！我真的不是故意的！

後來，蒂緹琳朵選在西邊別館為他準備房間，而不是領主配偶本該入住的本館，這讓雙方都如釋重負。然而，為了自己的人身安全，蒂緹琳朵一直不想履行王命，拖到了王族要來查看的葬禮之前才提供房間給他。正因如此，斐迪南只能在所有事都忙成一團的時候進行搬遷，據說那段日子完全可用昏天暗地來形容。

而且提供給斐迪南的，是喬琪娜還是第三夫人時使用過的房間。據說尤修塔斯與艾克哈特兩人說著：「必須檢查過有無毒物才能進去。」然後灑了一大堆檢測藥水，讓亞倫斯伯罕的近侍們目瞪口呆。

……不過，我可以明白尤修塔斯與艾克哈特哥哥大人的擔憂。凡事還是再三小心為上嘛。

斐迪南在信上寫著，確認過沒有任何毒物的蹤跡後，他便用洗淨魔法清洗了整個房間，然後開始把東西搬進去。期間，他還把秘密房間改造成了工坊。

「『搬來新房間後，不僅與辦公室的距離變遠了，與喬琪娜的離宮也離得更遠，導致尤修塔斯不易取得情報。況且就算沒有秘密房間，我也能如常生活。不過，我想盡早擁有工坊也是事實沒錯，所以這次便不予追究吧』……都已經寫了這麼多抱怨，哪裡算是不予追究了?!」

哼！這時的我只能先對著信件大發脾氣。看來有必要跟斐迪南確認一下「不予追究」這四個字的定義。

「『而且比起躺在床上，我在秘密房間裡假寐似乎睡得更好，以後真想在裡頭準備一張長椅。領地對抗戰時躺過的那張長椅就很不錯』……慢著，那張長椅不是說好要給我了嗎?!明明說好要讓我用來代替他，結果現在一有地方可以放就要人送過去嗎?!還是說要我再定做一張新長椅?!」

總之看得出來，斐迪南非常想要充實自己的秘密房間。但感覺他很可能真的再也不從秘密房間裡出來，所以關於設置長椅一事，還是先問過尤修塔斯與艾克哈特的意見再說吧。就這麼辦。

除了這封有關秘密房間的信，還有一封信以蘭翠奈維的來訪為主，寫著亞倫斯伯罕目前的情勢。看內容，應該是葬禮即將到來前寫的。

據說他們向蘭翠奈維的使者告知國王的決定，也就是不會接受蘭翠奈維公主的呈獻後，使者便講了一些只對他們有利的片面之詞，惹得蒂緹琳朵對蘭翠奈維無比同情，情況也變得極為棘手。

因為蒂緹琳朵居然想在葬禮期間安排王族與蘭翠奈維的使者會面，還想在如今到處都魔力不足的情況下，將魔石等同無償地賣給蘭翠奈維，導致雙方的貿易關係陷入一團混亂。由於蒂緹琳朵實在太不懂得適可而止，斐迪南便怒聲斥責了她。誰知蒂緹琳朵不僅沒有反省，還莫名其妙地反駁說：「你根本就不是真心愛我！」然後往外飛奔，衝去了蘭翠奈維使者所居留的宅邸。

「『在場眾人皆茫然自失，無法理解她究竟在想什麼，怎會說出那種話來。同樣都是怪人，或許妳能聽懂吧』……等一下，咦咦咦──?我也不知道她在說什麼好嗎！」

由此便能看出，蒂緹琳朵一直是像這樣在給大家製造麻煩吧。而且多虧蒂緹琳朵十分喜愛蘭翠奈維國王的孫子，都讓他陪伴在自己身邊，斐迪南說他總算可以專心工作，心情也稍微放鬆下來，只不過工作量之多是從前完全無法比擬的。

「蒂緹琳朵大人不是下任奧伯嗎？這樣子不太好吧……」

據說蒂緹琳朵頻繁出入蘭翠奈維使者所在的宅邸，而喬琪娜一直在規勸她，或是努力把她帶回來。好像有人多次目擊到蒂緹琳朵被喬琪娜帶回城堡。

他說也因為蒂緹琳朵的行為太過讓人難以忍受，才會不得已嚴格教育萊蒂希雅。城堡裡的所有人更慢慢形成一種共識，就是要盡快讓萊蒂希雅成為下任領主。

……嗯～這也可以說是多虧了蒂緹琳朵大人嗎？

最後一封信，應該是齊爾維斯特抵達後，斐迪南在收到調合工具與原料後所寫的。內容全是關於魔紙。他在信上洋洋灑灑寫道，我送去的試作品品質超出了他的預期，而且製作過程所耗魔力太多，已經到了教人頭痛的地步；還有我若真的消耗大量魔力製作這種魔紙給他，他根本找不到合適的回禮；另外就是這個配方有太多無謂的步驟了，讓他看了愕然無語。

「『基於以上理由，我已緊急改良配方。妳再按照新配方，調合好魔紙送來』……所以斐迪南大人待在工坊裡連續熬夜好幾天，就是為了改良魔紙的配方嗎?!這種事有必要急著處理嗎?!真是笨蛋大笨蛋！」

他還在信上一派冠冕堂皇地解釋，畢竟是自己提出了要我準備三百張最高品質魔紙的無理要求，自然該多花點時間幫忙改良配方。但他偏偏挑在葬禮期間熬夜進行調合，不惜搞壞自己的身體，這理由實在無法說服我。

「信上還寫到，他把新配方需要的原料都送來給我了。這也就是說，箱子裡面那些大量的原料根本不是給我的回禮也不是禮物吧？唔唔，可惡的斐迪南大人。明明可以說『雖然妳對王族提出的要求不合常理，但我很高興能擁有秘密房間，久違的調合也讓我開心到停不下來』。真是不坦率！」

信裡滿滿寫著與配方無關的調合過程，以及對原料的解說，由此可以看出隔了這麼久又能沉浸在研究裡，他有多麼開心。這也是他情緒非常高亢的證據。

至於改良後的新魔紙配方，斐迪南用隱形墨水寫了下來。由於我一碰就會發光，我便照著哈特姆特他們教過的，將內容抄寫在另外一張紙上。

「……嗯？」

最後一行字明顯不是配方。我放下筆，定睛注視那一行字。

「告訴我妳的蓋朵莉希……？」

我不明白斐迪南是基於怎樣的意圖寫下這一行字。

他這裡所用的蓋朵莉希，是指故鄉還是其他意思呢？我又該怎麼回答才好？而我的回答，會得到他怎樣的回覆？越是思索，腦袋越是一團混亂。

斐迪南是否知道了我一年後將離開艾倫菲斯特？但也說不定他只是根據他領在領主會議上的行動，猜測我有可能成為中央神殿的神殿長。思考著這些事情時，斐迪南的臉龐忽然浮現至腦海。

腦海裡的斐迪南面容平靜，情緒毫無起伏，那雙淡金色眼眸則是筆直看著我。接著他以好似有寒氣正從腳邊襲來的冷冽話聲向我問道：「妳有意成為國王嗎？」

『我並不想當國王喔。我想要的只有看書而已。』

當時我是這麼回答的。然而，現在的我卻無法輕易給出答案。之前在得知斐迪南要入贅去亞倫斯伯罕時，我曾威脅過他，而那些話語如今已在我腦中揮之不去。

『為了救斐迪南大人，就算要我拿到古得里斯海得再當國王也無所謂喔。』

結果我沒有與斐迪南商量一聲，便擅自付諸行動。如今我已經是下任君騰候補，還預計在明年的領主會議前成為國王的養女，取得古得里斯海得。

……斐迪南大人會作何感想呢？

一思及此我便心生恐懼，無法對自己的蓋朵莉希給出答案。最終我沒有回答，寫好回信後，離開了秘密房間。

「得照斐迪南大人改良好的配方，製作三百張魔紙才行。」

一旦我成為國王的養女，就無法再代替斐迪南進行調合；與席格斯瓦德有了婚約以後，肯定也無法再與斐迪南通信吧。這次魔紙的製作，多半會是我與斐迪南最後一次的交集。我能隨心所欲活動的時間正一分一秒減少。現在，我想把時間都用在完成斐迪南的要求上。

……等做好了魔紙後，再來思考回覆吧。

我決定先不想這個問題。

陀龍布砍伐與星結儀式

「這份配方太厲害了，非常值得學習。居然可以盡量不使用到昂貴原料，又能減少魔力的消耗量，還能提升品質，果然能力會體現在長年累積的經驗上吧。」

看著我抄寫下來的斐迪南所改良的魔紙配方，哈特姆特與克拉麗莎雙雙發出讚嘆。兩人說斐迪南選用了他們根本不會想到的原料與步驟，大幅減少了調合最高品質魔紙所需的魔力與花費。

「可是相對地，調合步驟與所需原料的種類也變多了吧？」

我主張斐迪南的改良版配方有些費工夫，自己的配方可以更快完成魔紙。聞言，哈特姆特露出苦笑。

「與魔力豐富的羅潔梅茵大人不同，若要由我或者克拉麗莎來製作的話，絕對是照斐迪南大人的配方做起來要快得多。」

他說因為我的配方需要金粉，偏偏他們量產金粉很花時間，還必須要有回復藥水才能進行到下一個步驟。由於不光金粉，還得準備回復藥水的原料、進行調合，所以其他人很難照著我的配方製作魔紙。

「而且依羅潔梅茵大人的配方，我們根本幫不了什麼忙。但斐迪南大人的配方是藉由精密地組合原料、補足品質，所以我們多少也能發揮作用。」

她說改良後的配方，調合時魔力的消耗量較少，總算有不少地方的上級文官都幫得上忙。聞言，我深刻明白自己的配方有多麼消耗魔力，以及斐迪南拜託我做的事有多麻煩。

「但看這份配方，最後的合成步驟似乎會由斐迪南大人自己完成呢。」

克拉麗莎看著配方說道。我重新仔細端詳後，發現斐迪南要求我做的，似乎是只差最後一步就能完成的半成品。他想要我準備的並不是三百張最高品質的魔紙，而是能讓他合成出最高品質魔紙的半成品。

「斐迪南大人大概是衡量過魔力與原料後，判定最後的合成步驟由他來完成會更有效率吧。多半是因為羅潔梅茵大人幫他爭取到了工坊，他才決定改成自己來？」

哈特姆特說完，我點一點頭。最後的合成步驟若改由他自己來，所需的不可燃紙數量便會跟著改變。現在斐迪南有自己的工坊了，重要的步驟他可以自己調合，也因此才會更改原先的要求吧。

「不可燃紙稀少又昂貴。為了減少整體花費，真希望能盡量減少使用量呢。」

克拉麗莎看向存放在工坊裡的不可燃紙。若想做出斐迪南要求的數量，光靠現有的不可燃紙絕對不夠。

「羅潔梅茵大人，普朗坦商會的不可燃紙您已經全部買下了吧？不夠的部分打算怎麼辦呢？」

不可燃紙只有在普朗坦商會才買得到，現在您都已經全部買下來了，究竟還能如何取得呢？——克拉麗莎喃喃嘀咕。我愣愣看著她。

「什麼怎麼辦……沒有的話做出來不就好了嗎？」

「我聽說原料非常稀少喔，那要怎麼製作呢？」

克拉麗莎一臉吃驚地反問道，但我只是面帶微笑搖搖頭。我還不打算在這時候全部坦白告知。

「目前我還想繼續保密。不說這個了，我們快點整理吧。畢竟材料不準備好，就無法進行調合嘛。」

隨後我與谷麗媞亞一起將萊蒂希雅送來的東西分類，再看著寫在信上的食譜，逐一試嘗調味料與香辛料的味道。哈特姆特他們則是一邊討論原料的擺放位置，一邊整理歸類，方便下次調合時可以很快找到。

「羅潔梅茵大人，原料已經整理完畢。接下來您的打算是？」

「接下來要先回神殿。因為除了要為星結儀式做準備，還得趕緊交接神殿裡的事務。我與哈特姆特若遲遲不回神殿，麥西歐爾他們會很傷腦筋吧？」

現在不能離開神殿太久。我把在秘密房間裡寫好的回信交給優蒂特，請她送回城堡；至於調味料、香辛料與亞倫斯伯罕的食譜等，則命人送去神殿的廚房。

「您要使用這些調味料再開發新餐點嗎？」

「是啊。雖然都只試了一些味道，但感覺可以研發出新口味。」

把這些香辛料混在一起，應該可以做出像是少了一味的咖哩。至於少了的那一味該用什麼補足，可能還得苦思一番，但也讓人覺得有些好玩。

……要是有時間可以慢慢思考就好了呢。

回到神殿以後，我喚來弗利茲，請他趁著星祭還沒到、塔烏果實還沒被撿光之前，帶人去撿些果實回來。因為星祭過後，森林裡就很難撿到塔烏果實了。

「我還需要再五十張紙，所以請盡量多撿些塔烏果實回來。另外採集果實的時候，請排除擁有魔力的孩子，不然我擔心大家會在森林裡發生意外。」

若讓有魔力的孩子們去森林裡撿塔烏果實，萬一受了傷甚至流血，那可就大事不妙。在我看顧得到的神殿內那倒沒關係，但要是在森林裡出意外就糟了。

「那麼我會分成兩批人，一批人在工坊裡製紙，另一批人前往森林採集。」

「好的，麻煩你了。還有我們砍伐快速生長樹的時候，也請讓有魔力的孩子們待在屋內。我不想讓太多人知道快速生長樹的存在。」

「遵命。」

……屆時隨侍在側的，得挑選已獻名的近侍吧。

弗利茲十分優秀，在收到我指示的三天後，就已經準備好了塔烏果實。於是我帶著已獻名的護衛騎士馬提亞斯與勞倫斯，還有非常堅持要跟來的哈特姆特，久違地來到孤兒院後院。後院有通往平民區的大門，一來到這裡，就讓我很想直接走到平民區去。我盯著大門看了好一會兒後，才走向準備要砍伐陀龍布的灰衣神官們。

對我來說，裝滿塔烏果實的籃子，以及由灰衣神官帶頭大家都拿著柴刀的光景早已司空見慣，但馬提亞斯與勞倫斯顯然非常納悶。

「羅潔梅茵大人，這是怎麼一回事？他們要做什麼？」

「這是快速生長樹的果實，也是不可燃紙的材料喔。接下來我們要採集原料……所以等一下看到的畫面與知道的事情，絕對不可對外洩露。這是命令。」

我下令保密後，三個人瞬間全身一僵。大概是因為獻名的關係，魔力設下了禁錮吧。看到三人都一臉認真地表示明白後，我再走向灰衣神官們。

「弗利茲，大家都準備好了嗎？」

「是的。我已讓孩子們留在孤兒院裡工作，想必不會到這裡來。」

「謝謝你。」我對弗利茲點一點頭，然後仰頭看向因周遭眾人都手持利器，顯得十分警戒的馬提亞斯與勞倫斯。

「等一下我丟出果實後，請你們兩人立刻把我抱起來往後退。哈特姆特，也麻煩你退到後方……至少退到白色石板上待命。」

拜託兩名護衛騎士負責抱起我往後退後，我再與勞倫斯一起站在白色石板與泥土地的交界處上。從這裡丟出去，塔烏果實絕對可以落在泥土地上。只要不往後丟，就絕不可能失敗。

由於周圍全是手持利刃、眼神認真的灰衣神官，勞倫斯做為我的護衛，在警戒著四周的同時，神情也非常緊張。但是，灰衣神官們的雙眼只是牢牢盯著接下來將會出現的快速生長樹。

我往放在一旁的籃子伸長手，兩手各抓起一顆塔烏果實，馬上感覺到果實開始吸收魔力。往外流出的魔力似乎比以前要少，可能是因為我的魔力增加了吧。

原本果實還軟綿綿的充滿彈性，頃刻間內部卻長滿種子，表皮也變得堅硬。接著我感覺到果實一陣發熱，眼看就要發芽，立刻卯足全力「嘿！」地丟出塔烏果實。

「去吧，快速生長樹！」

「什麼?!竟然是陀龍布?!」

讓在場三名貴族瞠目結舌的陀龍布砍伐很快就結束了。由於我現在不僅魔力增加，體力也變好了，所以讓果實發芽並沒有對我造成太大的負擔，而且也順利取得了所需分量的陀龍布樹枝。

「居然能如此輕易地討伐陀龍布，我簡直不敢相信。」

「明明騎士都說，陀龍布要用黑色武器才能打倒……」

看到平民輕輕鬆鬆就砍倒了陀龍布，馬提亞斯與勞倫斯一臉大受衝擊。但其實大家只是把剛長出來的枝條砍斷而已，不需要這麼受到打擊。

「因為需要騎士進行討伐的，都是平民已經應付不來的巨大陀龍布啊。而且陀龍布一旦長大，就只有黑色武器才能打倒，所以你們不必這麼苦惱喔。」

「話說回來，這件事羅潔梅茵大人為何要保密？」

勞倫斯歪過頭，說他不明白為何非得保密不可。

「不是應該向騎士團告知，說塔烏果實日後會長成陀龍布，然後趁著還沒有危險的時候徹底清除嗎？」

「因為平民區有個祭典，所有居民每年都會去森林裡撿塔烏果實，然後帶回城裡互丟，所以目前為止也沒出什麼大問題喔。要是為了清除所有果實，導致騎士們對平民區的森林造成破壞，或是必須取消居民每年都期待不已的祭典，那樣反而麻煩。」

在比較過騎士團與平民區的人數後，若想採用人海戰術，還是交給平民比較好。假設改由騎士處理，星祭上的互丟果實活動也取消，那萬一後來發生了騎士無法去清除果實的情況，森林裡可能就會長滿陀龍布。反正現在這樣一切都維持著巧妙的平衡，不必多此一舉。平民區森林裡的塔烏果實會有居民去撿回來，交給他們就好了。

「就算有果實沒被平民撿到，也沒被森林裡的野獸踩壞，最終發芽成長，那到時候再出動騎士團去討伐就好了。」

「但萬一平民當中有魔力量多的身蝕，您不擔心事態有可能一發不可收拾嗎？」

對於哈特姆特的擔憂，我搖了搖頭予以否定。

「想讓塔烏果實發芽，需要相當大量的魔力。我想想喔……如果是在貴族院學過魔力壓縮的成年下級貴族，應該能讓果實發芽吧。但是，擁有同等魔力量的身蝕在長大到可以參加祭典之前，通常早就已經喪命，幾乎不可能存在。而且果實在白色石板上無法發芽，所以平民就算在城裡互丟果實，也不會有什麼危險喔。」

身蝕因為沒有可吸收魔力的兒童用魔導具，在小時候就會喪命——聽到我這麼說，三人皆垂下眼眸。畢竟貴族區裡也有孩子沒能擁有兒童用魔導具。

「現在孤兒院裡有不少貴族的孩子，很可能一不小心就讓果實發芽，太危險了。所以我打算在離開之後，就不再讓孤兒院裡的人砍伐快速生長樹。頂多請士兵在平民區多多宣傳，若有士兵或居民在森林裡取得了這種年輕樹枝，可以賣給普朗坦商會。」

陀龍布紙是高價商品，若能在孤兒院內進行砍伐當然很好，但凡事還是安全第一，盡量別讓大家遇到危險。況且，現在有了魔導具、有意成為貴族的孩子們都還得飲用回復藥水，才能在魔導具裡儲存魔力。不能為了砍伐陀龍布，就要他們提供魔力。

另一方面，無法成為貴族的孩子們，魔力則不足以使果實發芽。截至去年為止，戴爾克也曾在星結儀式當天與大家一起互丟果實，但從未讓果實發芽，所以由此可得出這個結論。無法習得魔力壓縮法的孤兒院孩子們，是不可能讓陀龍布果實發芽的。頂多長大成人後，勉強能讓一顆果實發芽吧。

等到戴爾克去貴族院上課，以貴族的身分回到神殿，他或許能讓果實發芽。但是，到時候他多半沒有多餘的魔力能用在砍伐陀龍布上。

從前，我還想過把陀龍布當成是魔導具的代替品，讓身蝕可以存活下來，但班諾向我分析了這麼做的各種危險性。那些提醒此刻也在我腦海裡打轉，但我沒有說出來，只是轉頭看向弗利茲。

「那麼，弗利茲，快速生長樹的砍伐今天就到此為止吧。以後就碰巧在森林裡發現的時候再砍伐，或是向偶然採到樹枝的人購買即可。雖然這能帶來很大的收入，我也希望能多砍伐一些，但還是得優先考慮大家的安全……等用這些樹枝抄好紙張，我會透過普朗坦商會買下來，屆時再送來我房間吧。」

「遵命，羅潔梅茵大人。」

神殿內的陀龍布砍伐結束後，沒過多久便是星結儀式。上午的在神殿裡舉行，下午的則在城堡裡舉行，所以一整天會非常忙碌。

我以神殿長的身分進入禮拜堂，走到臺上後，發現了薩克的蹤影。他身上穿著偏黃土色的正裝，由此可知他是秋天出生。身邊以春季貴色為正裝底色的女孩子，就是他要迎娶的新娘吧。頭上的髮飾融合了兩人身上的貴色。

據路茲他們所說，這個女孩是小薩克三歲的青梅竹馬。她的性格內斂沉穩，在薩克專注於新事物與興趣上的時候，總能在他身邊給予支持，並誇讚他的想像力。而且薩克每次去到外地，都會興沖沖地想著要帶什麼禮物回來給她。

聽說女孩每年從春天到秋天都一直惦記著人在外地的薩克，她的父母終於受不了，逼她要嘛趕快結婚，要嘛乾脆分手，另外找結婚對象。完全無意與她分手的薩克，立刻決定與青梅竹馬成婚，最終就是出席今天的儀式。

……希望薩克他們可以過得幸福快樂。

節制點、節制點——儘管我不停提醒自己，飛出去的祝福還是比往常多了些，好在只多了一點而已，說句「請見諒」就能蒙混過關。我仰頭看向在天花板附近迸散開來的黑金兩色光芒，一想到下次的儀式便冷汗直流。

……薩克的星結儀式就這樣了，下次可是多莉的成年禮。我沒問題嗎？

接著下午要前往貴族區，準備主持星結儀式。儀式結束後，還有未婚成年男女尋找結婚對象的宴會。聽說柯尼留斯與哈特姆特因為已有未婚妻，會與未婚妻一同出席，然後介紹異性友人給沒有對象的朋友，或是不負責任地為已有意中人的人加油打氣。

前往城堡時，由達穆爾坐在小熊貓巴士裡擔任我的護衛。只見坐在副駕駛座上的他垂頭喪氣。因為我的成年近侍當中，沒有對象的只有達穆爾一人。每年他都會為自己打氣說：「今年我一定要……」但今年看起來，連為自己打氣的力氣都沒有了。

「羅潔梅茵大人，我這輩子都不可能結婚了。」

這些年我在領內都找不到對象了，要是去了中央，聽說那裡幾乎沒有下級貴族，結婚更是無望——達穆爾低聲嘟嘟囔囔。

「我覺得單身也很好啊。只要有書，人就活得下去。」

「羅潔梅茵大人，您可能只要有書就心滿意足了，但我想跟平凡人一樣結婚。現在我身邊的人一個個都幸福美滿，我實在太羨慕了。」

他說不僅最常接觸到的近侍們都有恩愛的另一半，就連同年的友人也都已經結婚；甚至再過幾年，好友的孩子都要舉行洗禮儀式了。達穆爾還告訴我，他忍不住向其他近侍大發牢騷時，哈特姆特竟露出看似毫無惡意的笑容說：「感覺等到我的孩子都要受洗了，達穆爾還是孤身一人呢。」

……哈特姆特！

「而且不結婚的話，我也無法前往中央。」

「……如果達穆爾這麼想結婚，只能等到菲里妮成年了呢。」

「羅潔梅茵大人，菲里妮已經當面告訴我，她無意與我結婚了。還請您不要對她下令，不然她太可憐了。」

儘管說話時達穆爾一臉堅毅，但總覺得聲音有點消沉。他還像在說服自己似地說著，喜歡親近處境相同的前輩，跟將其視為未來的伴侶是兩回事。

「你是指之前為了把康拉德接走，曾建議她可以與自己結婚這件事嗎？」

「……是的。」

果然達穆爾解讀成是自己被甩了。菲里妮告訴我這件事的時候，我還覺得能在背後幫忙協調的達穆爾真是帥氣，但現在看到達穆爾這副模樣，我反倒有些擔心起菲里妮視人的眼光了。

「菲里妮說了，她不想要像個妹妹一樣被達穆爾保護，而是想成為能與你並肩前行的獨立女性喔。還說等到了那時候，要自己向你求婚。」

「咦?!菲里妮想向我求婚嗎?!……不不，我才不會受騙上當。」

瞬間達穆爾露出了期待的表情，但接著馬上一臉警戒。難道是與結婚有關的事情他被人騙過很多次嗎？這反應真教人擔心。

「我沒有騙人喔。不過，菲里妮還說了，她想像主動向哈特姆特求婚的克拉麗莎一樣。所以你將來可能會遭遇到戴肯弗爾格式的求婚，也就是被菲里妮按倒在地，然後拿著小刀威脅。」

「請告訴我這不是真的！」

「我說的句句屬實。」

怎麼會這樣——達穆爾抱著頭發出呻吟。但跟剛才窩囊地說著「我結婚無望了」時相比，現在看來精神好多了。

「你要是害怕恐嚇式的求婚，可以自己先採取行動啊。」

我輕笑著這麼提議後，達穆爾忽然觀察起我的表情，開口問道：

「那羅潔梅茵大人……希望我怎麼做呢？」

「希望你怎麼做嗎？不管你要接受菲里妮的求婚，還是主動求婚都可以啊？」

「不是的，是關於我的去留。您對莉瑟蕾塔說過，希望她與您一起前往中央吧？」

達穆爾先以莉瑟蕾塔為例，接著問道：

「就算去了中央，身為下級騎士的我真能派上用場嗎？會不會給您帶來壞處？這些事情我實在難以判斷。所以想知道羅潔梅茵大人希望我怎麼做呢？」

就連成為了領主養女的護衛騎士，達穆爾長年來也一直被人在背地裡指指點點。他說旁人都認為，我是因為年紀還小，捨不得辭退陪伴在自己身邊這麼久的人。但是，等到我要前往中央，屆時我的外表已是可以談婚論嫁的少女，所以我若帶著單身的下級騎士離開故鄉，甚至予以重用，很可能引來不好的流言。

「倘若我已結婚，情況肯定不同，但現在的我若隨您前往，可能會給您招來不必要的誤解。況且就算一起去了中央，真的有我能幫上忙的地方嗎？」

達穆爾毫無自信地說完，肩膀垮下。

「有達穆爾在，我的近侍們更能融洽地團結起來喔。我很看重你能搜索到微弱魔力的能力，也覺得你雖然是騎士，卻很擅長處理文書工作是你的優點……再加上近侍當中達穆爾是我認識最久的人，有你在我也會很放心。」

「是、是嗎……不敢當。」

達穆爾有些不好意思地撓撓臉頰。請不要害羞，會害我也跟著害羞的。我在心裡這樣吶喊，同時接著說下去。

「不過，菲里妮成年前都會留在艾倫菲斯特，現在交接時間又這麼短，我很擔心神殿日後的情況。而且我離開以後，承辦印刷業務的貴族能否與平民順利溝通，這點也讓我深感不安。所以我一方面也希望達穆爾能留下來。」

達穆爾在神殿接受斐迪南指導的時間最長，又能一邊協助漢力克，一邊提出建議讓印刷業步上軌道。另外，若想讓成為孤兒院長的菲里妮遠離危險，以及在接去中央之前，有人能保護平民區裡的古騰堡夥伴們，怎麼看達穆爾都是最適合託付的人選。

「雖然我會盡量保護你們，但不管是前往中央，還是留在艾倫菲斯特，達穆爾一定都會過得很辛苦。所以，我才讓你自己來選擇。不管你如何選擇，我都會很高興喔。」

後來達穆爾沉思了好一會兒，在快要抵達城堡前忽然抬起臉龐。那雙灰色眼眸裡透著堅定的決心。

「羅潔梅茵大人，我決定留在艾倫菲斯特。」

他說如果菲里妮真的向他求婚，屆時他會與已成年的菲里妮一起前往中央；如果結不了婚，那麼顧及我的名譽，他會繼續留在艾倫菲斯特。

「達穆爾，謝謝你願意做出決定……可是，與其等著菲里妮向你求婚，你主動求婚，做些可以感動她的事情，不是更帥氣、更有男子氣概嗎？」

達穆爾曾為了布麗姬娣不顧一切地壓縮魔力，努力想追上她，當時那幅模樣非常有魅力。雖然沒能有情人終成眷屬，但達穆爾的帥氣模樣還被寫進了書裡面。

「我想這樣子菲里妮與母親大人一定會更高興喔。」

「被艾薇拉大人寫進書裡的經歷有一次就夠了！」

多莉的成年禮

趁著回城堡主持星結儀式，我照著艾薇拉之前給過的建議，向波尼法狄斯遞去防止竊聽魔導具，說：「我有件事想拜託祖父大人，請別告訴其他人喔。」然後懇請他代替我，幫忙照顧達穆爾。波尼法狄斯二話不說欣然答應，實在幫了我大忙。我向達穆爾告知此事後，他也一臉愕然地高興表示：「非常感謝您的安排。」

星結儀式結束的幾天後，回到神殿的我帶著達穆爾，前往麥西歐爾的房間拜訪。因為達穆爾將會留下來，我想推薦他擔任顧問。

「現在已經確定達穆爾之後會跟隨祖父大人，但他也預計會來神殿輔佐菲里妮。由於他已在神殿辦公很長的時間，要不要由他擔任麥西歐爾的顧問呢？」

「既然達穆爾願意來神殿幫忙，其實可以由我招攬他，不一定要由波尼法狄斯大人呢……」

「因為要是麥西歐爾太過器重達穆爾，到時候不肯還給我就糟了。你與夏綠蒂為了得到優秀的近侍，都有意招攬我的近侍吧？」

夏綠蒂曾私底下問過我，我離開以後，他們能否把我留在領內的近侍招攬過去。尤其文官的能力還得到過上位領地的認可，因此她很想要招攬人才。但是，菲里妮預計成年後要前往中央，達穆爾也預計（並非確定）與她結婚後會一起移動，所以我不能讓這兩個人被搶走。

「這樣啊，真遺憾。那趁著羅潔梅茵姊姊大人的近侍還在神殿的時候，我會請他們多指導我的近侍。」

看樣子麥西歐爾已放棄招攬達穆爾為近侍。我撫胸鬆了口氣，回到神殿長室。接著我召集房內的近侍們，告訴大家為了在我離開後招攬我的近侍，如今檯面下已展開了波濤洶湧的爭奪戰。萊歐諾蕾一臉可以理解地點頭。

「自從羅潔梅茵大人的近侍開始協助領主夫婦處理工作，大家的能力之優秀可說是有目共睹。可以理解領主一族為何想要招攬呢。」

由於我要前往中央一事，齊爾維斯特已下令不得對外洩露，所以絕不會有檯面上的交涉吧。但大家說一旦我走了，很可能會爆發搶人大作戰。

「羅潔梅茵大人，或許您該送個信物給菲里妮他們，好證明今後即使您不在了，她等到成年後還是會去服侍您。」

「萊歐諾蕾？」

「像是有著羅潔梅茵大人徽章的魔石飾物，這樣菲里妮他們也方便用來主張自己的主人是誰吧。畢竟下級貴族要一直婉拒領主一族的招攬並不容易。」

萊歐諾蕾說了，到時旁人可能會說，他們竟敢一再婉拒上位者的要求，真是不識抬舉；而且同樣的情況，我預計要接去中央的專屬們也可能會面臨到。

「屆時難保不會有人提出強人所難的要求。所以羅潔梅茵大人最好趁著您還在的時候贈予信物，並且讓所有人都知道。」

她說除了之前送給平民的護身符，最好再送一個刻有我徽章的信物。等他們以後去了中央，也便於用來證明自己是我的專屬。

「此外，既然羅潔梅茵大人將與奧伯解除養父女關係，那就不能再使用艾倫菲斯特的徽章，而要使用自己個人的徽章。」

「我已經有自己個人的徽章了喔。」

那就直接使用羅潔梅茵工坊的徽章吧。即便解除了養父女的關係，那也依然是專屬於我的徽章。圖案是我、班諾還有法藍一起設計的，結合了書、墨水、植物紙的材料以及髮飾上的花朵。

「那徽章該刻在什麼東西上好呢？」

「最好是平常就能戴在身上的東西。比如不易被他人搶走的戒指或項鍊，應該都是不錯的選擇吧？」

……不易被人搶走……嗯，這的確很重要啦。

「對我來說，最好加工的就是魔石了。就和製作護身符時要畫魔法陣一樣，在魔石上畫下徽章圖案就好了嗎？」

「調合時還請您留意魔石的大小。羅潔梅茵大人，您是否打算無論近侍還是專屬，都統一製作同樣大小的魔石呢？容我提醒您，平民與貴族必須有別，給專屬本人的與給其家人的也必須有所不同。既是要前往中央，就會有人以嚴格的眼光審視這些細節喔。」

經萊歐諾蕾提醒，我點了點頭。老實說，我心裡只覺得麻煩，但這種階級上的差異對貴族們來說是很重要的。

「羅潔梅茵大人，若您要贈予留在領內的近侍，可不能忘了我喔。」

優蒂特立刻跳出來強調自己的存在。我露出苦笑，答應也會送給她。

「如果只是要在魔石上畫下徽章圖案，那花不了多少時間，我速戰速決吧。法藍，麻煩你聯絡奇爾博塔商會，說我想要定做秋天的髮飾與服裝。」

……我要在成年禮前把魔石送給多莉。

我「唔呵呵」地哼著歌，進入秘密房間，開始為近侍、專屬與專屬的家人們挑選魔石。要留在領內的近侍有菲里妮、達穆爾和優蒂特，應該就這三個人吧。奧黛麗與布倫希爾德則沒有打算以後要跟隨我，所以若送給她們可以表明自己是我近侍的信物，只會給她們造成困擾吧。

古騰堡成員則是還不知道有誰會跟我一起去中央，所以之後再說。現在先為多莉與母親，還有羅吉娜、雨果、艾拉和葳瑪挑選魔石吧。至於專屬的家人，有父親和加米爾，另外還有艾拉的母親。

聽說雨果的家人會留在艾倫菲斯特，但艾拉的母親選擇與艾拉一起搬走。理由好像是因為等艾拉生下小孩，她會幫忙照顧孩子，讓艾拉可以盡快回到職場。而且聽說艾拉的母親一直很想辭去女侍的工作，所以這次前往中央一事反而幫了她一把。

……這樣的數量和大小應該沒問題吧？

接著我拿出自己的寫字板，緊盯著帶有花卉、圖紋有些複雜的徽章，將思達普變成筆狀，用魔力把圖案謄畫在以魔獸皮製成的魔紙上。第一張畫好後，我先看了一眼備在旁邊的魔石數量，然後不由自主嘆氣。同樣的圖案得畫上好幾遍，這也太累人了。由於魔法陣當中還有文字與符號，就算有些畫歪也沒關係，效果依然不變；但徽章就是幅圖畫，只要稍微有點畫歪就會非常明顯。

「徽章的圖案要是可以複製貼上就輕鬆多了……就跟使用觸控式螢幕一樣，先用手指設置起點和終點選定範圍……不知道行不行？」

我沒有多想，照著麗乃那時候使用觸控式螢幕的感覺在魔紙上輕點兩下，指定起點和終點。自己的魔力隨即淡淡地平展開來，擴散到我腦海中指定的範圍。

「嗚哇?!成功了?!」

只見魔紙上覆蓋了一層淡黃色的魔力。搞不好真的可以複製貼上喔。我感動得渾身打顫，注視著自己所指定的範圍。

「說不定真的可以複製成功？那就試試看吧？……好，『複製貼貼』！」

我一鼓作氣，注視著覆有魔力的指定範圍揮動手指。瞬間圖案就像細胞一樣分裂。除了仍在原位的圖案，還有一個圖案隨著我揮舞的手指分裂而出。緊接著我把複製出來的圖案移動到空白魔紙上，再輕點一下指定貼上位置，第二張圖就完成了。

「好厲害、好厲害喔！這也太方便了吧？」

我忍不住激動起來，馬上再複製了自己需要的數量。接下來只要灌注魔力，讓複製好的圖案附著在魔石上就完成了。我順便再拿來其他魔石，注入魔力使其變形，做成了可以穿過繩子或鍊子的扣環。這樣一來，平民就能輕易地把魔石帶在身上。

「結果一下子就做好了。」

我注視著眼前帶有徽章圖案的諸多魔石。那麼只要使用複製貼上這項技術，就可以非常輕鬆地複製書籍內容了吧。而且要是大家都能使用，書本的增加速度更是可以一口氣加快。有了這項技術，就算要與沒有書的席格斯瓦德王子結婚也不怕。我還是有辦法能讓離宮的圖書室裡擺滿書籍。

「那讓大家一起加入書籍複製計畫吧！我真是天才！耶——！」

我興沖沖地衝出工坊，告訴大家自己的世紀大發現。結果卻發現在一般的紙張上，施展不了複製貼上的魔法。必須是以魔力寫在魔紙上的內容，才能覆上魔力指定範圍。

……不——！這樣不就不能用來複製書籍內容了嗎！全員參與的複製計畫一下子就泡湯了啦！

順道一提，我教給大家的時候，才發現自己在最一開始使用，而且會從此固定的咒語是錯誤的。畢竟除了我以外，誰也不會發現錯誤，這也無可奈何。但在尤根施密特，複製魔法的正式咒語變成是「複製貼貼」了。

……啊啊啊啊！我不小心講錯了。其實我也知道正確說法啊！正確說法應該是「複製貼上」才對！

總而言之，該做的信物已經完成了。我將剛做好的徽章魔石送給在場的優蒂特、達穆爾與菲里妮。

「上面有我的徽章。我離開以後，如果有人要你們去服侍他，只要展示這個信物應該就有拒絕的效果。」

「感激不盡……但我認為，這種帶有徽章的魔石最好也發給哈特姆特他們。我知道您製作信物是為了留下來的近侍與平民專屬，但還請您務必考慮。」

對於達穆爾的提議，我表示若哈特姆特他們願意自己準備魔石，那我就會為他們在魔石上刻印徽章。

在我做好徽章魔石的三天後，奇爾博塔商會的珂琳娜與多莉，便帶著裁縫師們來到神殿。

「這是有徽章圖案的魔石，要送給之後將隨我離開的專屬及其家人。有了這個，在領內就能用來拒絕他人的招攬，到了外地則能用來證明自己是我的專屬。這個是給專屬多莉與伊娃的份，這個要給與妳們同行的家人昆特和加米爾。」

「羅潔梅茵大人，這……」

這樣會不會對我們太過偏心了呢——多莉一臉想這麼說的樣子。我從她身上移開目光，看向珂琳娜，微微一笑說道：

「珂琳娜，若有其他裁縫師確定也要同行，到時請告訴我一聲。我也會準備他們的份。因為我的專屬廚師及其家人，還有專屬樂師也都拿到魔石了。」

「遵命。」

珂琳娜笑著點點頭。知道不是只有自己一家人會拿到魔石，多莉撫著胸口如釋重負。我則是目不轉睛地盯著多莉的辮子。這是最後一次看到多莉沒有盤髮的樣子了吧。夏季尾聲的成年禮過後，多莉就是成年女性，必須盤起頭髮。

……胸部也滿豐滿的呢。哪像我還是一片平坦。

近來因為魔紙的調合與秋季即將進行的改造計畫，我又密集地在壓縮體內的魔力，導致身體再次停止成長。等到做完魔紙、葛雷修也改造完成，我會重新降低體內魔力的濃度。

……就要參加成年禮了，代表多莉也是時候該決定結婚對象了吧？多莉要結婚……結婚啊～雖然不曉得對象是誰，但總覺得無法接受！我的多莉居然要結婚！

我自行想像了多莉結婚的畫面，暗暗發起火來，在想像中對多莉的結婚對象揮出拳頭。竟敢搶走我的多莉，至少要吃我一記拳頭！此刻我的心情就跟個老父親一樣。

「……羅潔梅茵大人，您怎麼了嗎？」

「不、沒什麼，我只是稍微在想事情。至於髮飾的設計，就和往常一樣交給多莉決定吧。然後，請用最高等級的絲線來製作。我希望能長久使用多莉的髮飾。」

我要求製作最高品質的髮飾，這樣即使我以後成了國王的養女也能使用。萬一因為不符合身分，必須往下送給其他人，那我可會非常難過。

「多莉的成年禮也快到了吧。服裝與髮飾都準備好了嗎？」

「是的。正裝我已在冬天與家母一起縫製完成，也為自己做了一個髮飾。所以參加成年禮時我不會從老家，而會從奇爾博塔商會出發。」

想必是因為身上的服裝與髮飾太過華麗，不適合從貧民區的老家出發吧。她說自己與父母說好，會在神殿前會合。看來隔了這麼久時間，我也許又能在門口看見父親與母親了。

……我忽然間充滿了幹勁！

「那我到時候會為多莉送上盛大的祝福。」

「請和大家一樣就好了，明顯的偏袒並非好事。像前陣子的星祭因為也有古騰堡成員參加，大家都在說神殿長給他的祝福特別多呢。」

……唔唔，明明只多了一點點而已。

總之多莉對我耳提面命，一定要和大家一樣。我要是聽憑自己的感覺給予祝福，肯定會有落差。看來該認真考慮一下對策了。

來到圖書館的工坊，我一邊循序漸進地繼續調合魔紙，一邊詢問自己的近侍們，有沒有什麼好方法能控制祝福。

「如何控制給予祝福時的魔力量嗎？為何要這麼做？」

當然該拿出聖女的樣子，毫不吝嗇地給予大量祝福啊——面對這麼說的哈特姆特與克拉麗莎，我直接不理他們。身為要給予大眾祝福的神殿長，竟然偏袒認識的人，這在平民區似乎會引起閒言碎語。而且我若再不控制，要繼任的麥西歐爾會很辛苦吧。再者多莉已經吩咐過了，「要和大家一樣」。為了不讓多莉不高興，必須想想辦法才行。

「我每次只憑感覺，就會不小心給出大量的祝福，所以對我來說要控制祝福太困難了。但既然青衣見習生也會在旁參觀，我給出的祝福應該要讓他們可以當作參考吧。」

聞言，柯尼留斯尋思了一會兒後抬起頭來。

「不如試著使用魔石給予祝福吧？我記得之前在與亞倫斯伯罕相接的境界門，您主持星結儀式時，就是使用斐迪南大人遞給您的魔石……」

經柯尼留斯提醒，我才想起蘭普雷特的婚禮上，我曾為了控制祝福的量而使用過魔石。這方法說不定行得通。當時曾以護衛騎士身分同行的萊歐諾蕾也微笑道：

「這真是個好主意呢。而且若能示範如何使用魔石給予祝福，麥西歐爾大人也能效法吧。儘管目的不同，羅潔梅茵大人是為了控制魔力量，麥西歐爾大人是為了給出和您一樣多的祝福，但藉由使用魔石，就可以調整給予祝福時的魔力量了吧？」

聽完柯尼留斯與萊歐諾蕾所說，我不禁雙眼發亮。只要使用魔石，不僅能達到多莉的要求，也能萬無一失地為青衣見習生們示範，還能為麥西歐爾提供解決辦法——因為他一直苦惱於無法給出和我一樣多的祝福。這方法簡直完美。

「太棒了！那就使用魔石吧。」

到了夏季的成年禮當天，我把魔石交給要先一步進入禮拜堂的哈特姆特。我已經用這顆魔石練習過好幾次，也調節好了給予祝福時該釋出的魔力量。這下應該不用擔心。

「所以在您要給予祝福的時候，把這顆魔石交給您就好了吧？」

再一次確認過儀式的流程後，我看著哈特姆特進入禮拜堂。麥西歐爾注視著一個個走進禮拜堂的青衣神官們，小聲說道：「我第一次參加儀式，有點緊張呢。」

「哎呀，今天只是參觀而已，不用太緊張喔。」

今天也是青衣見習生們觀摩儀式的日子。由於今天只是參觀，穿著藍色儀式服的見習生們只需要成排站在牆邊，然後保持安靜就好。

「一想到收穫祭時要自己舉行儀式，就很難不緊張。」

麥西歐爾說完，青衣見習生們不約而同點頭。看得出來他們都神經緊繃，覺得秋天的收穫祭絕不能出差錯。他們說因為身為罪犯之子，旁人的眼光已經夠冷漠了，那麼自己做事更是不能再犯錯。

「保持緊張固然重要，但從現在開始就這麼緊繃，身體會支撐不住喔。今天只要儀式期間不大聲喧譁就好，所以你們放輕鬆一點吧。」

但就算我這麼勸道，孩子們也沒有真正放鬆多少。大家臉上都努力擠出一如既往的微笑，卻又顯得有些僵硬，然後以麥西歐爾為首，青衣見習生們一一進入禮拜堂。

看著大家進去後，過沒多久門扉再次打開，傳來「神殿長進場」的宣告。

我抱著聖典，進入禮拜堂。到了臺上，我一眼就找到了多莉。說得確切一點，是眼裡根本容不下其他人。多莉與我四目相接後，便呵呵笑著微微轉過臉龐。

……呀啊！多莉真是大美女！

從前多莉那頭藍綠色的秀髮總是編成麻花辮，在背上來回晃動，現在卻往上盤起，雙唇還抹了口紅。單單是這樣的改變，多莉便在一夕之間變成了成熟的女性。另外，大概是因為兩側做了編髮，髮型看起來比身旁的女性還要精緻。

插在頭髮上的髮飾是多莉自己做的。由於她的手藝日漸純熟，因此在參加成年禮的女性當中，髮飾看起來最為精美。而且左右兩邊還各插了兩個髮飾，顯得分外醒目。但是髮飾本身並不華麗，只是幾朵小花簇擁在一起，給人清新脫俗的感覺。

接著我發現花朵所用的顏色，就和我當初為多莉洗禮儀式製作的第一個髮飾一樣。只不過花朵的形狀、線的品質與編織者的手藝和當時相比，可以說是天壤之別，所以乍看下一點也不像。但從兩側的編髮、配色相同的髮飾，完全可以看出她是刻意打扮得和當年的洗禮儀式一樣。這讓我不禁想起一家人一起完成的髮飾，就是一切的起點。

而多莉身上的藍色正裝是款式十分簡單的連身裙。這是為免在平民區裡太過突兀，也是為了以後可以繼續穿吧。但與周遭人們有著刺繡的單色正裝不同，布料使用了母親所染的布。儘管紋路與顏色和我手邊的衣服不太一樣，但同樣帶有漸層。多少有種我們一起穿著同樣衣服的感覺，這讓我非常高興。

這時，多莉的指尖忽然往胸口移動。原來我剛送給她的徽章魔石，正在她的胸前閃耀生輝。由於我配合多莉的出生季節給了她藍色魔石，所以在藍色正裝上不太顯眼。

……啊啊，真是的，我高興得好想哭喔。

為了忍住眼淚，我往旁邊移動目光，忽然發現有個年輕人頭髮是粉紅色的。他該不會是弗伊吧？記得他確實是與多莉同時參加了洗禮儀式。但那邊的角落站著成排的青衣見習生們，我可不能在大家面前出醜。

就這樣，我刻意讓自己不去在意多莉，繼續主持成年禮。最後接過哈特姆特遞來的魔石，給予大家祝福。

「火神萊登薛夫特啊，請聆聽吾的祈求，為今年成年的子民們賜予祢的祝福。彼等的赤誠真心奉獻予祢，謹獻上祈禱與感謝，懇請賜予祢神聖的守護。」

藍光從魔石當中飛出，化作祝福灑落在剛成年的年輕人們身上。照著多莉的要求，今天的成年禮我給大家的祝福都一樣。多莉一臉鬆了口氣，仰頭望著從天而降的祝福光芒，接著朝我投來微笑，彷彿在說「妳做得很好喔」。

……我成功辦到了呢。

儀式結束後，禮拜堂的大門隨即敞開。不出所料，門外出現了父親與母親的身影。尚未舉行洗禮儀式的加米爾果然只能乖乖看家吧。

心裡正覺得可惜時，只見父親與母親都面帶笑容，向我展示以皮繩掛在脖子上的徽章魔石。看得出來咧嘴燦笑的父親在告訴我：「我們一定會跟妳一起走。」

其實，要求所有家人都要跟著離開，是我的任性。因為多少還是有人知道我與真正家人的關係，就連哈特姆特也查得到，那以後也可能被其他人查出來。如果把家人留在艾倫菲斯特，難保將來不會遭人利用。而要是有人敢利用我的家人，我根本不知道自己會失控到什麼程度，所以才決定讓大家搬到我可以保護到的範圍內。明明這是我非常自私的要求，我的家人卻一臉理所當然地接受了。

好高興、我最喜歡你們了——強烈的情感忽然占據胸口，魔力跟著膨脹滿溢。在我心想「糟了」時，已經來不及了。大量的藍光祝福驟然噴湧而出，在大禮堂內傾盆灑落，剛才的儀式完全無法比擬。

「怎、怎麼回事?!」

正從大門離開的年輕人們全嚇了一跳並回過頭來，準備要收拾整理的神官們也「嗚哇?!」一地發出訝叫。站在牆邊觀摩的青衣見習生們更是張著嘴巴，愣愣注視著大量的祝福光芒。

多莉猛然回頭，凌厲的目光讓我不敢直視。那雙藍色眼睛明顯噴著怒火在說：「梅茵，妳在做什麼啊！」

……對不起、對不起。我真的不是故意的！

我六神無主地拚命想著藉口。然而，一片空白的腦袋根本什麼也想不出來。

「……這、這是額外再給大家的祝福……啊，呃，不對。是因為剛好有青衣見習生們來參觀，我想示範一下如何不使用魔石就給予祝福……呵呵呵呵呵……」

「羅潔梅茵大人，您的示範太完美了。」

哈特姆特滿臉感動地應道。也不知道他這句話有沒有起到解圍的效果。我覺得沒有。

父親與母親從一臉驚訝變成了竭力忍笑，但多莉的表情還是十分可怕。

最後的最後在我還是克制不住自己的情況下，多莉的成年禮也結束了。

與奧伯的面談

秋季的洗禮儀式順利結束後，為了儲存改造計畫所需的魔力，我回了城堡好幾趟供給魔力。由於沒有加了柏靈琉斯的好喝回復藥水，我只能邊喝好心版回復藥水邊儲存魔力。每天的生活都是如此。

同一時間，神殿裡的人為了準備收穫祭開始忙進忙出。由於是第一次參加收穫祭，青衣見習生們非常仔細地做著準備：比如馬車與行李的安排、隨行侍從的挑選、到了農村舉行儀式時的流程確認等。

秋天的收穫祭還有負責徵稅的文官也會同行，希望舊薇羅妮卡派的孩子們不會受到無禮對待。雖然到時候我會特別叮囑文官，但在自己看不到的地方，總有些事情我也無能為力。後來我們召開會議，決定誰要前往哪些地方，也決定了青衣神官要與哪個青衣見習生一起行動。

「菲里妮現在也是青衣見習巫女了，她不參加收穫祭嗎？」

面對麥西歐爾的提問，我回答：

「我不會讓她參加喔。因為我指定她接任孤兒院長時，預計把自己的房間與侍從都留給她。目前這些人力物力我們算是共用，所以菲里妮沒有侍從和專屬廚師能帶去參加收穫祭。況且她也與其他青衣見習生不同，不是非得參加收穫祭才有辦法過冬。」

這次會指派未成年的青衣見習生們參加收穫祭，一來是因為人手不足，二來也是因為這樣他們才有足夠的收入過冬。否則的話，一般根本不會派遣未成年的見習生參加儀式。順便補充說明，麥西歐爾是領主候補生，所以就算不是青衣見習生，也會前往各個直轄地，情況並不相同。

「而且也要避免神殿裡面完全沒人，所以我不會讓菲里妮去參加收穫祭，而是讓她負責留守。」

討論著這些事的時候，忽然有奧多南茲飛進會議室。白鳥在我面前降落，用齊爾維斯特的聲音開口說了：

「我預計三日後進行面談。冬季若有孩子將以貴族的身分受洗，把他們的報告送來給我吧。」

青衣見習生們都定定看著重複了三次傳話的奧多南茲。因為有些人的兄弟姊妹也在孤兒院裡，所以他們都很好奇離開孤兒院後，成為貴族的孩子會受到怎樣的待遇吧。

「今年冬天預計離開孤兒院，以貴族身分受洗的孩子共有兩人。報告我會讓羅德里希在返回城堡時帶回去，再麻煩養父大人了。」

我以奧多南茲這麼回覆齊爾維斯特。今年冬天，有望以貴族身分受洗的孩子只有貝特朗與戴爾克。其實孤兒院裡還有同年的孩子在，但其中一人已經回到父母身邊，另一個人則在與哈特姆特面談時被刷掉，沒能得到魔導具，也就沒有資格以貴族的身分舉行洗禮儀式了。

結束了與收穫祭有關的談話後，我回到神殿長室。接著我請莫妮卡跑一趟，向葳瑪告知面談的日期，並取來兩個孩子的觀察報告。隨後我再送出奧多南茲，通知正在受訓的勞倫斯。因為他的弟弟貝特朗即將進行重要面談，由此決定能否舉行洗禮儀式，所以我想勞倫斯身為哥哥應該會想跟他說幾句話。

我正看著葳瑪送來的報告時，勞倫斯很快趕到了神殿。

「羅潔梅茵大人，您在奧多南茲裡說，面談日期已經決定……」

「嗯，是啊。所以請你去孤兒院，為貝特朗加油打氣吧。畢竟他將以孤兒的身分，由奧伯擔任監護人舉行洗禮儀式。受洗以後，旁人不會再承認你們是兄弟。儘管如此，我還是希望你能去多關心他。」

貴族社會都是在洗禮儀式上認定孩子的父母。因此依照這個慣例，貝特朗將成為無父無母的孤兒。以這裡的人們的眼光來看，打從貝特朗一進入孤兒院，旁人就已理所當然地認為「他不是勞倫斯的弟弟」。

「若想以貴族的身分舉行洗禮儀式，首先必須成績優秀，再來是思想必須沒有偏差，比如沒有復仇之心等等，然後也願意服侍奧伯．艾倫菲斯特。根據葳瑪的報告，貝特朗的成績與日常生活表現並無任何問題。」

「這樣啊。」

勞倫斯撫胸鬆了口氣。但我接著說了：「可是，關於他的想法我們並不清楚。」就算他在孤兒院會努力當個好孩子，但不見得願意對領主俯首聽命。

「面對逮捕了自己父母、還將自己送進孤兒院的奧伯，應該很難完全不心存芥蒂地服侍他吧。偏偏若想以貴族的身分生活下去，往後還很可能被要求獻名。所以請你好好開導貝特朗，讓他能夠接受。」

當初勞倫斯也是在父母被處刑後向我獻名。如今他過著怎樣的生活、對齊爾維斯特他們懷有怎樣的情感，又是如何消化自己的情緒，我請他多與貝特朗分享。貝特朗總是說著「我要回到貴族社會」，那麼他很可能會以為受洗過後，就能回到以前的生活。我想盡量幫助他認清，現實與想像有著很大的差距。

「感謝您為尚未受洗的孩子這般費心。因為一般就算早被捨棄了也不奇怪。」

其實我很希望可以提供更多幫助，但能力終究有限。再者，身邊的人也一而再地提醒我，不要干涉過度。

「羅潔梅茵大人，不需要也為戴爾克加油打氣嗎？」

「不用喔，菲里妮。戴爾克只有飛蘇平琴需要多練習，其他沒有任何問題喔。」

戴爾克是在得到魔導具後才認真開始練琴，所以這是最近的事了。羅吉娜不時會去孤兒院察看大家的學習進度。根據她的報告，戴爾克只要持續認真練習，應該可以順利地在洗禮儀式時亮相。

「戴爾克之前已經可以坦蕩無畏地向哈特姆特發表自己的看法，也訂下了目標，所以與奧伯的面談，完全不用替他擔心吧。而且跟其他的貴族孩童不一樣，他非常了解在孤兒院生活有多麼仰仗領主一族的恩惠，所以我也不懷疑他的忠誠。」

戴爾克讓我擔心的，反倒是今後他若要以貴族的身分生活下去，他該如何學習貴族的常識。

「戴爾克在孤兒院長大，所以他欠缺的是貴族該有的常識與心態，這部分就麻煩妳多與他分享了。因為身為領主候補生的我無法讓他當參考。」

戴爾克即使今後將以貴族身分生活，旁人都還是會認定他是舊薇羅妮卡派貴族的孩子，並且嫌棄他是孤兒院出身。比起我以領主候補生身分習得的貴族常識，下級貴族的處世之道對他更有幫助吧。「我會盡力幫忙。」菲里妮點了點頭。

「達穆爾，也麻煩你多多給予指導了。還有羅德里希，請你把葳瑪寫好的報告送去給養父大人吧。」

「遵命。」

轉眼便到了面談當天。齊爾維斯特各帶了兩名護衛騎士、侍從與文官來到神殿，神情肅穆地看著我。

「最重要的評斷標準只有一個，那就是孤兒能否為我帶來用處。我不想把心力浪費在無用之人身上。既然我都已饒過他們一命，除此之外的一切處置妳不得過問。」

我很清楚自己同情他們、想要給予幫助的想法與判斷標準，在貴族社會裡可說是異於常人。其實光是可以讓他們免於連坐，我就該心滿意足了。像我之前想讓斐迪南免於連坐也幾乎是不可能的任務，所以應該心懷感激。

「該以怎樣的方式延攬舊薇羅妮卡派的孩子們，我也知道這對領主一族來說是很重要的事情。養父大人都願意留下他們的性命了，那麼無論您做出怎樣的判斷，我都不會有任何意見。」

「……這樣啊。妳能明白就好。」

齊爾維斯特說著，稍微放鬆緊繃的肩膀。

緊接著面談開始了。負責管理孤兒院的葳瑪帶著戴爾克與貝特朗前來，開始報告。已經收到報告的齊爾維斯特邊聽邊微微點頭，深綠色的雙眼則是來回打量戴爾克與貝特朗，眼神認真嚴峻。

「嗯，聽起來你們兩人都非常努力，成績也很優秀。受洗之前，戴爾克似乎該再加緊練習飛蘇平琴，而貝特朗在成績上已無可挑剔。」

說完齊爾維斯特停頓了下，接著看向戴爾克。

「戴爾克，從今往後你在貴族社會生活，旁人都會視你為某個舊薇羅妮卡派貴族的孩子，也就是罪犯之子。日子想必會非常不好過，這樣你還是想成為貴族嗎？」

戴爾克用力點頭，接近黑色的深棕色眸子晶瑩閃亮。

「是的。我想向羅潔梅茵大人看齊，讓自己也擁有可以保護孤兒院的權力。因為以孤兒的身分絕對得不到這樣的權力，所以不管再痛苦再難熬，我都想成為貴族。」

就和與哈特姆特面談時一樣，戴爾克積極地訴說自己的希求，也對提供了魔導具的齊爾維斯特表達感謝。在他眼中，只有純粹的渴望。因為他的父母並不是被下令殺死，所以他對領主沒有半點負面情緒。

「雖然喝了羅潔梅茵大人提供的回復藥水後，我存下來的魔力還不到貝特朗的一半，但我一定會在就讀貴族院之前存到需要的魔力量。」

面對坦率不諱的戴爾克，齊爾維斯特不自覺揚起淡淡微笑，注視著他的雙眼也流露些許同情。

「……但由於旁人皆視你為舊薇羅妮卡派貴族的孩子，因此成年之際，多半需要向領主一族獻名。對此你作何感想？」

為了免於連坐，舊薇羅妮卡派的孩子們都已經獻名。青衣見習生們與孤兒院出身的孩子也將比照辦理。而戴爾克雖不是舊薇羅妮卡派貴族的孩子，但既然他是從孤兒成為貴族，便也要遵循同樣的不成文規定。聽完說明，戴爾克怔怔地歪過腦袋瓜。

「我可以自己選擇主人嗎？如果可以的話，那我想選擇願意保護孤兒院的人為主人。因為身為孤兒，根本不知道自己會被怎樣的貴族帶走或買走，也不知道等著自己的未來會是怎樣。我還聽說以前常有主人只是因為遷怒，一氣之下就殺死灰衣神官。所以相比下光是可以自己選擇主人，我就覺得很幸運了。」

戴爾克的想法從根本上就與貴族不同。聽完後，齊爾維斯特露出苦笑，頷首道：

「這樣啊，你竟認為獻名是種幸運……那麼戴爾克，我准許你以艾倫菲斯特的貴族之身分舉行洗禮儀式。」

「感激不盡。」

看得出來戴爾克悄悄喊了聲「好耶」。接著齊爾維斯特從喜笑顏開的戴爾克身上別開目光，定睛看向貝特朗。

「我看你似乎有話想說？」

貝特朗沒有回話，齊爾維斯特於是話聲沉穩地靜靜施壓：「你但說無妨。」貝特朗這才慢吞吞地開口。

「……像戴爾克這樣的孤兒，真的即將成為貴族嗎？」

「雖然你說像戴爾克這樣的孤兒，但你也是孤兒。你們兩人的身分並無二致。」

齊爾維斯特說完，貝特朗惱怒地睜大眼睛，張口反駁：

「才不是，我和戴爾克不一樣。我是基貝．威圖爾的……」

「你認識的基貝．威圖爾已經不在了，現在的基貝．威圖爾另有其人。還有，身在孤兒院的你已是孤兒。既然你將由我擔任監護人，以孤兒的身分受洗為貴族，那便與戴爾克沒有兩樣。在向來依洗禮儀式認定父母的貴族社會，你等同是無父無母的孤兒。」

旁人不會當你與勞倫斯是兄弟，身分也與孤兒院出身的戴爾克無異——聞言，貝特朗回答「我知道」以後便不再作聲，微微低下頭去。看到他聽完他人所說以後，卻表現出了可以明白但又拒絕理解的態度，我暗暗嘆了口氣。

「根據孤兒院提供的報告，你似乎極想早日離開孤兒院、回到自己以前所在的貴族社會，並以此做為目標在努力吧？但是，就算你以貴族的身分受洗，也回不到過往的生活。」

貝特朗用力握起的拳頭開始顫抖，似乎強壓著內心激動的情緒。但是，這是他必須面對的現實。

「就算舉行了洗禮儀式，你的父母也不會回來，住所也依然是在神殿。你會和年長你幾歲的孩子們一樣，成為青衣見習生在此生活。你當真已經做好覺悟，在認清了這樣的現實後，仍願意由我負責監護、以貴族身分受洗嗎？你能像戴爾克一樣選擇自己的主人嗎？倘若罪犯之子不願服從於我，我可不會讓他成為艾倫菲斯特的貴族。」

齊爾維斯特目光嚴峻地注視貝特朗，只見貝特朗用力閉上眼睛。

「最重要的是，你是否願意服侍將自己雙親處刑的領主一族。較為年長的孩子都在城堡與貴族院聽過各種閒言碎語、感受過眾人的惡意，也了解連坐的意義，因此能對自己現在的境遇心存感激，進而做好覺悟，選擇自己的主人。但是，年幼的孩子們因為都是突然間失去親人、也沒領略過旁人的眼光，便進入孤兒院得到羅潔梅茵的庇護，多半無法對現在的境遇心懷感謝吧？」

貝特朗沉默半晌，最後開口說道：

「……我是心懷感謝的。哥哥大人也跟我說了，犯下罪行的是父母，所以要怪也該怪父母才對。他還說我們現在能夠活著，其實已經是奇蹟了。雖然我也不想明白，但心裡很清楚。我們是因為領主一族大發慈悲才能活著。」

「這樣啊，兄長曾來勸過你嗎……」

「……是的。哥哥大人已向羅潔梅茵大人獻名，但我想向麥西歐爾大人獻名。」

他說麥西歐爾經常出入孤兒院，會來察看他們的學習進度，也會帶著青衣見習生們一起來玩歌牌和撲克牌，對他們十分照顧。如果是他，貝特朗覺得自己願意服侍。

「……既然你已經考慮到獻名了，那好吧。我便擔任你的監護人。」

齊爾維斯特做出決定後，貝特朗緊繃的肩膀陡地放鬆。

既然確定兩人都要以貴族身分受洗，接著便開始討論冬季洗禮儀式的服裝與陪同者該怎麼辦，然後很快就大致敲定。服裝就穿舊衣，陪同者則由身為神殿長的我挑選近侍擔任。

討論完有關洗禮儀式的事情後，戴爾克他們便退出房間，齊爾維斯特與我接著討論起葛雷修的改造計畫。

「關於葛雷修的改造計畫，預計在芙蘿洛翠亞生產後進行。」

「在養母大人生產後嗎？」

「是啊。她很堅持產後要喝回復藥水，待身體狀況恢復，就要參加改造計畫。」

齊爾維斯特顯然不想讓她參加，但據說芙蘿洛翠亞表示自己是領主的第一夫人，堅決不肯退讓。

「雖然我也很擔心養母大人的身體，但改造計畫的準備工作都做好了嗎？」

「商人們已送來店鋪的設計圖，城市則由文官等人與基貝・葛雷修一起進行了設計。魔力也累積得差不多了。這次真是多虧了魔力壓縮法與重新取得的加護。老實說實在幫了我大忙。」

「那真是太好了。」

重新取得加護以後，累積起魔力似乎比齊爾維斯特原先預期的要輕鬆許多。我也努力在壓縮魔力，所以魔力方面應該沒問題吧。

「對了，那大範圍的洗淨魔法該怎麼辦呢？這次斐迪南大人不在，我也沒辦法在施展因特維庫侖以後，馬上跑去葛雷修喔。」

因特維庫侖只能讓建築物恢復潔白，但整座城市必須施展洗淨魔法才能變乾淨。要城裡的居民一邊忙著準備迎接他領商人，一邊還得清理長年累積的汙垢，這實在是強人所難。所以，必須對整個城鎮施展洗淨魔法才行。

「……關於這件事，能向妳借一下克拉麗莎嗎？」

聽見這樣的要求，我噘起嘴唇反問：「克拉麗莎嗎？」克拉麗莎是哈特姆特的未婚妻，籍貫仍屬於戴肯弗爾格。由於她已向我獻名，所以我若以個人名義交代給她差事倒沒關係，但不能為了領地的事業驅使她。

「我也知道這麼做並不妥當，但我聽布倫希爾德說了，克拉麗莎擁有的輔助魔法陣對廣域魔法相當有效。她說在貴族院比迪塔時，就曾藉助魔法陣施展過大範圍的洗淨魔法；若有克拉麗莎提供協助，她與基貝就能帶著葛雷修的貴族們一起設法完成。施展因特維庫侖的那一天，能請妳對克拉麗莎下令，讓她前往葛雷修嗎？」

我們領主一族必須待在供給室，所以只能交給其他人在葛雷修施展洗淨魔法。布倫希爾德因為不像我與斐迪南這樣擁有豐沛魔力，看來是打算靠多一點人與輔助用魔法陣來設法達成。

「布倫希爾德是妳的近侍，我本想請她直接來拜託妳，但她回絕說了，應該是我這個奧伯該來開口才對。」

「哎呀，因為改造計畫算是領地的事業，又是由養父大人主導，所以確實該由養父大人來開口喔。」

說話的同時，我筆直注視齊爾維斯特。

「要我對克拉麗莎下令是沒問題，但我有條件。請領主一族近侍當中的所有上級貴族，都要派去葛雷修。」

「近侍裡的所有上級貴族嗎？」

「是的。若只派我的近侍前往，請恕我無法接受。不光是現在籍貫仍屬於他領的克拉麗莎，我希望所有領主一族的近侍也能幫忙。畢竟這是奧伯主導的領地事業，而且不管是因特維庫命還是廣域的洗淨魔法，都是人越多越能輕鬆達成。我想單靠葛雷修的貴族們，人數多半不夠。再者，為了日後能拉攏萊瑟岡古的貴族，領主一族積極支援葛雷修也算是必要之舉吧。」

「……好。我會向領主一族近侍裡的所有上級貴族下達通知，當天都要前往葛雷修。」

齊爾維斯特點頭同意後，我便向克拉麗莎送去奧多南茲，命她與布倫希爾德一起商量，當天要如何施展廣域的洗淨魔法。布倫希爾德很快捎來奧多南茲向我道謝。

「羅潔梅茵大人，真是感激不盡。方才克拉麗莎與我聯繫過了。我沒想到領主一族的近侍們也願意幫忙，這樣一來可以輕鬆地洗淨整座城市吧。」

白鳥發出的話聲無比明亮輕快，由此可知為了葛雷修的改造計畫，布倫希爾德有多麼勞心傷神。

「為了讓改造計畫成功，我當然也該全力給予協助啊。」

我這樣送出回覆。沒過多久，奧多南茲再次飛來。還以為是布倫希爾德送來的，結果奧多南茲卻不是飛向我，而是飛向齊爾維斯特。

「奧伯．艾倫菲斯特，我是雷柏赫特。恩多林圖葛似乎已經來到芙蘿洛翠亞大人身邊。」

生育女神的到來——意思是指芙蘿洛翠亞要生了吧。齊爾維斯特霍然起身。

「立刻派人通知麥西歐爾。我們即刻返回城堡。」

齊爾維斯特的近侍馬上展開行動，聯繫麥西歐爾。

「養父大人，我……」

「妳與孩子不是同胞手足，所以就算回了城堡，也不能進入本館的領主居住區域。可以的話，麻煩妳在這裡向恩多林圖葛祈禱吧。」

他說生產時，其他人可以在旁邊提供魔力給芙蘿洛翠亞；但如果不是丈夫或親生子女一類的血親，會對魔力產生極大的排斥。所以，我就算去了也幫不上忙。

目送齊爾維斯特與麥西歐爾急急忙忙返回城堡後，我便回到神殿長室，在房裡的小祭壇前向生育女神恩多林圖葛獻上祈禱。

幾天後，麥西歐爾返回神殿。聽說剛出生的小寶寶是女孩子。

在那之後又過了一週，我被叫到城堡去。因為要施展因特維庫侖了。領主一族都將自己近侍中的上級貴族派往葛雷修。我的近侍當中，克拉麗莎、哈特姆特、柯尼留斯、萊歐諾蕾與奧黛麗都前往了葛雷修，幫忙施展洗淨魔法。

就這樣，葛雷修成功煥然一新，變成了潔白無瑕的乾淨城市。

收穫祭與古騰堡成員的選擇

葛雷修的改造計畫圓滿結束。由於我一直是在城堡的供給室裡提供魔力，前去施展洗淨魔法的近侍們便與我分享當時的情景。

「我們一群人一起施展了洗淨魔法，眨眼間就讓葛雷修變得潔白美麗。無數的魔法陣飄浮在半空中，驚人的水流更朝著城市沖刷而去，那幕景象實在非常壯觀。」

「聽說今後為了維持街道的整潔，奉基貝之命前去的士兵們，以及開始把東西搬去分店的商人們，都會嚴格監督。布倫希爾德還說，載著木工工坊行李的第一批馬車已經從艾倫菲斯特出發了。」

「看到領主一族近侍中的上級貴族都來了，基貝・葛雷修顯得非常高興。我想眾人都對下了這道指令的奧伯心生不少好感。」

柯尼留斯分享了他對廣域洗淨魔法的感想，萊歐諾蕾則是轉述布倫希爾德的報告，奧黛麗則告訴了我基貝與其他貴族的反應。

「我還到了地面上四處參觀喔。準備返回各領的商人們看到與來時完全不一樣的葛雷修，都說他們非常期待明年來這裡做生意呢。等商人們回去後往上稟報，說不定還會在貴族院引起討論。」

沒想到哈特姆特與克拉麗莎竟親自走進變乾淨的城市，還到處走走參觀。聽說店家林立，但到處都是還未裝好門窗的景象十分有趣。

「克拉麗莎，謝謝妳。洗淨城市時若沒有輔助魔法陣幫忙，效率會大打折扣吧。明明對籍貫仍屬於戴肯弗爾格的妳提出了不合理的要求，但這真的幫了我們大忙。」

「哪裡，能幫上忙是我的榮幸。這次的事情也讓我感覺到，自己確實被看作是羅潔梅茵大人的近侍，心裡非常高興喔。」

由於哈特姆特正以神官長為職，她便無法轉籍到艾倫菲斯特來，因此平常與領地事務有高度相關的工作都不會交代給她。儘管她會幫我的忙，卻也進不了神殿，所以領主會議結束後，她似乎一直感到不安，不知自己是否派上了用場。

「其實妳光是能夠幫忙調合魔紙，我就覺得派上了很大的用場呢……」

但克拉麗莎說了，他人是否認可她為我的近侍，這又是另外一回事。由於這次還麻煩克拉麗莎出趟遠門，看到她也有所收穫，我由衷感到慶幸。

這個季節除了商人們都開始返回各自的領地外，另外還有收穫祭。今年的收穫祭，夏綠蒂負責去祈福儀式時去過的基貝土地，韋菲利特、我與麥西歐爾則分頭前往直轄地，其餘的基貝土地則交由青衣神官們分別前往。

「哈特姆特，韋菲利特哥哥大人在春天拜訪過的萊瑟岡古一族土地，就交由你負責了。麻煩你了。」

「羅潔梅茵大人，您除了要前往直轄地，還得去小神殿進行交接，就連克倫伯格附近的基貝土地也由您負責，請您千萬保重身體。」

這次的收穫祭，我還要把哈塞小神殿的守護魔石與秘密房間交接給麥西歐爾，再去克倫伯格把古騰堡夥伴們接回來，行程相當忙碌。

如同既往，收穫祭將隨我同行的護衛騎士還是達穆爾與安潔莉卡，其他則是神殿的侍從與專屬們。我邊用眼角餘光看著他們熟練俐落地做著準備，邊向留下來的近侍們指派工作。這段時間有些人可以悠哉休個長假，並在安潔莉卡與達穆爾從收穫祭回來後與兩人交接；也有些人和菲里妮一樣被指派在神殿留守，顯得幹勁十足。由於主人不在的這段時間，對未成年的近侍來說正好適合用來預習貴族院的課程，所以我也建議大家可以趁這時候用功讀書。

接著，我再命人安排好馬車與負責護衛的士兵，要把前往交換的人員送去哈塞小神殿；另外也指示孤兒院開始準備過冬，並且透過普朗坦商會買下工坊抄製的不可燃紙，讓人送去圖書館——就這樣，我一邊為收穫祭做準備，一邊勤跑圖書館，盡可能把時間都用來製作斐迪南要求的魔紙。

……可以的話，真希望能在就讀貴族院時一起帶過去。倘若斐迪南大人能和上次一樣，在領地對抗戰時回艾倫菲斯特的茶會室過夜，我就可以直接把魔紙拿給他了。

在我忙碌製作魔紙的同時，出發前往收穫祭的日子也逐漸逼近。首先出發的，是得乘坐馬車前往遠方基貝土地的青衣神官，有的人還帶著年幼的見習生同行。由於目前為止，從不曾讓未成年的見習生參加收穫祭，看得出青衣神官們也有些不知所措。

「坎菲爾、法瑞塔克，這次與你們同行的還有首次參加收穫祭的年幼見習生。一路上可能會十分辛苦，但就麻煩你們多多關照了。而你們身為見習生，因為已以貴族身分受洗，可能會有人認為自己的地位比青衣神官要高吧？但是在神殿，青衣神官並沒有高低之分。他們可說是你們的前輩，一定要聽從他們的指示。」

首次參加收穫祭的孩子們什麼也不懂，講白了只是累贅，所以我叮囑他們不可以給人造成困擾。到了外地沒人能阻止他們，要是他們大擺貴族的架子就麻煩了。

「另外我也提醒過同行的徵稅文官，不可以對你們太過無禮。只不過，現在負責徵稅工作的多是萊瑟岡古出身的貴族。他們說不定會故意語帶挑釁，或是針對舊薇羅妮卡派有些挖苦和嘲諷的發言，但請你們一定要克制好自己，不能當場情緒失控。只要告訴他們，你們會回來向我還有麥西歐爾報告就好了。」

先前芙蘿洛翠亞已經重挫萊瑟岡古長老們的銳氣，再加上他們也已經知道，我不會因為對象是我的族人就偏袒萊瑟岡古。只要孩子們示意自己有領主一族為後盾，那些文官應該不會太明目張膽地欺負人吧。

見習生們神色緊張地點點頭，說著「那我們出發了」坐進馬車。載著大量行李的馬車緩緩開始移動。

坐著馬車前往基貝土地的神官們出發後，接著輪到哈特姆特與夏綠蒂。由於本人都是以騎獸移動，載著行李與神殿侍從們的馬車會先行出發。

出發前夏綠蒂先來神殿打聲招呼，與我分享了一些有關剛出生妹妹的事情後，便目送載著行李與灰衣神官的馬車離開。她自己則是明天才與貴族近侍們一起出發。

最後出發的，是前往各個直轄地的領主候補生。看著韋菲利特啟程後，接著又先送走麥西歐爾的行李。麥西歐爾說他會與自己的護衛騎士共乘騎獸。

我則前來目送要去哈塞小神殿做交換的灰衣神官們，並與負責護衛的士兵們互道寒暄。父親的脖子上有條皮繩，上頭掛著徽章魔石。

「今年也麻煩你們了。」

「包在我們身上吧。」

就算只是簡短的交談，我也很高興能與父親說上話。

送走前往哈塞的馬車後，我再變出小熊貓巴士，讓侍從們把行李搬上車。

「姊姊大人的騎獸好方便喔。我也想早日可以使用這種騎獸。」

「但我聽夏綠蒂說過，要改變騎獸的大小很耗魔力喔。所以麥西歐爾首先得進入貴族院就讀，然後要努力壓縮魔力。」

聞言，麥西歐爾有些不滿地噘起嘴唇。

「父親大人說過，由於羅潔梅茵姊姊大人以後要去中央，所以我們這一代的孩子沒機會學到姊姊大人的魔力壓縮法了。」

「嗯，是啊。而且斐迪南大人不在了，也達不到可以簽約的條件，今年就沒有再教給其他人了。但既然我以後無法留在艾倫菲斯特，那種契約還是不要再簽訂比較好。」

我曾聽馬提亞斯說過，喬琪娜似乎也靠著自己摸索到了第二階段的魔力壓縮法。其實，壓縮魔力的方法本該自己慢慢研究摸索，而且我也打算在成為王族後，向大家宣揚圖書館地下書庫的存在。到時候，也可以嘗試使用書庫裡留有紀錄的壓縮方法吧。

「總之你要多向大家討教，然後自己好好思考，也要認真學習古文。現在我也只能給你這些建言了。」

「我已經很努力在學習看懂聖典了，感覺還有好長的路要走呢。」

麥西歐爾深深嘆口氣後，肩膀垮下。

麥西歐爾的近侍們騎著騎獸圍繞在我四周，一行人就這樣往小神殿移動。到了小神殿後，我先是打開秘密房間，請莫妮卡進去整理，再指示專屬廚師們去做準備。下達完了指示後，我便喚來麥西歐爾，帶著法藍與護衛騎士前往哈塞的冬之館。

「利希特，從明年開始神殿長將會換人。今天我帶麥西歐爾過來，就是為了向你介紹。」

向鎮長利希特告知神殿長將換人一事後，接著就是舉行儀式、參觀熱血沸騰的玻爾非比賽。今晚麥西歐爾會在哈塞的冬之館落腳。隔天早上，與徵稅官確認過稅收沒有問題後，我便帶著麥西歐爾往小神殿移動，正式開始交接。

「麥西歐爾，這就是小神殿的守護魔石。一年當中有祈福儀式與收穫祭，兩次都要為魔石供給魔力。就像這樣，灌注到魔石變色就完成了……如果你擔心自己魔力不夠，可以先把魔力儲存在魔石裡。或者也可以請夏綠蒂或韋菲利特哥哥大人過來進行登記，幫你灌注魔力。」

「這些事情羅潔梅茵姊姊大人都是一個人辦到的吧。」

麥西歐爾的話聲顯得有些沮喪。但我當初可是每天都豁出了性命在壓縮魔力，所以不能與我比較魔力量。況且要是像我那樣拚命壓縮，會和我一樣發育不良。

「麥西歐爾，你不必急著要一個人就做到所有事情喔。」

往守護魔石登記了魔力後，我再看向正從秘密房間裡搬出所有家具的侍從與哈塞灰衣神官們。

「這些家具當中有麥西歐爾可以使用的嗎？除了這處秘密房間，我也想盡量把家具都讓給你。因為這裡一年只會來兩次，若還購置家具就太浪費錢了吧？與其購買新家具放到這裡來，倒不如把錢花在其他地方上。」

由於領主一族很少接收他人用過的物品，麥西歐爾愣了一下，但一名疑似掌管帳務的侍從卻顯得如釋重負。畢竟雖然能領到給神殿人員的經費，但並不會分成哈塞小神殿與艾倫菲斯特神殿各給一筆。新房間的整頓想必在意料之外。

「被褥等布製用品自然需要替換，但桌子床鋪等木製家具還是使用現有的吧。羅潔梅茵大人說得沒錯，現在正忙於交接，實在沒有時間再為一年只用數次的家具前往城堡挑選或訂購。」

聽到侍從表示時間寶貴，麥西歐爾一臉可以理解地道：「說得也是呢。謝謝姊姊大人，那我便留下使用了。」

「托爾、瑞克，那等一下請把麥西歐爾不用的東西搬到馬車上吧。我要帶回艾倫菲斯特的神殿。」

「遵命。」

等到秘密房間裡的東西徹底搬空，我便清除登記，讓麥西歐爾重新登記。接著，再讓人重新把家具搬進去。

「沒想到貴族大人給個房間這麼麻煩。」

看到禮拜堂的門扉敞開，東西不停搬進搬出，士兵們蹦出這樣的感想。因為同樣的情況，平民只要把鑰匙交給下一個人就好，所以他們覺得很有意思。

「因為房間得進行魔力登記，雖然安全性與防護性較高，但想讓給另一個人的時候就很麻煩呢。」

「竟然把房間讓給繼任的神殿長，所以羅潔梅茵大人真的要去其他地方了嗎？之前看到昆特先生開始交接，還說要和受到招攬的家人一起搬走，我還十分驚訝……」

看來為了和家人一起搬走，父親也開始在大門交接工作了。

「哎呀，我要離開一事還不能讓其他人知道喔。請小心不要對外洩露。」

我睨了父親一眼提醒道。接著，我一邊與士兵們閒話家常，一邊也察看行李的堆放情形，還與負責管理小神殿的諾拉及瑪塔討論有無東西需要補充。

「瑪塔，妳別露出這麼擔心的表情。就算我走了，哈塞與艾倫菲斯特的神殿仍會繼續往來，哈塞的小神殿也不會消失喔。」

「是。」

「還有，要提供報酬給護衛的士兵們這件事，我也交接給下一個人了。所以今後也要麻煩各位了。」

「是！」

關於提供給士兵們的報酬，我已經建議過麥西歐爾，可以把士兵提供的消息當作是平民區的情報賣給齊爾維斯特，藉此獲得資金。要是沒有經費，那想辦法從其他地方挖錢就好了——聽到我灌輸的商人思維，近侍們無不目瞪口呆。但當我說明，這就和先在貴族院蒐集情報，再賣給各個部門一樣後，大家又都一臉了然。傾聽時大家的表情都非常認真，看樣子會努力地從齊爾維斯特那裡榨取錢財吧。

結束了在哈塞小神殿的交接後，麥西歐爾接著往南，我則往東繼續行進。我操縱著騎獸，接連前往各個直轄地參加收穫祭，再前往富柏、布朗、格雷茲與赫辛等地的基貝夏之館後，最終趕往克倫伯格。

與基貝·克倫伯格道過寒暄後，我便舉行儀式，隔天早上則是徵稅。等到所有事情都確認完畢，就要接走古騰堡成員返回艾倫菲斯特。

「這次又是長期在外工作，辛苦大家了。而且有不少人都是第一次參加吧？大家對克倫伯格有什麼感想呢？」

據路茲與吉魯所說，優蒂特似乎細心地幫忙打點好了不少事情。此外，第一次外出工作的人果然會有適應不了陌生環境、水土不服的情況，但早就習慣的人倒是覺得工作環境十分舒適自在。

……看來之後要在中央做準備時，可以向優蒂特他們尋求一下意見。

返回艾倫菲斯特神殿的一路上，我都聽著古騰堡成員講述他們在克倫伯格的工作情況。回到神殿以後，再請薩姆把準備好的木板邀請函，分別交給每個工坊。

「我有重要的事情要說，所以請工坊師傅、古騰堡成員本人，以及古騰堡成員認可為徒弟的人都來神殿一趟。時間是五天後的第三鐘。」

為了不識字的人，我先把邀請函上的內容唸了一遍。由於這次去外地工作的人有不少都是徒弟，看得出來他們拿到貴族給的邀請函後，全都戰戰兢兢。跟一臉寫著「這次又有什麼事了？」的路茲與約翰大不相同。

「……那個，羅潔梅茵大人。海蒂小姐也要參加嗎？」

誠惶誠恐開口發問的，是墨水工坊的賀拉斯。想起法藍他們不太能夠接受海蒂的言行，以及約瑟夫每次要制止海蒂有多麼勞心費神，我思考了幾秒鐘後微微一笑。

「墨水工坊的海蒂夫婦皆是古騰堡成員，所以只要其中一人代表參加就好了。倘若海蒂願意看家的話，請幫我告訴她，我會向約瑟夫送去一些可以用來研究墨水的他領原料。」

我列舉了幾樣絕對會讓海蒂想留下來看家的亞倫斯伯罕原料後，賀拉斯感動得雙眼燦燦發亮。

「太感謝您了！羅潔梅茵大人真是名副其實的聖女！」

……咦？讓海蒂留下來看家是件這麼教人感動的事情嗎？

前往參加收穫祭的青衣神官們一個個都回到神殿來了。與此同時，轉眼就到了會面的日子。由於這次邀請的全是平民區工匠，地點便選在孤兒院長室。因邀請人數眾多，我請人整理好玄關門廳，增加椅子的數量方便談話後，再命妮可拉備好茶點。

普朗坦商會的班諾、馬克與路茲早就習慣出入孤兒院長室，最先走進來後，接著是古騰堡成員與他們所屬工坊的師傅臉色僵硬地走進來。我很清楚對平民來說，踏進貴族所在的區域是件多麼可怕的事情，所以就算他們寒暄時說漏了幾個字，就算走路同手同腳，我也假裝沒發現。

談話開始前，我先是聲明：「由於各位都是平日不會接觸到貴族的平民區工匠，所以就算說話不夠拘謹有禮，我也不會放在心上，更不會懲罰大家。」這麼做除了想緩解師傅們的緊張，但主要是想說給我的近侍們聽。因為我可不希望談話途中，他們老是瞪著大家看，或是插嘴打斷。

「由於此事還不能對外大肆宣揚，才會邀請各位來到這裡。接下來我要說的事情，請在明年的春季尾聲之前都不能透露半個字。」

我告訴大家，自己將在明年的春季尾聲離開艾倫菲斯特，並且待成年後想在該地發展印刷業，所以希望古騰堡成員能夠跟隨我。

「倘若古騰堡成員本人或是他的徒弟願意過來，我會十分感激。一般來說貴族只會單方面下令，但我希望盡量傾聽大家的意見。畢竟，應該也有人因為結婚或婚約的關係無法離開，所以我不會強迫大家。但如果不方便搬走，我打算和之前一樣請大家長期到外地工作、傳授技術，所以可能會強制大家長期到外地出差。」

聽到我說並不會強迫大家搬走後，師傅們不約而同露出安心的表情。畢竟他們用心栽培了繼承人這麼久，要是被人搶走會很頭痛吧。已經知道此事的班諾一派從容自若地喝茶，但路茲現在才聽說，睜大翡翠綠色的雙眼往我看來。

「您要離開艾倫菲斯特一事已經確定了嗎？」

「是的，而且多半不會更改。」

「古騰堡成員真的是三年後才要跟過去嗎？」

……怎麼連路茲也問了跟班諾先生一樣的問題！不要用那麼懷疑的眼神看我嘛！

「奇爾博塔商會裡專門為我縫製衣裳的裁縫師以及文藝復興，我已要求他們必須和我一起離開，所以他們是春季尾聲就會搬走。另外班諾告訴我，普朗坦商會為了準備工坊與店面、成立新的印刷協會，到時候也會先過去。」

我邊說邊看向班諾。他輕輕頷首，向其他師傅告知普朗坦商會今後的安排。

「我會先一步過去，為迎接古騰堡成員的到來做好準備。而普朗坦商會內，預計要離開的有我、馬克與路茲共三人。但路茲因為尚未成年，還需要徵得父母同意，所以得先與他的父母討論過後才會正式決定。」

班諾說完，路茲咧嘴露出無畏的笑容。

「我一定會說服父母，與老爺一同前往……總不能被多莉甩在後頭嘛。」

「相識已久的人們願意隨我一起離開，真是教人放心呢……不過，我得在成年之後才能在他領隨意行動，所以古騰堡成員等到三年後再搬離即可。原來是艾倫菲斯特十分特殊，我這個未成年的孩子才能隨心所欲。」

真是太可惜了──我這麼惋嘆後，忽然有人「嗯……」地發出不以為然的悶哼。

「就算是在艾倫菲斯特，一般未成年的孩子也不會成為資助者。我們領內能夠接受這種事情確實十分特殊，但最不尋常的還是羅潔梅茵大人。」

約翰說完，古騰堡夥伴們一致點頭同意。就連站在門口擔任護衛的達穆爾也在點頭。怎麼這樣。唯獨站在我身後的哈特姆特開口訂正：「不是不尋常，是特別才對。」這種事無所謂啦。

「大家要搬走的時候，想帶家人也沒問題喔。像我已經接到報告，奇爾博塔商會的髮飾工藝師會一家人一起搬走，結為夫妻的專屬廚師則會帶著女方的母親同行。」

「非常感謝您的費心，但我無法離開。因為我努力至今，都是為了在這座城市裡擁有自己的工坊……」

在場的古騰堡成員皆陷入沉思時，英格發出呻吟般的聲音開口說道。英格因為在師傅當中年紀算輕，以前常常接不到工作，但在他成為古騰堡的一員後，如今他的工坊在城市裡已頗有名氣。不僅手下的都帕里變多了，也有很多人想加入他的工坊。除了我以外，也有其他資助者會委託工作給他，因此在本地已建立起人脈的情況下，他說自己無法前往陌生的土地從頭來過。

像我也是已經建立起了人脈，雖然可以讓家人一起搬走還算安慰，但也不想離開有著自己圖書館的艾倫菲斯特。所以，我非常能明白英格的心情。

「我明白了。那英格就留下來吧。」

「謝謝您……迪莫，那你呢？你如果想走，我可以與你解除都帕里契約。你不是覺得其他城鎮很有意思嗎？」

英格看向坐在自己身旁的徒弟迪莫問道。對此，迪莫抬起頭來。

「羅潔梅茵大人，請問如果去的人是我而不是師傅，我能擁有工坊嗎？」

「既然你需要工作的地方，我當然會提供工坊。只不過，師傅的資格我就無能為力了。但你把嶄新的印刷技術帶過去的時候，若想要取得資格應該不難吧？」

聞言，迪莫眼中綻放喜悅的光彩。由於迪莫從初期就參與了印刷機的製作，他若願意代替英格前來，那我就不用擔心了。

迪莫做出決定，表示願意離開後，只見薩克坐不住似地動了動身體。

「羅潔梅茵大人，倘若我有意願，您能對我下令嗎？因為都帕里沒有命令的話，無法任意離開。只要師傅說聲不准，我根本沒有機會。」

「喂！」薩克所屬工坊的師傅在一旁橫眉豎目，但薩克似乎已經打定主意，灰色雙眸燦爛生輝。他給人的印象從一開始到現在都沒變。想當初他還為了得到古騰堡的稱號，自己跑到工坊來。

「每次到了陌生的城鎮，我都會發現許多有趣的新事物，這也經常成為我構思新產品的契機。而且，我想讓其他城市裡也有刻上了我名字的東西。」

由於設計了水井的手壓式幫浦、改造了馬車，在艾倫菲斯特到處都能看到我與薩克的名字。他說他想在其他領地也達成這樣的成就。薩克的野心還真不小，既然他願意一起離開，那我便會帶走他。畢竟薩克的構思與設計能力還無人能取代。

「我知道了。倘若你本人有意願，師傅卻反對的話，屆時我便下命令吧。不過，還請你先與新婚妻子商量過後再決定。」

「她的話沒問題。因為我和其他古騰堡成員要去外地的時候，她還說過想跟著一起來。」

「薩克，在你問過本人以前，先別輕易地代替她說沒問題。請你一定要問過妻子的想法喔。在那之後我才會下命令。」

因為如果是跟著古騰堡成員前往領內的其他地方，那麼每隔半年就會回到艾倫菲斯特。長期在外出差與搬到他領居住，是不一樣的兩回事。為免剛結婚就鬧離婚，一定要和妻子好好討論才行。

「我想海蒂一定會說她要一起走，師傅你打算怎麼辦？」

「……海蒂倒無所謂，但約瑟夫，你可是有培里孚資格的繼承人喔？」

約瑟夫與比爾斯雙雙發出苦惱呻吟。看來比起自己的女兒海蒂，約瑟夫若不在了更讓比爾斯頭痛。約瑟夫「嗯～」地沉吟，大力抓了抓頭。

「賀拉斯，你有辦法取得培里孚的資格嗎？」

「我嗎?!」

賀拉斯的聲音頓時拔高好幾度。但這樣的反應也很正常，因為培里孚是成為工坊師傅必須具備的資格。首先要做出出色的工作實績，得到隸屬各協會的好幾位培里孚的認可後，協會長才會頒發資格。跟只要成立了工坊就能夠自稱的工坊長不同，這種資格只會頒給巧匠中的巧匠。

順便說明，印刷協會與植物紙協會，目前都是交給班諾能夠認可的人管理。但工坊的數量本身還很稀少，工匠也是吸收所學就已經耗盡心力，所以還沒有人能取得培里孚的資格。再加上從事資歷至少要有十年才行，所以我想不久的將來，會是在伊庫那發明新紙張的工匠們先取得培里孚的資格吧。

「跟約束海蒂比起來，我想讓賀拉斯去取得資格還比較簡單。然後你再與譚娜結婚，工坊就有人可以繼承了吧……」

雖然不知道譚娜是誰，但應該是師傅比爾斯的血親吧。約瑟夫的話聲中有著難以形容的悲悽。看來約束海蒂是一件非常困難的事情，比爾斯也一臉死心地頷首。

「比起阻止海蒂，這樣做確實更實際。反正墨水的做法我們已經知道了，那個太會花錢的研究狂，還是跟著資助者一起離開吧。」

比爾斯基於非常驚人的理由，判定本該繼承工坊的女兒要離開艾倫菲斯特也沒關係。就這麼成了新一任繼承人的賀拉斯滿臉錯愕，但我希望他好好加油。

「我因為與師傅的孫女有婚約在身……要搬走的話恐怕……」

約翰略顯靦腆地說完，搖搖頭表示無法離開。只見師傅表情有些複雜地看著他，然後說道：「我們工坊要讓誰離開，請容我再考慮一下。」

「那請向班諾告知你的答覆吧。現在還不急。」

「多謝羅潔梅茵大人。」

後來，我經由班諾收到了答覆。原來師傅的孫女不想與約翰，而是想與丹尼諾結婚。聽說她比起總是默默做事、帶有傳統工匠特質的約翰，更喜歡個性開朗又健談的丹尼諾。加上站在工坊的立場，丹尼諾能夠擁有好幾名資助者，但約翰卻只有我這個大客戶，所以相比下也更想讓丹尼諾留下來。

「師傅還留了口信說：『大小姐，約翰就麻煩您多照顧了。』而約翰現在好像非常消沉，說他想跟羅潔梅茵大人一起搬走。」

吉魯向我報告以上內容。我在心中對約翰寄予同情的同時，也在腦海裡試著把丹尼諾與約翰擺在一起。確實是丹尼諾會更受女孩子歡迎。

……畢竟是未成年的女孩子嘛。雖然約翰也有他的優點啦。

聽完報告的我長嘆一口氣後，吉魯難以啟齒似地看著我，開口喊道：

「羅潔梅茵大人，我……」

可能是因為剛從克倫伯格回來，之前又一直與平民區的工匠生活在一起，吉魯的說話語氣還沒完全恢復穩重。吉魯這副樣子，讓我想起了他以前總在擔心自己會被解除侍從的職務。我心生些許懷念，並從抽屜裡拿出徽章魔石。

「我打算請吉魯在三年後過來喔。你不嫌棄的話，請收下這個魔石吧。這是我給三年後才要離開的人的信物。」

我遞出徽章魔石後，吉魯露出高興的笑容收下。

……也要把徽章魔石送給妮可拉與葳瑪才行呢。

妮可拉我預計等到菲里妮成年，再讓兩人一起搬到中央；葳瑪則是先交給艾薇拉照顧，待我成年後再把她接過來。

我將兩人喚來神殿長室，遞出魔石。「不論我到了哪裡，都會為羅潔梅茵大人鞠躬盡瘁。」妮可拉開心地這麼說著，舉起魔石注視上頭的徽章。

「葳瑪，妳願意成為我的專屬畫師嗎？還是想成為母親大人的專屬？」

「我想成為羅潔梅茵大人的專屬畫師。艾薇拉大人雖是好客戶，但我的主人是羅潔梅茵大人。」

葳瑪微笑說完，收下魔石。太好了——我與葳瑪相視而笑時，門外響起示意哈特姆特來訪的鈴聲。

「羅潔梅茵大人，夏綠蒂大人似乎即將抵達。」

「哎呀，比預計時間還早呢。那我去玄關迎接，再麻煩大家準備茶水和點心。」

在外出參加收穫祭的人當中，夏綠蒂是最後一個回來的。我與哈特姆特一起走向正門玄關迎接。「您也送了徽章魔石給妮可拉與葳瑪他們嗎？」哈特姆特這麼問道，胸前也有著反射光芒的徽章魔石。先前他表示：「雖然我們會與您同時離開，但還是想要徽章魔石。」然後拿來了自己與克拉麗莎兩人份的魔石。其實徽章魔石等同信物，對於我以後要帶走的人來說是種身分的保障，不應該也給哈特姆特與克拉麗莎。但由於達穆爾擔心收到徽章魔石的人會被欺負，我還是往魔石刻下了徽章。哈特姆特非常高興。

「姊姊大人，我回來了。」

「夏綠蒂，妳回來啦。在外遠行這麼久一定累了吧？要坐下來喝杯茶嗎？」

「樂意之至。」

於是我在神殿長室裡接待夏綠蒂，一邊喝茶吃點心，一邊聽她分享有關收穫祭的事情。她說北邊的土地自從開始舉行喚春儀式後，收成便有顯著成長，居民的生活也寬裕許多。

「這次出去我還告訴大家，現在葛雷修的改造計畫已經結束，那麼從明年開始只要累積到了足夠的魔力，或許就能重建儀式舞臺了。看來只要多花點時間，應該能把北邊的貴族拉攏到領主一族這邊來。」

……果然夏綠蒂很擅長貴族之間的交際往來呢。

聽著她的報告時，妮可拉端了一壺新的茶來。大概是急忙套了繩索戴上去的，胸前的徽章魔石發出閃耀光芒。由於灰衣巫女基本上不會佩戴任何首飾，看到妮可拉身上戴著魔石，夏綠蒂雙眼圓睜。

「哎呀，那是羅潔梅茵工坊的徽章吧？剛才我看到哈特姆特身上也有同樣的魔石，這有什麼涵義嗎？」

於是我告訴夏綠蒂，為免我預計在成年時接走的人被買走，也為免他們有被主人拋下的感覺，自己便送了徽章魔石給他們。順便也說明，雖然哈特姆特與克拉麗莎會和我同時離開，但他們因為自己想要，就主動提供了魔石給我。

「姊姊大人，那我也想要。」

「咦？可是，這是我給要帶走的人的信物……」

沒想到夏綠蒂會說出和哈特姆特他們一樣的話來，我驚訝地注視她。夏綠蒂有些難為情地點點頭。

「我知道。我既無法跟著姊姊大人一起離開，也打算永遠留在艾倫菲斯特。可是，那個魔石等同是姊姊大人會給予庇護的一種信物，也象徵著即使分隔兩地，您也還是他們的主人吧？所以，我也想要有一個即使與姊姊大人分開，仍能用來證明我們是姊妹的信物。」

聽到夏綠蒂說，她想要一個信物來證明我們的姊妹關係，而不是主從關係，這句話完全刺激到了我的姊姊之魂。那我無論如何都得完成她的要求才行吧。

……因為這可是可愛妹妹的要求喔?!妹妹說了，她想要有個即使分隔兩地，仍能用來證明我們是姊妹的信物，那我身為姊姊當然必須做給她！

「夏綠蒂，那妳想要怎樣的信物呢？我會盡可能滿足妳的要求！」

「那怎麼行！我不能再占用姊姊大人更多時間了。請交給平民區的工匠，製作一個金屬飾品就可以了。」

「交給平民區的工匠……？」

「是的。為免與證明主從關係的信物混淆，姊姊大人不需要送我魔石。只要能讓他人看出我與姊姊大人的關係就夠了。」

夏綠蒂表示，只要在硬幣大小的金屬上，刻印羅潔梅茵工坊的徽章就足夠了。因為主從與姊妹並不相同，她說最好也使用不同的材料。

於是我與夏綠蒂一起討論，決定了大小與使用材料後，接著繪製設計圖。設計圖畫好後，我便喚來吉魯，請他委託給約翰製作。相信能在冬季期間完成吧。

「約翰的手藝很好，成品一定會非常完美喔。」

「真教人期待呢，姊姊大人。」

終章

結束了在神殿的談話後，路茲一回到普朗坦商會便大伸懶腰。每次出席會議，只要羅潔梅茵的貴族近侍也在場，總會讓人全身緊繃。不知道比自己更不習慣與貴族接觸的其他古騰堡還好嗎？這個想法閃過腦海。

「唉，累死人了。」

「幸好工匠們沒有惹得貴族不高興，談話順利結束了。」

班諾與馬克也放鬆僵硬的身體，回房更衣。聽說面見貴族所穿的正裝容易讓人渾身痠痛。而穿著學徒制服的路茲無須更衣，在兩人換好衣服來到辦公室前，先準備泡茶。

「對了，老爺。關於羅潔梅茵大人要離開一事，您知道詳情嗎？」

班諾與馬克換好衣服來到辦公室後，路茲邊遞上茶水邊問道。這天羅潔梅茵召集了古騰堡的所有成員，卻沒有說明詳情。那麼，早已知情的班諾或許知道。

然而，班諾卻擺擺手說了：「我也只知道她將前往中央。」但就連這件事情，羅潔梅茵也要求他必須保密。聽說還特別叮囑，不能讓在處理印刷業務時會接觸到的下級貴族們知道。

「感覺情況好像十分棘手呢。」

「反正不管在神殿還是在店裡，你都不要多嘴。難保不會走漏風聲。」

班諾擔心消息最終會傳回貴族們耳中，對此路茲用力點頭。只要是有關羅潔梅茵的事情，他早已習慣不告訴任何人。

「還有，那丫頭定好的計畫常常都會提早進行，規模也都會大上許多。我們可不能鬆懈大意，得先做好隨時都能出發的準備。」

這是基於過往經驗所養成的謹慎。想想羅潔梅茵以前訂定的計畫與施行情況，路茲點了點頭。他也有同樣的擔憂。羅潔梅茵的專屬都必須提早進行準備。

「在我們離開後負責與神殿工坊接洽的人，我打算指定達米安與邁洛斯。你去外地工作的時候，他們本來就會代替你出入工坊，所以交接起來應該不難。只不過，工坊那邊的負責人有無變更、雙方在工作上能否相處融洽，我希望你自己也要仔細觀察。畢竟那裡稍不留神就會有貴族大人跑進來。」

與平民區的工坊不同，尤修塔斯與哈特姆特等貴族有時也會出入神殿的工坊。不僅如此，雖然罕為人知，但就連領主也曾隱瞞身分跑來過。只要應對上出了一點差錯，後果可是不堪設想。

「老爺，既然您與馬克先生都要前往中央，那普朗坦商會要交由誰掌管？」

「會交給我妹妹米兒達。他們一家人已經在夏天就搬過來，開始進行交接了。」

說話時，班諾示意住著員工家人的樓上房間。班諾有兩個妹妹，一個是珂琳娜，一個是因為不想與公會長的兒子結婚，便嫁到城外的米兒達。當初路茲即將受洗，要在城外設立植物紙工坊的時候，就是承蒙米兒達的關照。在那之後，像是整理哈塞的小神殿、迎接他領商人入城，也都曾找她商量或請她提供協助。班諾想必是判定，可以把普朗坦商會交給妹妹米兒達與她的丈夫吧。

路茲也見過她幾次。記憶中米兒達與珂琳娜長得很像，乍看下都有著溫柔婉約的氣質，但爭取利益時的笑臉倒是與班諾如出一轍。

「路茲，你現在先思考要搬走這件事吧。羅潔梅茵說了，倘若是自己的專屬，她可以連對方的家人一併帶走。你要問問你的家人打算怎麼做。畢竟如果搬去中央，下次回來都不知道是什麼時候。」

聽到這番話，路茲這才慢慢湧起了要搬去他領的真實感。自從成為古騰堡的一員，得為了工作在領內到處移動，他本來覺得自己的夢想已經實現了。然而，如今發現自己將要離開艾倫菲斯特前往他領，幼時那種對外面世界的憧憬重新填滿他的胸口。可以想見自己眼中的世界將越來越寬廣，他就難以抑制興奮。

「……我一定會說服父母，一起去中央。況且多莉他們也會離開，我才不會輸給他們！」

路茲剛握起拳頭這麼宣告，忽然有人輕拍了下他的頭。「你別太激動了。」轉頭一看，只見班諾一臉受不了，馬克則是面帶苦笑。

「我們知道你有衝勁，也知道你有決心，但還是要跟父母好好商量。我可不希望你們又莫名其妙吵起來，被叫到神殿去。」

「等等，這是什麼時候的事了?!都已經過了好幾年……已經七年前了耶！」

明年夏天路茲便要成年，聽到自己才剛受洗不久時的陳年往事，丟臉得只想找個地洞鑽進去。但不知是否沒察覺到路茲的難為情，還是察覺到了也刻意無視，班諾只是稍稍歪過頭。
「已經七年了嗎？我怎麼覺得是不久前的事……」
「肯定是因為您太忙了。時間過得還真快，路茲當然也長大了。我記得他那時候只有這麼高吧？」
班諾與馬克用感慨萬千的口吻，回憶起路茲受洗前後的過往。雖然他自己的成長經歷也不遑多讓，但那時候梅茵還是青衣見習巫女，不叫作羅潔梅茵；神官長也不是哈特姆特，而是斐迪南。回想起來，這幾年真的發生了許許多多的變化。
兩人滔滔不絕地打開話匣子，說起當時的路茲與梅茵在商人世界裡做的事情有多麼離譜，路茲只想摀住耳朵。畢竟從小就把他們捲進自己的家庭紛爭來，他實在無可反駁。兩人朝自己看來的眼神就像親戚裡的叔伯一樣，讓路茲更是坐立難安。
「請兩位別再說了。我現在已經跟那時候完全不一樣了，現在就連父母也對我有些刮目相看喔。」
「那當然，要不然他們怎麼會允許未成年的兒子訂婚。」
班諾嘿嘿賊笑，路茲沒好氣地瞪他一眼。平民區裡尤其是在貧民居住的區域，女性通常都是成年前後就訂婚，男性則要等到收入足以養家之後才有辦法結婚。未成年的路茲之所以能與多莉訂婚，除了是雙方都有隱情，也是因為路茲的收入還不少。
「我會給你休假，好好和父母溝通吧……啊，還有，你回家前也記得先跟多莉報備一聲。你們訂婚以後完全沒見到面吧？」
由於班諾與馬克不僅知道梅茵變成羅潔梅茵的原委，平常在很多事情上也會給予通融，所以兩人對路茲與多莉的家庭情況簡直瞭如指掌。

「你禮物準備好了嗎？」

「準備好了。因為同行的人都有提醒我。」

雖說是基於很多原因，但即便是臨行前急忙訂下婚約，也絕不能怠慢未婚妻。大家三番兩次地提醒他要準備禮物。

「好好討未婚妻的歡心吧。」

由於不想再被調侃，路茲飛也似地衝回自己房間。

這時多莉應該人在工坊，因此路茲往工坊前進。儘管自己回來後得到了休假，但多莉並沒有。現在這時候，應該正忙著準備羅潔梅茵要帶去貴族院的服裝與髮飾吧。說不定，也開始準備她要帶去中央的衣物了。

「哎呀，路茲，你回來啦。是來見可愛未婚妻的吧？」

「我只是想把禮物先拿給多莉，可以幫我叫她一聲嗎？」

「禮物耶。哇啊，你們感情還是這麼好。真羨慕。」

路茲一到工坊，店內的櫃檯女員工立即開口揶揄。以前路茲總會反駁說「我們不是戀人」，但現在兩人確實已經成了未婚夫妻。他無法反駁，只能任她調侃。

……多莉肯定也是剛訂完婚就被大家調侃吧，真是辛苦她了。

路茲因為後來馬上去了克倫伯格，幾乎沒被人打趣挖苦，但多莉鐵定每天都要面對這些吧。等待時他想著這些事情，不久就聽見了腳步聲。

「路茲，你回來啦。」
看見揮手走出來的多莉，路茲有些倒吸口氣。明明多莉的聲音和記憶中一樣，但外表卻不是。她的麻花辮不見了，頭髮往上盤起，裙襬長度也變長了。僅僅只是這樣的改變，看起來卻彷彿是自己不認識的成年女性。
「那個，路茲，我要了一點休息時間，我們要不要到外面去？至少到中央廣場那邊。」
發現櫃檯女員工嘻嘻賊笑著投來目光，多莉似乎十分在意，將身體挨過來小聲問道。明明這樣的舉止也和以前沒有不同，但由於是第一次見到多莉成年後的打扮，路茲感覺自己的心臟莫名跳得飛快。他無法馬上就聽懂多莉在說什麼，只是不自覺地發出「喔」、「好啊」的應和聲。
被多莉拉著手臂快步離開工坊時，路茲注視著她沒有了麻花辮後，暴露在空氣中的雪白頸項，內心感到十分不可思議。
……嗯？視線的高度也不一樣了。
大概因為一直以來，都是多莉長得較快也較高，所以印象中比她小一歲的自己總要稍微仰頭看她。但不知是多莉已經不再長高，還是路茲進入了成長期，總之看起來的感覺好像和以前不太一樣。
……我和多莉一樣高了嗎？還是我比她要高一點？
如果是的話就好了——路茲這麼心想著，注視多莉的腦袋瓜。
「我看你心不在焉的，怎麼了嗎？太累了？」
多莉將臉蛋往他湊過來問道，路茲嚇得一震。在他恍惚出神的時候，兩人已經來到了中央廣場。在多莉開口叫他之前，他完全沒留意到周遭的景象，也沒聽見嘈雜的人聲，感覺突然就置身在了人來人往的街道上。路茲有些尷尬地搔搔臉頰。

「……呃，我只是有些嚇一跳。那個，因為我第一次看到妳成年後的打扮。」

「咦？啊，對喔……路茲是現在才看到吧。因為成年禮結束後都已經過了快一個季節，我自己早就習慣了呢。」

她說剛成年時，工作上有往來的人，或是附近鄰居還常常對她說：「妳看起來突然就像個大人了。」、「成年了啊？已經是待嫁的小姑娘啦。」但現在都已過了一個季節，顯然沒有人會再這麼說了吧，多莉發出輕笑聲。接著她稍微捏起下襬變長的裙子，難為情地紅了臉頰。

「呵呵，我看起來像個大人了嗎？」

「嗯，一瞬間我還以為妳是不認識的人。」

路茲老實回答後，多莉瞬間吃驚地屏住呼吸，說著「是嗎？」別開視線。緊接著她在噴水池邊坐下來，輕拍了拍自己身旁的位置，問道：「關於要去中央的事，你已經聽說了吧？」路茲於是在她身旁坐下。

「我的回答是『一定會說服父母，一起去中央』。等等就要回家商量這件事。」

路茲認為自己應該可以取得父母的同意，但班諾偏挑這種時候提及往事，害他忽然又有些不安。他吐露了自己的心情後，多莉笑道：

「你放心吧。因為我們一家人都要離開，爸爸還跟卡蘿拉伯母和狄多伯父說了，到時候會一起照顧你。」

「這樣啊，那我得跟昆特叔叔說聲謝謝才行。」

有了昆特的支持，要說服父母就簡單得多。路茲忽然覺得心情輕鬆不少，也向多莉道謝：「謝謝妳告訴我這件事。」

「因為我們已經訂婚了，等於是家人啊。」

「等於是家人嗎……」

「對啊。而且加米爾一直很期待你回來，媽媽也很歡迎你喔。」

路茲感到有些難為情。由於訂婚後他馬上去了克倫伯格，自己還一點真實感也沒有，但身邊的人依然將他視為多莉的未婚夫。

……我也得調整好自己的心態才行。

路茲這樣心想道，聽著多莉分享有關家人的事情。她說加米爾在舉行過洗禮儀式後，便會去普朗坦商會當學徒，以後則要在中央新開的商會當第一個都盧亞學徒。

「加米爾還說，幸好他選了普朗坦商會呢。萬一他當初選擇了其他地方，現在就只能重新找工作，再不然就是要當住宿學徒吧？」

「是啊，要是變成那樣就糟了。因為再過一、兩個季節就得換工作。」

「所以加米爾很生氣喔，說他的人生差點就要因為羅潔梅茵大人完蛋了。但這件事可不能告訴她。」

路茲忍不住笑了出來。要是知道真相，羅潔梅茵肯定會嚇得臉色發白吧。雖然她在加米爾還是小寶寶的時候就離開了，但一直以來始終深愛著這個弟弟，每年都會送繪本與玩具給他。倘若知道自己惹加米爾生氣，她肯定會沮喪得哭出來。

「那麼，路茲，也跟我說說你的事情吧。克倫伯格是怎樣的地方呢？」

「那裡很棒喔。」

國境門關閉以後，克倫伯格的人口減少許多，因此整體給人蕭條冷清的感覺；但基貝顯然治理得很好，在那裡的生活非常舒適自在。居民性情溫厚，看到為了海蒂努力在尋找珍貴原料的賀拉斯還會伸出援手，對待頭一次在外工作而水土不服的人也很親切。在克倫伯格工作的那段時間，工匠之間也幾乎沒有起過爭執。

「多莉，那妳的成年禮怎麼樣了？那傢伙沒失控嗎？」

剛才古騰堡成員都奉命前往神殿，閒聊時聊到薩克也出席了的星祭上，神殿長給的祝福居然比往年還要多，大家因此哄堂大笑。連薩克都出現這種異常情況的話，多莉的成年禮肯定更是難以想像。路茲一這麼詢問後，果不其然多莉的眉尾高高吊起。

「她怎麼可能不失控嘛！簡直嚇死我了。」

「她果然又控制不住自己了啊。」

「由於我之前就拜託過她了，所以其實一開始還好，就只是普通的祝福喔。只要有心，她也辦得到嘛。可是門一打開，大家都要回去的時候，比儀式時還多的祝福突然從天而降……」

既然是在大門打開之後，路茲猜想鐵定是因為看到了昆特與伊娃吧。就算中央廣場這裡人聲鼎沸，多莉還是刻意略過這點不提。

「不光是參加成年禮的年輕人，就連神官他們也大吃一驚喔。結果她居然還在拚命找藉口，說什麼『這是額外再給大家的祝福』、『我是想做示範』，企圖蒙混過關。」

路茲很輕易就能想像到，羅潔梅茵在發生了連自己也意想不到的狀況後，只好拚命找藉口的模樣。

「啊哈哈，還真是不出所料。」

「我當下心想：『真是的，她在幹嘛啊！』雖然爸爸和媽媽都在忍笑，但我可是轉過頭惡狠狠地瞪了她一眼喔。」

「這應該是最有效的吧？因為多莉生氣的臉很可怕啊。」

「路茲，你太過分了。」

眼看多莉鼓起臉頰，路茲說著「抱歉、抱歉」，從手上的布袋裡拿出禮物，試圖讓她恢復好心情。

「這個給妳，別生氣了。聽說這是克倫伯格傳統圖案的刺繡喔。還有，這是在克倫伯格才看得到的罕見花朵的圖畫。我看到迪莫在畫，就跟他要了一張。」

英格的木工工坊是羅潔梅茵的專屬。每次接到書櫃或書盒這類的訂單，為了設計出符合她領主養女身分的花紋，可說是絞盡腦汁。接下來還得製作裝設在葛雷修住宿設施裡的門窗，聽說門窗上的花紋也不能草草了事。因此，迪莫說他發現到可以用來當雕刻圖案的草木花卉時，都會畫下來。

「多莉，我記得妳說過，在他領的訂單中看到罕見花朵的圖畫時，妳也會想親眼看看稀奇罕見的花朵吧？雖然沒辦法把真正的花帶回來，但我想這應該可以在妳製作髮飾時提供靈感。」

「太棒了！我好高興，謝謝你。我每次都很煩惱要做什麼花呢。」

果然對工作有幫助的禮物更能讓她高興吧。只見多莉一雙藍色眼睛熠熠生輝，入迷地盯著圖畫。路茲苦笑道，不枉他向迪莫再三央求。

「還有，能請妳幫忙看看這些嗎？」

路茲拿出一疊紙來，紙上記錄了他從克倫伯格居民那裡聽來的故事。多莉很快地看過一遍。可能因為有些故事是關於很久前會出入國境門的外國人，感覺克倫伯格這裡融合了與葛雷修截然不同的文化，許多故事都讓人耳目一新。

「之前在葛雷修蒐集到的故事已經很有意思了，但克倫伯格這邊的也很有趣呢。」

「是啊。我本來想請妳修改成書面語，再趁著冬季期間印成書籍，但現在看來好像不太可能。」

班諾也說了，現在得優先做好搬家的準備，以便隨時都能離開。在工坊裡頭忙於交接的時候，大概一眨眼就到春天了。況且路茲之前都在克倫伯格，已經比其他人要晚開始準備。萬一羅潔梅茵的計畫又提早進行，他可接受不了她說：「因為你還沒準備好，那就留下來吧。」多莉聽完他的牢騷笑了起來。

「不然等你去了中央，這就當成你的第一份工作吧？」

說得也是，總比去的時候沒有任何東西可印要來得好。路茲看向寫有克倫伯格故事的紙張。

「新的工坊確實是需要印點新書。」

「在那之前，你得努力說服自己的爸爸媽媽才行喔。」

在多莉的鼓舞下，路茲再伸了一個懶腰才站起來。隨後，他目送多莉抱著禮物返回工坊，自己則踏出步伐準備返家。

……首先得買吃的吧。

他先買了幾個可以馬上吃的布雷夫餅當晚餐，再隨手買了些能用來準備過冬的肉類、蜂蜜與乾燥菇類等，全都塞進布袋裡。

回到住家前面的水井廣場，只見母親卡蘿拉正與左鄰右舍的幾名婦女聚在一起閒話家常。看著這幅從未變過的日常生活風景，路茲心中油然升起懷念，同時還有等一下肯定會被問東問西的煩躁。

「媽，我回來了。」

「這不是路茲嗎！你怎麼每次回來都這麼突然。我說過好幾遍了，回來前先通知一聲。這樣晚飯不就不夠吃了嗎！」

一看到路茲，卡蘿拉立刻橫眉豎目。但因為不知道何時能回來，路茲很少能在回來前先通知一聲。已婚搬出去住的大哥札薩，似乎會在工作途中回家露個臉，或是經由同在一個行業工作的父親預先通知家裡，但路茲工作的地方和住家相隔這麼遙遠，根本無法和大哥一樣。他能聯絡的時候，就是回來的時候。

「放心啦，我買了自己的份。」

路茲抬了抬布袋說完，卡蘿拉還沒動作，附近的婦女們便率先撲上來。

「卡蘿拉是因為你這個兒子久久才回來一次，不想讓你吃這些買來的東西，想用心做飯給你吃啊。回來前還是通知一聲。」

「哎唷，你不只買了晚飯吧。妳們看袋子這麼鼓。」

「裡面好像還有過冬用的東西。真是個乖兒子。」

「哪裡？我看看。」卡蘿拉說著，隨手就把裝了水的桶子塞給路茲，再抽走裝滿食物的布袋。路茲立即感受到水桶沉甸甸的重量。

「喂，老媽！」

「你這麼久才回來一次，當然該盡一下孝心。」

明明很久沒回來了，母親全然沒變的態度讓路茲大嘆口氣，乖乖把水桶搬回家。在普朗坦商會他都住在二樓，克倫伯格提供的住處也在二樓，因此他已經許久沒有搬著沉重的水桶一路爬上六樓了。

踩著嘰嘎作響的樓梯上樓後，鄰居的說話聲逐漸遠去變小。用鑰匙打開家門的時候，母親的神情和語氣已經跟剛才在水井廣場上截然不同。卡蘿拉一臉分外認真地注視路茲。

「……路茲，歡迎回來。你有重要的事要說吧？我們聽昆特稍微提過了。」

路茲吞了吞口水。和晚飯的準備工作都交給不供宿下人的普朗坦商會不同，回老家時若不動手幫忙就吃不到晚飯，並沒有多餘的時間能坐下來好好商議。所以路茲一邊幫卡蘿拉準備晚餐，一邊告知羅潔梅茵將前往中央一事，以及希望能同意他跟隨前往。

「我也知道你現在是都帕里，所以我並不反對，可是春天尾聲時你還未成年吧。我希望至少等到夏季尾聲，你成年了以後再去。」

「媽，我……」

我知道大家都說成年前，孩子是父母的責任——路茲正要把想好的說詞說出口，但卡蘿拉比他更快一步。

「不過我也知道不管我們怎麼說，反正你也不會聽，而且你現在去了其他城鎮以後，常常一年有一半的時間都不在家。再加上你十歲之後就搬去店裡住了，每年回家的次數十根手指頭都數得出來，就跟沒有你這個兒子差不多。所以不管你要去哪裡，都跟現在的情況差不了多少。」

儘管聽來像是抱怨，但路茲知道意思其實就是答應了，不由得露出苦笑。從話語當中，感覺得出母親對幾乎都不回家的兒子的擔憂。

「多莉一家人會一起離開。如果爸媽想要的話，我們可以一起……」

「我們不走喔。事到如今哪想去其他土地生活，況且這裡還有你哥哥們在，我還得照顧孫子呢。」

「這樣啊。」

聽到母親說自己無法離開，路茲點點頭。一般若沒有非常重大的理由，一家人是不可能一起搬走的吧。路茲經常外出工作，所以十分清楚搬到其他地方後，必須耗番心力才能適應不同的習俗。再者當初是路茲不願選擇家人推薦的職業，堅持自己的夢想。他不會想要求家人跟自己一起走。

「那老爸也會答應嗎？」

「昆特告訴我們這件事情以後，他只說了你要是不乾不脆地說些喪氣話，他可饒不了你喔。」

「爸講話還是老樣子，真是簡略又難懂。但意思就是既然我的工作能力得到認可，就不要想太多、勇往直前吧？」

「大概吧。」

在不同的土地生活過，也與講話喜歡拐彎抹角的貴族打過交道，有了歷練以後，現在路茲也能讀懂父親言行背後的深意。就當父親是在讚許自己工作上的表現吧。萬一結果是自己會錯意，那到時候再告訴父親，是他表達的方式不對就好。明明以前是個會誤解他人意思、暗自感到受傷的孩子，現在就連路茲也覺得自己的臉皮變厚不少。

「你在笑什麼？」

「沒什麼，我只是在想幸好你們沒有反對。老爺還跟我說，他可不希望我們又莫名其妙吵起來，被叫到神殿去。」

「我也不想啊。」

看到卡蘿拉苦著一張臉，路茲笑了出來。明明當初事情很圓滿地解決了，但給人留下的記憶，卻深刻到了所有相關人員都不想再經歷第二次，這讓路茲覺得十分好笑。

「而且這次不是只有你一個人要走，還有昆特他們在，我們也比較放心。畢竟原本就是親戚，又是熟悉的老鄰居了。」

由於都是在狹小的生活範圍內挑選結婚對象，因此這一帶的人幾乎全算是親戚。雖然昆特因為不從事木工相關，而是成了士兵，所以兩家父親間的交流不多，也就沒什麼親戚的感覺，但其實昆特與狄多是再從兄弟。昆特的父親與狄多的母親是堂表兄妹，所以確實是親戚沒錯。

「再者你和多莉已經訂婚了。既然對象都決定好了，也有足夠的收入隨時可以結婚，早就過了父母得處處為你操心的階段。我們也算是盡完了父母的責任。」

在平民區，普遍認為子女結婚以後，父母的職責也就結束了。儘管路茲還沒結婚，但也不再是需要父母干涉的年紀。感覺母親像是在這麼說服自己，路茲目不轉睛地注視卡蘿拉。在她臉上，看得出母親對孩子的擔憂，以及眼看兒子就要遠行的落寞。

「這是你自己選的路，放手去做吧。」

收下母親的鼓舞，路茲重重點頭：「嗯。」

蘭翠奈維的使者

「蒂緹琳朵大人，這份文件需要您的批准。」

領主會議結束後回到領地，每天的生活始終無聊透頂。文官拿著文件走進辦公室，疊在本就如同一座小山的文件堆上。我心煩地拿著以魔力為墨水的魔導具筆，以下任奧伯的名義不斷簽下名字。但是，我實在無法接受這樣的現實。因為我不是下任奧伯，而是下任君騰候補。

……居然讓本該是下任君騰的我處理這種瑣事！

我會這麼氣憤也是合情合理。因為倘若我能取得古得里斯海得，早就可以擺脫這些公務了。

……但我之所以無法取得，都怪那個王族。

目前我的身分無法到中央去，好不容易到了貴族院參加領主會議，王族卻處處妨礙我的調查工作。真是惱人。

……若能調查那處地下書庫，我早就找到一些線索了。

想起無禮至極的國王第三夫人竟嘲笑我說：「妳先從古文開始學起如何？」我內心便感到非常不快。連帶想起特羅克瓦爾下的命令：「亞倫斯伯罕必須提供秘密房間給斐迪南。」內心的不快更是往上攀升。

……居然還說，「我們會在前往參加葬禮時，確認王命是否如實執行」？

明明斐迪南還只是未婚夫，居然要求提供秘密房間給他，下達這種荒唐命令的特羅克瓦爾根本已經神智不清了。由這種人坐在王位上真是教人不安。我必須盡快取得古得里斯海得，成為正統君騰，否則尤根施密特必然會因為國王的無能而滅亡吧。

……真是的，怎麼會這樣呢。尤根施密特的未來竟要由我一肩扛起。

想起中央神殿的人們曾對我說：「請您一定要取得古得里斯海得，成為正統的君騰。」我不由自主嘆氣道：「真是傷腦筋。」不過，其實我不是真的感到困擾。因為他們對我有著正確的期許。

陷入沉思以後，簽名的手似乎也有些停了下來，目光便與正在一旁等著我簽完名的文官對上。等我有了古得里斯海得，也就不用與這種會以眼神催促我的失禮文官共事了吧。我這樣心想著，重新開始簽名。

「……咦？」

忽然間我的手臂竄起疙瘩，背部也感到一陣惡寒。這種感覺與發燒時身體發冷的症狀十分相像，但我現在並未身體不適。而且眼看夏天的腳步即將到來，天氣也不寒冷。

身體打著寒顫的同時，境界門三個字倏地掠過腦海。我由此明白到發生了什麼事。想必是有人未經奧伯許可，想要強闖境界門吧。這只有會為基礎魔法供給魔力的領主一族才感覺得到。

父親大人死後，由於無人坐上奧伯之位，從亞倫斯伯罕這邊是無法關上境界門的。亞倫斯伯罕領內只有一處大門在遭到入侵時，也沒有守門騎士會回報的地方，那便是海面上與國境門相連的境界門。

「我要馬上回房。瑪蒂娜，準備好騎獸服與面紗。我們似乎必須趕去境界門察看情況，召集所有近侍。」

我「叩咚」一聲放下筆，站起身來。見我突然拋下簽名的工作，文官一臉吃驚，我便瞪他一眼。

「你真礙事。大家沒聽到我說的話嗎？我必須去察看境界門的情況。多半是蘭翠奈維的使者來了。」

一聽到蘭翠奈維，文官立即將文件分成已處理與未處理的，隨後抱起文件快步退出辦公室。大概是去向斐迪南大人通報吧。

……就是因為文官他們凡事都找斐迪南大人商量，還把公務都交給他處理，才會在王族下達奇怪命令的時候誰也無法拒絕呀。真是沒出息。

我在心裡唾罵著一味仰賴未婚夫的無能文官們，並且趕回房間。換上侍從急忙取來的騎獸服後，再讓人戴上遮擋陽光用的面紗。

「真羨慕男士不必更衣，可以直接騎乘騎獸呢。」

斐迪南大人在接到文官傳達的消息後，八成會比必須回房更衣的我更快抵達境界門吧。為了不被他搶走發號施令的權力，我來到陽臺變出騎獸，起飛往外疾奔。

波光粼粼的蔚藍海面在眼前一望無際展開。看到有個黑色物體正要穿過肉眼看來並不大的境界門，我領著近侍們加快飛行速度。果不其然，斐迪南大人與騎士團已經來到海面上了。

「蒂緹琳朵大人，從那道境界門裡出來的確實是蘭翠奈維的船隻嗎？形體真是前所未見……」

斐迪南大人來自艾倫菲斯特，至今似乎從未見過蘭翠奈維的船隻。由於他比我更受到文官們支持，辦公時也儼然一副自己才是亞倫斯伯罕奧伯的姿態，因此發現他居然也有不知道的事情時，我的內心便升起淡淡的優越感。

「是呀。從去年開始，蘭翠奈維的船隻便變成了那樣的外形。雖然讓人很不習慣，但聽說航行速度變得快上許多唷。」

我這樣回答斐迪南大人，同時俯視眼下造型奇特的船隻。雖說大小完全不能相比，但看來就像一條遍體通黑、體型細長的魚。

「去年的歡迎宴上我聽使者說過，考慮到大小要能通過境界門，長度又要能多載些貨物，最終才想出了這樣的設計……你看，穿過境界門以後還會有奇妙的變化呢。」

就在我伸手指去的幾乎同一時間，船隻也完全穿過了境界門，在海面上朝著港口航行，緊接著暫且停下。隨後，船身表面彷彿有一塊塊的小瓷磚翻轉過來，整艘船開始由黑轉為銀色。

「他們為何要這麼做？」

「我也不知道這麼做有何效果，但聽說蘭翠奈維的使者在此停留時，都要對船隻做這樣的處理。我倒是希望他們保持原先的黑色呢，因為銀色反射陽光後太刺眼了。」

我邊把自己知道的有關蘭翠奈維船隻的資訊告訴斐迪南大人，邊在心裡思忖。現在就只有亞倫斯伯罕的國境門還開著，對外貿易可說是領地的主要獲利來源，可不能交給一無所知的斐迪南大人。對外貿易一事，最好還是由我全權負責吧。

「船隻抵達港口後，使者便會來到城堡請求會面；下達許可之後，接著會舉辦歡迎宴。這些事情還要花上好幾天呢。既然已經知道入侵境界門的是蘭翠奈維的人了，那我們回城堡去吧。」
「蒂緹琳朵大人，請妳先回去吧。我實在沒想到此處的境界門竟無騎士看守，容許他國如此輕易入侵。我會向騎士團下令，也在這裡的境界門部署騎士負責監督。」
……斐迪南大人到底在說什麼呢？簡直莫名其妙。
「會通過這道境界門的只有蘭翠奈維的使者而已喔。況且這裡是空無一物的大海，使者也已經抵達了吧？蘭翠奈維這些人又沒有多少魔力，根本沒有必要提防他們。」
居然要在這個境界門部署騎士，只會浪費人力而已。這麼明擺著的事實難道斐迪南大人看不出來嗎？
「倘若為了貿易，接下來仍有船隻會不停轉移過來，那就必須派人在場監督……騎士團長，麻煩你即刻派人看守境界門。」
「是！請問需要指派幾人？」
明明我已經好心說明，斐迪南大人卻無視我說的話，轉頭便叫住騎士團長。騎士團長也沒有徵求我的意見，為了執行命令，開始與斐迪南大人討論細節。兩個人竟一起無視我，簡直教人難以置信！
「我要回去了！」
我故意抬高音量想引起兩人注意，豈知斐迪南大人頭也不回。
「蒂緹琳朵大人，若妳能根據往年的行程推估出歡迎宴將在何時舉辦，那再勞煩妳準備歡迎宴。」
丟下這句話後，斐迪南大人便帶著騎士團長與自己的近侍們，徑直往境界門飛去。

……這種態度也太不尊重我了吧？我真是不敢相信！

對未婚夫態度十分光火的我，帶著近侍們回到自己的房間。但緊接著，這次又換作近侍們遵從斐迪南大人的指令，開始為歡迎宴做準備。

「慢著，妳們是聽誰的號令？妳們奉誰為主人？」

我出聲指責後，近侍們皆驚訝地睜大雙眼，面色為難地互相對看。其中的瑪蒂娜上前一步。

「蒂緹琳朵大人，我們並非是照著斐迪南大人的命令在行動。迎接蘭翠奈維使者的宴會若是沒能做好準備，他國的人會認為是身為下任奧伯的蒂緹琳朵大人招待不周。」

「是呀，瑪蒂娜說得沒錯。即使斐迪南大人沒有下令，我們也會為了蒂緹琳朵大人進行準備唷。」

「蘭翠奈維的歡迎宴必須做好萬全準備，不能讓蒂緹琳朵大人留下汙點。請您允許我們去做準備吧。」

聽完侍從們的解釋，我這才恢復好心情。她們說得也沒錯。

「好吧。留下必要人手就好，其他人都去做準備吧。」

我輕輕擺手，近侍們便各自開始行動。就在這時，瑪蒂娜拿著一封信走來。

「蒂緹琳朵大人，喬琪娜大人似乎有話想跟您說。」

「母親大人嗎？……一定又要講那件事吧。真討厭。」

儘管旁人都說我是下任奧伯或下任君騰，但無論是哪一個，我的身分都還沒有明確地定下來。因此，我既無法擺出比母親大人更高的姿態，心裡再怎麼厭煩，也無法拒絕母親大人的會面要求。

不情不願地下達許可後，母親大人顯然早就做好準備，沒過多久便來到我的房間。互相道完寒暄，母親大人立刻遞來防止竊聽魔導具。

我一伸手接過，母親大人的紅唇便吐出早在意料之中的話語。

「蒂緹琳朵，妳還沒提供秘密房間給斐迪南大人嗎？若不在葬禮之前準備好，妳乃至於亞倫斯伯罕都會受到譴責喔。」

「可是，我們還只是未婚夫妻，居然就要提供秘密房間……母親大人不覺得這樣的要求太過分了嗎？明明還未正式成婚，就提供給他配偶的房間太不合理了。」

由於客房內無法設置秘密房間，若真想為斐迪南大人提供，就得讓他搬進配偶的房間。然而這樣一來，還不是我丈夫的男人將隨時都能進入我的房間。這樣不就等同還沒結婚，便邀請男人進入自己的閨房嗎？

等我得到古得里斯海得成為君騰，我打算與斐迪南大人解除婚約。可以的話我不想和他結婚，況且他還進過神殿，我根本不信任他。萬一經常在神殿裡發生的那種事情發生在我身上，屆時旁人閒言閒語的對象就會是提供他房間的我吧。絕不會是下達命令的國王。

「但若不提供秘密房間，便得讓斐迪南大人暫且返回艾倫菲斯特。以亞倫斯伯罕目前的情況，絕不能讓這種事情發生。」

明明親生女兒被國王指配給了曾進過下位領地神殿的領主一族，還得擔任暫代奧伯，母親大人深綠色的雙眸裡卻半點情緒波動也沒有。其實我原先還期待著，母親大人多少會擔心我的貞操，或對下達了這種荒唐可笑命令的國王感到生氣，但微小的期待終究只是再度落空。我對明知期待也沒有用，卻還是不由自主產生期待的自己感到生氣，稍微別過視線不看母親大人。

……但是，等我成為君騰以後……

到那時候，或許母親大人也會稍微將我放在眼裡吧。因為在得知我是下任君騰候補時，母親大人第一次鼓勵我說：「妳想成為君騰？那便盡己所能試試看吧。」

「妳還是趕快提供吧。現在蘭翠奈維的使者已經來了，距離夏季的葬禮，時間所剩不多唷。」

「特羅克瓦爾國王根本不該對亞倫斯伯罕下這種離譜的命令，應該要求下位的艾倫菲斯特不得有異議才對呀……」

為什麼是排名較高的亞倫斯伯罕得接受這種不合常理的命令？我實在難以理解。按理說，應該是排名較低的艾倫菲斯特要退讓才對。

「大概是艾倫菲斯特使了什麼手段吧。但無論荒唐到了何種程度，王命仍是王命。若不提供秘密房間，待他領奧伯都聚集前來時，亞倫斯伯罕將會受到譴責。」

聞言，我抿緊雙唇。如果不提供房間只會被罵幾句的話，那我寧可受到譴責。至少這樣可以保障我的人身安全。

似乎看穿了我內心的想法，母親大人一臉莫可奈何。

「蒂緹琳朵，國王只要求妳給予秘密房間而已，不需要非得在本館裡為斐迪南大人提供房間。西邊別館的房間也沒關係吧？」

西邊別館是提供給第二夫人與第三夫人的住處。斐迪南大人是以女性奧伯的配偶身分來到亞倫斯伯罕，所以我完全沒想到可以提供給他西邊別館的房間。這真是一舉數得的好主意。若是提供西邊別館的房間，既表示視他為一名配偶，也聽從了王命，更能守住我的貞操。原來母親大人也稍微為我設想過了，一陣欣喜在胸口蔓延。

「提供給他西邊別館房間這麼好的主意，要是母親大人早點告訴我就好了……那我早就提供房間給他了呀。」

我鼓起臉頰撒嬌說完，只見母親大人緩緩彎起紅唇，微笑道：「因為現在對我來說才是最好的時機。」她眼中依然沒有映出我的身影。

……每次都是這樣。我才不期待呢。

說完自己想說的話後，母親大人沒有再閒聊幾句便離開。目送著她的背影，我死心地發出嘆息。

晚餐席間，我告訴斐迪南大人將提供給他西邊別館的房間。

「現在不僅要準備葬禮，又即將與蘭翠奈維的使者會面，您要斐迪南大人在如此繁忙的時候從本館搬去西邊別館嗎？」

他的近侍一臉為難地看著自己的主人，但這根本不關我的事。

「要求提供秘密房間的是艾倫菲斯特，下令的則是君騰，這可不是我提的要求。若你不需要秘密房間，請自己向特羅克瓦爾國王抗議吧。我只是遵從王命罷了。」

只要我在葬禮前確實遵從了王命提供房間給他，便算是達成命令。其餘的是斐迪南大人自己的責任。

「我會在夏季的葬禮前搬遷完畢。感謝妳特別費心。」

斐迪南大人臉上帶著一如既往的溫柔微笑，接受了我的安排。

……有著這般俊美的容貌，倘若我們年齡的差距再小一些，他的出身與經歷也沒有汙點就好了呢……真是太可惜了。

不久便收到蘭翠奈維使者捎來的通知，說他們已經搬進居留用的宅邸，同時也送來了會面邀請函。城堡裡的所有人正式開始忙碌起來，準備歡迎宴與接待賓客。

歡迎宴當天，我得從下午就開始做準備。首先要吃些簡單的食物，然後要沐浴與更衣，這些都很花時間。由於出席的是公開場合，我穿上了除臉部外全身皆包覆住的輕薄高領白衣，外面再罩上有著精美刺繡的藍色外袍。裡頭的白衣繡有降溫用的魔法陣，可以稍微緩解熱氣。否則的話，實在穿不了厚厚的藍色外袍。

「蒂緹琳朵大人的一頭金髮耀眼又美麗，甚至教人遺憾您成年了呢。」

侍從們紛紛說著可惜，將我的頭髮盤起，編出精緻的造型。接著還要戴上蕾絲質地的輕透面紗，遮住臉龐。儘管面紗的布料可依個人喜好做選擇，但亞倫斯伯罕的女性出席公開場合時一定要戴面紗，不可取下。

一切準備就緒後，我帶著近侍們走向小會廳，內心既興奮又緊張。由於去年為止我還未成年的關係，道完寒暄後便會被要求離開，但今年是我第一次可以從頭到尾參加歡迎宴。

每年歡迎宴的規模都不大。因為盛夏之際還有星結儀式，領內各地的基貝都會聚集前來，為了讓蘭翠奈維的使者能與基貝往來交流，屆時的宴會才會舉辦得格外盛大。

「蒂緹琳朵大人到。」

入場後，只見亞倫斯伯罕的權貴與斐迪南大人及其近侍都已經到了。在斐迪南大人身旁，還有年幼的萊蒂希雅及她的近侍們。去年我還與萊蒂希雅一起提早離場，但今年我將能待到最後。我內心抱著淡淡的優越感俯視萊蒂希雅。

小會廳裡，所有女性都戴著面紗，男性則穿著高領的白色上衣與長褲，再以一塊偌大的輕薄布料將身體纏繞起來。當大家都穿著亞倫斯伯罕的服裝、裹著夏季貴色的時候，只有斐迪南大人一人披著艾倫菲斯特領的代表色。用來彰顯其他領身分的明亮黃土色，此時卻讓他看起來像是現場的支配者。

「哎呀，斐迪南大人，您並未使用夏季的貴色呢。」

「雖然我也考慮過使用夏季的貴色，但我想還是藉由穿著艾倫菲斯特的代表色，讓人一眼便能看出儘管我會在旁提供許多建議，卻不握有最終的決定權。」

斐迪南大人面帶沉穩的笑容回道。儘管覺得有些奇怪，但我仍是頷首贊同。一般應該會想讓人以為自己是亞倫斯伯罕的貴族，而不是排名較低的艾倫菲斯特。但在這種情況下還刻意穿上他領的代表色，肯定是種謙虛的表現吧。

「蘭翠奈維的使者到。」

站在門前的侍從朗聲通報。大門敞開以後，蘭翠奈維的使者們並肩走了進來。他們也穿著亞倫斯伯罕的服裝。我曾聽說蘭翠奈維的氣候與亞倫斯伯罕不同，因此並不適合穿著當地的服裝在這裡生活。不過，他們披著的布料也不是夏季的貴色藍色。可能是想用來彰顯自己使者的身分，他們身上披著的是種少見的銀布。

走進小會廳的共計有十二人。其中一半的人外表和我們一樣，另一半則是五官輪廓與膚色皆不相同。儘管每年都會親眼見到，但我總是感到十分神奇，難以想像外表竟能有如此大的不同。

使者當中有名男性往前站了一步，交叉著雙臂跪下來，看上去比我要大兩、三歲。年輕又俊美的使者吸引了我的目光。我對他一點印象也沒有，所以去年的使者團中應該沒有他。

男子將介於金色與棕色之間的頭髮在腦後綁成一束，並以髮夾固定起來。在祖母那個世代，亞倫斯伯罕的男性相當流行綁這樣的髮型。時至今日仍有壯年的男性會將頭髮綁在腦後，因此讓我感到有些親切。

「亞倫斯伯罕的各位大人，今日是我第一次來到此地，深感榮幸。我是雷昂齊歐，蘭翠奈維國王基亞弗雷迪的孫子。在介紹其他人之前，幸得水之女神芙琉朵蕾妮的清澄指引結此良緣，願能為各位獻上祝福。」

「……允許你。」

沒想到蘭翠奈維的使者竟能道出貴族特有的寒暄。我在感到驚訝的同時下達許可。

雷昂齊歐大人與尤根施密特的貴族一樣，左手中指上戴著嵌有魔石的戒指。嵌著全屬性魔石的戒指，象徵著他王族的身分。祝福翩然飛來以後，他便抬起頭說：「往後還望多加關照。」

……哎呀？

抬起頭來的雷昂齊歐大人注視著斐迪南大人，一瞬間露出了驚訝的表情。儘管他的驚訝很快就隱沒在笑容底下，但剛才的表情就像是看到了不敢相信的人。我瞄了斐迪南大人一眼，但他倒是神色如常。

緊接著，雷昂齊歐大人帶著彷彿從未表現過驚訝的笑臉，開始介紹使者團的成員。一半以上的人去年就來過了，似乎只有他與自己的近侍是初次來訪。

使者們的介紹結束後，接著輪到亞倫斯伯罕的領主一族。我們的人先是告知前任領主的死訊，接著介紹身為下任奧伯的我，以及身為我未婚夫的斐迪南大人，最後是母親大人與萊蒂希雅。

接下來便是把酒暢談的時間。未成年的萊蒂希雅與近侍們一起離開，只有大人能留下來。負責貿易業務的文官們與想要蒐集政治相關情報的人們拿著酒杯走向使者，絡繹不絕地與之攀談。這可說是之後會議的熱身。

「斐迪南大人，你不加入他們嗎？」

「畢竟能待在蒂緹琳朵大人身邊的機會不多。由於平常公務繁忙，遲遲難以抽出時間，至少要把握現在……」

斐迪南大人面帶溫柔微笑，說著想留在我身邊。我心情大好地點一點頭。近來我很少見到斐迪南大人，本來還覺得他怠慢了我，看來只是因為太過忙碌。

……說得也是嘛。下位領地出身的未婚夫怎敢怠慢我呢。

我的心情變得愉快，喝著瑪蒂娜端來的飲品。

「蒂緹琳朵大人，您貴為下任奧伯，我有事想請教您。」

雷昂齊歐大人問我，何時能將蘭翠奈維的公主送來。

「此事本該在會議上再詢問，但我必須盡快將答覆送回蘭翠奈維。」

他說想讓貿易往來的船隻幫忙送信。的確，這種事情最好還是盡快把答覆送回去吧。

我仰頭看向他那雙琥珀色的眼眸，微微一笑。

「尤根施密特不會迎接蘭翠奈維的公主。還請您盡早把消息送回去，要是白白做了準備就不好了嘛。」

「……咦？請、請等一下。為何不願迎接蘭翠奈維的公主？」

「就算您問我為什麼……這是特羅克瓦爾國王下的決定。」

我將記憶中領主會議上的討論結果告訴他，斐迪南大人也在一旁幫忙補充。這似乎讓他明白到了不接納公主的決定，既非騙人也不是在說笑。雷昂齊歐大人一臉愕然，接著輕輕甩頭，朝我伸出手來。斐迪南大人立即用力拍下他的手。

「請您自制。若您太過激動難抑，我只能把您交給護衛騎士。」

斐迪南大人的話聲平靜，卻相當具有威嚴。大概是感受到了他的威迫，雷昂齊歐大人瞬間冷靜下來，面帶沉穩的微笑轉向斐迪南大人。

「尤根施密特的國王想讓蘭翠奈維滅亡嗎？若無此意，懇請接納公主。」

不願迎接公主竟會導致蘭翠奈維滅亡嗎？無法理解的我偏過了頭。在我開口詢問這是什麼意思之前，斐迪南大人已揚起冷笑結束這個話題。

「很遺憾，此事君騰已有決斷，我們也無可奈何。」

發現斐迪南大人完全不聽蘭翠奈維的難處，只是冷漠地嚴詞拒絕，我不由得同情起雷昂齊歐大人。

「斐迪南大人，你也不必說成這樣……可以聽聽蘭翠奈維怎麼說，然後再一次向君騰提出請求，也許會得到不同的答案呀。」

聽到我這麼說，雷昂齊歐大人有些放下心來地鬆開緊繃的肩膀。然而，這似乎讓斐迪南大人感到面上無光。他依然冷著臉注視雷昂齊歐大人。

「我想君騰不會收回自己做過的決定……等到王位更迭，屆時您再詢問新任君騰會比較妥當吧？」

眼看斐迪南大人一點也沒有要為蘭翠奈維著想的樣子，講話還如此無情冷漠，我對他感到生氣。如今只有亞倫斯伯罕的國境門還開著，蘭翠奈維對尤根施密特來說便是唯一有貿易往來的國家，對君騰來說也是非常重要的貿易對象。應該多為他們著想一些，居中擔任溝通的橋樑吧。

……所以我才受不了從偏僻領地來的人嘛。根本就不懂亞倫斯伯罕與蘭翠奈維之間的關係。

我對著斐迪南大人氣呼呼地別過頭，接著對雷昂齊歐大人盡可能投以溫柔的微笑。由亞倫斯伯罕出馬，或許無法讓君騰改變主意，但若能由當事人說明情況、真誠地提出請求，說不定君騰就會答應了。畢竟現在這位國王的常識可是異於常人，還答應了艾倫菲斯特提出的無理請求。

「雷昂齊歐大人，恰巧今年夏天王族將造訪亞倫斯伯罕，參加奧伯的葬禮。不如您到時候再次試著提出請求吧？」

「蒂緹琳朵大人，妳在說什麼？考量到屆時的警備人力，怎能允許蘭翠奈維的人接近王族。」

斐迪南大人一臉驚愕。但是，我才不明白他為何如此驚訝。畢竟到時候要做決定的是王族，又不是斐迪南大人。

「到時候會由王族決定接見與否，況且我做事也不需要徵得你同意。站在亞倫斯伯罕的立場，也必須要避免重要的貿易對象滅亡嘛。我想聽聽雷昂齊歐大人怎麼說。」

「此事沒有聽的必要。」

斐迪南大人一再地反駁我說的話，也完全不理會我的想法。對此，我內心的怒火再也遏制不住地熊熊燃燒。看來有必要讓他認清我們的身分差距。

「我已經說了，我要聽聽雷昂齊歐大人怎麼說。請你不要阻撓我的決定。我會帶著近侍，所以你完全不用擔心。你再怎麼將我視作蓋朵莉希，但與埃維里貝如出一轍的嫉妒還是該適可而止吧。」

我目光凌厲地瞪向斐迪南大人，只見他吃驚地張大淡金色眼眸，僵在原地不動。看來是「與埃維里貝如出一轍的嫉妒」被我說中了。

……居然嫉妒到失去理智，斐迪南大人也真是的。

做為懲罰，我說著「我不需要埃維里貝陪同」，拒絕了斐迪南大人的同行，然後帶著成群近侍前往其他房間，準備與雷昂齊歐大人談話。斐迪南大人的一名近侍請求陪同出席，說：「為了事後能向斐迪南大人報告，說談話期間一切合乎體統。」對此，我秉持著寬宏大量的心胸同意了。

包括近侍在內，約莫有十五人的浩大隊伍於是往小會廳附近的會議室移動。接著，我請雷昂齊歐大人落座。

「雷昂齊歐大人，您說蘭翠奈維會滅亡是什麼意思呢？」

我開口催促後，只見他思忖了一會兒，先是向我問道：「蒂緹琳朵大人，關於蘭翠奈維的建國起源，不知您知道多少？」

「我知道蘭翠奈維是亞倫斯伯罕的貿易對象，所以大家告訴過我主要的進口商品有哪些。但是關於歷史，就連在貴族院也沒在課堂上學過呢。」

進口商品也就罷了，但我對歷史毫無興趣，也從來不想去了解。儘管近侍們都有些皺起臉龐，但與蘭翠奈維有關的歷史並不存在於我的記憶裡。

「在尤根施密特無人知曉嗎……」

隨後，雷昂齊歐大人開始為我講述蘭翠奈維的歷史。他說將近四百年前，有位國王名為歐伊薩瓦爾。雖然出現了曾在歷史課上學過的國王名字，但相關內容我已經不記得了，於是我裝作聽懂的樣子蒙混帶過。

「歐伊薩瓦爾國王年事已高，來到了必須選出下任君騰的時候。而在當時，取得了古得里斯海得的下任君騰候補共有三人。」

「哎呀，有三個人取得了古得里斯海得嗎……？」

我吃驚地倒吸口氣。因為我一直以為，古得里斯海得是用來決定君騰人選的魔導具，所以整個尤根施密特境內僅有一個，能得到它的人才是真正的君騰。我怎麼也沒想到可以有好幾個人同時取得。

「古得里斯海得其實就是把內容抄寫在思達普上，所以同時有好幾個人持有並不奇怪吧？」

雷昂齊歐大人說得一副理所當然，我立即附和回道：「是啊。」絕不能說出我身為尤根施密特的貴族，了解的卻比他國的人還要少。

「後來如蒂緹琳朵大人所知，歐伊薩瓦爾國王選中的是懷爾埃因德國王。」

……經他這麼一說，確實有位君騰叫這個名字。這位國王做了什麼呢？由於並未留下值得一提的功績，這位國王的名字很少出現在課堂上。我一邊笑著點頭一邊回想，但就算想破了頭，還是什麼也想不出來。

「眼看君騰沒有選擇自己，另一位候補杜爾昆哈德無法接受這個結果，便帶著自身擁有的魔導具與魔石離開了尤根施密特，想要在外尋找一片新天地。」

杜爾昆哈德帶著自己的妻子與近侍們，乘船穿越國境門，就這麼離開了尤根施密特。而國境門裡的轉移陣，將他們帶到了名為蘭翠奈維的土地上，雷昂齊歐大人說當地的居民沒有半個人會使用魔法。

儘管土地貧瘠，但人們在這裡勉強還是可以生活。確認過這一點後，杜爾昆哈德便使用自己持有的古得里斯海得製作了領地的基礎，再施展因特維庫侖建造了他們所要居住的城市。

「看到船隻突然憑空出現，船上的人還在眨眼間建造出雪白的城市，當地居民無不驚訝愕然，認為杜爾昆哈德來自神的國度，對他心生崇敬。自此之後，杜爾昆哈德便以國王之姿開始統治蘭翠奈維。」

在尤根施密特也是，持有古得里斯海得的人都會被當成神一樣敬畏。有了古得里斯海得後，我一定能受到所有人的尊敬。想像了自己沐浴在眾人的讚揚聲與尊敬眼光中，我不由得心蕩神馳。必須盡快取得古得里斯海得才行。

「但是，被當成神一樣敬畏的杜爾昆哈德面臨了一個嚴重的問題。那便是來自尤根施密特的杜爾昆哈德一行人，與沒有魔力的蘭翠奈維居民之間無法懷有子嗣。除此之外，古得里斯海得是把內容抄寫在思達普上。因此想當然耳，日後將在杜爾昆哈德死後跟著一起消失。」

……哎呀。所以尤根施密特的古得里斯海得就是這樣遺失的吧。

這下我總算明白，當初為何會發生政變。因為本該繼承君騰之位的第二王子去世後，古得里斯海得也跟著他消失了吧。後來相爭的第一王子與第三王子肯定並不曉得，古得里斯海得其實就是把內容抄寫在思達普上。相爭的兩人根本不知道那會隨著死去的第二王子一起消失，結果時至今日，依然無人知道古得里斯海得的下落。

……那如果想要抄寫內容，該去哪裡抄寫呢？

倘若雷昂齊歐大人說的是真的，那我必須抄寫不知在何處的古得里斯海得上的內容才行。能讓魔法陣發光、成了下任君騰候補的我肯定辦得到吧。

「由於只要對基礎魔法辦理過登記，便能進行魔力供給，那麼城市在杜爾昆哈德逝世後也仍有辦法維持吧。但是，前提是必須有思達普。倘若後代都未持有思達普，根本無法維持基礎，那麼有朝一日城市必將崩毀。蒂緹琳朵大人是下任奧伯，想必非常明白這一點吧？」

「是呀，當然。」

我也學到過，想得到基礎必須要有思達普。我那時候在貴族院是一年級便會取得思達普，還心想沒必要在課堂上特別教這些吧。但是到了國外，對以魔法建立起城市的人們來說，這便是生死攸關的大問題。倘若沒人有思達普，無法繼承基礎魔法，國家便會崩毀。

「由於當初前往蘭翠奈維的是王族及其近侍，生下來的都是魔力量高的孩子。透過在貴族院接受過教育的父母那一代，孩子們也能接受到和此地貴族同等的教育。然而，思達普就只有在尤根施密特才能取得。為了讓兒子能繼承基礎魔法，杜爾昆哈德向君騰提出請求，希望能賜予兒子思達普。」

但是，這個請求並未被接受。這是因為能取得思達普的，只有尤根施密特的貴族。並非是當時的君騰惡意刁難，而是只有登記為尤根施密特貴族的人才能獲得思達普。

「因此後來雙方達成協議，蘭翠奈維會向尤根施密特呈獻公主，出生的孩子則等到成年、取得思達普後，再送回來成為國王。當時的君騰警戒著蘭翠奈維會太過壯大，便定下了每一代只送回一人的限制，更逼著杜爾昆哈德選擇要送回男孩還是女孩。」

據說杜爾昆哈德非常苦惱。因為出生孩子的魔力量會受到母親的魔力量影響，蘭翠奈維王族若想持續擁有豐富的魔力，應該選擇送回女孩比較好吧。

但是，既然每一代只會送回一人，若持有思達普的女王懷孕後長期無法施展魔法，勢必影響到蘭翠奈維的存亡。既然蘭翠奈維國內也有魔力量高的女性，比如近侍的家人與自己的女兒們，再加上選擇送回男孩，也有利於增加子嗣，聽說杜爾昆哈德最終選擇了把男孩送回來。

「尤根施密特接納了公主以後，公主產下的男孩等到成年、取得了思達普，便會以國王的身分回到蘭翠奈維，這本是兩國之間的約定。然而，現在的君騰竟拒絕了公主的呈獻……」

雷昂齊歐大人痛苦得面容扭曲。明明他們為了守護國家已經願意獻出公主，卻還遭到拒絕，根本是想將他們逼入絕境吧。我也跟著心痛起來。與此同時，我對不守約定的特羅克瓦爾國王打從心底感到憤怒。竟然接二連三地做些有違常理的事情，真想立即將他從君騰的位置上拉下來。

「自從差不多十年前收到了幾顆魔石後，除了貿易以外，我們與尤根施密特的往來交流便完全斷絕。若連公主的呈獻也遭到拒絕，我們實在不知如何是好……」

雷昂齊歐大人在桌上用力握拳，臉龐低垂。見他這副模樣，我下定決心。

「我會向斐迪南大人說明此事，也會再一次向君騰提出請求，請您放心吧。因為我可是下任君騰候補。」

雷昂齊歐大人的琥珀色眼眸中染上了驚訝，注視著我喃喃說道：「您是下任君騰候補……？」他眼中的讚賞與期待教人感到非常愉快。我盡可能地對雷昂齊歐大人投以溫柔微笑。

隔天我立即喚來斐迪南大人，隔著桌子坐下後，面對面為他說明。也就是為免蘭翠奈維滅亡，兩國打從以前便有過協議，王族都會送來公主。接著我更控訴，不守承諾的君騰有多麼過分。

「所以麻煩你向特羅克瓦爾國王說明清楚，請他重新考慮。」

當面與王族進行交涉，是斐迪南大人的職責。所以我微笑表示，希望他能在夏季的葬禮之前擬好對策。

明白蘭翠奈維的難處後，斐迪南大人多少也會願意提供協助吧。然而，他看起來卻是不為所動的樣子。斐迪南大人手肘抵著桌面，以手支腮，露出審視般的目光定定注視著我，然後問道：「……就只有這樣嗎？」

「你說就只有這樣是什麼意思？」

「就是字面上的意思。蘭翠奈維只提供了對他們有利的單方面說詞，並沒有其他任何新消息。我看不出有任何理由能讓君騰推翻決定。」

「你說什麼?!蘭翠奈維就要滅亡了唷。沒有人可以繼承君騰或奧伯之位，難道斐迪南大人不明白這是多麼嚴重的事情嗎?!」

他的回應真教我不敢置信。明明我都說了蘭翠奈維將要滅亡，他到底有沒有在聽我說話？也說不定是他沒有足夠的智慧可以理解。我竭盡所能兇狠地瞪著斐迪南大人。

「蘭翠奈維將會滅亡這種說法實在誇大其辭。在杜爾昆哈德搬去之前，人們在那裡本就可以生活，但尤根施密特卻是得讓白砂盈滿魔力才能建造，情況截然不同。說是滅亡，其實也只有杜爾昆哈德所建造的城市會崩毀罷了。」

在我的瞪視下，斐迪南大人依然面帶若無其事的微笑這麼說道。

「即便不再送回擁有思達普的男子，對蘭翠奈維來說是攸關生死的嚴重問題，但對尤根施密特來說卻不是。畢竟接受呈獻的公主，於我們而言幾乎沒有好處。假使蘭翠奈維真的滅亡了，只要持有古得里斯海得，便能關上國境門，再朝著其他地方重新打開。貿易對象沒有必要非是蘭翠奈維不可。」

我沒好氣地瞪著斐迪南大人。

「但現在根本沒人有古得里斯海得吧？」

「……是啊。但不久的將來就會出現可以取得的人吧。」

「是呀。我當然也打算盡力尋找，但根本不曉得何時可以取得呀。」

聞言，斐迪南大人眨了幾下眼睛，然後無力地同意道：「嗯，是啊。」這種時候，他應該發誓會全力協助我才對吧。反應怎麼這麼遲鈍，太不懂女人心了吧？

「斐迪南大人，雖然你剛才說幾乎沒有好處，但現在王族人數稀少，公主若嫁過來，應該能帶來莫大的好處吧？」

我挺起胸膛，試著指出迎接公主帶來的好處。然而，斐迪南大人搖搖頭說了：

「現在的尤根施密特，不該接納極有可能取得古得里斯海得的外國人。雖說接納了公主後，能夠增加王族成員確實是項好處，但若在此時迎接魔力豐富的外國公主，只會為王位的繼承問題招來混亂。王族正是因為不想看到這種情形發生，才會拒絕公主的呈獻吧。至少在有人取得古得里斯海得、成為正統的君騰之前，都該暫緩公主的呈獻一事比較妥當。」

他似乎是擔心以現在的情況，尤根施密特可能會被蘭翠奈維併吞。眼看斐迪南大人如此膽小懦弱，僅憑自己的推測恣意判斷王族那邊的情況，說什麼也不肯採取行動，我不由得大皺眉頭。

「斐迪南大人，雖然你的這些理由好像說得很有道理，但其實你只是害怕要向君騰提出異議吧？」

「不過是在蘭翠奈維被當成神一樣崇敬的那一群人將失去力量，卻要為此特意反駁君騰的決定，我實在看不出意義何在。」

不惜反對君騰所下的決定，也要站在其他國家那一邊，這樣做對亞倫斯伯罕真的有好處嗎？——斐迪南大人如是說。

「一直以來他們都以王族的身分進行統治，其實或多或少也想像得出他們將面臨怎樣的末路，但那並不代表蘭翠奈維就會滅亡。本為行政中樞的城市崩毀後，文明勢必會倒退，但單從那些造型奇特的船隻，便能看出蘭翠奈維似乎發展出了與尤根施密特截然迥異的技術。除了王族以外，或許並不會對整個國家造成嚴重打擊。」

換個角度來看，如今尤根施密特的局勢並不穩定，或許這正是削弱蘭翠奈維勢力的大好機會；妳應該盡早將基礎染色，才能在真的出事時關閉境界門——斐迪南大人說的每一件事，都不是我想做的。

……就因為我與雷昂齊歐大人談過話，他竟說出如此冷酷無情的話來。

不過是談話時不讓他陪同而已，居然說出「倘若只是蘭翠奈維的王族會滅亡，那便無關緊要」，這世上再也沒有人比他更適合以埃維里貝來形容了呢。

「斐迪南大人，請你聆聽我的請求。我不希望雷昂齊歐大人他們遭逢不幸，還請你明白我對他們的憐憫之心。」

「妳既希望尤根施密特接受蘭翠奈維送來的公主，卻又不希望他們遭逢不幸嗎？由於妳是女性，蘭翠奈維的使者多半也不會對妳多做說明吧。但是，蘭翠奈維的公主們進入離宮後——」

斐迪南大人話說到一半，我便打斷道：「這些不都是蘭翠奈維自己想要的嗎？」是國王希望能呈獻公主，公主也做好了覺悟前來，那麼這些就不是我們該考慮的事情。

「所以蒂緹琳朵大人的意思是，做好覺悟前來的公主，無論遭受怎樣的待遇都該接受嗎？」

斐迪南大人的淡金色眼眸筆直盯著我瞧。從那冷冽到刺人的目光，不難看出他正極力按捺著心中激昂的情感。大概因為我不是站在公主這一邊，而是站在男性雷昂齊歐大人那一邊，這點讓他難以忍受吧。但是，這時的我絕對不能退讓。我注視著斐迪南大人，用力點頭。

「來到這裡以後的待遇，應該要公主自己想辦法：比如向老家告知自己的情況，或是找君騰商量請他著手改善。跟蘭翠奈維的崩毀相比，這根本不值一提。」

斐迪南大人臉上的笑意忽然加深。看來他終於明白我的主張了。

「所以等夏天王族前來參加葬禮時，麻煩你這樣清楚明白地向他們提出請求。」

「與迎接公主後會為尤根施密特帶來的混亂相比，蘭翠奈維的崩毀根本不值一提。

我支持君騰的決斷。」

半晌之間，我沒聽懂斐迪南大人在說什麼。過了幾秒鐘後，我才理解到他是在駁回我的要求，忍不住憤怒得發出咆哮。

「斐迪南大人，你這是什麼意思?!」

「我是奉王命來到亞倫斯伯罕，此事並不足以讓我認為蘭翠奈維的重要性更高於國王。請他們等到下任君騰繼位吧。」

無論我再怎麼生氣，斐迪南大人的表情與主張始終不變，更斷然表示他不會幫忙傳話，也不會為此向王族提出異議。

「我都不知道你竟然這麼冷漠又不近人情！我的未婚夫居然是這種人……我暫時不想再看到你了，請你現在馬上離開。」

「遵命。」

斐迪南大人面帶淺笑，照著我說的立即起身，離開了房間。明明害得我這麼不高興，他竟然頭也不回，更一句道歉也沒有。

……我的未婚夫怎麼會是這種人！

我忿然吐出了所有能想到的詆毀謾罵，那一整天就在痛罵斐迪南大人中度過。這下該怎麼向雷昂齊歐大人解釋才好呢？居然讓對我懷有期待的人失望。我內心悲痛不已，向蘭翠奈維使者所居留的宅邸捎去聯繫。

「斐迪南大人真是太冷漠了。我以前從沒想過他是這種人。」

在被稱作蘭翠奈維之館的使者宅邸中，我為自己無法說服斐迪南大人一事致歉，並表示仍會盡可能促成使者與王族的會面。

「蒂緹琳朵大人不僅美麗動人，心地也十分善良呢。真希望能早點遇見您。」

被雷昂齊歐大人琥珀色的眼瞳凝視著，我心生難以形容的羞澀。在尤根施密特，眾人說話總是用些拘謹有禮的表達方式，很少像他這樣直接地給予讚美。再加上雷昂齊歐大人有著俊美到使人看得出神的容貌，我的心跳不由自主加快。感受到了布璐安法的降臨後，我猛然回過神來。

……我可不能在這時候遭到女神們的捉弄。

我是下任君騰候補，即便最終無法當上君騰，也是下任奧伯．亞倫斯伯罕。我已經有未婚夫了，不能與雷昂齊歐大人成為戀人。

「雷昂齊歐大人，您的心意我很高興……但我是下任君騰候補，恕我無法回應您的感情。」

「蒂緹琳朵大人，您已經持有古得里斯海得了嗎？」

面對雷昂齊歐大人的提問，我稍微垂下眼睫，搖搖頭說：「我還在尋找當中。」隨後，我說著「請別告訴任何人」，向雷昂齊歐大人遞去防止竊聽的魔導具。有關古得里斯海得的事情，以及對王族的不敬之語，最好還是別讓人聽見。藉由使用防止竊聽魔導具，便代表這是兩人間私底下的談話，不得對外公開。

「其實是現在的尤根施密特，未持有古得里斯海得的王族對情報設有限制，讓其他人無法找到古得里斯海得。即便我也具有資格，卻根本找不到機會接近。」

「怎會如此……這裡竟然允許這種事情發生……」

對於只是自己獨占情報、不願讓正統君騰出現的王族，雷昂齊歐大人表現出了憤慨。他是在擔心身為下任君騰候補的我，為我感到生氣吧。由於才剛見識過未婚夫的冷漠，面對雷昂齊歐大人表現出的熱切情意與溫柔，我彷彿看見了花之女神耶芙勒露梅。

「雷昂齊歐大人真是溫柔，竟然為我感到生氣。哪像斐迪南大人只會一味嫉妒，一點也不為我擔心。」

我呵呵地微笑說道。雷昂齊歐大人露出有些苦惱的神情，向我問道：「蒂緹琳朵大人，您愛著自己現在的未婚夫嗎？」

「斐迪南大人是國王為我指定的未婚夫，我根本無法拒絕。我想他應該深愛著我，但現在卻又表現出那般冰冷的模樣，我實在是……」

看著他冷若冰霜的言行舉止，現在我沒有信心能愛上他。如今的我，非常能夠明白蓋朵莉希因為埃維里貝太過容易嫉妒，而想逃離他身邊的心情。

「我是沒辦法與未婚夫解除婚約的，雷昂齊歐大人。這件事還請您保密。」

「……如果我說，我能幫助您與如此不解風情的未婚夫解除婚約，您願意握住我的手嗎？」

雷昂齊歐大人說出的這番話教人難以置信，我困惑地看著他。

「雷昂齊歐大人，您在說什麼呀？」

「我因為未持有尤根施密特君騰候補該有的思達普，所以不可能成為君騰……但是，我知道古得里斯海得的所在。我可以協助您成為君騰。」

「您說什麼……？」

雷昂齊歐大人的提議令我嚥了嚥口水。我一直想要知道古得里斯海得的下落，如今知道答案的人就在眼前，還願意對我伸出援手，而不是對當今的王族。這簡直就是德蕾梵庫亞的指引。

「蒂緹琳朵大人，若您願意接受我成為您的伴侶，我便把地點告訴您吧。」

我的心臟猛地撲通一跳。如果雷昂齊歐大人能成為我的伴侶，這對我來說真是難以抗拒的甜美誘惑。畢竟與斐迪南大人不同，我們年紀相仿，他也沒有待過神殿的這個汙點。雖說他國的出身不太完美，但他接受到的教育似乎與尤根施密特的貴族無異，而且還是蘭翠奈維國王的孫子，代表也與尤根施密特王族有著很深的血緣關係吧。血統上沒有任何問題。再者像這樣近距離接觸後，我隱隱感覺得到他身上的魔力。雖說有些差距，但彼此的魔力量應該可以匹配。

「可是，我的未婚夫是由國王下令……」

「等您成為君騰，他一個未持有古得里斯海得的假國王，命令又有何意義？」

雷昂齊歐大人身上忽然飄來一陣甜香。那股香味讓人想要靠近些去感受，於是我稍微往他傾身。

「明明心愛的未婚妻那般極力說明，斐迪南大人的態度卻始終不假辭色吧？就連可愛未婚妻所提出的微不足道要求，他也不願為您實現，真是冷酷無情的男人。」

雷昂齊歐大人以溫柔的嗓音與笑容，從容徐緩地譴責斐迪南大人。

其實他只是將我剛才發過的牢騷再重複說了一遍，但是聽著聽著，我卻自然而然地認定「斐迪南大人在他人眼中，也是表現非常糟糕的未婚夫」。

「面對對您如此惡劣的未婚夫，您也不需要為他顧及情面吧。」

回想起來，從一開始我就打算當上君騰以後要解除婚約。

「斐迪南大人的容貌像極了我的伯父，所以他多半也具有蘭翠奈維的血統吧。同是具有蘭翠奈維血統的人，那麼由我站在您身邊又有何不可呢？」

「……是呀。」

「在您成為下任君騰後就好，請讓我當您的伴侶吧。」

雷昂齊歐大人魅惑地睇起琥珀色眼眸，露出溫柔的笑臉凝視我。

「蒂緹琳朵大人，請握住我的手吧。我想助您成為下任君騰。」

由於一直握著防止竊聽魔導具，近侍們並不清楚我與雷昂齊歐大人的談話內容，但一看到他朝我伸出手來，全都臉色大變。瑪蒂娜更是揚聲喊道：「蒂緹琳朵大人，萬萬不可！」

「不要妨礙我。」

我不顧瑪蒂娜的勸阻站起來，宛如置身夢境一般踩著輕飄飄的步伐走向雷昂齊歐大人。同時，用感覺變得笨重的大腦拚命思考。一旦錯過這個機會，我想要取得古得里斯海得肯定是難上加難吧。

……這一定是時之女神德蕾梵庫亞的指引，雷昂齊歐大人也是結緣女神黎蓓思可赫菲真正想要牽線、我命中注定的另一半。

懷抱著這樣的確信，我伸出自己的手疊在雷昂齊歐大人的掌心上。

我的意願與癥結

領主會議過後、我正在休假的那一天，收到了艾薇拉大人寄來、即將大幅改變我未來的奧多南茲。

「莉瑟蕾塔，我是艾薇拉。不好意思在妳放假時打擾，但我有話想跟妳說，方便在第五鐘來我家一趟嗎？」

拿著重複了三次傳話後變回黃色魔石的奧多南茲，我緩慢眨了眨眼睛。如此突然的邀請令我感到驚訝，轉頭看向說好了要一起度過假日的未婚夫妥斯登大人。

「那今天說好的行程該怎麼辦呢？」

「也沒什麼怎麼辦。既然是艾薇拉大人的邀請，那不正好嘛。我與莉瑟蕾塔是未婚夫妻，隨時都能見面，今天妳先去見艾薇拉大人吧。我等妳的好消息。」

妥斯登大人心情愉快地說完，開始準備返家，但我只是不置可否地面帶微笑，沒有正面回答。單聽這番說詞，他可說是優先為我著想的體貼未婚夫。然而，一想到他所謂的「好消息」，我的心情便沉重不已。

……妥斯登大人大概以為，趁著艾薇拉大人臨時找我過去，我便有了藉口可以提出要求，請她安排與波尼法狄斯大人的會面吧……

然而艾薇拉大人找我過去，多半是為了羅潔梅茵大人即將離開一事。由於太過匆促，我只能想到這個原因。在這種情況下，我有辦法開口要求安排與波尼法狄斯大人的會面嗎？甚至會面的目的，還是因為妥斯登大人的親族在肅清時被逮捕了，他們想要為親戚求情。

「明明都還沒有成婚，卻要為對方的親族向波尼法狄斯大人求情，這種事對我這樣的中級貴族來說真是強人所難……」

與訓練時經常和波尼法狄斯大人接觸的姊姊大人不同，我與波尼法狄斯大人幾乎沒有交集。況且以我的身分，並不適合拿個人私事向他提出請求，我也不樂意為了肅清時被逮捕的那些貴族，請求領主一族為他們減刑。大概是因為我強烈覺得，即便是以前的事了，即便是奉薇羅妮卡大人之命，但犯了罪還是該好好償還吧。

……現在還是訂婚而已就這樣，往後真教人擔心。

我早就知道，上級貴族妥斯登大人會願意入贅到中級貴族的我們家來，是為了透過姊姊大人向波尼法狄斯大人攀關係。但正式成婚之前就開始施加壓力，這樣的行為令我不由自主嘆氣。

「莉瑟蕾塔，抱歉臨時把妳叫來。因為我聽柯尼留斯說妳今天休假。」

是因為想在沒有羅潔梅茵大人的地方與我談話吧。我們邊隨口聊著領主會議期間羅潔梅茵大人做了哪些事情，邊等著茶水準備完畢。侍從們退下後，我們旋即理所當然地拿起防止竊聽魔導具，進入正題。

「現在因為芙蘿洛翠亞大人即將生產，羅潔梅茵要前往中央的準備工作便由我來主導。而關於要與她同行的近侍，我也有意幫忙調整。」

艾薇拉大人的漆黑雙眸注視著我。感覺得出她希望我也能同行。對此我感到高興的同時，卻也對自己現在的處境感到懊惱。因為我無法和姊姊大人一樣，僅憑個人意願就跟著羅潔梅茵大人離開。

「羅潔梅茵因為在城堡生活的時間不長，曾說過侍從的人數不多也沒關係，之前就少掉好幾個人了吧？然而，如今要陪她前往中央的侍從，竟就只有一名剛加入還不到半年的未成年中級貴族，這種情況實在教人擔心。」

侍從負責照料主人的生活起居。由於與日常生活最為密切相關，因此像是出嫁等要搬去他領的時候，往往會帶著自己信任的侍從一起離開。然而，明明羅潔梅茵大人將前往中央成為國王的養女，她身邊的侍從卻只有剛加入不久，而且還未成年的谷麗媞亞一人。這樣的人數實在堪憂。

……可是，羅潔梅茵大人的上級侍從都……

在羅潔梅茵大人身邊服侍最久的黎希達，原本是奧伯．艾倫菲斯特的侍從。肅清過後，她便回到了因近侍人數驟減而過於勞累的領主身邊。況且她本就是身分十分特殊的侍從，會奉奧伯之命侍奉不同的主人，即便沒有肅清也不可能離開艾倫菲斯特吧。

布倫希爾德則在慶春宴上與奧伯訂了婚。將成為奧伯第二夫人的她不可能前往中央。偏偏布倫希爾德又多與王族還有上位領地打交道，社交能力非常可靠，她沒能同行對羅潔梅茵大人來說是很大的損失吧。

奧黛麗則因為丈夫雷柏赫特大人是芙蘿洛翠亞大人的近侍，除非雷柏赫特大人轉成羅潔梅茵大人的近侍，或是辦理離婚，否則奧黛麗不可能前往中央。但如今領主夫婦的近侍人數不多，雷柏赫特大人既不可能更換主人，要奧黛麗為了與羅潔梅茵大人同行就與丈夫離婚也不切實際。

「妳似乎也不同行，難道是我的女兒做為主人並不稱職嗎？」

「不是的。羅潔梅茵大人是我主動提出請求、自己決定的主人，我當然想留在她身邊侍奉，只是……」

我沉默下來。因為我十分猶豫，不知是否該把家裡的情況告訴艾薇拉大人。我不想說出妥斯登大人與他族人的要求，惹得繁忙的眾人煩心。

「莉瑟蕾塔，妳但說無妨。」

「我是家裡的繼承人。在無法與父母坦承商量的情況下，我也無可奈何。」

我不可能完全不與父親大人商量，就擺脫繼承人的身分。再加上有關羅潔梅茵大人要離開一事不得告訴任何人，我也無法與一族的人商議。

「而且，我已經與韋菲利特大人的近侍妥斯登大人訂婚了。兩邊的族人都不會允許我們解除婚約吧。」

「意思是愛情更重要嗎？只要提前至今年夏天就舉行星結儀式，也可以做好安排，讓妳與妥斯登大人以夫妻的身分同行喔。」

想像了那幅畫面後，我搖了搖頭。就算與妥斯登大人結婚、一起去了中央，他與羅潔梅茵大人的其他近侍也合不來。因為他的觀念從根本上就屬於舊薇羅妮卡派，反而會給羅潔梅茵大人帶來負擔吧。

「我對他並無愛情。為了一族著想，其實這樁婚約應該解除比較好。但我們家是中級貴族，無法主動解除與上級貴族的婚事。」

我輕輕發出嘆息。艾薇拉大人有些憂心地看著我，以手托腮道：

「你們一族打從芙蘿洛翠亞大人嫁來後，便一直盡心盡力地服侍她，我也認為像妥斯登大人那樣的舊薇羅妮卡派貴族，多半與妳的族人處不來吧。他是否已經開始提些強人所難的要求了呢？」

其實不光是希望我們幫他們與波尼法狄斯大人牽線，為被逮捕的親族請求減刑而已。為免韋菲利特大人與羅潔梅茵大人之間的鴻溝越來越深，我曾想與妥斯登大人交換情報，但他竟然只是面帶笑容，委婉地把責任都推到我們身上，說著類似於「養女讓步才是正常的吧？請好好開導妳的主人」這種話，卻一點也不願主動壓低姿態。

……最後甚至說出「比起這種事情，麻煩妳為親族向波尼法狄斯大人求情」呢！

「我本來還希望能與妥斯登大人同心協力，一同輔佐下任領主夫婦，奈何現實並不如人願。」

結果我發現同為近侍，我們的想法存有很大的差異，好像還讓韋菲利特大人與羅潔梅茵大人之間的鴻溝變得更深了。

「莉瑟蕾塔，所以妳自身是想跟著一起離開的吧？」

「是的。但我是中級貴族，若想成為國王養女的侍從，我社交方面的能力並不足夠。」

至今與王族以及上位領地的往來溝通，幾乎都由布倫希爾德負責。領主會議時，則由奧黛麗以首席侍從的身分發號施令。因此我能勝任的，就只有整理羅潔梅茵大人的房間與照料她的生活起居而已。但就連這些工作，再過一年谷麗媞亞也能做到吧。

「……那個，倘若羅潔梅茵大人需要我的話，我打從心底想繼續服侍她。可是，如果主人既不需要我，也不下命令，身分並不相稱的我不敢奢求與她同行。」

「妳說得很有道理。羅潔梅茵總是尊重對方的意願，但看來也該告訴她，有時候她也得說出自己的想法才行呢。」

意思是為了讓我能夠同行，艾薇拉大人要設法讓羅潔梅茵大人說出她需要我嗎？感覺到自己的心願有望成真，我有種置身在美夢當中的錯覺。

「艾薇拉大人，您為何願意如此幫我呢？」

「我不是為了妳，是為了羅潔梅茵。那孩子那麼容易病倒，藥水的量要怎麼控制、昏睡時該如何照料，這些事情不是一朝一夕便能學會的。妳想我能放心交給冬天才成為近侍的新人，或是至今與羅潔梅茵從未接觸過的中央貴族嗎？設法讓妳能留在羅潔梅茵身邊，是為她做好準備、讓她能前往中央的我該做的工作。」

艾薇拉大人輕聲笑道，直截了當地回答我的問題。她說得這麼坦白，我反倒感到非常安心。因為她如果是為了女兒羅潔梅茵大人，相信不會在中途翻臉不認人吧。

「而且，妳可說是為了羅潔梅茵而存在的侍從。為了那孩子，妳不僅讓魔力增長到了連在一族內也找不到結婚對象的地步，還為了她想要取得醫師的資格吧？不留住如此忠心耿耿的人才，簡直是種糟蹋……」

我不由得倒吸口氣。看到羅潔梅茵大人的身體那麼虛弱，我在貴族院確實選修了一些課程，想要試著取得醫師的資格。但是，由於我成為近侍時已經太晚了，並沒有足夠的時間可以取得資格。

「……我原本就沒有信心能取得資格，只是想多學習一些醫學相關知識而已，所以無論是家人還是其他近侍，從不曾告訴過任何人。艾薇拉大人是如何知道的呢？」

「因為柯尼留斯一直留意著所有近侍的動靜呀。只不過，最先注意到這件事的似乎是哈特姆特。」

好像是根據我修習的課程，以及曾想向哈特姆特學習如何調合藥水這些事情，被他發現了我的意圖。我還以為自己藏得很好，看來還是太天真了。

「但是，我既調合不了羅潔梅茵大人時常飲用的藥水，也無法取得醫師資格。再加上我是中級貴族，在社交上也是力有未逮。這樣的我，真的可以同行嗎？」

我定睛望著艾薇拉大人的漆黑雙瞳問道，她也筆直向我望來。

「藥水的調合工作可以交給哈特姆特與克拉麗莎；社交的話其中一部分可以交給文官，還有中央的貴族也很擅長吧。但是，他們無法讓羅潔梅茵維持正常的生活。」

「正常的生活……？」

「對。侍從最重要的工作，就是照料主人的生活起居。而那孩子即將成為國王的養女，需要有侍從能為她維持平靜的日常生活。」

明確地了解到自己該做的事、艾薇拉大人也認可自己的能力後，我感到胸口深處一陣發熱。

「我一定竭盡所能侍奉羅潔梅茵大人。」

我下定決心以後，艾薇拉大人立即展開行動。先讓羅潔梅茵大人說出她需要我後，艾薇拉大人接著找來了父親大人進行談話。

收到艾薇拉大人的邀請，我與父親大人一同前往出席。由於談話內容事關機密，艾薇拉大人屏退了侍從之後，再遞來防止竊聽魔導具。想必感受到了事態的嚴重性，父親大人的側臉十分僵硬。

「今日我有一個不情之請。請你取消莉瑟蕾塔繼承人的資格，讓她成為羅潔梅茵的侍從。」

「這……」

「羅潔梅茵將應國王的要求前往中央，但此事還不得洩露。」

突如其來的消息讓父親大人倒抽口氣，艾薇拉大人接著以平淡的語氣開始說明。她告訴父親大人，一年後羅潔梅茵大人將解除婚約，並與奧伯解除養父女關係；而羅潔梅茵大人的上級侍從們誰也無法同行，再這樣下去，同行的侍從將只有在冬季獻名的舊薇羅妮卡派貴族一人。

「此事我已問過莉瑟蕾塔的意願，她說因為自己是繼承人，又與韋菲利特大人的上級近侍訂有婚約，所以無法離開。但是，你身為侍從一族的族長，應該非常清楚對即將搬去他領的人來說，侍從的存在有多麼重要吧？我認為自己的女兒需要有莉瑟蕾塔陪在她身邊。為此，我願傾力相助。」

我會幫你們解決難題，所以讓你女兒同行吧——事實上艾薇拉大人的要求等同命令。父親大人低著頭思忖了一會兒後，抬起臉龐來。

「莉瑟蕾塔，妳想跟著一起離開嗎？」

「是的，羅潔梅茵大人已經親口說了她需要我。等家裡的問題都解決了，我想要陪伴在主人身邊。」

想起艾薇拉大人曾教導羅潔梅茵大人，自己的想法要明白說出來，我便清楚堅定地向父親大人表明自己的意願。

「這樣啊……既然艾薇拉大人願意提供協助，妳不當繼承人也沒關係。儘管去吧。」

「可以嗎？」

「只要指定鄔德里克為繼承人就好了。」

鄔德里克是一族裡的男性，原先被指定為我的結婚對象。只可惜魔力配色時我們的魔力量無法匹配，婚約也就無法成立；但如果改由他當繼承人的話，一族的人應該都可以接受吧。

「鄔德里克原本被視為是莉瑟蕾塔的未來夫婿，接受了日後可以擔任一族之長的教育。若指定他為新的繼承人，想必沒有任何問題。正好個人認為莉瑟蕾塔並不適任一族之長，這樣也能鬆一口氣。」

父親大人反倒如釋重負地鬆開了緊繃的肩膀。但聽到他說自己不適任一族之長，我有些低下頭去。

「父親大人，都怪我能力不足，讓您操心了，實在非常抱歉。」

「哪裡，恰恰相反，是因為妳的魔力量太多了。妳雖是我們引以為傲的女兒，但魔力量與族人相差過多，便不適合擔任一族之長。僅是如此而已。」

父親大人緩緩吐了口氣。他說成為一族之長後，必須為族人尋找結婚對象、傾聽眾人的煩惱，而魔力量若與大家相差過多，就很難去處理這些事情。經父親大人這麼一說，我才想起他曾因為我的魔力增長過快，在尋找對象上煞費苦心。

「倘若羅潔梅茵大人的魔力壓縮法今後會繼續傳開，這樣倒還沒關係。而莉瑟蕾塔與安潔莉卡若也還留在艾倫菲斯特，與羅潔梅茵大人以及波尼法狄斯大人有著聯繫，那也沒有任何問題。再過幾代，我們家將有望成為上級貴族吧。」

父親大人說完，艾薇拉大人點了點頭。

「但羅潔梅茵一旦離開，這些事情便再也不可能發生了呢。」

「沒錯。我們家與領主一族將再也沒有關聯。不僅如此，與羅潔梅茵大人解除婚約以後，韋菲利特大人的地位必然發生改變，連帶地也不知妥斯登大人的處境會有怎樣的變化……為了一族著想，最好還是盡快把族長的位置讓給鄔德里克。」

「換言之，你也希望莉瑟蕾塔解除婚約嗎？」

艾薇拉大人如此確認後，父親大人眉頭深鎖，重重點頭。

「我只經由身邊的人聽過傳聞。所以，我希望能由一族之長的你親口說明。」

「他們一再地提出要求，希望我們能夠拜託波尼法狄斯大人給予通融，如今我也正為此深感困擾。」

在我與妥斯登大人這樁婚事上，其實他的親族目的在於與領主一族攀上關係。除了想透過我，更主要是想透過姊姊大人。因為我服侍著萊瑟岡古出身的領主候補生羅潔梅茵大人，姊姊大人則深受波尼法狄斯大人青睞，還打算讓她與自己的親人成婚。

肅清時，舊薇羅妮卡派的貴族們相繼受到懲處，妥斯登大人一族中也有人遭到逮捕。明明我們尚未成婚，聽說他們竟然說著「看在我們是親家的份上」，拜託父親大人幫他們與波尼法狄斯大人牽線。

「從前領主夫婦因為薇羅妮卡大人的所作所為有多麼苦惱，隨侍在旁的我始終看在眼裡。正當領主一族努力想要清理領內的陳年弊端時，他們竟為了不被治罪而想要與領主一族攀上關係，我實在難以苟同。」

父親大人扶額嘆氣。艾薇拉大人則語帶佩服地道：「真虧你們有辦法推拒至今呢。」肅清發生在初冬，現在則是領主會議結束後的春季尾聲，代表父親大人約有半年的時間一直在推辭。

「因為冬季期間所有人都很忙碌，訂了婚的莉瑟蕾塔又在貴族院，所以兩家的交集本就不多。春天則是因為領主夫婦的近侍大幅減少，眾人也都忙於準備領主會議，我以這種情形下還請求與波尼法狄斯大人會面，可能只會讓他留下不好的印象為由婉拒了。但如今領主會議已經結束，我也沒有了合適的推託之詞。」

「難怪近來妥斯登大人越來越露骨地提出要求了呢。」

我告訴兩位，先前妥斯登大人曾希望我以艾薇拉大人在假日時召見為由，請她安排會面，父親大人與艾薇拉大人皆皺起眉頭。

「縱使兩人真按原定計畫成婚，一旦安潔莉卡與莉瑟蕾塔都跟著羅潔梅茵大人前往中央，我們家將與領主一族不再有關係。屆時，妥斯登大人的親族肯定會對我們惡言相向，抱怨這樁婚事不知是為何而結吧。」

畢竟他們一族是為了與領主一族攀上關係，才願意讓妥斯登大人降為中級貴族，若發現結果毫無用處，想必會氣急敗壞吧。儘管如此，卻也可以預見我們家身為中級貴族只能一味忍讓。

「我明白了。我會讓他們主動提出要解除婚約。相對地，莉瑟蕾塔就成為羅潔梅茵的首席侍從吧。」

「由中級貴族的我成為首席侍從嗎？」

「妳的魔力量本身並無問題。只要今後挑選上級貴族做為妳的結婚對象，就能藉此提升階級吧。我想讓妳待在離羅潔梅茵最近的位置上。」

中央貴族當中，也有人會想與國王養女的近侍聯姻——艾薇拉大人如是說。一直以來我都只想著要招贅夫婿，但我不再是繼承人以後，便能藉由結婚成為上級貴族。

「身為中級貴族的我們家，將出現領主一族的首席侍從……？」

父親大人吃驚得整個人茫然失措。艾薇拉大人僅是瞥了他一眼，接著說道：

「社交方面妳慢慢學習即可，請奧黛麗與布倫希爾德盡量把工作交接給妳吧。冬季期間，我會讓妳以羅潔梅茵的成年侍從身分前往貴族院。記得多向布倫希爾德學習。」

「遵命。艾薇拉大人，往後還請不吝賜教。」

「所以就是這樣，我已在艾薇拉大人的協助下順利解除婚約，也拜託了族裡的男士擔任一族之長。我將與羅潔梅茵大人一同前往中央。」

在城堡的近侍室裡，我這麼向近侍夥伴們報告。有人「……咦？」地雙眼圓睜，也有人當時就在卡斯泰德大人的宅邸裡，所以反應截然不同。

「莉瑟蕾塔，一切能圓滿解決真是太好了。羅潔梅茵一定也很高興，畢竟她那麼可愛地向妳提出請求啊。」

「開口請莉瑟蕾塔陪自己一起離開的羅潔梅茵大人，真的非常可愛呢。」

看到柯尼留斯臉上充滿促狹的賊笑，萊歐諾蕾回想起來後也發出咯咯笑聲。我也感到有些難為情，想起了羅潔梅茵大人拚命說出自己想法的模樣。

「萊歐諾蕾，妳說的我打從心底贊同。羅潔梅茵大人的央求真是非常、非常可愛。做為近侍可說是死而無憾了呢。」

聞言，哈特姆特與克拉麗莎都露出了震驚的表情：「羅潔梅茵大人親口拜託妳了嗎?!」沒錯，羅潔梅茵大人與艾薇拉大人都說她們需要我。

「……柯尼留斯，為何我沒受到邀請，而且我也從未聽說艾薇拉大人為了莉瑟蕾塔暗中有所行動喔？」

「那天是為了討論有關安潔莉卡與莉瑟蕾塔的事情，你都已經確定要同行了，為何要邀請你？況且我也沒必要向你報告莉瑟蕾塔的私事與母親大人的行動。」

哈特姆特猛地伸手扣住柯尼留斯的肩膀，但柯尼留斯只是把他的手拍開。我沒理會開始鬥嘴的兩人，轉向奧黛麗。

「奧黛麗，還請妳多多指導，讓我能成為羅潔梅茵大人的首席侍從。」

「沒問題。坦白說聽到妳能同行，我也放心多了。」

我與奧黛麗討論著要以社交為重點接受指導時，冷不防有人拉住我的手臂。

「不行！太過分了！怎麼可以這樣！莉瑟蕾塔太壞了！妳這個叛徒——！明明說好了要一起留下來，又只有我一個人被排擠了嗎?!」

回頭一看，只見抓住我手臂的優蒂特雙眼裡盈滿淚水。我這才想起來，我們曾說好要留在艾倫菲斯特一起努力。

……真是傷腦筋。這下該怎麼安慰優蒂特才好呢？

騷動後的問話

「奧伯・艾倫菲斯特，這裡是亞倫斯伯罕。請您有點領主的樣子。」

「這裡熱死了。至少在房裡的時候不用那麼拘束吧。」

看我散漫地躺在長椅上，卡斯泰德皺起臉龐。他大概是刻意用拘謹有禮的方式對我說話，要我拿出領主該有的樣子吧。我懂，但我不管。因為奧伯・亞倫斯伯罕的葬禮上出了點狀況後，現在表面上要我們在客房裡待命，實際上就是隔離。難得來到他領，葬禮也都結束了，卻沒辦法出去閒晃。

我一邊大發牢騷，一邊指向椅子。卡斯泰德於是一臉無奈地看向其他近侍。察覺到他的目光，其他騎士苦笑著說：「奧伯的護衛就交給你了。」然後站到長椅後方去。卡斯泰德則往我指著的椅子坐下來。

「你怎麼可能會熱。斐迪南不是提供了魔法陣給你嗎？」

被迫陪我閒聊的卡斯泰德立即變作私下說話的口吻，指指自己的脖子。相比起艾倫菲斯特，亞倫斯伯罕的夏天簡直熱得難以想像。因此斐迪南給了我一個簡易魔法陣的範本，說：「穿著正裝出席葬禮時，記得把這畫在襯衣上或繡上去。」魔法陣非常簡單，讓人馬上就有辦法畫下來，而且就連中級與下級貴族也能使用。

「看到斐迪南變得這麼細心周到，虧我還很高興，以為他終於有所長進了，結果還是我自己太蠢。他根本是故意找我麻煩的吧？參加葬禮的時候居然還得分心調節魔力，害我精疲力盡。」

由於魔法陣太過簡單，若不自行調整釋出的魔力量，魔力量多的我一不小心就會冷到受風寒。

「哈，斐迪南確實是很貼心，讓你葬禮期間不會打瞌睡。至少每次都被迫拿著防止竊聽魔導具的我可是很感激他。」

每次參加冗長又無聊的儀式或活動時，我都會讓卡斯泰德拿著防止竊聽魔導具，逼他陪我聊聊天，或是在我想睡的時候叫醒我。然而，這次我根本不敢睡。因為要是不小心睡著了，無法控制魔力，就會發生夏天卻在亞倫斯伯罕凍死這種離譜的事情。

「也幸好你這次都沒打瞌睡，等一下問話的時候，你就能如實說出自己看到的所有經過了吧。」

「但就算我醒著，我也什麼都沒看到啊。因為我想看的時候肩膀被你按住了。」

當時實在是事發突然。只見葬禮進行到一半，前方忽然有好幾個披著黑色披風的人影站起來往前衝，但馬上被同僚壓制住了。我因為待在稍遠後方，什麼也看不清楚，想要起身時卻被卡斯泰德按住肩膀說：「坐好，堂堂奧伯別站起來看熱鬧。」因此，我只看到中央騎士團忽然間都動了起來，但隨後葬禮又彷彿什麼事也沒發生過般繼續進行。所以老實說，我根本不曉得實際上到底發生了什麼事。

「到底發生什麼事了？你既然站著，應該看到了吧？」

「別再問同樣的問題了，我也不清楚。我只看到有人站起來衝了出去，但馬上就被壓制住了。感覺中央騎士團自己就解決了這件事。」

發生過這樣的騷動以後，不光是卡斯泰德，與他領奧伯同行的護衛騎士們也都拿出思達普保持警戒，但後來葬禮平靜無波地結束了。

「就算去接受問話，我也回答不出什麼來。說是問話，其實也只是去聆聽說明而已吧。」

即便背後真有什麼內幕，也不可能全部告訴我們。到時候肯定只會在說明時表示，事情就是這樣。

「就為了聆聽說明得等上這麼長的時間，真受不了。好無聊。」

就算在這個房間看得見海，但看三天也膩了。明明無風，水面卻一直晃動著的大海固然有趣，但又不能靠近，我因此馬上失去了興趣。現在閒到連從艾倫菲斯特帶來的文書工作也都處理完了。

「有人來了。」

就在我嘀嘀咕咕抱怨不停的時候，似乎總算輪到我了。在門前待命的騎士一開口提醒，我立刻坐起來。侍從急忙整理我變亂的服裝與頭髮。卡斯泰德則是站起身，向預計留下來的人與要隨我同行的人分別下達指示。

「亞倫斯伯罕的人請求入內。」

「進來吧。」

就連原先桌上的茶器與水果也都已經端走，我坐在收拾得乾乾淨淨的房內，擺出奧伯該有的姿態接見來通報的人。

……呵，完美。

「奧伯・艾倫菲斯特，抱歉實在打擾，但想請您幫忙回答幾個問題。」

「知道了。不管怎麼說，奧伯的葬禮上竟發生異常情況。當然該詳加調查。」

我擺出正經八百的表情起身，帶著護衛騎士離開房間。

「那麼，想請你回答一些問題。」

前來通報的人帶著我們走進一間相當寬敞的會議室。一走進去，正前方就是席格斯瓦德王子與他的近侍。有王族在場早在我的預料之中。右手邊則是斐迪南、艾克哈特、尤修塔斯以及亞倫斯伯罕的文官們。斐迪南的臉色看起來竟比上午參加葬禮時要好上許多，是我的錯覺嗎？

……看來葬禮期間他都在睡覺吧。

有了國王下令要求的秘密房間，又有了羅潔梅茵要我帶來的調合工具與大量原料，尤修塔斯早已料到斐迪南會一到晚上就窩進秘密房間。上午那般讓人憂心的蒼白臉色，八成是因為他過於投入很久沒碰的調合作業吧。

我在心裡啼笑皆非，同時把目光投向左手邊。不知為何，坐在這裡的卻是喬琪娜姊姊大人與她的近侍。

……慢著，按理說該是下任領主蒂緹琳朵大人出現在這裡吧？

蒂緹琳朵大人是下任領主。若還未成年也就罷了，但她已經成年，也出席過領主會議。然而，現在卻不讓她出席連王族都出席了的公開場合，這等同在昭告亞倫斯伯罕並不承認她是下任領主。

……雖然我也見識過她各種令人不忍直視的行徑，可以明白不想讓她出來丟人現眼的心情，但是……

如此公然表示亞倫斯伯罕並不信任自己的下任領主，那麼入贅過來要當她夫婿的斐迪南也會遭人看輕。如今婚事都已延期，斐迪南竟又多了一個讓人瞧不起他的理由，我氣得想要咬牙。

……這也是姊姊大人搞的鬼嗎？

只要有心，定有辦法嚴加管教蒂緹琳朵大人。然而，姊姊大人卻是完全放任自己的么女。彷彿就連女兒的愚蠢也在她的計畫之中，是我想太多了嗎？輕薄面紗後方的紅唇往上揚起弧度。

「奧伯．艾倫菲斯特，請描述你所看到的情況。」

「我只知道葬禮上，前方忽然有中央騎士站起來而已。因為從我的位置，幾乎看不到發生了什麼事。但站在身旁的護衛騎士告訴我，似乎是有中央的騎士突然往前衝，然後也看到是中央騎士團制伏住了他們。」

我說完自己知道的全部後，中央騎士團長與席格斯瓦德王子對看一眼。

「就這樣而已嗎？其他呢？」

「行為突然脫序的都是艾倫菲斯特出身的騎士。對此我們想問問你的看法。」

兩人說完，我不自覺皺眉低喃：「中央騎士團裡也有轉籍過去的人嗎？」我知道過去有不少有著一技之長且成績優秀的貴族，因為看不慣母親大人的行事作風，也為了擺脫她的掌控而轉籍到中央去。但是，也因為他們從未返鄉，關於在中央到底有多少艾倫菲斯特出身的人，侍從、文官與騎士又分別是多少人，這些我並不清楚。

「嗯？」

「啊，抱歉。因為自我就任為領主後，轉籍至中央的全是文官，所以我沒想到中央騎士團裡也有艾倫菲斯特出身的人。」

那麼騎士團裡的那些人，應該都是在我上任前便轉籍了。曾聽母親大人說過，姊姊大人被取消下任領主的資格時，有些人因為不願服侍我，便轉籍去了中央。她還表示艾倫菲斯特領內不需要無意服侍我的人。然而，在經歷過冬季的肅清以後，我忍不住萌生這樣的念頭：那些轉籍去中央的人，有無可能都已向姊姊大人獻名？

……那些行為脫序的人，是否也有什麼隱情……？

或許是我太多疑了。但冬季進行肅清時，經查明發現，向姊姊大人獻名的貴族人數比原先預想的還要多。所以在我不知情的情況下，不管發生了什麼事都不奇怪。

我轉頭看向姊姊大人。儘管只是一層薄薄的面紗，但遮擋住了臉部後，便看不清她的表情。但是，我強烈感覺到她正謀劃著什麼。

「哎呀，你身為奧伯，卻不知道有哪些貴族轉籍去了中央嗎？這樣到了中央的貴族們做事也會失去衝勁，與中央更是無法保持合作喔。」

姊姊大人出聲提醒道，刻意在遣詞用字中融入同母姊弟間會有的親暱。對此，我輕輕挑眉。我們的感情可從來沒好過。經過冬季的肅清，我更是明白到了這一點。

「艾倫菲斯特一直以來都是這樣，也沒什麼問題。」

我避重就輕地帶過她的提醒。現在芙蘿洛翠亞即將生產，除了要填補她的空缺，還有葛雷修的改造計畫，也要為羅潔梅茵的離開進行準備與交接，很多事情得趕緊處理。至於有哪些貴族轉籍至了中央，這件事又不急，只要在冬天前確認完畢就好，所以調查工作一直往後推延。

……嗯？

察覺到視線的我轉過頭去，發現斐迪南正瞪著我瞧。他肯定是想說「你講話再修飾一點」或是「再多補充說明」吧。

「正如王族所知，現在去了中央的貴族們冬天並不返鄉，因此艾倫菲斯特與他們全然沒有交集。」

說明時我稍微強調了「正如王族所知」這幾個字。雖然我們並不怎麼困擾，但在中央很難蒐集到有關艾倫菲斯特與羅潔梅茵的消息，他們應該很困擾吧。

「打從我就任為領主後，都是文官在赫思爾的推薦下轉籍至中央。原來從前也曾有騎士轉籍過去嗎？我頭一次知曉。」

騎士的實力必須足夠優秀，才有辦法轉籍至中央。當時大概是由波尼法狄斯擔任騎士團長，在鍛鍊騎士們吧。我事不關己地表現出欽佩。畢竟我在葬禮上根本沒看清楚發生了什麼事，也與那些騎士素昧平生，所以絕不能忍受把責任推到我頭上來。

「奧伯．艾倫菲斯特，對於自領出身的人竟公然鬧事，不知你作何感想？」

「做為奧伯，此事並無我該衡量斟酌之處。這與艾倫菲斯特毫無關係。」

為免被迫擔下不必要的責任，我斷然如此表示。這些轉籍者我不僅從沒見過面，就連名字也不曉得，可沒打算替他們擦屁股。

「生事的可是從艾倫菲斯特轉籍至中央的人，怎麼會毫無關係？」

席格斯瓦德王子是想把艾倫菲斯特牽扯進來嗎？只見他這麼說完後面帶微笑。他似乎正在無聲要求我多少負起責任，但我徹底予以無視。反正他不明言，我也就當作沒有發現。就算覺得我遲鈍或不懂察言觀色，也比被迫擔起不必要的責任要好。

「說不定家姊比我要更認識他們？既然從年紀來看我對他們毫無印象，那可能是與家姊同世代的人，抑或比她年長……出嫁前應該見過他們吧？況且家姊身為大領地的第一夫人，或許也曾在中央接觸過。」

搞不好他們已向姊姊大人獻名。基於這樣的懷疑，我面帶笑容把部分責任推到了姊姊大人身上。我可不想看她一味地假裝自己只是受害者。

「哎呀，你怎能說出這種毫無根據的臆測呢。況且從我出嫁以後，都不知道已經過了多少年。」

「因為姊姊大人打從以前開始，就比我更擅長與他領的貴族打交道，即使現在還保有往來也不奇怪吧。我真是羨慕姊姊大人的人望。」

我沒有為自己丟出的質疑致歉，而是話中有話地暗示冬季的肅清一事。儘管已嫁來亞倫斯伯罕多年，但姊姊大人在艾倫菲斯特的影響力依舊深遠。坦白說，她的手段與執著令我由衷感到佩服。至少我就做不到。

「哦，妳這般具有人望嗎？」

「倒也不是我有人望，而是領地的差異。一邊是從前的艾倫菲斯特，一邊是大領地亞倫斯伯罕，想也知道中央貴族會更想與哪一邊打好關係吧。」

姊姊大人並未否認與已轉籍的中央貴族有往來，接著又道：

「但是，現在卻不一樣了。託羅潔梅茵大人的福，現在的艾倫菲斯特不僅排名上升，還與王族往來密切。相比之下，亞倫斯伯罕卻是奧伯剛剛逝世，下任領主也沒能接下奧伯之位。將成為下任國王的席格斯瓦德王子，想必可以理解如今的中央貴族更想與哪一方打好關係吧？」

「這幾年來的變化確實非常劇烈。恐怕誰也沒有想過，如今艾倫菲斯特會如此受到重用吧。」

席格斯瓦德王子神情帶著敬佩地頷首。若不是怕犯下大不敬之罪，我真想一把揪起他的衣領大吼：「我不是已經透過亞納索塔瓊斯王子，提醒王族要小心亞倫斯伯罕了嗎！」

……不是還說了圖魯克有可能來自亞倫斯伯罕嗎?!

不過，我不會當場把這些話說出來。畢竟只是根據馬提亞斯的記憶與文官的猜測，推斷出可能有人使用了圖魯克，但我們既沒有證據，也沒有人真正見過圖魯克。現在王族應該正深入調查，我們只能等待結果。若在這時便與姊姊大人以及大領地亞倫斯伯罕鬧翻，未免太過魯莽，而且提出質疑的艾倫菲斯特肯定會反遭報復。

……席格斯瓦德王子想必也是在演戲，不想讓亞倫斯伯罕發現王族正懷疑他們與圖魯克有關吧。嗯，一定是這樣。

明明已經提供了情報，我不認為王族一點想法也沒有。我一邊這樣說服自己，一邊仍然決定不光是亞倫斯伯罕，也要對中央表現出點戒心。

「聽說國王將要求中央的貴族冬季必須返鄉，但照目前這樣看來，或許我該拒絕貴族的返鄉。否則，只怕他們又要引起爭端。」

「奧伯．艾倫菲斯特，意思是你要違抗王命嗎？」

「冬季必須返鄉，是國王對中央貴族下達的命令，並非是對我。若想讓他們順利地履行王命，應該是中央要盡力提供協助吧。」

若想讓他們遵照王命返鄉，此次的風波該由中央自己平息——我迂迴地這樣暗示後，看向中央騎士團長。

「聽聞冬季在貴族院也有騎士失控鬧事，但當時的騎士並非是艾倫菲斯特出身。那麼這明顯不是艾倫菲斯特的問題，而是中央騎士團的疏失。竟連續兩次讓騎士行為脫序，是否該對中央騎士團的管理予以追究？」

「嗯，你說得沒錯。上次我只將騎士們解任，並讓他們返回出身領地，但這樣的處置顯然太過寬容。所以這次已將他們全數處分。」

中央騎士團長說完，至今一直沉默做著紀錄的斐迪南蹙起了眉。

「已經將其全數處分？審問他們應該更重要吧？」

「再怎麼審問也沒意義。因為他們的主張就和上次一樣，根本無法溝通。彷彿聽不懂我們說的話一樣，嘴裡只是一再重複同樣的說詞。況且，這次的情況與上次在貴族院打斷迪塔時不同，他們竟是在王族也出席的他領奧伯葬禮上亂來。」

「正因如此，更應該要審問他們、查明原因，才能避免同樣的事再度發生。」

中央騎士團長與斐迪南你一言我一語地爭論起來。斐迪南凌厲的用詞與表情總讓我有些在意，不禁盤起手臂。感覺兩人之間好像有什麼陳年舊怨。

「倘若可以，我也想花時間深入追查。但命令我趕緊處分掉膽敢攻擊領主一族的危險分子的，不是他人，正是亞倫斯伯罕的下任領主。」

聞言，所有人都看向中央騎士團長。看來是蒂緹琳朵大人堅決表示，絕不能讓想要自己性命的貴族活下來。領主一族是領地的核心，襲擊者毫無疑問就是犯下重罪的罪人，即便被當場處死也不得有怨言。儘管這點我也明白，但在審問都還沒結束就將其處分，這種情況還是很不尋常。

「我個人倒是認為，是不是身為未婚夫的你為了讓這整件事盡快落幕，便慫恿蒂緹琳朵大人如此下令。」

「嗯，原來還有這樣的見解。」

中央騎士團長與席格斯瓦德王子同時往斐迪南投去懷疑的眼光，對此我不覺蹙眉。目前為止遭到懷疑的，有身為奧伯的我、身為第一夫人的姊姊大人，以及下任領主的未婚夫，恰巧全是與艾倫菲斯特有關的人。縱使我懷疑姊姊大人參與其中，但在旁人看來，她無疑也是與艾倫菲斯特有關的人物。

……再這麼被懷疑下去可不妙。

情況對我們十分不利。我正思索著有沒有辦法駁斥中央騎士團長的主張時，亞倫斯伯罕的文官舉起手來請求發言。

「斐迪南大人不會做這種事。反倒是蒂緹琳朵大人常常不假思索，想到什麼便脫口而出，我們才請她不必出席。」

「原來如此。但是……」

儘管聽完亞倫斯伯罕的文官所說，席格斯瓦德王子依然懷疑地看著斐迪南。他的目光讓我再也掩蓋不住煩躁。

「無論是斐迪南還是羅潔梅茵，艾倫菲斯特一直都在回應王族的要求。儘管如此，王族仍對我們心存懷疑，覺得我們不夠忠心嗎？」

夠了沒有？——我把想說的這句話投注在目光中，眼神多半顯得十分冰冷吧。只見席格斯瓦德王子吃驚得微微瞠目。

「我只是聽聽眾人的說法，並非在懷疑艾倫菲斯特。」

「那我便放心了。因為若王族懷疑我們的忠心，我們也需要採取一些對策。」

我沒有明說是要更盡心盡力以表忠誠，還是心灰意冷地保持距離。但以領地的立場，確實需要重新檢視應對的方式。

……可以的話，真想拒絕中央貴族的返鄉……

思考著現階段可以採取哪些防衛措施時，我輕皺起眉。儘管此次葬禮上發生騷動，但從始至終都待在遠處的人根本不曉得發生了什麼事。他領也多半不會出現什麼批評的聲浪吧。而騎士們更以異常快的速度遭到處分，還全是艾倫菲斯特出身的貴族。恐怕比起我，他們都與姊姊大人有著更深的關係。

我不疾不徐地轉動目光，看向姊姊大人。雖然看不清面紗底下的表情，但總覺得自己與她四目相接。

「說不定此次騷動背後的意圖，是為了不讓我與中央的騎士見到面。」

「你這是何意？」

我沒有轉頭看向席格斯瓦德王子，而是看著姊姊大人繼續說道：

「今年冬天，艾倫菲斯特出身的中央貴族預計奉王命返鄉。也許是有人想阻止這件事吧。」

「對此你有什麼根據嗎？」

「我也不知這能否稱為根據……就只是直覺罷了。」

原來沒有任何根據嗎？現場氣氛有些冷了下來，但我不以為意。因為我只能回答，就是有這種感覺。儘管斐迪南臉上明顯寫著「別說些不該說的話」，但他想必會去蒐集情報，用來佐證我的直覺吧。

……沒錯，就只是直覺而已。

但是，我非常看重自己的直覺。偶爾我會有種受到指引的感覺，要我往某個方向去。關鍵時刻，我的直覺從來不曾出錯。與我相處夠久的人即使知道我毫無根據，心裡多少也會留意吧。

「那麼，艾倫菲斯特的問話就到此結束。」

又確認了幾件事後，席格斯瓦德王子便如此宣告，結束問話。我站起來準備離開時，瞥見薄薄面紗底下的紅色雙唇泛著笑意。

……啊啊，看來終於到了必須與姊姊大人做個了結的時候。

這也只是直覺而已。但是，我想多半就在不遠的將來。

後記

大家好久不見了，我是香月美夜。

非常感謝各位購買本作，《小書痴的下剋上：為了成為圖書管理員不擇手段！【第五部】女神的化身VI》。

序章是芙蘿洛翠亞視角。內容為領主會議結束後，在返回領地之前，領主夫婦一同討論著該如何向領內的人們報告。從芙蘿洛翠亞的角度，來預想羅潔梅茵成為國王養女一事會造成怎樣的影響。

本傳內容則從領主一族在聽到領主會議的決定後，各自有怎樣的反應開始。聽到孫女要被王族搶走，勃然大怒的波尼法狄斯；必須趕快交接神殿工作，因而感到焦慮的麥西歐爾；由於又能以下任領主為目標，為此感到開心的夏綠蒂；以及情緒失控爆發的韋菲利特。對於同一件事，每個人的反應都不一樣。

此外，還有負責為羅潔梅茵張羅準備的艾薇拉。我仔細寫下了艾薇拉以親生母親行動時的心情，以及她的過往。由於艾薇拉的往事寫得太多有些偏離主題，便收錄在了同時發售的廣播劇ＣＤ６特別短篇裡。請連同飾演艾薇拉的井上喜久子小姐的動容演繹一起欣賞，希望大家喜歡。

緊接著是為交接與離開做準備。在看似從容悠哉的日常生活裡，其實羅潔梅茵正為了離開艾倫菲斯特一步一步做著準備。誰會同行，誰會留下來？這沒有孰好孰壞，重點在於每個人的選擇。

而在第二部的尾聲，戴爾克還是個只會翻身的小寶寶，現在卻已經快要受洗，在與領主以及哈特姆特談過話後，選擇踏上成為貴族的道路。寫著寫著感覺自己彷彿他的親戚一樣，忍不住會心想：「才一段時間沒見就長大了呢。」

終章是路茲視角。好久沒出現平民的視角了呢。內容寫到路茲第一次見到已經成年的多莉，寫得真是開心。這裡基於個人強烈的要求，加入了多莉成年模樣的插圖。最後，還有路茲與卡蘿拉的對話。本集以母子關係為主題添加了不少內容，希望大家也喜歡平民區的親子對話。

這集的全新番外短篇，由莉瑟蕾塔與齊爾維斯特擔任主角。

莉瑟蕾塔視角的短篇中，描寫到了本傳裡羅潔梅茵開口請她同行前的事情，和艾薇拉對莉瑟蕾塔父親下達等同命令的要求。最後再寫了一些近侍夥伴們在得知莉瑟蕾塔也會同行後，各有什麼樣的反應。

齊爾維斯特視角的短篇中，則描寫到了葬禮過後問話時的情形。本傳裡的報告是對外的說詞，短篇裡的則是他實際看到的情況。對齊爾維斯特來說，跟王族比起來，與喬琪娜的關係更重要。他的直覺究竟會在日後帶來怎樣的影響，敬請期待。

本集請椎名老師設計的新角色有拉塞法姆與雷昂齊歐。拉塞法姆是已向斐迪南獻名的下級侍從，終於在這一集設計好了人物造型。雷昂齊歐則是蘭翠奈維國王的孫子，俊美程度超出預期，也難怪蒂緹琳朵被他迷得神魂顛倒呢……（笑）。

然後有消息要通知大家。

●動畫版第三季。

如（日版）書腰上的宣傳所示，動畫版《小書痴的下剋上》第三季確定要在二〇二二年春天開始播出。前導宣傳海報也已經公開。現在正緊鑼密鼓製作當中。齊爾維斯特真是太帥啦。反派們的人物設計以及梅茵在祈福儀式上穿的新衣，也讓人非常期待。

●【十月十五日】漫畫版第二部第六集發行。

本集重點在於兒童版聖典的完成。對梅茵來說是第一本書。再拿出小說版第五部比較後，應該會感到非常懷念。

●【十一月十日】《FANBOOK6》發行。

寫著這篇後記時，我這邊的作業尚未開始，但等到發售時我應該正如火如荼地在處理《FANBOOK6》的相關工作了吧。這次請期待椎名老師的人物設定。因為之前我提出請求說：「雖然再過不久就會在第四部的漫畫裡出現，但這些角色我非常希望能由椎名老師進行設計。」然後請她畫了貴族院時期的斐迪南、肯特普斯以及拉薩塔克這三人的人物設計圖。

●【十一月二十五日】漫畫版第四部第三集發行。

本集內容都是關於貴族院的課程，以及前往圖書館辦理登記時發生的一連串騷動。勝木光老師幫忙設計了很多角色，諸如小說裡沒有插圖的學生與老師們。

這集封面是與艾薇拉談話時的想像圖。有羅潔梅茵與艾薇拉，然後以送給追隨者的徽章魔石為中心，盡可能先把與艾薇拉談話後決定同行的近侍們都放進來。還有幾名近侍被標題擋住了，請打開拉頁海報翻到背面確認吧（笑）。

拉頁海報的正面是製作最高品質魔紙時的情景。明明哈特姆特與克拉麗莎十分活躍，黑白插圖裡卻沒有他們出場的份，便決定加上寫信下達指示的斐迪南，給了他們版面滿滿的彩色插圖。椎名老師，由衷感謝您。

最後，要向購買本書的各位讀者獻上最高等級的謝意。

第五部Ⅶ預計冬天發行。期待屆時再相會。

二〇二一年六月　香月美夜

每回都出場的
卷末漫畫
輕鬆悠閒的家族日常
作畫 椎名優
異世界+平民+無常識貴族
=
超無常識綜合體
叔父大人那種不是領主一族該有的常識喔。
很遺憾，但確實如此喔。
咦咦咦咦咦!!!
超無常識
真羨慕你
羅德里希，真羨慕你啊。就算分隔兩地，無論何時何地你與羅潔梅茵大人的連結也不會斷絕。
……喔，是啊。
就算犯了一點微小的錯誤，反正只要獻了名，我看你也不在意嘛。
雖然我絕對不會犯這種錯誤
咦？錯、錯誤？咦？
…………
真教人羨慕呢。
那個也會輪到我們嗎？
拜託饒了我吧。

爆發性成長的妹控

姊姊大人每次都對我太好了。
我該怎麼報答姊姊大人才好呢？
夏綠蒂，這種時候妳只要露出可愛的笑容說「姊姊大人太棒了，我好尊敬您」，就好了喔！
緊握
呃、那個，姊姊大人。
我非常尊敬您唷。
唔噢噢噢噢噢噢！明明只是想像而已就可愛得要人命!!
姊、姊姊大人？

更好的服務

哈特姆特，雖然你說想要獻名，但有沒有獻名這兩者有差異嗎？
當然即便沒有獻名，我對羅潔梅茵大人的忠心也絕不會改變。
但如果獻了名，我便可以提供給您更完善的照顧與服務，
包括後續的各種處理也提供安心又安全的支援!!!
請務必考慮
……好像課金系統，真討厭。
我用免費的服務就好了吧

國家圖書館出版品預行編目資料

小書痴的下剋上：為了成為圖書管理員不擇手段！.
第五部，女神的化身. VI / 香月美夜 著；許金玉 譯.
-- 初版. -- 臺北市：皇冠文化出版有限公司，2023. 02
384面；21×14.8公分. --（皇冠叢書；第5073種）
(mild ; 47)
譯自：本好きの下剋上：司書になるためには手段
を選んでいられません. 第五部，女神の化身. VI

ISBN 978-957-33-3984-7（平裝）

861.57　　　　112000020

皇冠叢書第5073種
mild 47

小書痴的下剋上

為了成為圖書管理員不擇手段！

第五部 女神的化身VI

本好きの下剋上
司書になるためには
手段を選んでいられません
第五部 女神の化身VI

作　　者—香月美夜
譯　　者—許金玉
發 行 人—平　雲
出版發行—皇冠文化出版有限公司
台北市敦化北路120巷50號
電話◎02-27168888
郵撥帳號◎15261516號
皇冠出版社(香港)有限公司
香港銅鑼灣道180號百樂商業中心
19字樓1903室
電話◎2529-1778　傳真◎2527-0904
總 編 輯—許婷婷
責任編輯—蔡承歡
美術設計—嚴昱琳
行銷企劃—蕭采芹
著作完成日期—2021年
初版一刷日期—2023年2月

法律顧問—王惠光律師

讀者服務傳真專線◎02-27150507
電腦編號◎562047
ISBN◎978-957-33-3984-7
Printed in Taiwan
本書定價◎新台幣320元/港幣107元